BASTEI LÜBBE
TASCHENBUCH

Weitere Titel aus dem PERRY-RHODAN-Universum:

DUNKELWELTEN-Reihe
Schwarze Saat (von Michael Marcus Thurner)
Schwarze Frucht (von Robert Corvus)
Schwarze Ernte (Madeleine Puljic)

Die falsche Welt (von Andreas Eschbach und Verena Themsen)
Trivid – Die Klon-Verschwörung (von Oliver Fröhlich und Christian Montillon)

Titel auch als Hörbuch erhältlich

Über die Autorin:

Madeleine Puljic wurde 1986 in Oberösterreich geboren. Sie absolvierte die Kunstschule in Wien, gefolgt von einem Kolleg für IT-Management. Anschließend arbeitete sie mehrere Jahre als Grafikerin, bevor sie ihre Liebe zum Schreiben neu entdeckte und als Selfpublisherin tätig wurde. 2017 setzte sich ihr Roman NORAS WELTEN – DURCH DEN NIMBUS gegen mehr als 1800 Einreichungen aller Genres durch und wurde mit dem hoch dotierten 1. Deutschen Selfpublishing-Preis ausgezeichnet. Für PERRY RHODAN NEO schreibt sie regelmäßig seit 2016. Ebenfalls seit 2016 gehört sie zum Team der Lektoren des Magazins »phantastisch!«. Die Autorin lebt heute in Hamburg.

Mehr über Madeleine Puljic erfahren Sie unter:
http://www.madeleinepuljic.at/index.php/autorin/biografie

Madeleine Puljic

Perry Rhodan

SCHWARZE ERNTE

Roman

BASTEI LÜBBE TASCHENBUCH

BASTEI LÜBBE TASCHENBUCH
Band 20944

MIX
Papier aus verantwortungsvollen Quellen
FSC® C083411

Dieser Titel ist auch als Hörbuch und E-Book erschienen

Wir danken dem Pabel-Moewig Verlag für die gute Zusammenarbeit.

Originalausgabe

Redaktion: Klaus N. Frick, Karlsruhe
Textlektorat: Dr. Rainer Nagel, Mainz
Titelillustration: Arndt Drechsler, Leipzig
Umschlaggestaltung: Guter Punkt, München | www.guter-punkt.de
Satz: hanseatenSatz-bremen, Bremen
Gesetzt aus der Stempel Garamond
Druck und Verarbeitung: CPI books GmbH, Leck – Germany
ISBN 978-3-404-20944-6

2 4 5 3

Sie finden uns im Internet unter
www.luebbe.de
Bitte beachten Sie auch: www.lesejury.de

Kapitel 1: Stimmen

Elindra Parr eilte mit weit ausgreifenden Schritten den Gang des Pädiatrischen Beobachtungszentrums hinab. Ihre Absätze klackten dabei über den kalten Steinboden – ein Geräusch, das Parr stets mit Autorität verbunden hatte. Und die musste sie hier an den Tag legen. Der weiße, medizinisch anmutende Kittel, das streng nach hinten frisierte Haar, das verspiegelte Holopad, das nur ihr Einblick in die Aufzeichnungen gewährte, die sie während der Sitzungen anfertigte ... All das diente einzig dem Zweck einer professionellen Erscheinung.

Wenn es nach Parr gegangen wäre, hätte sie lieber in bequemen Hosen und kampftauglichen Schuhen gearbeitet. Schließlich war sie Leutnant, wenn auch aus ihrer militärischen Forschungseinheit abgeordnet, weil die USO einige Istarker für ihr Projekt benötigte. Ihre Patienten brauchten Vertrauen und Stabilität. Dabei half es erstens, wenn sie jemanden von ihrer Heimatwelt als Ansprechpartner hatten. Zweitens jemanden, der ihnen das Gefühl vermittelte, alle Antworten zu kennen. Und dazu taugte ein Arztkittel nun einmal mehr als ein Einsatzanzug.

Parr erreichte das Spielzimmer, wo ihre nächste Patientin bereits auf sie wartete. Wie immer nahm sie sich die Zeit, das Mädchen erst durch die Scheibe aus verspiegeltem Glassit zu beobachten. Senna Hickey, neun Jahre alt. Schmal für ihr Alter, mit verschlossenem Blick und langem, roten Haar, das ihr über die Augen hing.

Senna saß an dem größeren der beiden Tische. Ihre Beine

baumelten gut zehn Zentimeter über dem Boden. Sie war in jenem Alter, wo die Kindersitzgruppe unbequem wurde, die Stühle für Erwachsene aber noch nicht ganz passten. Ein blau schimmerndes Akustikfeld kreiste um ihren Kopf und schirmte sie von der übrigen Welt ab. Die Spielzeuge, Kuscheltiere und weichen Kissen, mit denen der Raum ausgestattet war, ignorierte das Mädchen völlig. Auch das war nichts Neues. Senna war ein ruhiges, ein wenig verstocktes Kind, jedenfalls unter gewöhnlichen Umständen.

Vor einem Jahr war sie aus dem staatlichen Waisenhaus in das von der USO geleitete Beobachtungszentrum überstellt worden, als ihre enorme Begabung deutlich geworden war – und ihre bisherigen Betreuer sie nicht länger bändigen konnten. Seitdem war Parr für sie verantwortlich, und das war keine leichte Aufgabe. Senna reagierte äußerst empfindsam auf die Dinge, mit denen sie konfrontiert wurde – selbst dann, wenn man diese Dinge nicht aussprach.

Nein, korrigierte sich Parr. *Besonders dann.*

Eine Telepathin, die ihre Fähigkeiten nicht kontrollieren konnte, war nicht nur für sich selbst eine Belastung. Und wenn Senna zu aufgewühlt war, brach ihre eigentliche Begabung hervor: Dann flogen Gegenstände durch die Luft, Dinge explodierten … Senna war eine gute Telepathin, aber sie war eine außerordentliche Telekinetin. Über ihre telekinetische Gabe hatte das Mädchen jedoch noch viel weniger Kontrolle als über das Gedankenlesen, und das machte jede Begegnung mit ihr zu einem Risiko. Seine Worte konnte man beherrschen. Daran, die eigenen Gedanken zu kontrollieren, scheiterten die meisten. Auch Parr gelang es nicht immer. Aber sie wurde besser darin, seit sie Senna betreute. Sie musste besser werden.

Elindra Parr öffnete die Tür zum Spielzimmer, ohne anzuklopfen. Dank des Akustikfeldes hätte ihre Patientin sie ohnehin nicht gehört. Die leisen Klänge von Streichinstrumenten drangen bis zu Parr herüber, was bedeutete, dass Senna die Lautstärke wieder einmal auf den höchsten Wert eingestellt hatte.

Erst als Parr das Arbeitspad vor das Mädchen auf den Tisch legte, sah Senna auf. Parr lächelte, auch wenn sie wusste, dass ihre Patientin diese Geste nicht erwidern würde. Immerhin dämpfte Senna mit einer Fingergeste die Lautstärke ihres Akustikfeldes so weit ab, dass die Streichinstrumente verklangen und sie Parr hören konnte.

»Hallo, Senna.« Parr lächelte unverdrossen weiter. »Wie fühlst du dich heute?«

Die Antwort bestand aus einem teilnahmslosen Schulterzucken.

»Würdest du die Musik für mich ausmachen?«

Eine einfache Frage, die über den Verlauf der weiteren Stunde entscheiden würde. Lehnte Senna ab, war ihre Gesprächszeit damit beendet. Was bedauerlich wäre, denn auch wenn Parr das Mädchen gernhatte – sie war keine Therapeutin, und die Gespräche dienten in erster Linie nicht den Patienten, sondern den Agenten. Genauer gesagt der USO. Istark verfügte über eine ungewöhnlich hohe Dichte an Psi-Begabten, und Parrs Aufgabe war es unter anderem, herauszufinden, weshalb. Für die USO waren die Kinder ein Mittel zum Zweck, und Parr zweifelte nicht daran, dass jemand wie Senna Hickey sich dessen bewusst war.

Allerdings bildeten die Gespräche einen der wenigen abwechslungsreichen Punkte im Tagesplan der Kinder, sodass diese meist froh waren, von einem Erwachsenen befragt zu werden.

So auch Senna. Nach kurzem Zögern wischte sie das Akustikfeld beiseite, und das Holo um ihren Kopf verschwand.

Langsam hob sie den Kopf und sah Parr endlich vollends ins Gesicht.

Da entdeckte Parr zum ersten Mal die dunklen Ringe unter den Augen des Mädchens. Sein Zustand verschlechterte sich, genauso wie bei den anderen Kindern. Sie musste vorsichtig sein.

»Wie ist es ohne die Musik?«, fragte Parr. Als ob sie die Antwort nicht wüsste. Als ob sie das rhythmische Zucken nicht sehen würde, das Sennas Finger auf der Tischplatte vollführten.

»Es ist … schwierig.« Das Mädchen kniff die Augen zusammen und rieb sich die Schläfe. »Die Stimmen werden immer mehr.«

»Mehr Stimmen?«, fragte Parr nach. »Oder meinst du, dass sie lauter werden?«

Senna verzog den Mund. »Beides.«

»Und was sagen sie?« Wenn sie feststellen konnten, wem die Stimmen gehörten, könnten sie die Reichweite von Sennas Fähigkeiten genauer abgrenzen und so eine genauere Einschätzung ihrer Psi-Gabe vornehmen. Sennas Gabe – und die der anderen Kinder.

Die Häufung von Parabegabten auf Istark war einer der Hauptgründe, weshalb die USO ausgerechnet diese Kolonie als Standort eines Stützpunkts ausgewählt hatte. Das Phänomen betraf vorwiegend Kinder, was daran lag, dass sich psionische Begabungen im jugendlichen Alter zum ersten Mal manifestierten. Auf Istark waren diese Begabungen allerdings enormen Schwankungen unterworfen, sodass es den Betroffenen schwerfiel, ihre Fähigkeiten kontrollieren zu lernen. Mal konnte Senna die Gedanken der halben Stadt hören, mal kaum jemanden, der sich mit ihr im selben Raum aufhielt, was es schwer machte, das wahre Ausmaß ihrer Fähigkeiten abzuschätzen. Die Zuckerman-Tests zur Festlegung der Frequenzen des Hyperspektrums, in denen sich die Kinder bewegten, fielen so unterschiedlich aus, dass Parr diese eigentlich sehr zuverlässige Methode schon lange aufgegeben hatte.

Dennoch hatte sie den Eindruck, dass die Gaben der Kinder immer weiter zunahmen, und sie konnte sich das nicht erklären. Weder die sich wiederholenden Schwankungen in der Ausprägung der Gaben noch die Ursache der enormen Ballung an Fähigkeiten auf einem Planeten, der sonst recht uninteressant war.

Deshalb benötigte sie die Einschätzung von Sennas Reichweite. Schwankungen bei einem der Probanden hätten sich noch durch äußere Umstände, Pubertät oder psychische Belastungen erklären lassen. Aber diese Ungleichmäßigkeit war bei allen Kindern festzustellen, was bedeutete, es musste einen größeren, bislang unbekannten Faktor geben, der die Psi-Fähigkeiten der Kinder beeinflusste. Wenn Parrs Mitarbeiter aus den Daten einen Algorithmus errechnen konnten, würden sie diesen unbekannten Faktor finden, ihn vielleicht sogar beheben oder zumindest nutzen können. Und die Kinder hätten eine bessere Chance, ihre Gaben nutzen zu können, statt ihnen zum Opfer zu fallen.

Doch Parr wurde enttäuscht.

Senna kniff die Augen zusammen, presste die Hände an die Schläfen und schüttelte heftig den Kopf. »Ich kann nicht«, keuchte sie.

Parrs Stimme blieb sanft. »Du kannst was nicht, Liebes?«

»Ich kann sie nicht verstehen!« Das Mädchen schluchzte, wollte nach seinem Kragen tasten, um das Akustikfeld wieder zu aktivieren.

»Sprechen sie eine fremde Sprache?«, hakte Parr nach. Es gab eine kleine Siedlung von Jülziish am Stadtrand, die untereinander nicht in Interkosmo, sondern in der Sprache ihres

Volkes redeten. Diese spielte sich hauptsächlich im Ultraschallbereich ab, was sie für Menschen ohne Hilfsmittel nahezu unverständlich werden ließ. Wenn Senna sie von hier aus hörte, war es kein Wunder, dass sie unter dem Druck in ihren Gedanken litt. »Wie klingen sie?«

»Ich weiß nicht ...«

»Kannst du es nachmachen?«

Wieder presste Senna die Hände an den Kopf, als könnte sie damit die Stimmen aussperren oder zumindest dämpfen. Es war vergeblich, sie konnte die Stimmen nicht unterdrücken, sie konnte sie nur mit Musik übertönen – und diesen Ausweg verweigerte Parr ihr gerade.

Das Mädchen atmete schwer. Schweiß lief ihm über die Stirn, vermischte sich mit einer Träne, die ihre Wange hinabrollte. Doch es nickte, wenn auch widerwillig.

Angespannt beugte Parr sich über den Tisch. Sie erwartete, dass Senna die trillernde, singende Art der Jülziish imitierte.

Was Senna stattdessen ausstieß, war ein kehliges Krächzen und Fauchen, ein Rauschen wie bei einer schlechten Funkverbindung. Ein Störsignal, das musste es sein.

»Nein, ich meine die Stimmen, Senna! Kannst du die Stimmen nachmachen?«

Das Mädchen hörte auf, seine Kehle zu malträtieren, und schluchzte. »Das ist alles!«, behauptete Senna. »Mehr höre ich nicht. Nur *chhrrrrrr* ...« Wieder verfiel sie in das Krächzgeräusch, wurde immer lauter dabei.

»Senna!«

Doch ihre Patientin hörte sie nicht mehr. Sie schnarrte und rasselte, dass es Parr allein vom Zuhören schmerzte. Die Hände hatte Senna an den Kopf gepresst, den Mund zu einer verzweifelten Grimasse verzerrt. Speichel tropfte von ihren Lippen auf den Tisch.

Dann kam ein Schaben hinzu, das Parr erst gar nicht einordnen konnte. Ein tiefes, bedrohliches Ziehen, dessen Vibrieren sie bis in die Fußsohlen spürte. Aus dem Augenwinkel bemerkte Parr eine Bewegung und erkannte den Ursprung dieses Geräuschs: der Kindertisch! Er bewegte sich auf sie zu, schob dabei die Stühle und Kisten vor sich her, die ihm im Weg standen.

»Senna, hör auf!« Das Mädchen verlor die Kontrolle.

Aber es war zu spät, Senna hörte Parr nicht mehr. Klirrend fiel ein Glas mit modellierbarem Sand vom Regal, verteilte Glitzerkörner und Scherben auf dem Fußboden. Die Holowürfel mit Geschicklichkeitsspielen folgten und sausten quer durch den Raum. Parr duckte sich unter ihnen weg, beugte sich weiter über den Tisch und griff nach Sennas Kragen.

Sie fand den Kontaktbereich, der das Akustikfeld reaktivierte, und wedelte hastig die Lautstärke hoch. Das Streichkonzert schwoll an, lauter als bisher, doch Senna reagierte nicht darauf. Die Beleuchtung an der Decke begann zu flackern.

Parr sprang auf, hastete zu der Tür und dem Kommunikationsfeld, das dort in die Wand eingebettet war. Ein Stuhl traf sie an der Hüfte, während sie noch ihren Berechtigungscode eingab, dann endlich wurde die Sprechverbindung freigegeben.

»Ich brauche einen Parablocker im Spielzimmer«, rief sie. »Patientin Senna Hickey.«

Sie wartete die Bestätigung nicht ab, sondern eilte zu dem Mädchen zurück und versuchte, es vor den herumfliegenden Spielzeugen abzuschirmen, bis der Sanitäter kam.

Zum Glück mussten sie nicht lange warten. Die Tür glitt auf und eine kompakte, eiförmige Medoeinheit in klinischem Weiß schwebte herein. Der hüfthohe Roboter platzierte sich neben Senna, dudelte ein beruhigendes Kinderlied und verpasste ihr eine Injektion in den Oberarm.

Nur einen Herzschlag später war alles vorbei. Das Medikament unterdrückte Sennas Paragaben. Holowürfel und Plüschtiere fielen zu Boden, Tisch und Stühle verharrten in ihren Positionen.

Senna sackte in sich zusammen.

Demnach hatte ihr der Medoroboter nicht nur einen Blocker, sondern auch ein Beruhigungsmittel verpasst, vermutlich, weil ihre Vitalwerte in einen bedenklichen Bereich gerutscht waren. Was allerdings auch bedeutete, dass Parr nichts mehr aus ihr herausbekommen würde.

Nicht, dass das Gespräch bis dahin sehr aufschlussreich verlaufen wäre.

Andererseits ... Vielleicht war es das durchaus, und Parr war nur auf das nächste Rätsel gestoßen, das sie noch nicht lösen konnte. Statt einer Antwort hatte sie eine neue Frage bekommen. Wenn es nicht die Jülziish gewesen waren, die Senna gehört hatte – wen dann?

Kapitel 2:
Diplomatie

Der Kommissar der Liga Freier Terraner hasste Politik. Nicht grundsätzlich, und auch nicht immer. Aber diese Tage, an denen sich der Bürokratiekram auf seinem Schreibtisch stapelte, er den lieben langen Tag langweilige Akten von einer Seite des Holos auf die andere schob, ohne sich zu erinnern, was er darin eigentlich gelesen hatte, und er in Kameras lächeln musste, bis ihm das Gesicht weh tat … Die konnte Perry Rhodan getrost als unamüsant betrachten.

Dabei war er selbst schuld daran. Statt die Ruhe zwischen der letzten intergalaktischen Krise und der, die garantiert bald kommen würde, einfach zu nutzen, hatte er sich einem neuen Diplomatieprojekt verschrieben. Er wollte die Liga ausbauen, weitere Welten und Kolonien für die multikulturelle Föderation gewinnen, um für mehr Stabilität und Toleranz zu sorgen. Nun bekundeten auch einige Randsysteme des ehemaligen Kristallimperiums der Arkoniden ihr Interesse an einem Beitritt. Eine Entwicklung, die Rhodan prinzipiell begrüßte. Aber wie hieß es so schön? Der Ton machte die Musik, und in diesem Fall war die Melodie äußerst disharmonisch.

»Ich habe das Gefühl, du nimmst mich nicht ernst«, beschwerte sich Rhodans virtuelles Gegenüber: Tarol de Lisenta, ein Mann mit streng gescheiteltem, kinnlangem weißem Haar. Vertreter einer kleinen arkonidischen Kristallbaronie – und Rhodans neuester Freudenspender, was Politik anbelangte.

»Doch, selbstverständlich tue ich das.« Dreitausend Jahre Übung waren vermutlich der einzige Grund, weshalb sich Rhodans abschweifende Gedanken nicht auf seinem Gesicht abzeichneten. Er rang sich ein unverbindliches Lächeln ab. »Ich verstehe nur das Problem nicht ganz.« Ebenso wenig wie die letzten dreißig Probleme, die der Arkonide vorgetragen und die Rhodan dringlichst zu lösen hatte, wenn er de Lisentas Baronie für die Liga gewinnen wollte.

Woran er mittlerweile ernsthafte Zweifel hegte.

De Lisenta blies empört die Wangen auf. »Es kann ja wohl nicht zu viel verlangt sein, dass wir einen arkonidischen Repräsentanten als Ansprechpartner zur Verfügung gestellt bekommen.«

»Jetzt sprichst du doch auch mit mir«, entgegnete Rhodan. »Ich bin kein Arkonide.«

»Eben.« Der Kristallbaron zog die Augenbrauen nach oben, als könne er dadurch seinen Standpunkt klarer machen. »Und ich nehme wohl kaum an, dass du auch nach unserem Beitritt jederzeit als Kontaktperson zur Verfügung stehen wirst.«

Sonst noch was! Mit gespieltem Bedauern schüttelte Rhodan den Kopf. »Ich fürchte, dazu fehlt mir leider die Zeit ...«

»Eben!«, wiederholte de Lisenta. »Also werden wir einen anderen Ansprechpartner benötigen. Wir sind doch sicher nicht die erste arkonidische Baronie, die erwägt, der LFT beizutreten.«

Rhodan ersparte sich eine Antwort. De Lisenta wusste ebenso gut wie er, dass sich seine Baronie, bestehend aus drei Sonnensystemen mit gerade einmal fünf bewohnten Planeten, nicht einmal unter den ersten hundert befand.

Als hätte er keine Frage gestellt, fuhr de Lisenta fort: »Ich erwarte schlichtweg die gleiche Behandlung wie die anderen arkonidischen Mitglieder der Liga.«

»Natürlich stehen dir alle Mitgliedsrechte zu, sobald der Beitrittsantrag unterzeichnet ist«, lenkte Rhodan ein. »Und selbstverständlich wird deine Baronie ebenso behandelt werden wie die anderen Mitglieder.«

Allerdings nehmen die auch mit den Kontaktpersonen vorlieb, die ihnen zugeteilt werden.

Er verbiss sich die Spitze. Verständnis würde er damit ohnehin keines gewinnen.

»Wo du schon davon sprichst.« De Lisenta verzog die dezent geschminkten Lippen. »Die Dauer der Prüffrist ist entwürdigend. Das muss sich doch beschleunigen lassen! Wozu soll das überhaupt notwendig sein?«

»Ich ...« Unvermittelt zuckte Rhodans Blick zum unteren Bereich des Holos, wo das kleine Symbol einer eingegangenen Nachricht aufleuchtete. Ein kleiner gelber Kringel markierte sie als privat. Langsam drehte sich das Symbol um die eigene Achse. Ein überaus verlockender Anblick.

»Also?« De Lisentas Stimme riss ihn zurück ins Gespräch. Der Arkonide sah ihn abwartend an. »Falls es keinen geeigneten Ansprechpartner für die Vertreter meines Volkes gibt, würde ich mich auch selbst für diese Rolle zur Verfügung stellen.«

Natürlich. Und einen Sitz im Liga-Parlament hättest du wohl ebenfalls gern.

Plötzlich wirkte die Idee eines offiziellen Ansprechpartners aus den bisher beigetretenen Baronien gar nicht mehr so übel. Zumindest müsste sich der dann mit Leuten wie de Lisenta herumschlagen, was Rhodan einiges an Zeit und Nerven ersparen würde.

Er seufzte ergeben. »Ich werde gleich sehen, was ich tun kann«, versprach er. »Wenn du mich entschuldigen würdest ...«

Er wartete de Lisentas Antwort nicht ab, sondern beendete die Verbindung mit einer knappen Geste. Neugierig tippte er an das Nachrichtensymbol. »Styx-Daten entschlüsselt«, stand da. Als Absender war das hyperphysikalische Forschungslabor angegeben.

Nachdenklich rieb Rhodan sich über Nase und Wange. Nach einer Privatangelegenheit klang das nicht. Womöglich sollte ihm die Klassifizierung verdeutlichen, dass die Erkenntnisse eher unbedeutender Natur waren und die Nachricht daher nicht als dringend eingestuft werden sollte? Oder wollte man sichergehen, dass tatsächlich nur er diese kurze Zeile empfing? Somit war die Nachricht entweder sehr dringlich und vertraulich – oder absolut unbedeutend.

Während Rhodan noch unschlüssig auf die Botschaft starrte, strömten bereits die nächsten Anfragen herein. De Lisenta war nicht der Einzige, der ihn mit Fragen und Beschwerden bestürmte. Rhodans Bemühungen, einige der unabhängigen Welten für die Liga zu gewinnen, stieß nicht nur auf Zustimmung unter den bestehenden Mitgliedern. Sie fürchteten, an Wichtigkeit einzubüßen, sollte sich ein Teil des ehemaligen arkonidischen Imperiums anschließen wollen. Und wenn Rhodan an de Lisentas Verständnis einer angemessenen Stellung innerhalb der Liga dachte, konnte er es ihnen nicht einmal verübeln. Immerhin waren sie die Liga Freier *Terraner.* Aber vielleicht lag genau darin das Problem.

Er rieb sich die müden Augen, nahm einen Schluck aus seinem Becher und verzog den Mund. Der Kaffee war kalt. Wenigstens bedeutete das, dass er schon lange genug auf das Holo gestarrt hatte, um sich eine Pause zu gönnen.

Rhodan streckte den Rücken, bis es knackte, und ließ die Schultern kreisen. Kurz erwog er, einfach eine Videoverbindung in das wissenschaftliche Labor der RAS TSCHUBAI zu schalten, aber es wurde Zeit, dass er einmal aus seinem Büro herauskam. Ein kleiner Spaziergang würde ihm guttun.

Kurzentschlossen kippte er den kalten Kaffee in die Recyclingstation und machte sich auf den Weg zum nächsten Antigravitationsschacht. Er schwebte ein paar Decks aufwärts und betrat die Ebene, auf der sich die Wissenschaftler einquartiert hatten. Rhodan zwang sich, seinen sonst zielstrebigen und forschen Schritt in ein gemächliches Schlendern zu verlangsamen. Es war kein Notfall, der ihn hierhertrieb, nur eine vage Hoffnung. Und je schneller er sein Ziel erreichte, desto schneller würde sich diese Hoffnung vermutlich in Luft auflösen.

Also näherte er sich der Tür zum Labor der Hyperphysiker betont langsam. Er wartete geduldig, bis die Sicherheitspositronik sein Gesicht erkannt hatte und die Tür mit einem sanften Zischen zur Seite glitt.

Damit war seine Gnadenfrist auch schon vorbei. Die grünhäutige Schönheit, die an der Station der hyperphysikalischen Chefwissenschaftlerin mit Holos hantierte, denen Rhodan beim besten Willen keinen Sinn und Zweck zuordnen konnte, sah auf. Sichu Dorksteiger bemerkte ihn und hob verwundert die Augenbrauen, was den goldenen Ornamenten in ihrem Gesicht den Anschein eines Eigenlebens einhauchte.

»Hallo, Fremder.« Ihre Verwunderung verschwand, und ein Lächeln erschien auf ihren Lippen. »Was verschafft mir die Ehre, und das noch vor dem Abendessen?«

Abendessen? Seinem Gefühl nach war es noch nicht einmal Mittag! Kein Wunder, dass ihm der Schädel brummte. Ohne sich seine Irritation anmerken zu lassen, erkundigte er sich nonchalant: »Darf ein Mann seine Angebetete nicht besuchen, um sie zum Dinner in der Messe einzuladen?«

»Natürlich darf er«, erwiderte Dorksteiger. Sie zwinkerte ihm zu. »Tust du aber für gewöhnlich nicht, normalerweise muss ich dich von deiner Arbeit wegschleifen. Also, was führt dich her?«

Rhodan seufzte theatralisch. »Du kennst mich zu gut.« Er nickte in Richtung ihrer Arbeitsstation. »Ich habe deine Nachricht bekommen und wollte nur einmal hören, was es Neues zu den Daten gibt, die wir auf Styx gefunden haben.«

Jolyona, eine der letzten Welten, die er für einen Beitritt zur Liga gewinnen wollte, hatte eine Überraschung für ihn bereitgehalten: die Überreste einer uralten keroutischen Anlage. Die Kerouten, ein Volk faultierartiger Wesen, hatten gut zwanzig Millionen Jahre vor den Menschen die Erde bewohnt, ehe sie auf eine Dunkelwelt evakuiert wurden und aus der Geschichte der Milchstraße verschwanden.

Mit Jolyona hatten sie auf einer weiteren Dunkelwelt Hinweise auf den Verbleib dieser Wesen entdeckt, mit denen Rhodan eine Heimat teilte. Dort hatten die Kerouten eine Saat entwickelt, die auch ohne Sonnenlicht gedieh und hervorragenden Ertrag brachte – der Grundstoff für eine Kolonie, die sich auf einer Dunkelwelt selbst ernähren sollte. Aber der Dünger, den die Kerouten genutzt hatten, um ihre Saat zu züchten, führte zu unkontrollierbaren Wucherungen und machte sie unbrauchbar. Sogar gefährlich.

Die Kerouten hatten diese Saat exportiert, und auf Styx, einer weiteren Dunkelwelt, hatte Rhodan eines der Saatschiffe aufgespürt. Zwar ohne fruchtbare Saat, dafür mit einer unglaublichen Datenmenge, die Rhodan von Styx aus an das Residenz-Ministerium für Wissenschaft weitergeleitet hatte. Im innerbehördlichen Austausch waren die Dateien schließlich bei Sichu Dorksteiger gelandet, die sie durchforsten wollte, um womöglich doch noch zu den Erkenntnissen der Kerouten zu gelangen.

»Deshalb kommst du also?« Dorksteiger lachte. »So schnell hatte ich gar nicht mit dir gerechnet. Bist du etwa auf der Suche nach einem Abenteuer? Sag bloß, dieser de Lisota hat dich schon genug gequält für heute?«

»Lisenta«, korrigierte Rhodan ohne sonderlichen Enthusiasmus. »Und nein. Ich bin nur neugierig, das ist alles.«

»Na dann.« Mit ein paar schnellen Handbewegungen rief die Hyperphysikerin die umfangreiche Liste an Namen und Koordinaten auf. »Bitteschön, die Styx-Daten, fein säuberlich sortiert. Das Entschlüsseln war allerdings nicht der spannende Teil. Ich habe noch etwas anderes gefunden.«

»Wirklich?« Interessiert trat Rhodan näher. Die leise Hoffnung, die ihn hergeführt hatte, regte sich erneut. »Und was genau?«

Dorksteiger tippte auf das Holo, und aus der endlosen Liste wurden drei Bezeichnungen hervorgehoben, alle anderen Namen verblassten. »Es scheint, als hätten die Kerouten jede Dunkelwelt, die sie ausfindig gemacht haben, dokumentiert. Aber nur diese drei Koordinaten tauchen mehrfach in der Schiffsdatenbank auf. Was vermutlich bedeutet, dass sie mehrfach angeflogen wurden.«

»Drei Dunkelwelten«, fasste er zusammen. »Jolyona, Styx …«

Dorksteiger schüttelte den Kopf. »Styx wurde nur ein einziges Mal angesteuert, vermutlich, weil es dort keine Anlage gab. Im Gegensatz zu dieser Welt hier.« Sie deutete auf den zweiten Eintrag. »Hier gab es einen regelmäßigen Kontakt mit Jolyona. Allerdings muss ich dich enttäuschen: Dort gibt es nichts mehr zu untersuchen. Eine Supernova, vor rund vierzigtausend Jahren.«

Das Glück war in dieser Angelegenheit eindeutig nicht auf seiner Seite.

»Und die dritte Welt?«, fragte er.

Dorksteiger lächelte erneut. »*Die* wird dir gefallen«, sagte sie. »Ein namenloser Streuner. Ein Wanderplanet, mit dem Jolyona offenbar in engem Austausch gestanden hat. Jedenfalls sind diese beiden Namen am häufigsten genannt.«

»Also könnte es dort eine weitere Forschungsstation gegeben haben«, vermutete Rhodan. »Und ein weiteres Keroutenvolk.«

»Gut möglich.« Dorksteiger wischte über das Holo, und eine schematische Darstellung der Milchstraße erschien. »Ich habe ihn sogar für dich aufgestöbert.«

Die Galaxis zoomte immer weiter auf, bis Rhodan eine kleine, gestrichelte Linie ausmachen konnte, die sich durch die Westside der Milchstraße bewegte.

»Den positronischen Berechnungen zufolge müsste die aktuelle Position in etwa hier liegen.« Die Darstellung wurde detaillierter und zeigte nun ein relativ kleines und unscheinbares Sonnensystem. »Ganz in der Nähe des Arraksystems«, erklärte Dorksteiger.

Rhodan besah sich das Holo genauer. Ein weißer Zwerg, um den nur drei Planeten kreisten. Zwei kleine Gesteinsplaneten im inneren Bereich, und weiter draußen ein Gasriese, der einsam seiner Bahn folgte. Unterhalb der Planetenbahnebene markierte die Positronik den vermeintlichen Standort der unbekannten Dunkelwelt.

Das klang doch endlich nach einer guten Nachricht. »Schickst du mir die Daten rüber?«, fragte er, während er sich bereits auf den Weg zur Tür machte.

»Gerne.« Die Wissenschaftlerin sah auf, als die Labortür mit einem Zischen auffuhr. »Warte! Was ist jetzt mit Abendessen?«, rief sie ihm hinterher.

»Hab's nicht vergessen. Ich melde mich!«

Rhodan eilte auf den Antigravschacht zu. Er musste sich das pikierte Augenbrauenlüpfen seiner Angebeteten angesichts seines hastigen Rückzugs nicht vorstellen. Sie sandte ihm ein Bild davon, zusammen mit den Daten der Dunkelwelt.

Kapitel 3: Nebenwirkungen

Es war nicht die Frage, wie viel Elindra Parr ihren sogenannten Patienten zumuten konnte, sondern ob sie ihnen all das zumuten *wollte,* wozu die USO sie bevollmächtigte. Die United Stars Organisation unterhielt das Pädiatrische Beobachtungszentrum nicht aus reiner Nächstenliebe, sondern um die besonderen Fähigkeiten seiner Bewohner zu studieren.

Ihre Arbeitgeber verlangten von Parr, wenn nötig die Interessen der USO über das Wohl der Kinder zu stellen. Ihr moralisches Empfinden sah dagegen etwas völlig anderes vor, und meist versuchte sie, sich eher an dieser Richtlinie zu orientieren.

Senna Hickeys jüngster Ausbruch war eine der Gelegenheiten, bei der sie beide Interessen gleichermaßen bedienen konnte. Entsprechend forsch stürmte sie in die klinische Forschungsabteilung des Zentrums.

Die Zutrittsberechtigungskontrolle an der gläsernen Doppeltür überwand sie mit einem ebenso kurzen wie altmodischen Scan ihrer Retina. Erst Doktor Laxtens Assistentin hielt sie auf – eine hübsche Blondine, die jedes Klischee zu erfüllen schien, das einem bei dem Wort »Sekretärin« in den Sinn kommen mochte, sah man einmal davon ab, dass sie nicht real war. Ein hochwertiges Hologramm – und allein die Tatsache, dass Laxten es für nötig erachtete, sich ein derartiges Spielzeug zuzulegen, sagte mehr über den Charakter dieses Mannes aus, als Parr wissen wollte. Das Hologramm sah auf und klimperte Parr mit violett gefärbten Wimpern an.

»Kann ich dir helfen?«

»Ich muss mit Doktor Laxten sprechen.« Sich an seine künstliche Assistentin zu wenden, war zwecklos, ganz gleich, wie ausgefeilt ihre Positronik war.

»Er betreut gerade einen Notfall«, kam die prompte Antwort.

Ein Notfall? Parr stutzte. Hatte Sennas Anfall sie stärker mitgenommen, als Parr bemerkt hatte? Ein ungutes Gefühl machte sich in ihr breit.

»Wo wurde das Mädchen hingebracht?«, fragte sie.

Laxtens Helferin runzelte irritiert die Stirn. »Mädchen?«

»Senna Hickey«, half Parr ihr auf die Sprünge. »Das Mädchen, das während der Behandlung sediert werden musste.«

Blondchen schüttelte den Kopf. »Sie ist nicht der Notfall. Es geht um Delon Syers, den Pyrokinet aus sieben-vierzehn.«

Einen kurzen Augenblick lang verspürte Parr Erleichterung. Keiner von ihren Patienten. Dann kam das Schuldgefühl, gefolgt von der Erkenntnis, was das bedeutete. Zwei Ausbrüche, zur selben Zeit. Parr war nicht an ihre Position gelangt, weil sie an Zufälle glaubte.

»Ich muss mit Doktor Laxten sprechen«, beharrte sie. Jetzt erst recht. »Wo ist er? Sieben-vierzehn oder in der Medostation?«

»Intensivstation«, lautete die Auskunft. »Aber du solltest wirklich nicht …«

Parr hörte nicht länger zu. Intensivstation bedeutete, dass etwas gewaltig schiefgegangen war. Demnach hatte der Junge nicht sein Zimmer in Brand gesteckt, wie sie vermutet hatte, sondern eine Person. Seinen Betreuer, eines der anderen Kinder … oder sich selbst. Sie beschleunigte ihre Schritte. Ihre Absätze trommelten ein Stakkato auf den Boden, welches sie zu noch größerer Eile antrieb. Je schneller sie lief, desto drängender wurde es.

Als sie endlich den Antigravschacht erreichte, war sie völlig außer Atem. Sie griff nach der Handführung und zog sich nach oben. Bis sie den Schacht im zehnten Stock verließ, hatte sie sich wieder einigermaßen unter Kontrolle, und als sie den Bereich betrat, in dem die Intensivstation untergebracht war, fühlte sie sich gefasst genug, um Laxten gegenüberzutreten. Sie strich sich eine Strähne, die sich aus ihrer Frisur gelöst hatte, hinter das Ohr und eilte weiter.

Diesmal hielt ihr Retinascan der Zutrittsberechtigungskontrolle nicht stand. Ein dumpfes Summen ertönte, die Lampe über ihrem Kopf leuchtete rot auf, und die Tür blieb verschlossen.

Parr fluchte. Seit wann hatte sie keinen Zutritt mehr zu diesem Teil der Anlage? Hatte man die Sicherheitsbestimmungen geändert, ohne die Mitarbeiter zu informieren, oder war das auf Laxtens Mist gewachsen? Sie sah sich um, aber nicht einmal ein Servoroboter tauchte auf. Sie aktivierte ihr Multifunktionsarmband, aber Laxten war nicht aktiv mit dem Internen Netz der USO-Angestellten verbunden. Sie könnte ihm nur eine Nachricht hinterlassen, die er womöglich erst in ein paar Stunden abrufen würde.

Dafür fehlte ihr die Geduld. Sie hämmerte an die Scheibe aus bruchfestem Glassit. Auf Augenhöhe sprang ein Kamerasensor an.

»Ich muss mit Doktor Laxten sprechen«, erklärte sie so ruhig wie möglich.

»Ich höre dich, Leutnant Parr«, drang eine Stimme aus der Scheibe, die derart verfremdet klang, dass sie nicht mit Sicherheit sagen konnte, ob sie tatsächlich Laxten gehörte. »Ich bin beschäftigt.«

»Mit Delon Syers, ich weiß. Ich komme in ähnlicher Angelegenheit. Und ich glaube, dass wir vielleicht eine neue Möglichkeit haben, die Ursache der Psi-Anomalien zu untersuchen.«

Wenn er schlau war, würde ihn das überzeugen, ihr die Tür zu öffnen. Wenn nicht, würde sie sich an eine Ebene weiter oben wenden, und falls sie recht hatte mit ihrer Vermutung, konnte sich der hochtrabende Arzt auf einiges gefasst machen.

Er war schlau. Das Signal über ihrem Kopf wechselte von Rot auf Grün, und die Tür glitt auf. Warme Luft schlug ihr entgegen; sie trug den Geruch von Desinfektionsmitteln mit sich.

»Raum siebzehn«, kam Laxtens Anweisung aus dem Akustikfeld der Trennscheibe.

Er machte sich nicht die Mühe, ihr entgegenzukommen, sah nicht einmal von dem Medotank auf, den der Körper des Jungen nicht einmal zur Hälfte ausfüllte. Die Daten, die der Arzt auf dem Holo abrief, waren selbst für einen medizinischen Laien wie sie eindeutig. Schwere Verbrennungen, teilweise bis auf die Knochen. Versengte Lungen. Schwacher, unregelmäßiger Puls. Immerhin schienen die Gehirnströme einigermaßen stabil. Trotzdem: Der Junge kämpfte mit dem Tod.

»Schafft er es?«, fragte Parr leise.

»Das Gewebe regeneriert erwartungsgemäß«, antwortete Laxten. »Was mir Sorgen macht, ist sein geistiger Zustand.«

Parr nickte. »Die Anfälle werden stärker«, sagte sie. »Wie steht es mit den anderen Kindern?«

Nun sah der Arzt doch auf. »Die Blocker helfen in den schlimmen Phasen«, erklärte er. »Allerdings ist es schwer, diese Phasen vorauszusehen, und wenn wir die Anzeichen nicht rechtzeitig bemerken …« Er deutete auf die Medokapsel. »Delon hatte Glück, dass ein Servoroboter mit Löscheinheit in der Nähe war.«

Also hatte der Junge es nicht einmal dann geschafft, sein Feuer zu bekämpfen, als er bereits in Flammen gestanden hatte.

Parr atmete langsam durch und schob ihr Bedauern von sich. Sie musste einen klaren Kopf behalten. Gerade jetzt.

»Können wir in deinem Büro sprechen?«, fragte sie. Es schien ihr pietätlos, am Krankenbett dieses Kindes zu stehen und zu diskutieren, als wäre der Junge nicht vorhanden. Schließlich wussten sie nicht, wie viel er von ihrem Gespräch mitbekam.

Laxten seufzte theatralisch, doch er hob den Arm und deutete zur Tür. »Bitte.«

Statt sie jedoch auf die Ebene der Forschungsstation zu begleiten, führte er sie in ein kleines Arbeitszimmer, das er sich offensichtlich mit den anderen Ärzten auf dieser Station teilte. Das Wandbild mit dem beruhigenden Farbwechsel in nebelartigen Wellen traute Parr ihm jedenfalls ebenso wenig zu wie die blühende Ristapalme am Fenster.

»Worum geht es?«, erkundigte Laxten sich in müdem Tonfall.

In der steril gehaltenen Intensivstation war es ihr nicht aufgefallen, doch in der fröhlich bunten Umgebung dieses Arbeitszimmers wirkte er plötzlich abgezehrt und weitaus älter als seine hundertzwanzig Jahre. Das Haar war schütter und von weißen Strähnen durchzogen, im Gesicht bildeten sich tiefe Falten um seine Augen- und Mundwinkel. Die Phasen der vermehrten Psi-Aktivitäten zehrten an seinen Kräften.

Parr riss sich von diesen Gedanken los und konzentrierte sich auf die Angelegenheit, die sie hergeführt hatte. »Senna Hickey«, sagte sie. »Sie hatte ebenfalls einen extremen Anfall.«

»Und?« Laxten nahm an einem Schreibtisch Platz, der unter den Bergen an Datenkristallen kaum auszumachen war. »Ich hoffe doch, du holst mich nicht deshalb aus einem Notfall heraus.«

»Ihre telepathischen Fähigkeiten haben sich enorm gesteigert. Und ich fürchte, auch ihre telekinetischen.« In knappen Worten berichtete Parr von den Ereignissen während der letzten Sitzung.

»Und du glaubst, das Mädchen hätte jemanden belauscht?« Laxten hob zweifelnd die Brauen. »Das klingt ein wenig weit hergeholt, meinst du nicht?«

»Möglich«, lenkte Parr ein. »Aber dass Senna etwas hört, daran besteht kein Zweifel.« Sie schob die Datenkristalle auf Laxtens Tisch beiseite und stützte ihre Hände auf die abgegriffene Tischplatte. »Du weißt ebenso wie ich, dass die Schwankungen einer Regelmäßigkeit unterliegen, auch wenn die Abstände kürzer werden.« Derzeit lagen sie bei hundertneun Tagen von einem Höhepunkt zum nächsten – etwas mehr als einem Sonnenumlauf.

»Der jetzige Zyklus steht erst am Beginn. Wenn wir die Quelle für Sennas Stimmen lokalisieren könnten, wüssten wir, wie weit ihre telepathischen Fähigkeiten diesmal reichen. Damit hätten wir eventuell die Möglichkeit, das Ausmaß dieses Zyklus, abzuschätzen und könnten gegebenenfalls prophylaktische Gegenmaßnahmen ergreifen.«

»Wie zum Beispiel?«

»Die Blocker vorsorglich zu verabreichen, falls es notwendig sein sollte«, erklärte sie. »Um Unfälle wie den von Delon zu vermeiden.«

Laxten seufzte. »Schön. Nicht dass ich das aus medizinischer Sicht begrüßen würde. Das Mittel ist noch nicht ausgetestet, das weißt du ebenso gut wie ich. Es ist für Notfälle gedacht, nicht zur Daueranwendung.«

Das war Parr durchaus klar. Aber manche der Kinder waren nicht nur eine Gefahr für sich selbst, sondern auch für andere. Delon Syers war einer davon – und Senna Hickey ebenfalls. Bisher war die Belastung der Kinder in jedem Zyklus heftiger ausgefallen als in dem zuvor. Und wenn sich dieses Muster fortsetzte, könnte es im Ernstfall bereits zu spät sein, um die Blocker noch zum Einsatz zu bringen. Sie mussten präventiv handeln.

»Deshalb möchte ich das Mädchen mit einem Translator ausstatten.« Wenn aus dem Lärm Worte wurden, konnten sie den Ursprung der Stimmen leichter bestimmen – und Senna fiel es vielleicht leichter, sie auszusperren. Ein Punkt, der sowohl der USO als auch Parrs Patientin diente.

Der Mediziner wirkte nicht überzeugt. »Ich bezweifle, dass ein Translator etwas übersetzen könnte, das Senna nur nachahmt«, wandte er ein.

Damit hatte er recht – ein Translator erforderte gesprochene Worte, keine bloßen Gedanken. Aber Parr wäre nicht gekommen, wenn sie nicht zumindest eine grobe Idee gehabt hätte, wie sie dieses Problem beheben konnten.

»Was ist mit SEMT-Technik?«, fragte sie. Die Simultane Emotio- und Mnemo-Transmission ermöglichte die Übertragung von Gedanken und Gefühlen, sie galt als technische Telepathie. Was auch der Grund war, weshalb die Forschung daran immer wieder infrage gestellt wurde. Immerhin ging es dabei potenziell um das gewaltsame Eindringen in die Gedankensphäre. Etwas, das man auch Telepathen immer wieder gern unterstellte.

»Ein ungewöhnlicher Vorschlag.« Der Tonfall des Mediziners machte deutlich, dass das ein Euphemismus war. »Darf ich fragen, wie du dir das vorstellst?«

»Ich hatte einmal einen ... *Bekannten*«, sagte sie. »Ihm wurde ein Implantat in die Kopfplatte eingesetzt, um seine Taubheit zu überbrücken. Es nahm den Schall auf und wandelte ihn um, sodass er die Geräusche in seinen Gedanken hörte. Ich bin sicher, das lässt sich auch in umgekehrter Richtung nutzen.«

Parr war zwar kein Fall bekannt, in dem SEMT-Technologie

mit den Fähigkeiten eines natürlichen Telepathen kombiniert worden war, aber theoretisch lag nichts näher als das, wenn man die telepathisch gewonnenen Eindrücke positronisch weiterverarbeiten wollte. Und schließlich konnte niemand einen medizinischen Eingriff als unmoralisch abtun.

Nun schien Laxten durchaus interessiert. »Ein SEMT-Implantat«, wiederholte er nachdenklich. »Das könnte tatsächlich funktionieren.« Er fegte mit einer einzigen Bewegung sämtliche Unterlagen vom Tisch, aktivierte die nun freigelegte Arbeitsstation und rief einige Informationsholos auf. Es dauerte nicht lange, dann hatte er gefunden, wonach er gesucht hatte.

»Da haben wir's.« Zufrieden sah er zu Parr auf. »Siganesische Fertigung. Es gibt doch nichts, wo diese Winzlinge nicht ihre Finger drin hätten. Allerdings ist die Technik immer noch im experimentellen Stadium. Und sie würde einige Anpassungen erfordern.«

Parr dachte an die Blocker, die ebenfalls in keinem normalen Klinikbetrieb Zulassung gefunden hätten. »Mit experimentellen Methoden sind wir ja bestens vertraut.«

»Allerdings.« Laxten nickte langsam. »Der Eingriff wäre kein Problem. Aber das Mädchen ...«

»Ich kümmere mich darum.« Das Implantat könnte Senna die Belastung nehmen und damit die Gefahr eindämmen, die das Mädchen für sich und andere darstellte. Senna würde ihr Einverständnis geben, davon war Parr überzeugt. Und selbst wenn nicht – als ihre Betreuerin wäre Parr befugt, diese Entscheidung selbst zu treffen.

Kapitel 4:
Streuner

Überrascht stellte Rhodan fest, dass das Arraksystem nicht nur bekannt, sondern auch besiedelt war. Das kleine Sonnensystem lag von Plophos aus rund tausend Lichtjahre Richtung Galaktisches Zentrum, und laut den Daten, die der RAS TSCHUBAI zur Verfügung standen, hatten sich vor dreihundertundsiebzig Jahren einige Plophoser auf dem zweiten Planeten angesiedelt, wo sie eine kleine, aber autarke Kolonie gegründet hatten. Inwieweit diese Selbständigkeit freiwillig zustande gekommen war, war fraglich. Arrak lag in der Nähe der Sarkassian-Sternenwolke. Seit dem Hyperimpedanz-Schock kamen aus dieser Wolke immer wieder sporadische Hyperstürme, deren Grund noch niemand genau kannte – sie sorgten dafür, dass der Hyperfunk rings um Istark gestört war und Linearflüge nur mit sorgsamer Planung funktionierten.

Rhodan rieb sich nachdenklich die Wange und ignorierte den Hauch von Bartstoppeln, den er dabei spürte. Die Plophoser stammten von terranischen Kolonisten ab und waren längst Mitglied der Liga Freier Terraner. Allerdings neigten autarke Kolonien weitab ihrer Heimat gerne dazu, sich von alten Bündnissen loszusagen. Somit wäre es nur gerechtfertigt, ihnen einen Besuch abzustatten, ein wenig die Werbetrommel für die Liga zu rühren und dabei ganz nebenbei einen kurzen Blick auf diese Dunkelwelt zu werfen.

Seine gute Laune verflog, als er den zweiten Eintrag las, den die Datenbank für ihn bereithielt. Die Koloniewelt Istark war nicht nur die neue Heimat dieser plophosischen Siedler – sie beherbergte auch einen Operationsposten der USO. Und damit war sie eindeutig kein unbedeutender kleiner Planet in einem abgelegenen System. Der galaktische Geheimdienst hatte sicher nicht ohne Grund dort Station bezogen. Womöglich waren seine Agenten dem Geheimnis der keroutischen Dunkelwelt bereits auf der Spur.

Ganz gleich wie, es wäre äußerst unklug, unangemeldet vor der Nase der USO herumzustreunen und einen Wanderplaneten erforschen zu lassen. Wenn er nicht in das nächste diplomatische Wespennest stechen wollte, wäre es besser, die Füße stillzuhalten. Alles, was er tun konnte, war, die Kolonie über die sich nähernde Dunkelwelt zu informieren und im Austausch darum zu bitten, über neue Erkenntnisse auf dem Laufenden gehalten zu werden. Nicht gerade das, was er sich erhofft hatte.

Andererseits konnte er sich lebhaft vorstellen, was Sichu Dorksteiger dazu zu sagen hätte: Er war kein Abenteurer, sondern LFT-Kommissar. Politiker, Anführer, Person des öffentlichen Lebens. Es gab keinen Grund, weshalb er immer an vorderster Front stehen, Geheimnisse lüften und Kämpfe ausfechten sollte, für die ein Schiff wie die RAS TSCHUBAI ganze Bataillone an Raumlandetruppen und Kampfrobotern bereithielt.

Wirklich keinen Grund, außer dem beharrlich blinkenden Zeichen in seinem Holo, das ihm acht neue Nachrichten ankündigte, bei denen er wetten würde, dass mindestens drei von seinem neuen Freund Tarol de Lisenta stammten.

Mit gutem Gewissen ignorierte Rhodan die aufdringliche Erinnerung und versuchte stattdessen sein Glück mit einer Funkverbindung nach Nukant, der Hauptstadt von Istark.

Es überraschte Rhodan nicht, dass die einzige Verbindung, die durch das Störfeld der Sarkassian-Wolke hindurch zustande kam, ihn genau dorthin führte, wohin er wollte – in den Stützpunkt der United Stars Organisation. Er wollte sich gar nicht erst ausmalen, wie viele Satelliten die USO um den Planeten herum verteilt hatte, um Kontakt zu ihrem Hauptquartier Quinto-Center zu halten.

Rhodans Gesprächspartner sah aus wie der Prototyp eines Soldaten. Bürstenhaarschnitt, forsches Kinn, breite Schultern, muskelbepackte Arme, die sicherlich eine Tätowierung prominent am Bizeps platziert trugen, und Augen, die keinen Widerspruch duldeten. Die streng geschnittene, dunkle Kombination des USO-Spezialisten verstärkte den Eindruck noch weiter. Im Normalfall hätte dieser eindeutige Hinweis auf eine militärische Vergangenheit Rhodan ein gewisses Verständnis für seinen Gesprächspartner vermittelt – mit Militärstrukturen kannte er sich aus. Aber bei einem Mitglied der USO konnte das alles und nichts bedeuten. Die Kampfausbildung der Spezialisten ähnelte zwar jenem Drill, den Rhodan aus seiner eigenen Militärzeit kannte, aber was sonst innerhalb des Geheimdienstes ablief, war und blieb eben geheim.

Das machte es schwer, sein Gegenüber einzuschätzen. Spezialist Karus Bellagy mochte wie ein stumpfer Befehlsempfänger aussehen, aber etwas an seiner Art riet Rhodan, den Mann nicht zu unterschätzen.

»Ich darf mich in aller Form für deine Informationen bedanken«, holte Bellagy aus. »Mein Team konnte den von dir genannten Planeten tatsächlich ausmachen.«

Bellagys Team also. Demnach war der Mann eine Art Wissenschaftler, oder zumindest befehligte er solche. Rhodan fügte das seiner mentalen Notiz über den Kontaktmann hinzu.

»Und?«, fragte er.

»Er befindet sich rund acht Lichtstunden entfernt und bewegt sich unseren Berechnungen zufolge mit 328 Kilometern pro Sekunde durch den Raum. Was bedeutet, dass er in ziemlich genau zwölf Jahren das Arraksystem kreuzen wird.«

»Diese Aussicht scheint dich nicht zu beunruhigen«, bemerkte Rhodan.

Bellagy zuckte nur mit den massigen Schultern. »Die Kalkulation von Flugbahn und Geschwindigkeit des Streuners hat ergeben, dass die Dunkelwelt keinen Schaden anrichten wird. Sie nähert sich von unten, in einem Vierzig-Grad-Winkel zur Planetenbahnebene des Systems. Von dort wird sie innerhalb der Umlaufbahn des äußersten Planeten in das System eindringen, ehe sie von der Anziehungskraft der Sonne umgelenkt wird und das System wieder verlässt, ohne die Laufbahnen der systemeigenen Planeten zu kreuzen. Du siehst also, es besteht kein Handlungsbedarf. Und spätestens bei der Annäherung an den ersten Planeten hätte die Dunkelwelt ohnehin Alarm ausgelöst.« Als hätte er sich eben noch daran erinnert, eine gewisse Form von Höflichkeit zu bewahren, ergänzte er: »Auch wenn deine Meldung natürlich zu einer frühzeitigen Entdeckung geführt und uns einige Monate Vorlaufzeit gewährt hat.«

»Das freut mich.« Rhodan unterdrückte ein Zähneknirschen. Er war niemand, der auf Lobhudelei angewiesen war. Wenn er unnötig die Pferde scheu gemacht hatte, konnte man ihm das durchaus unverhohlen sagen. »Du sagst, dass der Wanderplanet keine der Umlaufbahnen kreuzt. Aber wie sieht es mit sonstigen Beeinträchtigungen aus?«

Selbst wenn er nicht in die unmittelbare Nähe der anderen Planeten geriet – ein massiver Brocken, der in ein Sonnensystem eindrang, veränderte die Gravitationsverhältnisse und dadurch häufig auch die Umlaufbahnen der anderen Himmelskörper, was starke klimatische Veränderungen auf den betroffenen Planeten hervorrufen konnte.

Bellagy verschränkte die Hände vor sich auf dem Tisch und

lächelte ein selbstgefälliges, herablassendes Lächeln, das Rhodan immer seltener sah, je älter er wurde. Aber irgendjemanden, der dachte, ihn wie einen Dummkopf behandeln zu können, gab es immer. Und es war ihm sehr wohl bekannt, dass USO-Spezialisten sich als überlegen ansahen. Schon sprachlich hoben sie sich durch das Siezen untereinander von den anderen Bewohnern der Milchstraße bewusst ab.

Auch von einem LFT-Kommissar und früheren Terranischen Residenten.

»Perry, meine Experten haben den gesamten Pfad des Streuners durchkalkuliert. Ja, der Wanderplanet wird das System kreuzen und sich dabei dem Zentralgestirn und natürlich auch den inneren Planeten annähern. Trotzdem hat die Berechnung über den gesamten Verlauf der Durchquerung keine Gefahr für Istark ergeben.« Er öffnete die Hände und lehnte sich zurück. »Wie ich bereits sagte, es besteht keinerlei Handlungsbedarf.«

Verständlicherweise interessierte die USO nur der bewohnte Planet. Rhodan hätte diese Einschätzung im Normalfall geteilt. Aber zum einen war noch unklar, ob nicht auch die Dunkelwelt bewohnt war, und zum anderen brauchte er nun wirklich keinen Geheimdienstagenten, der ihm durch die Blume erklärte, dass er ein Idiot war.

Dennoch zwang Rhodan ein freundliches Lächeln auf sein Gesicht. In solchen Momenten war es von Vorteil, wenn man eifrig in Kameras grinste – irgendwann fraß sich der Ausdruck ein, und man musste sich nur ein kalt glänzendes Kameraauge vorstellen, und schon war er wieder da. In diesem Fall bedurfte es nicht einmal sonderlich großer Vorstellungskraft, denn die Kamera der Holoverbindung schwebte direkt auf Augenhöhe vor ihm.

»Was ist mit den anderen beiden Planeten?«, fragte er betont freundlich. »Bleiben sie auch unbeeinträchtigt?«

Bellagy winkte ab. »Marginale Abweichungen. Es gibt wirklich keinen Grund, einzuschreiten«, betonte er. »Oder was würdest du vorschlagen, Perry? Sollen wir die Dunkelwelt vernichten, um ein paar Grad Temperaturunterschied auf unbewohnten Planeten zu verhindern?«

Der Terraner hob beschwichtigend die Hände. »Natürlich nicht!« Den Dunkelplaneten zu vernichten, war das Letzte, was Rhodan erreichen wollte. Ärgerlicherweise hatte der USO-Spezialist recht. Es gab relativ wenig, was sie gegen den Streuner tun konnten. »Wir wissen nicht, wie es um die Dunkelwelt bestellt ist«, erklärte er. »Sie könnte durchaus bewohnt sein.«

Verblüffung zeichnete sich auf dem Gesicht des USO-Spezialisten ab. »Wie kommst du darauf?«, fragte er. »Das Ding kann nicht mehr sein als ein Eisbrocken, so weit draußen, wie es sich befindet.«

»Weil wir die Positionsdaten des Streuners von einer weiteren bewohnten Dunkelwelt erhalten haben. Es könnte sein, dass sich eine keroutische Forschungsstation darauf befindet. Und vielleicht sogar eine ganze Kolonie.«

»Eine keroutische Kolonie?« Bellagy runzelte die Stirn. »Und diese Forschungsstation ist es, an der du solches Interesse hast?«

Rhodan nickte. Er sah keinen Grund, das zu leugnen.

Sein Gegenüber lehnte sich in dem gepolsterten Sessel zurück, stützte die Ellbogen auf die Armlehnen und legte die Finger nachdenklich aneinander. »Ich nehme an, du wirst mir nicht verraten, was genau du dort suchst?«

Damit waren sie also beim Verhandeln angekommen. Rhodan lehnte sich ebenfalls zurück und tat, als müsse er abwägen. Natürlich wäre er lieber selbst ins Arraksystem geflogen und hätte die Dunkelwelt untersucht. Aber Dorksteiger hatte recht – Abenteuerlust allein war kein Grund für diese Mission.

Um die Dunkelwelt zu untersuchen, gab es besser geeignete Kandidaten, und mit der USO hatte er kompetente Einsatzleute direkt vor Ort. Alles, was er tun musste, war, sich damit zu begnügen, sie machen zu lassen.

Er seufzte. »Da ich euch wohl ohnehin nicht davon abhalten kann, den Planeten zu untersuchen, kann ich es dir ebenso gut verraten«, sagte er. »Nach allem, was wir wissen, haben die Kerouten ein Forschungsprojekt gestartet. Ein Saatgut, das selbst in unwirtlichem Gebiet Landwirtschaft ermöglichen und selbst auf abgelegenen Planeten eine unabhängige Versorgung gewährleisten würde.«

Bellagy zuckte kaum mit den Wimpern, aber Rhodan sah die leichte Anspannung, die winzige Fältchen um seine Augen bildete. Er hatte die Aufmerksamkeit des Mannes gewonnen. Also lag er mit seiner Vermutung richtig: Istark *war* autark – aber für einen Stützpunkt des galaktischen Geheimdienstes wäre ein weiterer Quell der Unabhängigkeit ebenso von Vorteil wie für andere, weniger eigenständige Sternstaaten.

»Und die Dunkelwelten …«, murmelte Bellagy.

Rhodan nickte. »… sind Testumgebungen für das Saatgut.«

Misstrauisch zog der USO-Spezialist die Augenbrauen zusammen. »Und du glaubst wirklich, dass dort noch etwas von diesem Saatgut erhalten ist?«

»Eher unwahrscheinlich«, gab Rhodan zu. »Die Dunkelwelt, auf der wir den ersten Hinweis erhalten haben, war noch von Keroutenabkömmlingen bevölkert, aber das Saatgut war … Nennen wir es *unbrauchbar.*«

Bellagy stieß ein nachdenkliches Brummen aus. »Ich schätze, diese Informationen gibst du mir nicht ganz uneigennützig.«

Nichts im Leben ist umsonst. Die USO hätte ihm ihrerseits niemals Einsichten in laufende Missionen gewährt, also gab es keinen Anlass, den Großzügigen zu mimen. Er wollte etwas von Bellagy, und wenn er es jetzt nicht einforderte, war die Chance vertan.

»Ich bitte lediglich darum, mich über eure Erkenntnisse auf dem Laufenden zu halten, was die Dunkelwelt betrifft«, erklärte er freundlich.

»Falls wir auf das Saatgut oder Daten zu dessen Entwicklung stoßen …«

»Nein.« Rhodan beugte sich vor. »Ich möchte nicht wochenlang auf irgendwelche Neuigkeiten warten, die ich mir ebenso gut aus einem offiziellen Bericht holen könnte. Ich möchte einfach wissen, was ihr dort findet, auch wenn es kein Saatgut ist. Besser gesagt: besonders dann, wenn es kein Saatgut ist.«

Der USO-Spezialist legte den Kopf schief. »Was könnte es sonst sein?«

»Das muss ich eben herausfinden.« Der Dünger, den die Kerouten entwickelt hatten, ließ alles wachsen, ganz gleich ob organisch, metallisch, kristallin … Die Kerouten hatten es Xoj genannt. *Schwarze Saat.* Ein Wunderwerk, das ihnen erlaubt hätte, jeden Lebensraum zu besiedeln – wenn sie es unter Kontrolle hätten halten können.

Bellagy musterte ihn interessiert. »Dir ist schon bewusst, dass du das, was du mir gesagt hast, nicht zurücknehmen kannst? Selbst wenn ich nicht in einen Informationsaustausch einwillige, hast du dein Wissen bereits geteilt.«

Rhodan setzte ein unverbindliches Lächeln auf. »Und dir ist bewusst, dass, falls du dem Informationsaustausch nicht zustimmst, ich gezwungen bin, die Reise auf mich zu nehmen und mich persönlich auf dem Streuner umzusehen?« *Und dabei vielleicht auch auf den systemeigenen Planeten,* fügte er in Gedanken hinzu. *Irgendwas muss Istark schließlich an sich haben, das einen ganzen Stützpunkt der USO dort rechtfertigt. Also wollt ihr bestimmt nicht, dass ich dort herumschnüffle.*

Wieder erschienen die kleinen Fältchen um Bellagys Augen, stärker diesmal. Der USO-Spezialist verzog die Lippen zu einem freudlosen Lächeln. »Auch wenn ich dich natürlich nicht von einem Besuch in unserem kleinen System abhalten möchte, denke ich nicht, dass das notwendig sein wird. Wie du bereits gesagt hast: Ich werde ohnehin ein Einsatzteam auf den Dunkelplaneten senden, damit es sich dort umsieht.«

Rhodan lächelte. Er musste sich nicht selbst im Holo sehen, um zu wissen, dass ihm diese Farce besser gelang als Bellagy. »Das freut mich sehr. Vielen Dank für deine Unterstützung.«

Der USO-Spezialist nickte knapp und wollte die Verbindung beenden, aber Rhodan hielt ihn zurück. »Wann schätzt du, dass du die neuen Informationen erhalten wirst?«, fragte er.

Unwillig kniff Bellagy die Augen zusammen. »Ich werde das Einsatzteam noch heute losschicken«, murrte er. Dann unterbrach er die Verbindung, ehe Rhodan ihm eine weitere indirekte Anweisung zuschieben konnte.

Kapitel 5:
Manipulator

Ein leises Summen ließ Alken Veltikat auffahren. Jemand stand vor der Tür. Hastig wischte er über das Bedienfeld der Duschkabine, und das heiße Wasser versiegte. Stattdessen aktivierte sich der geschickt in der Deckenverkleidung verborgene Infrarotstrahler, tauchte den Raum in warmes, rötliches Licht und trocknete seine Haut in Sekunden.

Alken griff gerade nach Hemd und Hose, als es zum zweiten Mal summte.

»Ja doch«, murrte er. Noch im Gehen streifte er seine Kleidungsstücke über, trat an die Tür und aktivierte das Holo, das ihm den Besucher anzeigte: eine kleine Servoeinheit, die geduldig im Hotelflur ausharrte und ein abgedecktes Tablett auf der integrierten Ablagefläche balancierte.

Alken entspannte sich. Er hatte sich bewusst für dieses Hotel entschieden, weil das *Ahella* voll und ganz durch Roboter und automatische Prozesse abgewickelt wurde, aber man konnte ja nie wissen. Einem Menschen wäre aufgefallen, dass er keineswegs dreißig, dunkelhaarig und bärtig war, wie er angegeben hatte, sondern hellhaarig, blass und für seine siebzehn Jahre auch viel zu schmal, wie er fand. Robotern dagegen war das egal. Sie bestanden nur aus Sensoren und Elektronik, und die waren für ihn kein Problem.

Er betätigte den Türöffner, ehe die Servoeinheit Gelegenheit bekam, noch ein drittes Mal anzusummen. Der kleine Roboter setzte sich in Bewegung, kaum dass die Tür beiseitegeglitten war.

»Guten Morgen, Jacq Darson«, grüßte er mit freundlicher, weicher Stimme. »Ich hoffe, du hast gut geruht. Der Wetterbericht für heute: Aktuell haben wir neunzehn Grad Celsius. Die Tageshöchsttemperatur beträgt sechsundzwanzig Grad Celsius. Der heutige Tag ist sonnig, zwischendurch können Wolken aufziehen. Es besteht eine Niederschlagswahrscheinlichkeit von dreizehn Prozent.«

All das ratterte der Roboter herunter, während er den Inhalt seines Tabletts auf dem kleinen runden Esstisch in der Mitte des Zimmers verteilte. Teller, Schüsseln, Schalen, ein Champagnerglas, eine Kanne dampfenden Kaffees … Alken hatte keine Ahnung, woraus sein Frühstück da eigentlich bestand, er hatte einfach das Teuerste gewählt, was die Hotelkarte hergegeben hatte. Dem Geruch nach zu urteilen, den die Speisen verströmten, war das eine durchaus gelungene Wahl gewesen.

Er ließ sich auf einen der beiden Stühle sinken, die am Tisch standen – natürlich optisch auf die übrigen Einrichtungsgegenstände abgestimmt –, und zog den Teller mit Brot heran.

»Danke.« Alken goss sich Kaffee in die edel geformte Tasse und nippte daran. Schwächer, als er es gewohnt war, aber vermutlich gab es nicht viele Gäste, die den Tag mit einem zehnfachen Espresso beginnen wollten. »Wie lauten die heutigen Nachrichten?«, fragte er, ehe die Servoeinheit wieder davonschweben konnte.

Natürlich könnte er diese Informationen ebenso gut und vermutlich sogar schneller aus dem Netz holen oder sich ganz altmodisch die Nachrichtensendung im Trivid ansehen. Aber er mochte die Sprechstimme des Roboters. Die Litanei der Servoeinheit gab ihm das Gefühl, ein richtiges Gespräch mit einer Person zu führen. Zumindest kam es dem näher als alles, was Alken sonst an zwischenmenschlicher Interaktion hatte.

»Die Produktionsverbände melden einen Rückgang von

0,14 Prozent im Bereich der Agrarwirtschaft«, antwortete der Roboter gewissenhaft. »Im Ostviertel der Stadt kam es heute Nacht zu einem Brand in einer Spielhalle, die Brandursache konnte noch nicht geklärt werden. Supermodel Varina Koloff präsentiert heute Abend ihre neueste Diätpillenkollektion …«

»Das reicht, danke.« Jede Meldung, die ihn interessiert hätte, wäre definitiv vor den tollen Wunderpillen des Supermodels genannt worden.

»Hast du sonst noch einen Wunsch?«, erkundigte sich die Servoeinheit.

»Nein, danke. Alles bestens.« Alken sah auf die Uhr, die freundlicherweise an der Wand neben dem Bett leuchtete. Kurz vor elf. Seine Zeit als Jacq Darson neigte sich dem Ende zu.

Mit einem leisen Sirren machte sich der Roboter von dannen.

Alken besah sich noch einmal die reichhaltige Auswahl an Speisen vor sich auf dem Tisch. Früchte, gebratenes Fleisch, Salat, Fisch, Süßgebäck, Eintopf … Mehr, als ein gewöhnlicher Sterblicher an einem ganzen Tag zu essen bekam, und exklusiver, als manch einer sich auch nur erträumen konnte.

Zu seinem Glück hatte Alken schon immer über eine sehr ausgeprägte Fantasie verfügt. Seine Träume waren nicht so leicht zu übertreffen – auch wenn er hart daran arbeitete, sie zumindest zu erfüllen. Das hier war nur ein kleiner Schritt auf seinem Weg dorthin.

Gierig zog er die erste Schüssel zu sich heran, kippte den Inhalt auf den Teller, den die Servoeinheit vor ihm platziert hatte, und tunkte ein Stück Süßgebäck in die warme, fruchtig duftende Masse.

Es dauerte fast eine Stunde, doch in dieser Zeit verdrückte er sein luxuriöses Frühstück bis auf den letzten Krümel. Nur die Champagnerflasche ließ er ungeöffnet. Er hasste den benebelnden Effekt von Alkohol – in seiner Position musste man immer und überall einen klaren Kopf bewahren. Einen Schwips konnte er sich schlicht und ergreifend nicht leisten.

Alken wischte sich mit Daumen und Zeigefinger über den Mund und rieb die Finger an der Serviette sauber. Zehn vor zwölf. Es wurde Zeit.

Er erhob sich und griff nach den wenigen Habseligkeiten, die er bei sich getragen hatte. Sein Multifunktionspad, eine Datenbrille und ein Speicherkristall mit Jacq Darsons Kreditdaten. Nach kurzem Überlegen griff er auch nach den Probefläschchen im Bad: Duschgel, Shampoo, Seife. Man konnte nie wissen.

Hinter ihm schob sich der Stuhl mit einem leisen Scharren unter den Tisch zurück.

Alken setzte die Brille auf, aktivierte sie jedoch nicht. Ein letzter Blick auf das Holo neben der Tür, dann trat er in den leeren Gang hinaus, sah nach oben, wo eine einzelne Kameralinse den Bereich vor seinem Zimmer sicherte, und tippte sich salutierend an die Stirn.

Statt den Antigravschacht zu nutzen, entschied Alken sich für die altmodische Treppe, die sich um den Schacht schlängelte und ins Erdgeschoss des Luxushotels führte. In der Empfangshalle warf er den Kontaktchip, der als Zimmerschlüssel diente, in den dafür vorgesehenen Schlitz am Tresen.

»Du wurdest erfolgreich ausgecheckt«, verkündete eine sonore Stimme, die bei Weitem nicht so angenehm klang wie die des Bedienroboters. »Dein Konto wurde mit dreitausendachthundert Galax belastet. Wir hoffen, du hattest einen schönen Aufenthalt, und wünschen einen schönen Tag.«

Alken grinste. Dreitausendachthundert Galax für eine Nacht – nicht schlecht. Blieb nur abzuwarten, was der wahre Jacq Darson dazu sagte.

In aller Gemütlichkeit schlenderte Alken zur breiten Glastür hinaus. Niemand hielt ihn auf. Wer sollte es auch tun? Die Blechbüchsen hatten keine Ahnung, dass sie gerade abgezockt worden waren.

Auf der Straße angekommen sah Alken sich aufmerksam um. In unmittelbarer Nähe stand ein Luxusgleiter bereit – glänzende Metallic-Lackierung, edle, aerodynamische Form. Schlank, schnell ... und zu auffällig für seinen Geschmack. Unmittelbar dahinter parkte eine Rostkiste mit sandfarbenem Anstrich, der wohl an vielen Stellen das Einzige war, was den Gleiter überhaupt zusammenhielt. Ebenso unbrauchbar.

Ein Stück weiter stieß Alken jedoch auf die perfekte Wahl: taubengrau, von undefinierbarer Form, der Standardgleiter, wie er auf Istark produziert wurde und zu Tausenden in der Stadt zu finden war. Ein rascher Blick nach links und rechts, dann trat Alken an die Fahrertür, legte die Hand gegen das kühle Metall und tastete suchend umher.

Ein kurzes Prickeln in den Fingerspitzen verriet ihm, dass er die richtige Stelle gefunden hatte. Alken fokussierte sich auf die Tür, konzentrierte sich auf die Energieflüsse, die er erspürte. Innerhalb von Sekundenbruchteilen erschienen sie vor seinen Augen. Blaue und grüne Linien, bestehend aus endlosen Zahlenkolonnen, die den gesamten Gleiter durchzogen wie ein Geflecht aus Adern. Alles, was Alken tun musste, war, in diesen Fluss aus Daten zu greifen und die eine Zahl zu finden, die ihm den Zugang verwehrte.

Wie immer ließ er sich dabei von seinem Gefühl leiten – seine Intuition, wie er es nannte. Und im Moment war seine Intuition stärker als gewöhnlich. Er fand die Zahl. Eine einzelne, kleine Eins. Alken griff danach, zog sie aus dem Datenfluss und zerdrückte sie zwischen den Fingern. Als er wieder losließ, reihte sich eine winzig kleine Null in den Ziffernstrom ein.

Ein leises Klicken ertönte, und der Gleiter gab die Türverriegelung frei.

Zufrieden rutschte Alken in den Pilotensitz. Er schloss die Tür, aktivierte die Steuerung und hob ab. Nicht, dass er jemals die Flugberechtigungsprüfung absolviert hätte. Aber die brauchte er auch nicht. Sanft zog er den Gleiter nach oben, brachte ihn auf Flughöhe und steuerte geschickt zwischen den Hochhäusern hindurch. Allerdings nur so weit, wie es nötig war, um außer Sichtweite des Hotels zu kommen. Dann bremste er ab, ließ das Gefährt in Schwebeposition verharren und aktivierte das Multifunktionspad und die Datenbrille.

Das Pad legte er sich auf die Knie, damit er mit beiden Händen darauf arbeiten konnte. Die Brille war zwar unnötig, da ihn im Gleiter ohnehin niemand beobachten konnte, aber sicher war sicher. So baute sich das Holo nicht über dem Pad auf, sondern nur vor seinen Augen.

Alken wählte sich in die Buchungsseite des Hotels ein und aktivierte das kleine Programm, das er dort hinterlassen hatte. Ein paar Handgesten später fand er sich bereits im internen Bereich wieder. Es war fast schon zu einfach. Die Roboter an sich waren zwar hochkomplex, die Hotelbesitzer dagegen waren es nicht. Sie wollten es sich offensichtlich leicht machen und hatten deshalb alle elektronischen Einheiten über denselben Sicherheitsalgorithmus geleitet. Das erleichterte Alkens Arbeit ungemein. Mit ein paar simplen Befehlen hatte er alle Aufnahmen der Überwachungskameras und der Roboter, die ihm begegnet waren, aufgespürt. Eine kleine Trickserei später waren all diese Aufnahmen durch Bilder von einem großen, bärtigen Dunkelhaarigen ersetzt.

Unter anderen Umständen hätte der echte Jacq Darson Alken leidgetan. Der Kerl würde echte Probleme haben, die Hotelrechnung loszuwerden, wenn es so viele Aufnahmen gab, die scheinbar belegten, dass er den Dienst sehr wohl in Anspruch genommen hatte.

Aber Alken hatte sich gut genug über Darson informiert: ein reicher Schnösel, der in Pharmaaktien spekulierte und sich an der Gesundheit anderer eine goldene Nase verdiente. Ein paar tausend Galax würden dem nicht einmal auffallen, und den Ärger hatte er mehr als verdient.

Alken wollte sich gerade ausloggen, als sich seine Intuition meldete. Ein leichtes Unwohlsein, nichts, was ihm unter anderen Umständen aufgefallen wäre. Aber seine Gabe wurde tatsächlich stärker. Und sie hatte recht. Er folgte seinem Gefühl, sah in die Benutzeroberfläche hinein und fand einen dünnen, roten Datenstrom, der von den eigentlichen Einträgen fortführte.

Ein Backupsystem! Diese verdammten Hotelbesitzer hatten tatsächlich eine automatische Sicherheitskopie von ihren Robotern angelegt, vermutlich um bei einem Systemausfall keine Daten zu verlieren. Nicht, dass jemand sich unlauteren Zugang zu ihrem Etablissement verschaffte, indem er die automatisierte Belegschaft lahmlegte.

Das Hotel war besser geschützt, als er gedacht hatte. Aber gegen ihn hatte es trotzdem keine Chance. Einmal darauf aufmerksam geworden, war es ihm ein Leichtes, die betroffenen Segmente ausfindig zu machen und zu ersetzen. Alken grinste. Zwei zu null für ihn.

Er löschte alle Spuren, die er hinterlassen hatte, korrigierte die Zeitstempel der bearbeiteten Daten auf ihr ursprüngliches Erstellungsdatum zurück und löschte das Programm, mit dem er das Hintertürchen in das Hotelsystem geöffnet hatte. Ein letztes Mal prüfte er sorgfältig seine Änderungen und loggte sich aus. Dann legte er Pad und Brille beiseite, griff nach der Steuerung des Gleiters und brauste los.

Zu seiner eigenen Unterkunft war es nicht weit, was hauptsächlich daran lag, dass Istarks größte Stadt immer noch recht überschaubar war. Und dennoch trennten ihn Welten von dem Luxus, den er im *Ahella* zurückgelassen hatte.

Am Stadtrand steuerte Alken den Gleiter in den Sinkflug, zog noch eine weitläufige Kurve, um sicherzugehen, dass ihn niemand beobachtete, und landete auf dem gut gefüllten Parkplatz eines Einkaufszentrums. Im näheren Umkreis erspähte Alken mindestens sieben Gleiter derselben Bauart und Farbe. Niemand würde sagen können, aus welchem davon er gestiegen war.

Alken griff noch einmal zu seinen Utensilien. Er programmierte eine Flugroute für den Autopiloten, die der Gleiter in fünf Minuten beginnen sollte. Wenn der rechtmäßige Besitzer des Gleiters Glück hatte, war der ursprüngliche Parkplatz noch nicht neu besetzt, und ihm würde nicht einmal auffallen, dass sein Gefährt zwischenzeitlich verschwunden war. Was bedeutete, dass er auch keinen Grund hätte, die Flugdaten seines Gleiters zu kontrollieren. Dennoch löschte Alken gewissenhaft jede Aufzeichnung seines Flugs, ehe er seine Sachen schnappte und aus dem Gleiter sprang.

Vom Shoppingcenter führte eine Röhrenbahn in die Stadt ... und zu Alkens Unterschlupf. Er mischte sich in den Strom jener Einkaufswütigen, die bereits vollbepackt nach Hause eilten. Am Personenscanner angekommen, genügten ein kurzer Blick und ein kleiner Wink. Ein paar veränderte Zahlen im Datenstrom, und schon hatte Alken niemals diese Bahnstation betreten.

Er tauchte unter wie ein Geist.

Selbstverständlich war Alken Veltikat alles andere als ein Geist. Er hatte Bedürfnisse wie jeder andere auch. Nach Nahrung, einem Sinn im Leben, einem Zuhause. Die ersten beiden hatte er meistens gut unter Kontrolle. Was das Zuhause anbelangte, hatte Alken mit einigen Startschwierigkeiten zu kämpfen gehabt.

Aus dem ersten war er abgehauen, als er elf war. Es hatte keinen Tag gedauert, ehe die Behörden ihn wieder aufgegriffen hatten. Da er sich partout geweigert hatte, zu seinen Eltern zurückgebracht zu werden, hatte man ihn stattdessen in das städtische Waisenhaus verfrachtet. Dort war es ihm nicht besser oder sinnvoller vorgekommen als im elterlichen Heim, aber immerhin hatte er dort andere kennengelernt. Andere wie ihn. Besondere Kinder.

Er war lange genug geblieben, um seine Gabe beherrschen zu lernen, dann war er wieder ausgebrochen. Und dieses Mal hatten sie ihn nicht wiedergefunden. Sein Schattendasein hatte begonnen.

Die Treppe, die zu seinem dritten und bisher letzten Zuhause hinabführte, war windschief und verdreckt. Das Geländer war verbeult und rostig, die Stufen in der Mitte ausgetreten. Das kleine Einzimmerapartment, das dahinter lag, war in keinem besseren Zustand. Aber es war seines, und es enthielt alles, was er benötigte: Strom, einen Netzwerkzugang und vor allem Ruhe.

Niemand wusste, dass dieses Kellerabteil bewohnt war, und Alken würde dafür Sorge tragen, dass das auch so blieb. Er betätigte den altmodischen Lichtschalter an der Wand und sah sich um. Die gegenüberliegende Wand war vollkommen von Holoschirmen, Rechnern, Ersatzteilen und Kleinkram eingenommen. Mit Aktivierung des Energiezugangs erwachten die Schirme zum Leben, harrten seiner Befehle.

Alken griff nach einem Becher, der inmitten des Chaos stand, wischte den undefinierbaren, klebrigen Überrest darin mit dem Ärmel heraus und goss sich eine frische Portion Instantkaffee auf. Den Becher in der Hand, ließ er sich auf den breiten Sessel vor der Holowand fallen – der einzigen Sitzgelegenheit, die es in diesem Raum gab, sah man von der fleckigen Matratze ab, die ihm als Schlafstatt diente.

Mit dem Luxus des *Ahella* war diese Bruchbude wahrlich nicht zu vergleichen. Er genoss den Service der Hotels, und das nicht nur wegen der Gelegenheit, zu duschen und sich den Bauch vollzuschlagen. Meistens begnügte er sich für solche Unterfangen jedoch mit billigen Absteigen. Dort wurde weniger penibel darauf geachtet, wer tatsächlich das Zimmer buchte und ob das Konto, von dem abgebucht wurde, gedeckt war.

Das *Ahella* war eine Herausforderung gewesen – und ein Test. Alken spürte, dass die Zeit kam, in der seine Fähigkeiten besonders gut funktionierten. Schon jetzt waren sie stärker als in den Jahren zuvor. Es wurde Zeit, dass er sich auf sein nächstes Projekt vorbereitete. Er hatte genug von den kleinen Jobs, mit denen er sich von Tag zu Tag hangelte, genug von seiner Bruchbude und der Notwendigkeit, alles selbst zu machen. Er wollte Sicherheit, er wollte ein Leben, das er nicht in einem Kellerloch verbringen musste. Er wollte Großes.

Schluss mit den Taschenspielertricks und den kleinen Gaunereien, die ihn immer nur über Wasser hielten! Seine Intuition riet ihm, die nächste Hochphase seiner Gabe auszunutzen. Er konnte seine Welt gestalten, wie er wollte. Sich selbst neu erschaffen. Er konnte ein paar Aktien manipulieren und sich reich machen wie Jacq Darson. Dann könnte er ganz offiziell in Luxushotels absteigen. Er könnte wieder unter echte Menschen gehen. Einen Job annehmen, der seinen Ambitionen angemessen war. Sich vielleicht bei der USO bewerben oder sogar in die Politik gehen. Ein paar große Dinge, und ihm stand die Welt offen.

Aber dazu benötigte er erst einmal bessere Ausrüstung als

den Schrott, den er sich bisher zusammengeklaut hatte. Mit besseren Geräten konnte er mehr erreichen und längerfristige Ziele verfolgen.

Alken nahm einen Schluck der Brühe, die nach dem Genuss des Luxuskaffees ekelhaft chemisch schmeckte, und stellte den Becher beiseite. Er verschränkte die Hände ineinander, drehte sie nach außen und ließ die Finger knacken. Zeit, aktiv zu werden. Und er wusste auch schon genau, wo er dafür zuschlagen wollte.

Kapitel 6:
Aldrey

Gut gelaunt hieb QuinTech Jin Ogav gegen die Hülle der Space-Jet. »Aufwachen, Kumpel! Wir haben einen Auftrag.«

Die Laderampe fuhr aus und gewährte ihr Einlass in das leicht muffige Innere der Jet, die fast so etwas wie ihr Zuhause war. Mit ihren zwanzig Metern Durchmesser war die ELANA nicht gerade das Prachtstück der USO-Flotte auf Istark, und das, obwohl diese Flotte gerade einmal aus zwei Jets und einem Kugelraumer bestand. Istark war nur ein planetarer Stützpunkt, eine Raumflotte sahen die Oberen demnach als unnötige Kostenfalle an und hatten sie auf das Nötigste reduziert. Ihre Jet war das kleinste Schiff im Hangar – aber immerhin bedeutete das auch, dass sie sich nicht mit den anderen beiden Besatzungstrupps herumschlagen musste, die sich die zweite Jet im Schichtdienst teilten. Die ELANA gehörte ganz ihr. Nun ja – ihr und Burruk.

Geschickt durchquerte Ogav die untere Ebene mit den Maschinenräumen und Aggregaten und kletterte durch den Mannschaftsschacht in die Hauptebene. Hier reihten sich die Quartiere, Nasszellen und Versorgungsräume aneinander, gefolgt von der Medostation – und natürlich der Zentrale, die sich in den kuppelförmigen Aufsatz der Jet erstreckte.

»Wo geht es diesmal hin?« Die Frage kam aus dem Verankerungskonstrukt, das die ELANA anstelle eines Pilotensitzes besaß.

Ogav ließ sich in den Kommandantensitz an Burruks Seite plumpsen und grinste den Posbi an. »Einen geheimnisvollen Planeten erkunden«, verkündete sie. »Klingt doch gut, oder?«

Der positronisch-biologische Roboter stieß ein Piepsen aus, das nach einem anerkennenden Pfiff klang. »Nicht schlecht«, meinte er. »Wen hast du dafür flachgelegt?«

»Den Boss persönlich natürlich, was denkst du denn?« Sie zwinkerte dem chromfarbenen Zylinder zu.

Burruk schnarrte amüsiert und begann mit dem Startvorgang. Die Systeme fuhren hoch, Laderampe und Landestützen wurden eingezogen. Die ELANA schwebte im Hangar.

Entspannt lehnte Ogav sich zurück. Jedem anderen Kollegen hätte sie für eine solche Frage kräftig die Meinung gegeigt, aber Burruk war anders. Das lag nicht nur daran, dass sie in den Witzeleien des Posbis keine versteckten Übergriffe oder Andeutungen fürchten musste – was das betraf, lagen Burruks Interessen eindeutig auf anderem Gebiet. Die Tatsache allein, dass diese Blödeleien zwischen ihnen möglich waren, machte ihre Zusammenarbeit zu dem, was es war: ein freundschaftliches Miteinander. Keine strengen Regeln, keine übertriebene Bürokratie. Wenn sie beide in dieser Jet saßen, galt kein USO-Protokoll. Sie waren auf sich allein gestellt und damit vollauf zufrieden. Ihr Team, ihr Schiff, ihre Angelegenheit. Sollte ihnen doch jemand das Gegenteil nachweisen. Solange sie keinen Mist bauten, ihre Aufgaben erfüllten und einen ordnungsgemäßen Bericht ablieferten, ging es niemanden etwas an, ob sie einander nun mit Rang ansprachen oder nicht.

Vor ihnen schob sich das Tor zum Landefeld auf. Burruk steuerte die Jet aus dem Hangar und beschleunigte, sobald er das Gebäude verlassen hatte. Während das Schiff höherstieg, aktivierte Ogav ihr Multifunktionsarmband und schob mit einem Fingerwischen die Koordinaten ihres Ziels zum Steuerpult. Automatisch registrierte die Positronik die erhaltenen Daten, identifizierte sie und warf Flugroute und Informationen zu dem unbekannten Planeten auf dem Hauptholo aus.

Viel war es nicht, was die Daten hergaben. Die Dunkelwelt war mit 4026 Kilometern Durchmesser relativ klein, aber kompakt. Die Positronik gab eine geschätzte Schwerkraft von 0,9 Gravos an, was auf einen massiven Metallkern schließen ließ. Bei dem Abstand, den der Wanderplanet zur Sonne hatte, musste die Oberflächentemperatur bei etwa minus 240 Grad Celsius liegen. Ein Spaziergang würde das demnach nicht werden, aber das war Ogav von Anfang an klar gewesen.

Dass Bellagy ihnen diesen Auftrag erteilt hatte, lag nicht etwa an ihrer makellosen Führung – und schon gar nicht daran, dass sie mit ihm geschlafen hätte. Der USO-Spezialist war zwar durchaus kompetent, aber völlig fantasielos und ein rücksichtsloser Karrierist. Sobald ein Auftrag nur einen Hauch von Ruhm und Anerkennung versprach, musste er die Fäden in der Hand halten und selbst mit von der Partie sein. Wenn er stattdessen die kleinste Einheit seiner Raumflotte losschickte, maß er der Mission offensichtlich keinerlei Bedeutung bei. Wahrscheinlich hatte er sie von irgendeinem Oberboss aufs Auge gedrückt bekommen und wollte sie mit möglichst wenig Aufwand abgehandelt wissen. Möglichst wenig Aufwand – das waren Burruk und sie.

Aber davon ließ Ogav sich nicht die Laune verderben. Sie liebte Außeneinsätze, vor allem dann, wenn sie dadurch über die nähere Umgebung Istarks hinauskamen. Sie war Wissenschaftlerin, zwar auf Quinto-Center ausgebildet, aber eben keine Agentin. Wahrscheinlich musste sie dankbar sein, dass man sie überhaupt für solche Missionen in Betracht zog. Aber Burruk war eben ein hervorragender Pilot, und sie war die Einzige, die mit ihm klarkam. Und so ganz unpraktisch waren ihre Kenntnisse als Analystin auch nicht, für die Erforschung fremder Planeten erst recht.

Bisher waren ein paar Erkundungsflüge zu den anderen

Systemplaneten das Aufregendste gewesen, was Jin Ogav seit ihrer Stationierung im Arraksystem absolviert hatte. Nicht gerade das, was man sich vorstellte, wenn man sich für den Geheimdienst verpflichtete. Andererseits war jeder Einsatz eine Gelegenheit. Und Gelegenheiten musste man ergreifen, davon war Ogav überzeugt. Selbst wenn es hundert langweilige Standardeinsätze waren – irgendwann würden Burruk und sie die Chance bekommen, sich zu profilieren. Und dann würden sie hoffentlich an einen Standort versetzt werden, an dem sie ihr Potenzial endlich wirklich entfalten konnte.

Bis dahin genoss sie einfach das Abenteuer. Und was das anbelangte, klang einen bisher unerforschten, streunenden Planeten auszukundschaften doch wirklich nicht schlecht.

Während der besiedelte Teil Istarks unter ihnen kleiner und kleiner wurde, schoben sich langsam die übrigen Gestirne ins Holo. Arrak natürlich, gleichwohl ihr Kurs sie nicht in Richtung der Sonne führte. Dahinterliegend markierte die Positronik den Standort von Perm, und noch weiter abseits tauchte der Gasplanet Kaios als winzig kleiner Punkt auf. Dann hatte Burruk den Orbit erreicht. Er schwenkte das Schiff herum, und vor ihnen lag nur die tiefe Weite des Weltalls.

Noch war der Dunkelplanet nicht zu erkennen, nur ein kleiner Marker auf dem Holo zeigte seine Position an.

»Bereit?«, fragte Burruk in einem Tonfall, der nach einem breiten Grinsen klang.

»Aber immer doch«, gab Ogav zurück. Zu schade, dass der Posbi die Form einer Getränkedose bevorzugte. Sie hätte dieses schäbige Grinsen zu gerne einmal gesehen. »Hau rein.«

Das tat Burruk, wenn auch nur im übertragenen Sinne. Er musste nicht einmal ein Bedienfeld oder das Steuerholo benutzen, der positronische Teil seines Gehirns vernetzte sich einfach mit der Positronik der ELANA und gab den Beschleunigungsbefehl. Gleichzeitig wurden die Andruckabsorber aktiv. Dennoch glaubte Ogav jedes Mal, einen leichten Druck zu verspüren, der sie in die Kissen des Sitzes drückte. Pure Einbildung, das wusste sie. Aber wenn die Sterne im Holo plötzlich heransausten wie gierige Stechmücken, konnte einem diese kleine Sinnestäuschung schon passieren.

»Zweiundzwanzig Minuten Flugzeit mit einem kurzen Trip durch den Linearraum«, verkündete Burruk. »Hast du eine bevorzugte Landeposition?«

»Du meinst, außer mit dem Kopf nach oben?« Ogav zuckte mit den Schultern. »Dazu konnte Bellagy mir leider keinen Anhaltspunkt geben. Unsere Aufgabe ist, nach einer Forschungsstation oder etwas Ähnlichem Ausschau zu halten.«

Dass Bellagy darauf hingewiesen hatte, dass die Dunkelwelt möglicherweise bewohnt sein könnte, ließ sie angesichts seines herablassenden Lachens unerwähnt. Wenn Bellagy schon nicht daran glaubte, brauchte sie Burruk keine Hoffnungen zu machen. Sie würden hinfliegen, den Planeten kartografieren, und damit war die Action vermutlich auch schon wieder vorbei.

»Forschungsanlagen also.« Burruk schien nichts Seltsames daran zu finden, dass sich ausgerechnet auf einer streunenden Dunkelwelt jemand die Mühe gemacht hatte, eine Station zu errichten. »Oberirdisch?«, fragte er.

»Gute Frage.«

Nachdenklich zog Ogav das Holo mit den Daten und Berechnungen zu dem unerforschten Planeten heran und vergrößerte die Ansicht. Inzwischen war die Dunkelwelt zu einem kleinen, grauen Fleck angewachsen. Zu weit entfernt, um nennenswerte Sonnenstrahlung abzubekommen. Temperaturen von knapp über dem absoluten Nullpunkt – und das auf der Tagseite. Über eine nennenswerte Atmosphäre konnte das Ding kaum verfügen, bei diesen Temperaturen gefroren die meisten Gase zu einer dicken Eisschicht. Damit war die Dunkelwelt auch nicht in der Lage, Wärme zu speichern, was bedeutete, dass es auf der sonnenabgewandten Seite noch ein paar Grad kälter sein würde.

Andererseits war der Planet vielleicht nicht immer ein Streuner gewesen. Vielleicht hatte er sich zu der Zeit, als die Anlagen errichtet wurden, durch ein anderes Sonnensystem bewegt und war dadurch sogar einigermaßen bewohnbar geworden. Allerdings war das reine Theorie, und Ogav war mehr eine Frau der Praxis.

»Mit hoher Wahrscheinlichkeit sind die Anlagen unterirdisch«, sagte sie deshalb. »Ich werde Strukturmessungen vornehmen, sobald wir in Reichweite sind. Möglicherweise sind sie groß genug, dass wir sie noch während der Annäherung aufspüren können.«

Die ELANA war ein robustes und für seine Größe überaus kräftiges Schiff, aber ein zweiter Landeanflug würde sie nur unnötig Zeit und Energie kosten. Besser, wenn sie das vermeiden konnten.

Burruk schien sich mit ihrer Erklärung zufriedenzugeben. Er summte nachdenklich ein paar Töne vor sich hin, brachte die Jet aus dem System heraus und nach einer kurzen Linearetappe in die Nähe der Dunkelwelt. Schweigend setzte er Kurs auf den Streuner. Der graue Fleck im Holo nahm allmählich eine definierte Form an. Ein perfekter Kreis, was für einen so kleinen Planeten ungewöhnlich wirkte, noch dazu für einen, der nicht unter dem permanenten Einfluss einer Gravitationsquelle stand. Dazu zeichneten sich erste Strukturen auf der Oberfläche ab. Dunkle und helle Flecken, die sämtliche Schattierungen von Rosa bis zu einem tiefen Blaugrün zeigten. Eine ungewöhnliche Färbung. Welche Kombination an Elementen führte zu einem rosafarbenen Planeten? Und waren das etwa ... Wolken?

Ogav beugte sich vor und vergrößerte die Ansicht des Holos. Tatsächlich. Dünne Schlieren zogen sich über die Dunkelwelt, und da bemerkte sie auch den bläulich schimmernden Ring, der den Planeten umgab. Der Streuner verfügte über eine Atmosphäre!

»Hm.« Sie ließ sich zurücksinken. »Sieht so aus, als hätte das Ding noch ein paar Überraschungen für uns in petto.«

»Klingt, als wäre dieser Auftrag ganz nach deinem Geschmack.«

»Auf jeden Fall wird er immer besser.« Wenn der Wanderplanet schon eine Atmosphäre aufwies, wer konnte wissen, was er sonst noch alles bereithielt? Ungeduldig wippte Ogav mit dem Fuß, während immer neue Daten im Holo erschienen.

Die Temperaturschätzung stieg an, neue Werte tauchten auf. Unter anderem maß die ELANA plötzlich eine Hyperstrahlung, die im gleichen Maß anschwoll, wie sie sich dem Planeten näherten.

Hastig gab Ogav den Befehl, die Messung zu überprüfen. Das Ergebnis blieb dasselbe, in seiner ganzen Unbeständigkeit. Sie flogen auf ein gewaltiges Vorkommen an Hyperkristallen zu.

»Oh Mann, Burruk … Das könnte uns reich machen.« Dummerweise waren sie keine Schatzjäger oder zertifizierte Schürfer, sondern Angehörige der USO. Und somit wäre alles, was sie mit diesem ungeheuren Vorrat anfangen würden, einen ordnungsgemäßen Bericht darüber zu verfassen. Dass sie auch nicht wenigstens einmal Glück haben konnten!

»Na, wieder auf dem Boden der Realität angekommen?«, erkundigte sich der Posbi, dem ihr abrupter Stimmungswechsel offenbar nicht entgangen war.

»Ja, schon gut. Träumen wird man ja wohl noch dürfen.« Nun ja, womöglich half ihr allein die Entdeckung dieser Ressource, auf einen anderen Außenposten versetzt zu werden. Vorausgesetzt, Bellagy gab diese Errungenschaft nicht als seine aus, was sie ihm durchaus zutraute.

Aus dem Augenwinkel sah sie die Anpassungen, die Burruk an der Steuerung vornahm. Auf dem Pilotenholo erschienen die Anzeigen der hochgefahrenen Schirme, die die störende Strahlung der Hyperkristalle davon abhalten sollten, ihren Kurs zu sabotieren. Die Menge, die sich dort unten abzeichnete, weckte allerdings ernste Zweifel in Ogav, ob ihre kleine Jet dieser Aufgabe wirklich gewachsen war.

Die Dunkelwelt füllte nun das gesamte Holo vor ihr aus. Immer noch war das Bild flach und zweidimensional – für eine kugelförmige Darstellung fehlten der Positronik die Informationen zur anderen Seite des Streuners. Immerhin hatte sich die Temperaturanzeige inzwischen eingependelt. Sie stand nun auf 18,6 Grad Celsius und variierte nur minimal je nachdem, welchen Oberflächenpunkt die Sensoren gerade abtasteten.

»Lauschig warm dort unten«, murmelte Ogav. Offenbar wärmte die Energie der Hyperkristalle den Planeten – weit genug sogar, dass er tatsächlich Leben beherbergen konnte.

Bellagy hatte etwas von Kerouten erwähnt. Soweit Ogav sich erinnerte, stammte dieses Volk ebenfalls ursprünglich von der Erde. Wenn das stimmte, lag es nur nahe, dass die Kerouten für ihre Forschungsstation einen Planeten gewählt hatten, der ihnen ähnliche Lebensbedingungen versprach wie ihre alte Heimat. Und da diese Bedingungen scheinbar unverändert geblieben waren, konnte es gut sein, dass sie noch ganz andere Überraschungen auf dem Dunkelplaneten erwarteten als tonnenweise Hyperkristalle.

»Kannst du uns runterbringen?«, fragte sie. Ein Blick auf Burruks Holo zeigte, dass die Schirme trotz der intensiven Hyperstrahlung alle noch im grünen Bereich lagen.

»Willst du mich herausfordern?«, entgegnete der Posbi fröhlich.

Ogav schnaubte. »Also, wenn du das schon als Herausforderung siehst …«

»Die Wette gilt.« Prompt steuerte Burruk die Jet in den Sinkflug.

»Von einer Wette habe ich nichts gesagt!« Dieser Gauner hatte sie reingelegt – mal wieder. Eigentlich hätte sie ihn besser kennen sollen. Alle Schirme im grünen Bereich, kein Wunder, dass er so siegessicher war. Und vermutlich las er noch ganz andere Daten aus der Positronik aus, als sie am Holo sehen konnte. »Du betrügst doch!«

»Das würde ich niemals wagen«, behauptete der Posbi.

»Von wegen.« Burruk war ein alter Gauner. Aber genauso oft hatte sie bereits ihn hereingelegt, also konnte sie ihm deshalb wohl kaum böse sein.

Stattdessen konzentrierte Ogav sich wieder auf ihr eigenes Holo. Die farbigen Flecke auf der Oberfläche der Dunkelwelt nahmen immer klarere Konturen an, nur unterbrochen durch die diesigen Schlieren in der Atmosphäre.

Allmählich verringerte Burruk die Geschwindigkeit. Die ELANA sank noch tiefer und drang in die Atmosphäre ein. Ogav spürte ein leichtes Zittern, als würde die Jet von Stürmen gebeutelt, doch den Werten nach war alles in Ordnung. Das musste eine Auswirkung der Hyperkristalle sein.

»Alles unter Kontrolle«, beruhigte Burruk sie. »Tut mir leid, dich enttäuschen zu müssen, aber wir werden da unten landen.« Auf dem Steuerholo erschien eine Auswahl an topografischen Daten. Plateaus, Ebenen … Alles, was genug freie Fläche für selbst eine etwas ruppige Landung bot. »Irgendwelche besonderen Präferenzen?«

Ogav zog die Daten auf ihr Holo und musterte die Aufnahmen. Die Dunkelwelt verfügte über einige größere Meere, bestand jedoch zum Großteil aus Festland. Die Beschaffenheit des Bodens war allerdings völlig anders, als sie erwartet hatte. Die Oberflächendichte war viel zu gering für Gestein. Die Analyse spuckte chemische Formeln und Datenstränge aus, schneller als Ogav sie erfassen konnte.

»Was ist das dort unten?«

Sie hatte eigentlich keine Antwort auf ihre Frage erwartet. Burruk gab sie trotzdem.

»Wälder.«

»Das ist doch kein Wald!« Soweit hatte sie die Daten bereits erfassen können: Was die Oberfläche bedeckte, war keineswegs organisch, sondern kristalliner Natur. »Das ist …« Sie formulierte ihre Überlegungen nicht weiter aus. Zum einen, weil sie eigentlich keine Ahnung hatte, was sie in den Kristallen sah, zum anderen waren sie inzwischen nah genug, dass die optischen Sensoren genauere Bilder lieferten.

Und was sie sah, mutete tatsächlich wie ein Wald an. Ein bizarrer Dschungel aus ineinander verflochtenen, durchscheinenden Konstrukten, wie deformierte Schneeflocken, die mitten in der Schmelze erstarrt waren. Spitze Nadeln, leuchtende Fasern in Rosa, Violett und Blau. Wie die Kristallzucht eines übereifrigen Chemiestudenten, der die gesamte Palette an Substanzen in einen Topf geworfen und vergessen hatte, sie zu kontrollieren. Alles wuchs durcheinander, und doch wirkte es seltsam harmonisch.

»Wunderschön«, entfuhr es Ogav. »Findest du nicht?«

Burruk antwortete nicht. Vermutlich hatte er nichts für die Schönheiten fremder Naturen übrig.

»Dort auf dem Plateau«, wies sie ihren Piloten an. »Sieht nach einem guten Ort aus, um uns näher umzusehen.« Sie rieb sich über den Knorpel am Ohr, um das unangenehme Druckgefühl zu vertreiben. Offenbar legte der Einfluss der Hyperkristalle nun doch den Andruckabsorber lahm.

Das Plateau glitt unter ihnen hinweg.

»Du hast es verpasst!« Sie wandte sich zu ihrem Kollegen um, der stur dastand und sie ignorierte. »Hast du etwa einen besseren Vorschlag?«, fuhr sie ihn an.

Immer noch nichts. Sein Verhalten bereitete ihr allmählich Sorge. Und immer noch befanden sie sich im Sinkflug.

»Burruk, was ist los mit dir?« Sie stieß ihn in die Seite, was ihr jedoch nur eine schmerzende Hand und ein metallisches *Klonk!* einbrachte. Der Posbi reagierte nicht. Da erst fiel ihr auf, dass die Leuchtanzeige an seiner Vorderseite erloschen war. Der verdammte Roboter war ohnmächtig!

»Mist, verfluchter!« Ogav machte sich nicht die Mühe zu versuchen, ihn aus seiner Verankerung zu schubsen. Sie zog das Steuerholo zu ihrer Arbeitsstation heran und gab hastig die manuellen Befehle ein, um Burruks priorisierten Zugang als Pilot zu überschreiben. Der Druck in ihrem Schädel nahm immer weiter zu. Ihre Schläfen pochten, ihre Ohren waren belegt. Sie hatte das Gefühl, ihr Kopf könnte jeden Augenblick zerplatzen.

Zerplatzen würden sie, und zwar an der Oberfläche dieses dämlichen Planeten, wenn sie die Steuerung nicht in den Griff bekam. Ihre Flughöhe betrug mittlerweile nur noch dreizehntausend Kilometer. Aber was auch immer Burruk außer Gefecht gesetzt hatte, schien auch die Positronik zu beeinflussen. Die ELANA reagierte viel zu langsam auf ihre Befehle, als würde das Schiff über jeden Input erst einmal nachdenken, und zwar mit der Reaktionsfähigkeit eines Junkies im Vollrausch.

»Komm schon!«, presste Ogav zwischen ihren Zähnen hervor. »Hoch mit dir, du Schrottkiste!«

Langsam, unendlich langsam veränderte sich die Holoansicht der Außensensoren. Die ELANA korrigierte ihren Kurs und gewann an Höhe.

»Na bitte, wer sagt's denn!« Ogav tätschelte die Steuerkonsole. »Hoch mit dir, Mädchen. Du schaffst das!«

Als hätten ihre Worte dem Schiff neuen Mut gegeben, schien die ELANA all ihre Energiereserven zusammenzunehmen. Die Jet beschleunigte, langsam erst, dann immer schneller. Diesmal war es eindeutig keine Einbildung. Ogav spürte die Masseträgheit, die sie in den Sitz presste, aber auch der unangenehme Druck fiel zunehmend von ihr ab. Die Andruckabsorber nahmen ihren Dienst wieder auf.

»Gut so!«

Vor Erleichterung hätte Ogav beinahe aufgelacht, als sie sich endlich aus dem Gravitationsbereich der Dunkelwelt lösten. Nun gab die Jet richtig Gas. Sie beschleunigte, bis sie fünfzig Prozent Lichtgeschwindigkeit erreicht hatten. Es kam einer Flucht gleich.

»Willst du mir jetzt meinen Job klauen?«

Die Stimme des Posbis klang leicht verwaschen, als hätte er Mühe, sich zu artikulieren. Aber immerhin war er wieder bei Bewusstsein. Dafür hätte Ogav ihn gleichermaßen küssen und ohrfeigen können. Aber ihre Hand schmerzte immer noch von dem letzten Schlag, den sie ihm verpasst hatte, also verzichtete sie vorsichtshalber auf beides.

»Wieso fliegen wir zurück?«, fragte er. »Du schummelst! Meine kurze Unaufmerksamkeit auszunutzen, damit wir nicht landen und du deine Wette gewinnst …«

»Du warst nicht unaufmerksam«, korrigierte Ogav. »Du warst völlig weggetreten. Und die Schiffspositronik auch.«

Statt zu einer Erwiderung anzusetzen, verfiel Burruk in Schweigen. Die kleine Statusanzeige im unteren Bereich des

Steuerholos verriet, dass er die Aufzeichnungen der letzten Minuten abrief. »Oh«, sagte er dann.

»Genau. Oh.« Kopfschüttelnd gab Ogav die Steuerung wieder frei, damit er sie übernehmen konnte. »Was war bitteschön los mit dir? Und mit der ELANA?«

Burruk zögerte. »Ich weiß es nicht«, gab er schließlich zu. Noch beunruhigender als diese Auskunft fand Ogav den zermürbten Tonfall, in dem er sie aussprach.

»Du solltest dich durchchecken lassen, sobald wir wieder auf Istark sind«, schlug sie vor. Und für sie galt vermutlich dasselbe. Sie öffnete den Mund, ließ den Kiefer knacken und massierte sich nochmals den Ohreingang. Was war da verdammt noch einmal los gewesen?

Was auch immer sie daran gehindert hatte, die Dunkelwelt zu betreten … Es machte Ogav nur entschlossener, die Expedition erneut anzugehen, und diesmal würde sie den Streuner bezwingen.

»Da fällt mir ein …« Auffordernd sah sie zu ihrem Piloten. »Worum haben wir nochmal gewettet?«

Burruk schnarrte empört. Er war ein schlechter Verlierer. »Also gut, du hast gewonnen«, lenkte er ein. »Du darfst den Bericht zu unserer gescheiterten Mission schreiben.«

»Was soll das denn bitte für ein Gewinn sein?« Eine Strafe war das, sonst nichts!

»Naja, immerhin hast du den Einsatz in allen Einzelheiten mitbekommen, im Gegensatz zu mir. Und außerdem …« Der Posbi piepte fröhlich. »Wer den Bericht schreibt, hat auch die Ehre, den Planeten zu benennen.«

»Du versuchst tatsächlich, mir die Mehrarbeit als Bonus zu verkaufen?«, fragte sie ungläubig.

Das Schlimme daran war: Es funktionierte. In ihrem Kopf ratterte bereits eine ganze Liste möglicher Namen herum.

»Wie wäre es damit?«, plapperte Burruk weiter. »Jin Ogav! Der Dunkelplanet, der einen unermesslichen Schatz in sich birgt, den nur leider nie jemand erkennen wird, weil er alle mit seiner feindlichen Strahlung vergrault … Klingt passend für mich.«

»Sehr witzig«, konterte Ogav. »Bewusstlos warst du mir lieber.«

Burruks nächsten Scherz bekam sie schon nicht mehr mit. In ihr formte sich die Entschlossenheit zum Vorsatz.

Wir sehen uns wieder, dachte sie. *Und dann bezwinge ich dich … Aldrey.*

Kapitel 7:
Gedankenbilder

»Du kannst ruhig reinkommen.« Sennas Stimme drang aus dem Lautsprecher neben der Scheibe. »Ich bin fertig.«

Elindra Parr war nicht überrascht, dass das Mädchen sie bemerkt hatte. Die verspiegelte Scheibe zum Spielzimmer mochte sie vor Blicken aus dem Inneren des Raumes schützen – ihre Gedanken ließen sich von so einer banalen Barrikade nicht aufhalten. Und da von dem üblichen Akustikfeld um Sennas Kopf nichts zu sehen war, schirmte sie sich offenbar auch nicht selbst vor fremden Gedanken ab.

Eine vielversprechende Entwicklung – seit Senna im Beobachtungszentrum untergebracht worden war, hatte Parr sie kein einziges Mal ohne diese Schutzvorkehrung gesehen. Statt apathisch auf ihrem Stuhl zu sitzen und sich mit Musik zuzudröhnen, beugte Senna sich über ein Holopad und fügte ihren Worten zum Trotz der Zeichnung darauf noch ein paar letzte Striche hinzu. Immer wieder fuhr ihre Hand hoch, um eine widerspenstige Haarsträhne hinter das Ohr zu verbannen, von wo sich die Strähne kurz darauf ohnehin wieder löste. Alles in allem wirkte Senna wie ein gewöhnliches neunjähriges Mädchen. Das Implantat schien also zu funktionieren. Wenigstens eine gute Nachricht.

Parr verbannte alle Zweifel und unangebrachten Gedanken aus ihrem Bewusstsein, öffnete die Tür zum Spielzimmer und lächelte Senna zu, auch wenn das Mädchen nicht von seinem Holopad aufsah. Sie desaktivierte die Sprechverbindung nach draußen, um ihnen die nötige Privatsphäre zu verschaffen, und setzte sich ihrer Patientin gegenüber.

»Hallo, Senna. Was hast du gezeichnet?«, fragte sie. Freundlich, interessiert, ohne zu drängen.

Nach einiger Zeit legte Senna den Stift beiseite. Sie aktivierte die Holoansicht und präsentierte ein wirres Gekritzel aus violetten, blauen und rosafarbenen Strichen, die sich verzweigten und einander überkreuzten. Manche dieser Strichmuster waren breiter ausgeführt als die anderen, manche krümmten sich zu undefinierten Kringeln zusammen. Über all dem hing eine schwarze Fläche, die seltsam bedrohlich wirkte.

»Weißt du, was das ist?«, wollte das Mädchen wissen.

»Nein, Liebes. Was ist es?«

Senna zuckte mit den Schultern. »Ich dachte, du sagst es mir.«

»Wo hast du es denn gesehen?«, erkundigte sich Parr. »War es eine Trivid-Sendung?« Soweit Parr wusste, durften die Kinder einmal am Tag über eine Sendung abstimmen, die sie sehen wollten. Wenn sie sich nicht einigen konnten, blieb das System ausgeschaltet. Also wurden sie sich meist einig, wenn auch nur, weil manche immer klein beigaben. Parr hielt Senna für eines dieser Kinder.

Doch das Mädchen schüttelte nur stumm den Kopf. Sie hob die schmale Hand und tippte sich an die Stirn. »Hier drin.«

»Jemand hat dir davon erzählt?«

Wieder verneinte Senna. »Bilder. Ich sehe sie ständig seit der Operation.« Sie berührte die Stelle ein paar Zentimeter hinter der rechten Schläfe, an der das Implantat eingesetzt worden war. Von außen war nichts von dem Eingriff oder dem Chip zu sehen. Es überraschte Parr, dass das Mädchen überhaupt wusste, wo sich das Implantat befand.

»Es sind fremde Gedanken?«, fragte sie.

Senna nickte. Wieder strich sie sich die lose Haarsträhne hinters Ohr. Diesmal bemerkte Parr das leichte Zittern in ihren

Fingern. »Sie übertönen alles«, erzählte Senna. »Alle Stimmen, meine Musik …« Sie griff nach dem Pad, wischte das Bild beiseite und begann von Neuem zu zeichnen.

Die Bilder übertönten die Musik? War das der Grund, weshalb sie auf das Akustikfeld verzichtete? »Aber du hast mich doch bemerkt, als ich vor der Tür stand …«

»Du bist immer pünktlich«, gab das Mädchen zurück. »Und nie außer Atem, wenn du kommst. Das bedeutet, du wartest vor der Tür, bis es Zeit ist.« Senna zog die Augenbrauen zusammen und beugte sich tiefer über das Pad, auf dem erneut ein Gewirr aus rosafarbenen Linien entstand. »Es ist schwer.«

»Was ist schwer?« War das ein Themenwechsel? Parr verstand nicht, worauf Senna abzielte.

»Hierzubleiben.« Während die rechte Hand des Mädchens weiter den Stift führte, beschrieb die linke undefinierte Formen in der Luft. »In diesem Raum.« Sie klopfte mit den Fingerspitzen auf den Tisch. »In diesem Gespräch.«

Parr schluckte. Das klang nicht nach einer Besserung, im Gegenteil.

»Es geht, solange ich zeichne«, fuhr Senna fort. »Dann gehen sie einfach durch mich hindurch.«

Die Bilder, begriff Parr. Aber warum empfing Senna überhaupt Bilder? Bisher hatte sie doch Stimmen gehört. Die Stimmen, die der Translator in ihrem Kopf übersetzen sollte.

Parr musste sich auf ihre Aufgabe konzentrieren. Sie war hier, um Antworten zu bekommen. Senna war nicht die Einzige, die unter ihren Fähigkeiten litt. Auch die anderen Kinder hatten immer häufiger Anfälle – nicht so schlimm wie Delon Syers, der Pyrokinet, der sich selbst in Brand gesteckt hatte, aber es war eindeutig, dass die Lage sich verschlimmerte. Sennas Implantat war ihre Hoffnung gewesen, eine Lösung zu finden. Sie durfte jetzt nicht aufgeben.

Kurzerhand griff Parr nach den immer noch zuckenden Fingern des Mädchens und hielt sie fest. »Was ist mit den Stimmen, Senna?«, fragte sie. »Dieses Geräusch, das du gehört hast? Übertönen die Bilder auch das?«

Zum ersten Mal, seit Parr das Zimmer betreten hatte, sah Senna auf. Ihre Augen waren dunkel, fast schwarz, und ihr Blick bohrte sich in Parrs Innerstes wie der eines Geistes.

»Nein«, hauchte das Mädchen. »Sie *sind* die Bilder. Sie sind überall ...« Abrupt riss Senna sich aus Parrs Griff los und strich nun auch mit der zweiten Hand über die Oberfläche des Pads, fügte breite, krumme Linien den präziseren Strichen des Stifts hinzu. »Ich verstehe sie jetzt«, presste sie hervor. »Aber ich *verstehe* sie nicht. Ich sehe, was sie mir sagen, aber ich weiß nicht, was es bedeuten soll.«

Fassungslos sah Parr auf das Bild, das sich auf dem Holo abzeichnete. Was auch immer es war, das Senna empfing, es war zu fremdartig für ihren Verstand. Zu fremd, um in Worte gekleidet zu werden. Und das bedeutete, dass diese Gedanken eindeutig nicht von Plophosern stammten – oder einem der anderen bekannten Völker, die auf Istark heimisch geworden waren.

Schweren Herzens griff sie in ihre Tasche und zog eine flache, handtellergroße Pillendose hervor. Sie tippte auf den dunklen Kreis, der in der Mitte der weißen Büchse prangte, sodass sich der Deckel öffnete und in die Seitenränder zurückglitt, und hielt Senna die Blocker entgegen.

»Hier. Nimm einen davon. Es wird dir helfen.«

Kein Grund, das Mädchen diesem Zustand länger auszusetzen. Parr hatte erfahren, was sie wissen musste. Das Problem war weitreichender, als sie angenommen hatte.

Senna empfing Signale von außerhalb der Kolonie. Die Frage war nur: Von wie weit außerhalb?

Kapitel 8: Raubzug

Die Lagerhalle war schwer bewacht. Das war gut. Es bedeutete, dass sich sein Beutezug lohnen würde. *Britsels Elektronik* war ein Fachgeschäft, das darauf spezialisiert war, hochwertige Waren an betuchte Kunden zu liefern. Vorwiegend an die Polizeistation, soweit Alken das aus den Verkaufsdaten herausgelesen hatte – oder wohl eher an den Geheimdienst der USO, der sich dort eingenistet hatte. Aber auch einige von Istarks prominenteren Bewohnern waren unter den Käufern.

Kaino Britsel, der Geschäftsführer, war Alken schon des Öfteren als Experte für Außergewöhnliches untergekommen. Vor allem jedoch war er bekannt für das erlesene Hightech-Sortiment, das er in seinem winzigen Laden zum Verkauf anbot. Hochleistungsprozessoren, Holowürfel, teure Positroniken und Speicherkristalle in jeder beliebigen Zusammensetzung – Britsel führte alles, was das Herz eines Datendiebs begehrte.

Es hatte Alken nicht viel Zeit gekostet, den Lagerraum ausfindig zu machen, der zu Britsels Geschäft gehörte. All das hätte ihm allerdings nicht geholfen, wenn Britsel seine Ware nur auf Bestellung geordert hätte. Was sich nicht auf Istark befand, konnte Alken nicht klauen. Selbst bei einer Lagerhalle außerhalb der Stadt wäre es bereits schwierig geworden – wenn er sich Gleiter für Kurzstrecken lieh, fiel das meist nicht weiter auf. Wenn er dabei den halben Energietank leerte, sah die Sache schon anders aus.

Zu seinem Glück war Britsel ein eitler Verkäufer. Alken schätzte, dass man einen Kunden wie die USO nicht warten ließ, jedenfalls nicht für Ausstattung, die zwar fraglos teuer, aber doch einigermaßen gebräuchlich war. Die wollte man noch am selben Tag liefern können. Bei den Preisen, die Britsel verlangte, lohnte sich das offensichtlich.

Im Gegensatz zu dem offiziellen Teil des Ladens war die Lagerhalle gigantisch. Alken presste sich an die Wand neben dem Eingangstor, gerade so, dass er sich außerhalb des Erfassungsbereichs der Überwachungskameras hielt. Im Inneren der Halle hatte er sie desaktiviert, draußen war das Risiko zu groß. Es gab einen Wachroboter, der regelmäßig seine Runden drehte. Wenn sich ein paar Stunden Aufnahmen von gefüllten Regalen wiederholten, fiel das niemandem weiter auf. Aber ein Roboter, der nicht innerhalb seiner festgelegten Muster agierte, würde zwangsläufig Verdacht erregen.

Alken streckte den Arm aus, tastete über den verstärkten Stahl des Tors und folgte den Energieflüssen, die er darin spürte, bis er den Verriegelungsmechanismus fand. Einen kurzen Gedanken später ertönte ein lautes Klacken, und das Tor glitt rumpelnd in die Höhe. Alken schlüpfte hindurch, kaum dass der Spalt breit genug war, um sich unter dem tonnenschweren Metalltor hindurchzubücken, und sah sich um.

Bei dem Anblick, der sich ihm im Inneren der Halle bot, hätte er gerne bewundernd durch die Zähne gepfiffen. Aber damit wäre er ein unnötiges Risiko eingegangen – und Risiken lagen ihm nicht. Stattdessen schritt er stumm die gewaltigen Reihen an Regalen ab, den Kopf in den Nacken gelegt, um wenigstens einen Bruchteil der Höhe zu überblicken. Er schätzte die Halle auf fünfzig mal hundert Meter im Grundriss, dazu noch gute zwanzig Meter, die der Raum in die Höhe ragte. Zwischengeschosse gab es keine. Nur Reihe um Reihe die endlosen Metallkonstrukte, an denen Roboter wie überdimensionierte Spinnen hin und her schossen. Sortiermaschinchen, die vollauf damit beschäftigt waren, Waren zusammenzusuchen und in Pakete zu verfrachten, die am nächsten Morgen auf dem ganzen Planeten verteilt wurden. Die Packroboter machten Alken keine Sorgen.

Die Überwachungssonden dagegen, die hoch über ihm durch die Luft schwirrten, ließen ihn zusammenzucken. Hastig drückte er sich an eines der Regale, spürte, wie sich Kabel, Datenkristalle und metallene Ersatzteile in seinen Rücken bohrten. Im Stillen verfluchte er seinen Übermut – und seine Fehleinschätzung. Da hatte er geglaubt, sich gut vorbereitet zu haben, und dann das. Nicht nur, dass der Lagerraum wesentlich größer war, als er angenommen hatte, und er keine Ahnung hatte, wie er an die benötigten Teile gelangen sollte – jetzt war er auch noch diesen Robotern ausgesetzt.

Die fliegenden Spione gehörten einer alten Generation an. Sie waren nicht an ein Sicherheitssystem angebunden, sonst hätte er dieses im Vorfeld desaktiviert. Stattdessen verfügten sie über eine eigene Positronik, zwar beschränkt in ihren Handlungsoptionen, aber für einen Alarm reichte es allemal.

Und da er sie weder berühren noch über ein Netzwerk übernehmen konnte, war Alken ihnen genauso ausgeliefert wie ein gewöhnlicher Einbrecher.

»Mist, elendiger«, schimpfte er leise.

Britsel verkaufte modernste Technik. Wieso setzte er dann ausgerechnet bei seinen eigenen Sicherheitsvorkehrungen auf veraltete Systeme?

Kurz erwog Alken, aufzugeben und einen neuen Plan zu entwickeln. Einen, der die Erkenntnisse des Abends berücksichtigte. Aber das ließ sein Stolz nicht zu. Er hatte einen Kleintransporter geklaut, war so weit gekommen … Sollte er jetzt einfach abbrechen, nur weil es schwierig wurde? Nein. Davon ließ er sich auch sonst nicht aufhalten.

Also lauschte er auf das verräterische Sirren der Sonden, das von den größeren Sortierrobotern jedoch so gut wie übertönt wurde. Es klang zwar, als wäre die Luft rein – aber sicher sein konnte er nicht.

Alken schloss die Augen. Mit einer Hand tastete er hinter sich, berührte das kühle Metall der deckenhohen Regale und versuchte, gegen den Widerstand des leblosen Materials anzuspüren. Seine Intuition war da, stärker als sonst. Die Sortierroboter ratterten an den Verbindungsstreben der Regale entlang, versetzten das Metall in Vibration. Dieses Gefühl nutzte Alken, klammerte sich daran fest. Die Regale mochten leblos sein – die Sonden waren es nicht. Sie waren mit den stählernen Streben verbunden, und Stahl leitete Energie. Nur schwach, aber es genügte.

Durch die geschlossenen Lider sah Alken die Regalkonstruktion wie ein Gitter aus gelbblauem Licht vor sich. Und daran hing wie ein leuchtender Tumor der Sortierroboter, sauste hin und her und blieb doch immer verbunden. Alken atmete tief durch, zog sich mental an dem Lichtgerüst entlang und krallte sich in die Energie des Roboters. Datenströme prasselten auf ihn ein, simpel und doch komplex. Auch die Sortierer folgten einfachen Befehlsmustern, die sie in ihren Handlungsmöglichkeiten beschränkten. Aber er hatte nicht vor, sie zu manipulieren. Alles, was er benötigte, war Zugriff auf ihren optischen Sensor.

Er hatte Glück. Der Sensor lieferte ihm nicht nur eine Ansicht der Regalreihen, sondern verfügte über eine Weitwinkelfunktion, die ein krummes Bild von beiden Seiten des Gangs abbildete. Und der war leer.

Alken atmete auf. Zumindest in diesem Gang war er sicher. Aber das konnte sich jederzeit ändern. Er musste sich einen Überblick verschaffen. Kurzerhand drehte Alken sich herum und lehnte die Stirn an das Metall des Regals. Er wusste selbst nicht, was ihn dazu bewog – aber seiner Intuition vertraute er blind. Sie behielt auch diesmal recht.

Verstärkt durch den Kontakt zu der Sortiermaschine konnte er seine mentalen Fühler weiter ausstrecken. Er tastete sich immer weiter, von Strebe zu Strebe, von Pfosten zu Pfosten, bis er den nächsten Roboter fand. Und den nächsten. Achtzehn waren es insgesamt, die sich durch die Gänge bewegten. Aus ihren Energien fügte er ein Netzwerk zusammen, das den gesamten Lagerraum umfasste, klinkte sich in jeden einzelnen Sensor ein und erhielt auf diese Weise einen Überblick über die Halle.

Vier Überwachungssonden. Das war weniger schlimm, als er befürchtet hatte. Damit konnte er arbeiten.

Alken kämpfte seine Ungeduld nieder. Er wollte sich hier nicht länger aufhalten als nötig, aber jetzt zu hetzen, wäre völlig kontraproduktiv gewesen. Also zwang er sich zur Geduld, nahm sich die Zeit, die Bewegungsmuster der fliegenden Spione zu beobachten. Erst als er fünf Richtungswechsel in Folge vorhersehen konnte, fühlte er sich sicher genug, um sich vom Regal und damit dem Zugriff auf seine Roboterfreunde zu lösen. Sie boten ihm eine gute Sicht auf die oberen Regale, aber nicht auf den Boden. Hier unten musste er sich auf seine eigenen Augen verlassen.

Immerhin hatte er durch den Kontakt mit den Robotern noch etwas anderes herausgefunden: Es gab durchaus ein Netzwerk, dem sie angehörten. Auch das war äußerst rudimentär, darüber hinaus altmodisch und wurde einem Britsel nicht gerecht. Andererseits: Vielleicht wusste gerade ein Technikgenie um die Anfälligkeit seiner Geräte. Oder darum, was ein Dateneindringling mit seinem Lager anstellen könnte, wenn er Zugang zum Warensystem erhielte.

Alken grinste. Wie gut, dass er kein gewöhnlicher Eindringling war.

Er schob sich durch die Regalreihen, wich den Überwachungssonden ohne Schwierigkeiten aus und gelangte zu einem Pult, das die Sortierroboter ansteuerten, um ihre Aufträge in Empfang zu nehmen. Statt die Bestellungen direkt an die Maschinen zu übertragen, sandte Britsel sie an diese Station, die einen Code generierte, den die Roboter auslesen konnten. Eine manuelle Schnittstelle, die ein positronischer Eindringling nicht überwinden konnte, weil es keine Verbindung zwischen dem Ausgabebefehl und der Positronik der Roboter gab.

Das machte diesen Ort zur perfekten Stelle, um ein paar Befehle einzuschleusen, die weder im Bestellsystem noch in den Auslieferungen auftauchen sollten. Alken schob seinen Ärmel hoch und aktivierte das Multifunktionsarmband, das er ausnahmsweise seinem Pad vorgezogen hatte. In einem unbedachten Moment das Pad zu verlieren und damit quasi seine Visitenkarte an einem Einbruchsort zu hinterlassen, hätte ihm gerade noch gefehlt.

Es dauerte fast zwei Minuten, ehe er sich mit der Schnittstelle verbinden konnte. Britsel verstand etwas von seiner Technik, das musste man ihm lassen. Aber Alken war besser. Das Warensystem öffnete sich für ihn, und er brauchte nichts anderes zu tun, als bequem alle Teile einzugeben, die er für seine neue Grundausstattung ausgewählt hatte, und sie sich von den Robotern fein säuberlich einpacken zu lassen. Ein Kinderspiel. Er sandte den Befehl ab, löschte seine Spuren und klinkte sich aus. Danach hieß es nur noch warten.

Alkens Warterei hatte jedoch schneller ein Ende, als ihm lieb war. Ein durchdringendes Heulen ließ ihn herumfahren. Im selben Moment, als er sich dem fliegenden Spion gegenübersah, erkannte Alken seinen Fehler. Er hatte seine Beobachtungsgabe überschätzt, oder der Steueralgorithmus der Wachdrohnen war doch komplizierter, als er gedacht hatte. Nun stand ihm eines der Biester direkt gegenüber, der Alarm gellte.

Die anderen drei waren bereits auf dem Weg, das spürte Alken. Panik flammte in ihm auf, löschte alle Vernunft. Ein vernünftiger Mensch hätte das Ding zum Schweigen gebracht, irgendetwas danach geworfen, tief genug schwebte es ja.

Alles, was er dagegen zustande brachte, war, der Sonde ein durchdringendes »Nein!« entgegenzubrüllen. Der Rest war unbewusst. Es war nicht seine Entscheidung, den Code des Spions zu manipulieren. Er war viel zu aufgewühlt, um bewusst nach den Stellen zu suchen, die den Alarm abstellten und stattdessen Fehlermeldungen lieferten. Alken hätte geschworen, dass es nicht sein Zutun war, dass er nur dagestanden hatte, während die Sonde zuckte und blinkte, um die eigene Achse kreiselte und dann qualmend zu Boden stürzte. Er bemerkte, dass die anderen Einheiten abdrehten, war sich jedoch keiner Handlung bewusst.

Die Erkenntnis kam in mehreren Schüben. Erstens: Er wusste, was mit der Sonde geschehen war, also musste er es auch verursacht haben. Zweitens: Was er getan hatte, hatte keinen Kontakt mit der Maschine erfordert. Er hatte sie einfach nur angesehen. Und drittens: Es war nicht seine Entscheidung gewesen, die Intuition hatte für ihn übernommen. Er hatte keine Kontrolle darüber gehabt.

Aber er hatte *immer* die Kontrolle. Er hatte jahrelang darum gekämpft, sie zu besitzen, in jeder Situation, in jeder Lage. Weil er oft genug gesehen hatte, wie es den Kindern ging, die sich vor ihren Fähigkeiten fürchteten. Er hatte sich geschworen, niemals wieder die Kontrolle zu verlieren, aber er war stärker, als er angenommen hatte. Und das fühlte sich gut an.

Diese Entwicklung hätte ihm Angst machen sollen, aber sie

nährte nur seine Entschlossenheit. Er war kein dummer kleiner Waisenjunge mehr, kein Taschendieb, der sich mit Kleinigkeiten begnügen musste. Er hatte das Zeug, um mit den Großen mitzuspielen, und er war dazu bereit.

Selbstbewusst marschierte er durch die Halle, schnappte sich die Kiste, in die die Sortierroboter seine Sachen gepackt hatten, und stellte sie in den Transporter.

Noch hatte er nicht ganz begriffen, was diese neue Stufe seiner Fähigkeit bedeutete. Aber er würde es herausfinden, und zwar schon bald.

Alken Veltikat schob sich hinter das Steuer, startete den Transportgleiter und hob ab. Er verzichtete darauf, das Unterhaltungsprogramm einzuschalten. Stattdessen spitzte er die Lippen und pfiff eine flotte Melodie vor sich hin.

Seine neue Ausrüstung aufzubauen nahm wesentlich weniger Zeit in Anspruch, als es gekostet hatte, sie in seinen Besitz zu bringen. Sie in Betrieb zu nehmen war dagegen ein Geduldsspiel. Geräte dieser Qualität wurden mit positronischen Sicherheitssperren ausgeliefert, für die man üblicherweise beim Kauf einen speziellen Zugangscode erhielt. Damit hatte Alken gerechnet. Nicht so sehr mit seiner Ungeduld.

Es war kein Problem für ihn, die Sicherungen zu umgehen und die Ausrüstung freizuschalten, Stück für Stück. Aber es dauerte ewig. Und nach der Zeit, die er in der Lagerhalle verloren hatte, und dem Hochgefühl, das ihn nach seinem Sieg über die Überwachungssonde durchflutet hatte, wollte er Ergebnisse sehen.

Dadurch ließen sich die Geräte allerdings nicht schneller installieren. Alken schloss den Signalverstärker an den Transmitter, umging den Registrierungsvorgang und trommelte ungeduldig mit den Fingerspitzen auf der Tischplatte herum, bis in dem neuen, hochauflösenden Holo ein grünes Signal aufleuchtete. Die Verbindung stand.

Mit einem zufriedenen Seufzen sank Alken zurück und betrachtete sein Werk. Das neue Hauptholo reichte vom Boden bis zur Decke und fügte sich nahtlos in die kleineren Modelle ein, die er schon zuvor besessen hatte. Eigentlich machte die Dimension allein die anderen Holos überflüssig, aber Alken gefiel der erschlagende Eindruck, den die Konstellation aus virtuellen Oberflächen machte.

Bei seinen alten Rechnern, dem Kompaktgenerator und den Steuerelementen kannte er weniger Hemmungen. Er hatte den gesamten Krempel beiseitegeräumt und für die Schrottverwertung bereitgestellt. Nur die Datenkristalle behielt er.

Der altersschwache Sessel knarzte, als Alken sich noch weiter zurücklehnte, um sein Gesamtwerk in Augenschein zu nehmen. Wenn man vom Rest des Raumes absah, konnte man den Eindruck gewinnen, in einer Raumschiffzentrale zu sitzen. Über bessere Ausrüstung konnte nicht einmal die USO verfügen, schließlich hatte er das Beste vom Besten ausgewählt. Nur der zerschlissene Sesselstoff unter seinem Hintern, der klebrige Kaffeebecherabdruck auf dem Tisch und der Gestank der Matratze, die eine Reinigung dringend notwendig hatte, machten die Illusion einer Kommandozentrale zunichte.

Für Alkens Ansprüche genügte es dennoch. Vorerst zumindest.

Natürlich hätte er lieber ein komplettes Neurotec-System besessen. Immer dabei, immer einen Schritt voraus und vollkommen unauffällig. Perfekt für seine Arbeit. Aber die Implantate waren für ihn unerreichbar. Das Material hätte er problemlos beschaffen können, doch für den Eingriff benötigte es mehr als das. Geld, Volljährigkeit, vollständige ärztliche Unterlagen … All das konnte er besorgen oder zumindest vortäuschen. Aber um das zu bewerkstelligen, brauchte er Zugang zu den behördlichen Datenbanken.

Also musste er klein anfangen und sich hocharbeiten, solange die Glückssträhne anhielt und seine Fähigkeiten stark blieben. Bis sie wieder abebbten, hatte er noch einiges zu erledigen. Allerdings war »klein anfangen« äußerst relativ. Bis vor wenigen Stunden hatte er mit Second-Hand-Ware vom Schrottplatz vorliebnehmen müssen. Jetzt besaß er eine eigene Steuerzentrale, ausgestattet mit absoluter Hightechausrüstung, aber auch sie war nur ein kleiner Schritt.

Mit seinen Mitteln verfügte er nun über die Reichweite, eine Verbindung zum nächsten Sonnensystem zu errichten. So weit musste er jedoch gar nicht greifen, sein Ziel lag wesentlich näher. Er war bereit für das, was nun bevorstand.

Kapitel 9:
Geister der Vergangenheit

Elindra Parr suchte nach Antworten. Da sie von ihrer Patientin keine Auskünfte erhielt, die sie weiterbrachten, musste sie es eben auf die altmodische Weise versuchen. Sie saß an ihrem Arbeitspult zwischen drei großformatigen Holos und verglich die Daten, die in engen Zeilen vor ihr in der Luft schwebten.

Das linke Holo enthielt Senna Hickeys Krankengeschichte seit ihrer Aufnahme aus dem Waisenhaus. Anzahl, Intensität und Art ihrer Anfälle, Ruhephasen, Dauer der Schwankungen. Davon ausgehend hatte Parr eine Statistik errechnet, die alles andere als beruhigend aussah. Die Linie der Intensität stieg beständig an, im gleichen Maß nahm die Häufigkeit der Anfälle zu. Die Ruhephasen wurden immer kürzer – was aber vor allem daran lag, dass die aktiven Phasen länger dauerten. Es zeichnete sich eine eindeutige Regelmäßigkeit ab. Ein Intervall, der zunehmend von anfallsgefährdeten Zeiten dominiert wurde.

Und Senna war nicht die Einzige, die davon betroffen war. Das mittlere Holo zeigte eine Matrix, die Parr aus den Daten aller Psi-Begabten des Zentrums erstellt hatte. Gleichgültig, welcher Art die Fähigkeiten der Kinder waren und wer sie betreute, ihre Auffälligkeitsstatistik stimmte mit der von Senna Hickey überein.

Was auch immer die Psi-Begabung der Kinder weckte, es folgte einem Rhythmus. Und es gewann immer mehr an Einfluss. Wenn das so weiterging, würden die Ruhephasen bald ganz verschwinden. Vorausgesetzt, die aktiven Phasen wurden nicht derart übermächtig, dass ihre Auswirkungen die Kinder bereits zuvor zerstörten.

Erst hatte Parr angenommen, dass es sich dabei um einen Puls handeln musste – etwas, das seine Macht ausdehnte und wieder zusammenzog, wie eine atmende, psionisch verseuchte Bestie. Aber dann war ihr die Dauer dieser Zyklen aufgefallen. Hundertneun Tage von einem Höhepunkt zum nächsten. Das entsprach exakt der Dauer, die Istark benötigte, um seine Sonne einmal zu umkreisen. Was die Kinder beeinflusste, maß seine Zeit in Jahren. Nicht in denen der Neuen Galaktischen Zeitrechnung, sondern in Istark-Umläufen.

Das half ihr zwar noch nicht dabei, die Ursache für die Zustände der Kinder zu finden, aber anhand dieser Anhaltspunkte war es für Parr ein Leichtes gewesen, die Abfrage zu starten, die das dritte und letzte Holo füllte. Alle außergewöhnlichen Aktivitäten in der Koloniestadt, die in den fraglichen Zeitraum fielen. Alles, was den Behörden gemeldet worden war, jede Nachrichtensendung im Trivid, jede noch so kleine Meldung, die es irgendwie an die Öffentlichkeit geschafft hatte.

Sie hatte nicht lange suchen müssen, ehe die Datenausgabe geradezu explodiert war. Ihr Problem war wesentlich größer, als sie angenommen hatte. Sie hatte ein paar einzelne Unfälle erwartet. Berichte wie den des Pyrokineten, der sich aus Versehen selbst in Brand steckte. Was sie stattdessen fand, ging in eine völlig andere Richtung.

Es klopfte an der Tür. Hastig wischte Parr die Holos fort, ehe sie öffnete.

Doktor Laxtens hagerer Kopf füllte den Spalt aus. »Du wolltest mich sprechen?«

»Allerdings.«

Sein Tonfall machte deutlich, dass er es nicht guthieß, irgendwohin zitiert zu werden wie ein Anfänger. Aber auf diese

Befindlichkeiten konnte Parr keine Rücksicht nehmen. Die letzten Male war sie ihm nachgelaufen – jetzt musste eben der werte Herr Doktor seine Beine benutzen.

Parr trat einen Schritt zurück, um ihm Einlass in ihr Büro zu gewähren. Als der Mediziner sich missmutig in dem kleinen Raum umsah, rief sie die Holos wieder auf, an denen sie gearbeitet hatte. »Ich benötige deine Expertise.«

»Und du konntest mir die Daten nicht einfach zusenden?«, fragte er unwirsch. »Du weißt, ich bin schwer beschäftigt.«

Natürlich hätte ich dir den ganzen Mist einfach schicken können, dachte Parr. *Aber dann hättest du dir die Daten doch frühestens in einer Woche angesehen.*

So viel Zeit hatte Parr nicht. Der nächste Zyklushöhepunkt war nur noch elf Tage entfernt. Wenn sie handeln konnten, mussten sie es jetzt tun.

»Keine Sorge, ich werde nicht viel von deiner Zeit in Anspruch nehmen.« Knapp umriss sie ihre Erkenntnisse über die zyklische Regelmäßigkeit der Anfälle und deutete auf das rechte Holo. »Die meisten Daten, die ich gefunden habe, stammen aus Kliniken. Scheinbar landen immer wieder Kinder mit offenbar durch Psi-Fähigkeiten verursachten Verletzungen im Krankenhaus. Das sind hunderte, wenn nicht tausende unterschiedliche Fälle!«

Laxten nickte, verschränkte jedoch die Arme vor der Brust und sah sie mit hochgezogenen Brauen an. »Deinen Einsatz in Ehren, aber was genau erwartest du jetzt von *mir?*«

»Das alles sind Daten, die ich mithilfe einer sehr groben Suchmaske herausgefiltert habe«, antwortete Parr. »Ungenau und unvollständig. Deshalb benötige ich deine Hilfe. Du kennst die möglichen Symptome besser als jeder sonst im Beobachtungszentrum. Wir müssen die betroffenen Kinder identifizieren und ihre Familien benachrichtigen. Es sind weit mehr, als wir bisher vermutet haben, und sie alle sind gefährdet. Noch befinden wir uns in der Vorphase des Zyklus, und bereits jetzt sind die Symptome stärker als je zuvor. Wenn wir den Höhepunkt erreichen, wird die Situation eskalieren. Das gibt eine Katastrophe! Nur wenn wir Kontakt zu den Betroffenen haben, können wir ihnen helfen.«

Laxten lüpfte eine Augenbraue. Bei seinem ohnehin schon herablassenden Blick hätte Parr es nicht für möglich gehalten, dass er noch abschätziger dreinschauen konnte. »Es obliegt gewiss nicht mir, dir deine Aufgabe zu erläutern … Aber meinst du nicht, wir hätten im Zentrum bereits genug zu tun? Wieso willst du dich nun auch noch um ganz Istark kümmern?«

Angesichts dieser Ignoranz fiel es Parr schwer, die Contenance zu wahren. »Du hast recht.« Nur mühsam gelang es ihr, die Stimme ruhig zu halten. »Du musst mir meine Aufgabe nicht erklären – ich weiß sehr wohl, worin diese besteht: das Phänomen der psionischen Ballung zu untersuchen. Das dort draußen sind wesentlich mehr Patienten, als wir hier im Zentrum jemals betreuen könnten. Wenn das Phänomen also derart verbreitet ist, ist es nicht nur unsere Pflicht, diese Daten zu sichern – wir müssen auch dafür sorgen, dass sie vor ihren Fähigkeiten geschützt werden.«

»Und wie willst du das anstellen?«, fragte Laxten. »Willst du der halben Bevölkerung Blocker verpassen?«

»Wenn es sein muss!«, entgegnete Parr barsch. »Wir wissen jetzt, wann die Parabegabungen ihre Spitzenwerte erreichen werden. Wir können weitere Unfälle verhindern.«

»Das ist nicht unsere Aufgabe …«

Parr wischte den schwächer werdenden Einwand des Mediziners beiseite. »Du bist Arzt!«, erinnerte sie ihn. »Nicht bloß Forscher. Du hast einen Eid geleistet, für das Leben deiner Patienten zu kämpfen.« Drohend hob sie den Finger. »Und jetzt erzähl mir bloß nicht, das wären nicht deine Patienten, sonst schleppe ich jedes einzelne dieser Kinder ins Beobachtungszentrum. All diese Kinder haben keine Ahnung, was mit ihnen los ist. Wenn es ihnen ebenso geht wie unseren Patienten, haben sie keine Kontrolle über ihre Fähigkeiten. Sie sind eine Gefahr für sich selbst – und für andere.«

Laxten verzog die Lippen zu einem dünnen Lächeln. »Na, was das angeht, hast du dir ja die richtige Patientin ausgesucht.«

Sein Einwurf brachte Parr aus dem Konzept. »Was?«, fragte sie. Zugleich verfluchte sie sich, weil sie auf sein Ablenkungsmanöver hereinfiel. Erst recht, als er auf das Holo zeigte, das Senna Hickeys Daten enthielt.

»Deine Telekinetin«, erklärte er. »Du weißt, weshalb sie hier ist?«

Welche Antwort erwartete er von ihr? Weil Senna parapsychisch begabt war? Weil man sie aus dem Waisenhaus abgeschoben hatte?

Offensichtlich erwartete Laxten keine Antwort, denn er gab sie gleich selbst. »Die interessanten Begebenheiten findest du nicht in der Zeit, die die Kinder im Zentrum verbracht haben, sondern davor. Warum glaubst du wohl, dass Hickeys Fähigkeiten derart stark ausfallen? Sie hat sie seit frühester Kindheit – und schon damals eingesetzt. Trotzdem beherrscht sie gerade einmal die Telepathie in ihren Grundzügen, ihre Hauptfähigkeit dagegen so gut wie gar nicht.«

»Worauf willst du hinaus?« Parr war für das Mädchen verantwortlich. Und sie mochte es gar nicht, wenn jemand so über sie, ihre Arbeit oder ihre Patientin redete.

»Hast du nie darüber nachgedacht, woher ihre Angst vor der Telekinese kommt?« Laxten richtete sich weiter auf, sodass sich seine hagere Gestalt drohend über sie reckte. »Denk doch mal nach. Sie ist eine Waise mit außergewöhnlichen Fähigkeiten, die unkontrolliert aus ihr hervorbrechen, wenn sie aufgewühlt ist.« Er tippte an das Holo und wischte zum Anfang des Dokuments. »Hier hast du es. Senna Hickeys Eltern kamen bei einem Gleiterunfall ums Leben. Eine Fehlfunktion, deren Ursache nicht geklärt werden konnte. Was sagt dir das?«

»Du glaubst doch nicht im Ernst, dass …« Der Gedanke war so ungeheuerlich, dass Parr ihn nicht einmal aussprechen wollte.

Laxten kannte solche Hemmungen nicht. »Dass das Mädchen seine eigenen Eltern getötet oder zumindest ihren Tod verschuldet hat? Doch, genau das glaube ich.«

»Sie war damals erst vier!«

»Und du hast noch nie ein zorniges Kleinkind gesehen, das sich vor Wut auf den Boden wirft oder nach seinen Eltern schlägt, weil es sich nicht anders zu helfen weiß?«, entgegnete er. »Senna Hickey wusste sich offenbar anders zu helfen.«

Parr wollte es nicht glauben. Dieses schüchterne, verstockte Mädchen … Konnte sie wirklich in einem Wutanfall den Unfalltod ihrer Eltern verursacht haben? Dann wäre es wahrlich kein Wunder, dass sie sich so gegen ihre Fähigkeiten sperrte. Womöglich hatte sie etwas in den Gedanken ihrer Eltern gehört, das ihr Angst gemacht hatte. Vielleicht war es aber auch nur etwas so Banales wie ein Spielzeug gewesen, das ihr die Eltern verwehrt hatten.

»Weiß sie es?« Ihre Stimme klang brüchig, und Parr hasste es, dass sie Laxten eine solche Schwäche zeigte. Aber er war es nicht, der dem telepathisch begabten Mädchen mit diesen Gedanken im Kopf gegenübertreten musste.

»Was denkst du?«, erwiderte Laxten die Frage.

Das Traurige daran war, dass Parr darüber keine Sekunde nachdenken musste. Nein, Senna wusste es nicht. Entweder hatte sie als Kind überhaupt nicht begriffen, was sie da ausgelöst hatte, oder es in den Jahren danach erfolgreich verdrängt. Sie war ein sensibles Kind. Wäre sie sich einer solchen Schuld bewusst, würde sich ihre Wut gegen sich selbst richten, und das musste Parr um jeden Preis verhindern.

Sie konnte nur hoffen, dass die Blocker und fremden Stimmen Sennas Fähigkeiten genug eindämmten, dass sie Parrs veränderte Stimmung nicht bemerkte.

Insgeheim verfluchte sie sich dafür, die Betreuung des Mädchens angenommen zu haben, nachdem all ihre Kollegen davor zurückgeschreckt waren. Eine Telepathin zu betreuen war schwierig genug. Eine, die bei einem falschen Gedanken das halbe Zentrum zerlegen konnte, war ein Tanz auf dem Vulkan. Elindra Parr mochte Herausforderungen, aber sie fragte sich, wie lange sie dieser speziellen noch gewachsen sein würde. Sie konnte die Grenzen von Sennas Begabung schon zu diesem Zeitpunkt nicht abschätzen. Und es waren noch elf Tage, bis Sennas Fähigkeiten ihren neuen Höhepunkt erreichen würden, stärker als alle Male zuvor.

Wer konnte wissen, wozu Senna und die anderen Parabegabten dann fähig waren?

Sie sind Kinder, rief Parr sich in Erinnerung. *Eine Gefahr für sich selbst und für andere. Wenn sie sich nicht kontrollieren können, dann liegt es an uns, das zu tun.*

Der Gedanke behagte ihr nicht. Aber sie würde tun, was nötig war, um ihre Patienten zu schützen. Notfalls auch vor sich selbst.

Kapitel 10:
Audienz

Eigentlich betrachtete Rhodan Ungeduld nicht als eine seiner Schwächen. Er war zuweilen unvernünftig, ja. Weichherzig, was ihm vor allem seine Verbündeten vorwarfen. Alles in allem versuchte er, ein Mann zu sein, dem er guten Gewissens in die Augen sehen konnte, wenn er in den Spiegel blickte. Aber ungeduldig? Nein.

Entsprechend gelang es ihm fast eine Minute, so zu tun, als würde er die neueste Nachricht von Tarol de Lisenta lesen, der sich nun auch mit dem arkonidischen Ansprechpartner unzufrieden zeigte, den die Liga Freier Terraner ihm zur Verfügung gestellt hatte. Dann gab Rhodan auf. Statt dem Kristallbaron zu antworten, forderte er eine Verbindung nach Istark an. Immerhin hatte er Bellagy inzwischen Zeit genug gegeben, um ein paar Nachforschungen auf dem Dunkelplaneten anzustellen. Und da der Berg nicht zum Propheten kam, musste sich eben der Prophet um eine Audienz bemühen.

Allerdings schien der Berg ganz und gar nicht erfreut über seine Bemühungen.

»Perry Rhodan.« Bellagy seufzte. »Ist dir bewusst, wie spät es ist?«

War es tatsächlich nicht. An Bord der RAS TSCHUBAI war es kurz nach sieben Uhr morgens, die Lokalzeit auf Istark mochte allerdings ganz anders aussehen.

»Spät oder früh genug, um dich in deinem Büro zu erreichen«, versuchte er zu scherzen.

Der USO-Spezialist verzog keine Miene.

»Komme ich ungelegen?«

Auch auf diese Frage erhielt er keine Antwort, stattdessen erkundigte Bellagy sich nicht gerade freundlich: »Was willst du, Rhodan?«

»Ich wollte nur hören, ob du bereits neue Erkenntnisse bezüglich der Dunkelwelt hast.« Warum sonst sollte er sich bei Bellagy melden? Sicherlich nicht, um einen netten Plausch zu halten.

»Tut mir leid, dazu kann ich keine Auskunft erteilen.« Bellagy sah ganz und gar nicht aus, als täte ihm das in irgendeiner Form leid. Neutral, mit einem Hauch Genervtheit sah er Rhodan durch das Holo an.

»Wieso? Ich dachte, du hättest ein Einsatzteam dorthin geschickt?«

»Das habe ich auch«, gab Bellagy zurück.

»Und?«

Bellagy seufzte, verschränkte die Hände und beugte sich vor. »Hör zu, ich habe keine Zeit für dieses Getue, deshalb fasse ich mich kurz. Ja, mein Einsatzteam war vor Ort, jedenfalls soweit das möglich war. Wir konnten einige Erkenntnisse über Aldrey – die Dunkelwelt – gewinnen. Allerdings bin ich nicht befugt, dir Informationen darüber offenzulegen.«

Ungesehen von seinem Gesprächspartner ballte Rhodan die Hand zur Faust. Er hätte es wissen müssen. Die USO war und blieb eben ein Geheimdienst. In einem Moment schien alles bestens, im nächsten berief sie sich auf ihre Geheimhaltungspflichten.

»Ich dachte, wir hätten eine Vereinbarung getroffen.« Er bemühte sich, freundlich zu bleiben, aber der grollende Unterton konnte Bellagy nicht entgehen. Sollte er auch nicht.

»Ich verstehe deine Enttäuschung«, behauptete der USO-Spezialist. »Aber die Dinge haben sich anders entwickelt als erwartet.«

»Du wolltest mir berichten, sobald du etwas weißt«, erinnerte Rhodan ihn.

»Ich habe Bericht erstattet. Allerdings darf ich dich daran erinnern, dass meine Schuldigkeit auch in diesem Fall nicht bei dir liegt, sondern bei meinem Vorgesetzten.«

Das war ja klar. Rhodan brachte sogar ein gewisses Verständnis für den Mann auf. Was nichts daran änderte, dass er sich von vorne bis hinten über den Tisch gezogen fühlte.

Bellagy lehnte sich wieder zurück, löste die Hände und sah auf sein Multifunktionsarmband. »Lordadmiral Monkey hat eine Besprechung angeordnet, die in Kürze beginnt. Bis die Untersuchungen auf Aldrey abgeschlossen sind, werden keine internen Ergebnisse an Unbeteiligte weitergegeben. Ich bin sicher, du verstehst das.«

Und wenn nicht, war es Bellagy vermutlich auch egal.

Es hatte keinen Sinn, länger gegen das Unvermeidliche anzukämpfen. Was Bürokratie anging, kannte Rhodan sich aus. Befehl war Befehl, und selbst wenn Bellagy gewollt hätte, wären ihm die Hände gebunden gewesen. Da ihr Kontakt von vornherein nicht gerade herzlich verlaufen war, brauchte Rhodan sich keinen Illusionen hinzugeben. Er würde eine geschönte Version des Berichts erhalten, sobald die USO der Meinung war, dass er ihnen damit nichts mehr vermasseln konnte.

Rhodan nickte, bedankte sich und unterbrach die Verbindung. Dann erst gestattete er sich einen leisen Fluch.

Monkey also. Dass der Lordadmiral höchstpersönlich im Arraksystem auftauchte, konnte nur zweierlei bedeuten: Entweder war er bereits vor Ort gewesen, um das Projekt im Auge zu behalten, das die USO dort verfolgte. Oder was auch immer sie auf der Dunkelwelt Aldrey entdeckt hatten, war noch ernster und dringlicher, als Rhodan nach dieser brüsken Unterhaltung ohnehin annahm. Er tippte auf Letzteres.

Was hatte Bellagys Team gefunden? Das Xoj der Kerouten? Würde Monkey begreifen, wozu der Dünger imstande war? Wie gefährlich er war?

Der Gedanke daran, dass selbst Monkey sich in das winzige Sonnensystem bequemte, um das Geheimnis der Dunkelwelt zu erforschen, während er selbst gezwungen war, zigtausende Lichtjahre entfernt zu sitzen und zuzusehen, entlockte Rhodan ein weiteres Grummeln.

Dass er nicht länger allein war, bemerkte er erst, als eine schlanke grünhäutige Hand einen Becher Kaffee vor ihm abstellte.

»Hier.« Dorksteigers Stimme erklang dicht hinter ihm. »Du siehst aus, als könntest du ein wenig Aufmunterung gebrauchen.«

Lächelnd nahm Rhodan die warme Tasse in die Hand und wandte sich zu ihr um. »Danke.«

Die Hyperphysikerin zwinkerte ihm zu. »Gewöhn dich nicht dran, ich bin nicht deine Assistentin.« Ehe ihm eine passable Erwiderung darauf einfiel, nickte sie in Richtung des Holos. »Sag bloß, du bist so früh aufgestanden, bloß um diesem aufgeblasenen Arkoniden zu antworten.«

»Nein.« Tarol de Lisenta und die Repräsentation der Liga waren im Augenblick so weit von ihm abgerückt, dass er erst auf die geöffnete Nachricht in seinem Holo spähen musste, um Dorksteigers Anspielung zu verstehen. »Diese Dunkelwelt beschäftigt mich.«

Sichu Dorksteiger hob eine wohlgeformte Augenbraue. »Wenn das so ist ...« Sie schob ihr Hinterteil auf seinen Tisch, schlug die Beine übereinander und sah ihn herausfordernd an. »Dann erzähl mal.«

Viel hatte er nicht zu berichten. Das war es ja, was ihm so sauer aufstieß. »Wenn Monkey sich dort herumtreibt, sind mir die Hände gebunden«, schloss er seine Zusammenfassung.

»Du könntest immer noch eine eigene Mission starten«, schlug Dorksteiger vor. »Die Dunkelwelt ist frei zugänglich, du müsstest nicht einmal über Istark fliegen.«

»Aber es wäre ein Wink mit dem Fehdehandschuh.« Frustriert drehte er den Kaffeebecher zwischen den Fingern. »Auch wenn ich Monkeys Methoden nicht immer gutheiße, kann ich mich nicht einfach in Angelegenheiten einmischen, die er eindeutig als seine eigenen deklariert hat. Jedenfalls nicht, ohne es mir gründlich mit ihm zu verscherzen.«

Dorksteiger wog nachdenklich den Kopf. »Und da du nun so schön darauf hingewiesen wurdest, dass die USO Aldrey noch untersucht ...«

»... kann ich nicht selbst eine Expedition starten, richtig.« Rhodan seufzte. »Hätte ich nicht nachgefragt, hätte ich nichts davon gewusst und einfach losfliegen können, aber so ...«

»... musst du gute Miene zum bösen Spiel machen und die Ergebnisse der Besprechung abwarten.« Dorksteiger nickte verständnisvoll. »Untätig warten ist nicht deine Stärke, schon gar nicht, wenn du ein Abenteuer witterst.«

Rhodan sah auf. »Bin ich so leicht zu durchschauen?«

»Für mich schon. Ich dachte, deshalb hättest du dir eine kluge Frau ausgesucht?«

»Die hat wohl eher mich ausgesucht«, gab er grinsend zurück. »Also schön, ich warte.« Wie lange konnte so eine Besprechung schon dauern? Ein paar Stunden vielleicht. So lange würde er sich wohl in Geduld üben können. Vor allem, wenn er dafür eine angenehmere Ablenkung fand als den *aufgeblasenen Arkoniden.*

Er schob den Kaffeebecher beiseite und rutschte näher an seinen Schreibtisch heran – und damit auch an seine Lebensgefährtin. »Lust auf ein zweites Frühstück?«

Kapitel 11: Einsatzkommando

Nervös stöckelte Parr den Flur zum zentralen Besprechungsraum entlang, das Pad mit den Unterlagen zu ihren Forschungsergebnissen eng an die Brust gepresst. Sie hatte kein Briefing erhalten und wusste nicht, was genau sie erwartete. Noch weniger konnte sie sich erklären, wie die Bosse von ihrem Verdacht erfahren hatten. Die Berichte lagen immer noch unfertig in ihrem Speicher, sie war zu beschäftigt mit ihren Nachforschungen gewesen, um sie zu vervollständigen.

Das würde ihr nun auf die Füße fallen. Vermutlich hatte Laxten etwas von ihren Untersuchungen gemeldet, weil sie ihm nicht verraten hatte, welche Erkenntnisse sie durch Senna Hickeys Implantat erlangt hatte. Gar keine, so sah es aus. Sie war ebenso ratlos wie davor, nur dass sie mit dem Implantat nun auch noch einen Kostenpunkt von mehreren tausend Galax verursacht hatte. Und für den würde sie sich rechtfertigen müssen.

Im Stillen legte sie sich bereits seit dem Verlassen ihres Büros eine Entschuldigung nach der anderen zurecht, aber keine einzige davon klang in ihren Ohren auch nur annähernd überzeugend. Dabei stand sie so knapp vor einem Durchbruch, sie konnte es fühlen. Sie brauchte nur mehr Informationen, mehr Zeit. Die einberufene Besprechung bewies jedoch, dass ihre Zeit abgelaufen war. Nun musste sie sich auf das Ende ihrer Forschung, womöglich sogar ihrer Karriere einstellen – und das alles nur, weil Laxten nicht den Mund gehalten hatte.

Entsprechend verwirrt war sie, als unter ihrem Handabdruck die Tür des Besprechungsraums aufglitt und sie erkannte, wer sie im Inneren erwartete.

An jener Seite des Tisches, die am weitesten von der Tür entfernt war, saß Doktor Laxten höchstselbst und wirkte dabei ebenso unsicher, wie Parr sich fühlte. Ihm zur Seite saß ein muskulöser Kerl mit Bürstenhaarschnitt, der Parr mit skeptischem Blick von oben bis unten musterte. Er war ihr augenblicklich unsympathisch.

Keine Spur von Parrs Vorgesetzten, den Leitern der Forschungsabteilung. Die Anspannung, die Parr seit der Aufforderung, sich in diesem Raum einzufinden, befallen hatte, löste sich zögerlich. Erst um ihre Brust, dann entkrampften ihre Schultern. Sie atmete langsam und kontrolliert aus, trat um den Besprechungstisch herum und nahm an Laxtens freier Seite Platz.

»Weißt du, worum es hier geht?«, erkundigte sie sich leise bei dem Mediziner.

Der schüttelte mit steinerner Miene den Kopf.

»Sie werden über alles in Kenntnis gesetzt, sobald wir vollzählig sind«, sagte der Dritte in ihrem Bunde.

Was wohl bedeutete, dass der Kerl im Gegensatz zu Doktor Laxten und ihr wusste, worum es hier ging. Dass er sie siezte, deutete darauf hin, dass er ebenso wie sie ein Spezialist der USO war – und offenbar wusste, wer sie war. Noch etwas, was er ihr voraushatte. So unauffällig wie möglich spähte Parr nach den Abzeichen am Uniformkragen des Mannes. Drei silberne Sterne – ein Captain. Damit war er ihr rangmäßig vorgesetzt, wenn er auch für einen anderen Bereich zuständig sein musste. Mit diesem Rang musste er allerdings der Leiter der USO-Station auf Istark sein. Nicht, dass man das gegenüber einer Externen wie ihr bestätigen würde. Parr biss die Zähne zusammen und wartete auf denjenigen, der es nicht für nötig erachtete, pünktlich zu erscheinen.

Vier Gläser und eine Karaffe mit Wasser standen bereit, also griff sie nach einem Glas, füllte es und stellte die Flasche zurück. Ihren Kollegen bot sie nichts an. Es waren starke Männer, die konnten sich bestimmt selbst einschenken.

Der kurze Anflug von guter Laune verflog, als die Tür aufglitt und den letzten Teilnehmer ihrer illustren Runde einließ. Der fast zwei Meter große Oxtorner mit seinen 1,20 Metern Schulterbreite musste sich nicht erst vorstellen. Jeder, der mit der USO zu tun hatte, kannte das Gesicht des Lordadmirals – und vermutlich auch die meisten Leute, die sonst keine Ahnung hatten, was der Geheimdienst so trieb.

Wie die Plophoser, die den Großteil der istarkischen Bevölkerung ausmachten, stammten die Oxtorner von Terranern ab. Während die Plophoser sich jedoch anatomisch kaum von ihren Vorfahren unterschieden, hatten sich die Oxtorner gründlich an ihren neuen Heimatplaneten angepasst, was wohl an der fast fünffachen Schwerkraft und den unwirtlichen Bedingungen dort lag. Ihre Größe war nur ein Aspekt dieser Umweltanpassung. Unter der hellbraunen, haarlosen Haut verbarg sich ein Körper, der vielmehr einer Maschine glich. Gravitationsschwankungen, extreme Temperaturen und Witterungsbedingungen machten ihnen nichts aus. Und Lordadmiral Monkey galt selbst für einen Oxtorner als enorm widerstandsfähiger Kämpfer.

Der kalte, leblose Blick der schwarzen, objektivartigen SAC-Implantate, die Monkey anstelle seiner Augen trug, ließ Parr erschauern. Was war geschehen, dass es den Lordadmiral zu diesem an sich unbedeutenden USO-Stützpunkt führte? Und was hatte sie damit zu tun?

Der Lordadmiral vergeudete keine Zeit damit, sie zu begrüßen. Der einzige Hinweis darauf, dass er ihre Anwesenheit überhaupt wahrnahm, bestand aus einem knappen Befehl. »Bellagy, setzen Sie Ihre Kollegen ins Bild.«

Sie. Parr nahm die unübliche Anrede zur Kenntnis. Demnach war Bellagy ein Spezialist der USO, nicht bloß ein Agent. Nur unter Spezialisten wurde im offiziellen Sprachverkehr gesiezt.

Captain Bellagy, der bisher keinerlei Anstalten gemacht hatte, mit seinen Kollegen zu interagieren, beeilte sich, den Wünschen des Lordadmirals nachzukommen. »Es geht um einen Wanderplaneten, der sich unserem Sonnensystem nähert«, erklärte er.

»Ein Planet?« Laxten schien ebenso irritiert zu sein wie Parr. Für solche Angelegenheiten hatte jemand wie Bellagy zweifellos seine eigenen Einheiten. Wozu zitierte er dazu einen Mediziner und eine Beraterin mit Schwerpunkt psychischer Evaluierung hierher?

Monkeys Anwesenheit riet ihr jedoch, zu schweigen.

Ein Einwand hätte ohnehin nichts geändert – wie sich zeigte, ignorierte Bellagy Laxtens Nachfrage vollkommen. Er aktivierte das Besprechungsholo, sodass eine schematische Darstellung des Arraksystems über ihren Köpfen kreiste. Eine Sonne, drei Planeten. Und ein Punkt außerhalb, der mit »Aldrey« beschriftet war.

»Wie Sie sehen, befindet sich der Streuner noch rund vier Lichtstunden außerhalb der Systemgrenze, wir haben also noch fast ein Jahr Zeit, ehe er den Punkt der geringsten Entfernung zu Istark erreicht«, fuhr Bellagy fort. »Aber wir konnten eine massive Hyperstrahlung feststellen, die den Planeten umgibt und die bei weiterer Annäherung Auswirkungen auf die Kolonie haben könnte. Die Frequenz ist uns bisher unbekannt, aber sie deutet auf enorme Vorkommen an Hyperkristallen hin.«

Das war es also. Es ging um Geld. Um richtig viel Geld, wenn Bellagy nicht übertrieb.

»Und ihr wollt diese Kristalle bergen«, vermutete Parr.

Der Captain bedachte sie mit einem mahnenden Blick, den sie als »zuerst denken, dann blöde Fragen stellen« interpretierte. Es hatte seinen Grund, weshalb sie lieber mit Kindern arbeitete als mit ranghohen Kollegen, besonders solchen, die der USO angehörten.

»Zu allererst möchten wir den Planeten untersuchen«, belehrte Bellagy sie. »Wie gesagt, die Strahlungsfrequenz ist uns unbekannt, wir wissen daher nicht, was sie verursacht und welche Auswirkungen sie mit sich bringt.«

Laxten schnalzte missbilligend mit der Zunge. »Ich nehme an, ihr habt bereits ein Erkundungsteam hingeschickt.«

»In der Tat. Sie sind auf gewisse Schwierigkeiten gestoßen.«

Dafür benötigte er sie also. Das Einsatzteam war mental und körperlich angeschlagen zurückgekehrt, und sie sollten herausfinden, was mit den Soldaten auf Aldrey geschehen war. Dass diese Besprechung in aller Eile und im Geheimen ablief, deutete auf nichts Gutes hin.

»Wenn es um den Zustand der Mannschaft geht ...«, setzte sie an, wurde aber sogleich von Bellagy unterbrochen.

»Die Mannschaft ist wohlauf«, wehrte er ab. »Es geht vielmehr darum, was sie davon abgehalten hat, auf dem Planeten zu landen.« Er sah zu Monkey, so als wäre er unsicher, ob er noch mehr erklären sollte. Da sich auf dem Gesicht des Lordadmirals keine Regung abzeichnete, fuhr er fort. »Scheinbar ist Aldrey von einem weiteren Strahlungsring umgeben. Den Aufzeichnungen der Schiffspositronik nach glauben wir, dass es sich um psionische Strahlung handelt.«

»Ihr glaubt?«, hakte Laxten nach.

»Eine der beiden Strahlungsbarrieren hat die Elektronik des Schiffes so gut wie lahmgelegt. Und die des posbischen Piloten.«

Was bedeutete, dass es pures Glück oder außergewöhnliche

Flugkunst gewesen war, dass das Schiff überhaupt zurückgekehrt war.

»Psionik also«, murmelte Parr. »Deshalb habt ihr uns einberufen.«

Es ging gar nicht um die Kinder, nicht um die Parabegabung oder Parrs eigenwillige Methoden, deren Ursachen auf den Grund zu gehen. Andererseits – erhöhtes Auftreten von Psi-Fähigkeiten auf Istark und ein Planet, der psionische Strahlung emittierte. Das konnte kein Zufall sein.

»Ihr denkt, es könnte einen Zusammenhang mit unserer Forschung auf Istark geben«, vermutete sie.

»Denkst du das?«

Unvermittelt fand sie sich in der Aufmerksamkeit des Lordadmirals wieder. Parr zwang sich, seinem Blick standzuhalten.

»Ich glaube nicht an Zufälle«, sagte sie.

Der Oxtorner verzog keine Miene. »Ich ebenso wenig.«

Monkeys Zustimmung verstand sie als Aufforderung, ihre Gedanken weiter auszuführen. Sie griff in das Holo und vergrößerte den Ausschnitt, der Istarks Umlaufbahn zeigte.

»Ich habe Regelmäßigkeiten festgestellt«, erläuterte sie. »Einen Zyklus, in dem die Fähigkeiten der Kinder zunehmen und abnehmen. Aller begabten Kinder auf Istark, nicht nur der, die wir im Zentrum behandeln. Und dieser Zyklus entspricht fast genau der Zeit, die Istark für einen Umlauf benötigt.« Sie schubste den Planeten an, und wie im Zeitraffer bewegte sich die Kugel um die Sonne. Auf den Wanderplaneten zu, von ihm fort. Jahr um Jahr, Zyklus um Zyklus. Und mit jeder Umdrehung kam Aldrey näher. »Wenn es die Strahlung des Streuners ist, die die Mutationen auf Istark auslöst, erklärt das, weshalb die Zyklen immer intensiver werden. Die Kinder sind der Strahlung immer unmittelbarer ausgesetzt.«

Sie starrte auf die Simulation, die immer noch beschleunigt

ablief. Je näher Aldrey dem System kam, umso schneller wurde der Streuner, angezogen von der Gravitation der Sonne. Die Ruheintervalle wurden mit jedem Zyklus kürzer, die Strahlung intensiver. »Der Höhepunkt des aktuellen Zyklus ist noch über eine Woche entfernt.« Parr schluckte. »Und bereits jetzt beginnt die nächste Welle der Ausbrüche, um ein Vielfaches heftiger als zuvor. Die Kinder haben keine Kontrolle darüber, die Vorfälle von unbewusster Selbstverletzung und Psi-Anfällen häufen sich. Wenn wir weiter abwarten, könnte Aldrey enorme Schäden bei ihnen anrichten.«

»Was deine Forschung um Jahre zurückwerfen, aber auch enorm voranbringen könnte«, wandte Bellagy ein.

»Es geht mir in dem Fall nicht um die Forschung!«, warf Parr ihm entgegen. Sie bemühte sich nicht länger, ihre Aufgebrachtheit zu verbergen. »Das sind Kinder! Wir sprechen hier von fast drei Prozent der Bevölkerung, die unter einem Phänomen leiden, das wir ganz offensichtlich nicht beeinflussen können. Und nicht nur sie sind gefährdet – die meisten der parabegabten Kinder sind auch eine Gefahr für ihre Umgebung. Wollen Sie wirklich zusehen, wie ganz Istark in einen Ausnahmezustand verfällt?«

»Leutnant Parr.« Die Stimme des Lordadmirals war ruhig, dennoch fuhr sie wie unter einem Faustschlag zusammen. »Wir sind kein Wohltätigkeitsverein. Dir ist bewusst, dass unsere, speziell deine Forschungen hier auf Istark zu einem gewissen Zweck bewilligt wurden?«

»Natürlich ist mir das bewusst. Ich darf dich jedoch auch daran erinnern, dass stabile, brauchbare Ergebnisse von mir erwartet werden.«

Als ob er sie daran erinnern müsste. Die USO betrachtete die Kinder nur als Aspekt ihres Waffenentwicklungsprogramms. Den Geheimdienst interessierte nicht, wie es den *Patienten* ging, sie wollten nur eines wissen: Was verursachte die Häufung der Psi-Fähigkeiten auf Istark, und wie ließen sie sich reproduzieren? Für beides fand sich die Antwort allem Anschein nach auf Aldrey. Aber wenn die Kinder unter dem Druck ihrer Gaben zerbrachen, konnte die USO ihre Fähigkeiten reproduzieren, sooft sie wollte. Das Ergebnis würde keine brauchbare Waffe sein.

Monkey stieß ein missbilligendes Brummen aus.

Parr war selbst über ihre Widerworte erstaunt, aber nun war es auch zu spät, um zurückzurudern. Also preschte sie stattdessen weiter vor. »Wenn ich meine Patienten verliere, weil ihr deren Wohlergehen nicht ernst nehmt, wird es schwierig, überhaupt Ergebnisse zu liefern.«

Der Lordadmiral gab nicht zu erkennen, ob ihn ihr Vorwurf traf oder ob er diese Überlegung überhaupt in Betracht zog. Er fragte nur: »Und was schlägst du vor?«

Tja, wenn das so einfach wäre. Sich gegen etwas zu sträuben und Veränderung zu verlangen war eine Sache, selbst eine passende Lösung zu finden eine andere. Und der einzige Vorschlag, den sie machen konnte, würde Monkey und Bellagy nicht zufriedenstellen.

»Wir könnten die Kinder ruhigstellen«, sagte sie dennoch. »Alle Kinder auf Istark. Für die schlimmste Zeit zumindest. Damit haben wir im Zentrum bisher gute Erfahrungen gemacht.«

»Ruhigstellen?« Bellagy lachte. »Wie lange glaubst du, dass wir die Zustände auf Istark noch geheim halten könnten, wenn wir was – ein Prozent? – der Bevölkerung einfach ausschalten? Davon abgesehen, glaubst du allen Ernstes, dass die Eltern da mitspielen?«

Ehe Parr sich rechtfertigen konnte, ergriff Laxten das Wort. »Nicht im Sinne davon, sie zu betäuben.« Er warf Parr einen vorwurfsvollen Blick zu. »Ich habe ein Medikament entwickelt, das die Fähigkeiten der Parabegabten eindämmt. Weit genug, um sie sicher durch die extremen Phasen zu bringen.«

»Dieses Medikament ist bereits im Einsatz?«, fragte Monkey.

»In der Testphase«, korrigierte Laxten. »Den Bericht darüber habe ich an Quinto-Center weitergeleitet.«

Clever gelöst. Natürlich hatte der Lordadmiral Besseres zu tun, als sich jeden Bericht durchzulesen, der an das Hauptquartier der USO ging. Und die Testphase eines Psi-Blockers, der nur auf den Träger der Fähigkeiten wirkte, hatte vermutlich nicht oberste Priorität. Für den Einsatz bei Gegnern war er nicht geeignet, immerhin musste man ihnen das Zeug erst einmal verabreichen, und so leicht kam man nicht in eine Situation, in der sich das als nützlich und möglich erwies. Parabegabungen waren selten – außer hier auf Istark.

Monkey nickte. »Dann tu das, wenn du es für nötig erachtest.« Er wandte sich an Parr. »Zufrieden?«

Sie sollte »Ja« sagen und sich damit zufriedengeben, das wusste Parr. Allein der Gedanke, wozu die Kinder – allen voran jemand wie Senna Hickey – imstande waren, wenn der Zyklus seinen Höhepunkt erreichte ... Ganz zu schweigen von den Phasen, die noch kommen würden. Sie sollte dankbar sein für die Erlaubnis, die Mittel der USO einzusetzen, um nicht nur die Kinder im Zentrum, sondern auch all die anderen Zivilisten zu schützen.

Aber ihr Gefühl sagte ihr, dass es noch etwas anderes geben musste. Dass sie etwas übersah. Wenn es nur die Annäherung eines Planeten war, die zu der stärkeren Belastung der Kinder führte, hätte das Ergebnis ihrer Untersuchungen eindeutiger ausfallen müssen. Die Berechnung astronomischer Bewegungen war nicht ihr Spezialgebiet, aber sie vertraute den Kalkulationen der Positronik. Und die hatten kein klares Ergebnis gebracht. Irgendetwas mussten sie übersehen.

»Werden Sie den Wanderplaneten genauer untersuchen?«, fragte sie.

»Deshalb sind wir hier«, gab Monkey zurück. »Ich möchte, dass ihr eure Expertise einbringt, um uns Zugang zu dieser Dunkelwelt zu verschaffen.« Er nickte Bellagy zu.

»Das sind die letzten Aufnahmen, die die ELANA aufgezeichnet hat, ehe die Positronik gestört wurde.« Bellagy aktivierte eine neue Videosequenz im Holo. Die schematische Abbildung des Arraksystems verschwand und machte einem Panorama Platz, das Elindra Parr einen Schauer über den Rücken jagte.

Schimmernde, rosafarbene Strukturen, durchkreuzt von blauen und violetten Geflechten. Ein wirrer, fremdartiger Anblick, von dem Parr nicht wusste, wie sie ihn einordnen sollte. Nur eines war klar: Sie hatte diese Szenerie schon einmal gesehen. Auf Senna Hickeys Holozeichnung.

»Das ist unmöglich.« Erst als sie die überraschten Blicke der anderen sah, wurde Parr klar, dass sie die Worte nicht nur gedacht, sondern ausgesprochen hatte. Es konnte nicht mehr als ein leises Murmeln gewesen sein, aber es genügte, um ihr die volle Aufmerksamkeit der drei Männer zu sichern.

»Was ist unmöglich?«, fragte Monkey.

Parr schluckte. Dieses Thema hatte sie nicht auf den Tisch bringen wollen, aber nun blieb ihr nichts anderes mehr übrig. »Ich kenne diese Landschaft«, bekannte sie. »Darf ich?«

Sie griff nach ihrem Pad, suchte die entsprechende Aufnahme heraus und schob sie auf das Besprechungsholo. Senna Hickeys Zeichnung war grob und ähnelte mehr dem Gekrakel einer Sechsjährigen, als dass es eine kunstvolle Abbildung war, aber Parrs Erinnerung hatte sie nicht getäuscht. Auch die anderen sahen, was das Bild darstellte.

»Wo hast du das her?«, wollte der Lordadmiral wissen.

»Eine meiner Patientinnen, eine starke Telepathin. Sie litt unter Stimmen, die sie nicht verstand, also haben wir ihr einen Translator implantiert, der sich mit ihren Gedanken verbindet, beziehungsweise den Gedanken, die sie empfängt. Das Ergebnis waren diese Bilder. Sie zeichnet sie unentwegt, wenn wir ihre Gabe nicht blockieren. Ich dachte, dass es sich dabei um die Gedanken eines fremden Volks auf Istark handeln müsste. Aber wie es aussieht, geht ihre Fähigkeit darüber noch weit hinaus. Wer auch immer mit dem Mädchen zu kommunizieren versucht, er befindet sich offenbar auf Aldrey.«

»Eine enorme Reichweite«, murmelte Laxten.

»In der Tat.« Bellagy beugte sich vor. »Bedeutet das, dieses Mädchen ist in der Lage, mit jemandem auf der Dunkelwelt zu sprechen?«

»Sprechen kann man es nicht nennen«, wehrte Parr ab. »Sie empfängt diese Bilder, das ist alles.«

»Aber das ist mehr, als wir bisher hatten.« Bellagy wandte sich an den Lordadmiral. »Wenn jemand Gedanken sendet, bedeutet das, dass Aldrey tatsächlich bewohnt ist, und zwar von vermutlich intelligentem Leben. Wir könnten diese Patientin nutzen, um mit den Einheimischen zu kommunizieren. Vielleicht gelingt es uns dadurch, eine Landung auf der Dunkelwelt zu ermöglichen.«

»Moment!« Fassungslos starrte Parr den Captain an. »Du willst ein neunjähriges Kind auf eine Expedition schicken, von der dein letztes Team nur mit knapper Not zurückgekommen ist?« War der Kerl noch bei Trost?

Ganz offensichtlich nicht. »Der Gedanke ist doch, dass wir mithilfe deiner Patientin überhaupt nicht in die Lage gelangen, in der sich das Team der ELANA befand.« Bellagy sprach in aller Seelenruhe weiter. »Gelingt es ihr, die Strahlung abzuwehren, ist eine ungefährliche Landung möglich. Kommt keine Kommunikation mit den Bewohnern von Aldrey zustande und die Barriere bleibt aufrecht, hat es auch keinen Zweck, einen weiteren Landeversuch zu starten.«

»Nein.« Entschieden schüttelte Parr den Kopf. »Das kann ich nicht zulassen. Ich trage die Verantwortung für Sennas Gesundheit. Auf keinen Fall werde ich zusehen, wie ihr ein unschuldiges Kind gefährdet.«

Laxten stieß ein Schnauben aus, das wohl ein humorloses Lachen darstellte. Parr glaubte bereits, dass er auf Sennas Vergangenheit und den Unfalltod ihrer Eltern anspielen wollte, aber Laxten zielte in eine andere Richtung. »Ich würde sagen, diese Entscheidung lag nie bei dir. Du bist nicht diejenige, die eine Verbindung zwischen dem Mädchen und Aldrey hergestellt hat. Das hat Aldrey bereits getan.«

»Du weißt genau, weshalb Senna keiner Stresssituation ausgesetzt werden darf!«, fauchte Parr. »Sie nach Aldrey zu bringen wäre nicht nur unverantwortlich, es wäre …« Sie brach ab. Auf diese Weise würde sie niemanden überzeugen. Nachdem sie einmal tief durchgeatmet hatte, wandte sie sich direkt an den Lordadmiral. »Senna Hickey ist nicht nur Telepathin, sie neigt auch zu telekinetischen Ausbrüchen, besonders in Situationen, in denen sie sich überfordert fühlt.«

Monkey nickte. »Ich verstehe deine Bedenken. Aber eben noch warst du diejenige, die uns darauf hingewiesen hat, dass ganz Istark von eskalierenden, menschlichen Psi-Waffen gefährdet ist. Deine Sorge um deine Patientin in Ehren – aber jedes einzelne dieser Kinder ist eine Gefahr. Wenn wir dieses eine Kind nutzen können, um die Situation zu klären, müssen wir das Risiko eingehen. Setz das Mädchen unter Drogen, wenn es sein muss, aber es kommt mit.«

»Aber …«

Der Blick aus Monkeys SAC-Implantaten ließ Parrs Einwand verstummen.

»Captain Bellagy, kümmern Sie sich um die Vorbereitung der Expedition. Sehen Sie zu, dass bis morgen alles startklar ist.«

»Selbstverständlich.«

Bis morgen? Es konnte doch nicht bloß an ihrer Warnung liegen, was die Psi-Fähigkeiten der Kinder anbelangte, dass der Lordadmiral es derart eilig hatte, den Planeten zu untersuchen. Und wie sollte sie Senna in so kurzer Zeit auf ein derartiges Unterfangen vorbereiten?

»Ich möchte mitkommen.« *Möchten* traf es zwar nicht ganz, aber was blieb ihr anderes übrig? »Ich bin für das Mädchen verantwortlich. Und vielleicht hilft ihm ein vertrautes Gesicht.«

Bellagy wollte zu einer Erwiderung ansetzen, das sah sie an seinem unwilligen Gesichtsausdruck.

Der Lordadmiral kam ihm zuvor. »Einverstanden.« Er sah auf sein Multifunktionsarmband. »Abflug morgen, vierzehn Uhr. Verfügt die ELANA über genug Kapazität, um ein Team von einem Dutzend Leuten zusätzlich zur Mannschaft aufzunehmen?«

»Das sollte kein Problem darstellen.«

»Gut. Die Mannschaft hat bereits Erfahrung mit der Dunkelwelt gesammelt, das sollten wir nutzen. Treffpunkt Hangar. Seien Sie pünktlich.«

»Natürlich. Ich …« Bellagy verstummte. Offenbar war ihm gerade klar geworden, was die Worte des Lordadmirals zu bedeuten hatten. »Sie werden uns begleiten?«

»Allerdings. Wenn Perry Rhodan Interesse an dieser Dunkelwelt zeigt, dann nicht ohne Grund. Deshalb haben Sie mich doch kontaktiert, oder nicht?«

Parr stutzte. Was hatte denn Perry Rhodan damit zu tun?

Aber das erklärte immerhin die Dringlichkeit, die Monkey der Mission beimaß. Sie waren nicht die Einzigen, die Aldrey untersuchen wollten.

Bellagy nickte zerknirscht. Ganz eindeutig war das nicht der Grund gewesen, weshalb er den Lordadmiral kontaktiert hatte. Vermutlich hatte der Captain eine Chance gesehen, sich als Expeditionsleiter hervorzutun und damit Punkte beim obersten Boss persönlich zu kassieren.

Tja, wer hoch griff, der konnte schnell tief fallen.

»Also«, fasste Monkey zusammen. »Das Mädchen, Parr, Sie und ich. Dazu zehn kampffähige Soldaten.« Er sah zu Laxten. »Oder willst du etwa auch mit?«

Der Mediziner hob abwehrend die Hände. »Ich glaube nicht, dass ich während des Einsatzes etwas beitragen könnte.«

»Gut.« Erneut wandte Monkey sich an Bellagy. »Sorgen Sie bitte dafür, dass sich Ihr Team auf Istark mit Rhodan in Verbindung setzt. Vielleicht hat er in der Zwischenzeit weitere Erkenntnisse über die Dunkelwelt erhalten, die uns weiterhelfen könnten.«

Damit erhob er sich und ging zur Tür hinaus, ohne sich zu verabschieden.

Sobald er verschwunden war, sprang Parr auf, schnappte sich ihr Pad und wollte ebenfalls gehen.

»Und warum hast du es auf einmal so eilig?«, fragte Bellagy scharf. Kaum war der Lordadmiral außer Sicht, hatte der Spezialist in sein befehlsgewohntes Gehabe zurückgefunden.

»Was glaubst du denn?«, entgegnete sie barsch. »Ich habe einen Tag Zeit, um ein traumatisiertes, neunjähriges Mädchen auf seinen ersten Ausflug ins All vorzubereiten. Und das mit einem Haufen bewaffneter Männer, was mit Sicherheit grandios dazu beitragen wird, sie zu beruhigen.«

Sie warf Laxten noch einen strafenden Blick zu, dann wandte sie sich um und machte sich auf den Weg zu jenem Mädchen, dessen einziger Anker sie war – und welches sie gerade ungewollt den Zielen der USO ausgeliefert hatte.

Kapitel 12: Phantom

Lustlos stocherte Alken in dem Becher lauwarmer Bohnensuppe. Vielleicht hätte er seine Prioritäten doch einmal überdenken und wenigstens ein paar funktionierende Küchengeräte besorgen sollen. Kalt war der Fertigfraß jedenfalls kaum zu ertragen – vor allem, wenn man seinen Gaumen vor nicht allzu langer Zeit mit der Küche eines Fünf-Sterne-Hotels verwöhnt hatte.

Aber Nahrungsaufnahme war zweitrangig. Nur ein Mittel, um ihn am Laufen zu halten, ebenso wie alles andere in seinem Unterschlupf. Luxus war nichts, was er unbedingt brauchte. Das jedenfalls versuchte er sich vor Augen zu halten. Er kam aus dem Nichts, war durchs Nichts gewandert und saß nun aufs Neue im Nichts. In Luxus schwelgen konnte er, wenn er am Ziel war, und das würde er nur durch harte Arbeit erreichen. Bis dahin musste er sich auf seine Aufgabe fokussieren.

Er stopfte sich den letzten Bissen Kahigabohnen in den Mund, leckte den Löffel sauber und wischte ihn am Hosenbein trocken. Den leeren Becher beförderte er mit Schwung in Richtung des Abfallvernichters. Dabei fiel sein Blick auf eines der kleinen Holos, in dem er den lokalen Trivid-Sender laufen ließ. Alken hielt inne und betrachtete das Bild, das mehrere Ambulanzgleiter vor einem rauchenden Gebäude zeigte. Es war jedoch nicht irgendein Gebäude. Es war das Waisenhaus, in das man ihn gesteckt hatte. In dem er drei Jahre seines Lebens verloren hatte.

Einem inneren Impuls folgend, ließ er den Löffel sinken und befahl: »Lauter.«

»… erneut zu schweren Vorfällen. Die Ursache konnte bislang nicht ausfindig gemacht werden.« Die völlig neutrale Stimme der Sprecherin hätte ebenso gut positronisch generiert sein können. Als sähe sie die Schwebetrage mit dem kleinen Körper darauf nicht, die von zwei Sanitätern aus dem Haus geführt wurde.

Wie gebannt starrte Alken auf die Trage. Kannte er das verletzte Kind? Es dauerte ein paar Sekunden, ehe er wieder auf den Bericht der Sprecherin achtete.

»… berichten von vermehrtem Auftreten der psionischen Anomalien, besonders bei Kindern im Alter zwischen sechs und neunzehn Jahren. Neuesten Untersuchungen zufolge könnten diese im Zusammenhang mit einem astronomischen Phänomen stehen, zu dem sich die untersuchenden Behörden allerdings noch nicht weiter äußern.«

Alken schnaubte. Weil die Behörden vermutlich keine Ahnung hatten, wie üblich. Wie lange hatten sie gebraucht, um festzustellen, dass es eine abnorme Häufung von Parabegabungen auf Istark gab? In seiner Zeit im Waisenhaus allein hatte Alken ein Dutzend solcher Kinder kennengelernt, und das waren nur jene, die ihre Fähigkeiten nicht so leicht verbergen konnten wie er.

Er wollte den Ton des Trivids bereits abschalten, als ihn die nächsten Worte erneut festhielten. »Da in den nächsten Tagen mit einem weiteren Anstieg der psionischen Ausbrüche zu rechnen ist, bietet die Stadt kostenlose medizinische Hilfe für alle Betroffenen an. Nach langer Testphase wurde von örtlichen Forschern nun ein Medikament freigegeben, das in der Lage ist, diese Psi-Fähigkeiten zu unterdrücken, sodass die Sicherheit aller Betroffenen gewährleistet ist.«

Die Kamera zoomte noch einmal auf die Schwebetrage und zeigte das Gesicht eines kleinen Mädchens, das aus einer Kopfwunde blutete, ehe die Trage endgültig im Gleiter verschwand. Alken atmete auf. Er kannte die Kleine nicht.

Das Bild wechselte und zeigte nun die Sprecherin, die in einem weißen Flur stand, der wohl zu einem Krankenhaus gehörte. »Alle Eltern, deren Kinder ungewöhnliche Fähigkeiten aufweisen, sind aufgerufen, sich in ihrer nächstgelegenen Klinik zu melden, um die entsprechende Medikation zu erhalten.«

»Was?« Natürlich wusste Alken, dass die Nachrichtentante ihn nicht hören konnte, aber er war zu fassungslos, um die Frage nicht laut auszusprechen. »Ihr wollt ernsthaft, dass Eltern ihre Kinder unter Drogen setzen?«

Wobei der Begriff *Kinder* äußerst dehnbar war, wie ihm schien. Neunzehnjährige waren volljährig und damit nicht länger dem Schutz ihrer Eltern unterstellt. Sollten die sich demnach selbst einweisen? Oder hatten die Eltern auch in diesem Fall das Recht, ihre Sprösslinge ins Krankenhaus zu schleifen, ganz gleich, ob die das wollten oder nicht?

Wut breitete sich in Alken aus, aber wie sich zeigte, stand er mit dem Gefühl nicht allein da. Der nächste Beitrag zeigte einen aufgebrachten Vater, der seinen kleinen Jungen an sich drückte.

»Die ganze Zeit hat man uns mit dem Problem alleingelassen«, schimpfte er. »Und jetzt taucht plötzlich ein Wundermittel auf, das alles besser machen soll? Wer hat das denn entwickelt? Wie genau funktioniert es, was ist da drin? Darüber schweigen sie natürlich. Wer sagt denn, dass das wirklich das Beste für unsere Kinder ist und ihnen keinen bleibenden Schaden zufügt? Die sollen mal lieber erklären, was es mit diesem weiteren Phänomen auf sich hat, das angeblich schuld daran ist. Das sollen sie aufklären, nicht unsere Kinder mit irgendwelchem Zeug zustopfen! Ich werde meinem Jungen so eine Behandlung jedenfalls nicht antun.«

Bereits die nächste Interviewte sah das allerdings schon völlig anders. »Wir sind so dankbar für die Hilfe«, berichtete sie. Von ihrem Nachwuchs war nichts zu sehen, der Umgebung nach hatte sie ihn gerade in einer Klinik abgeliefert. »Die Ausbrüche wurden immer schlimmer, wir wussten nicht mehr, was wir noch tun sollten. Gestern ist er durch die Wohnzimmerwand gefallen und auf halbem Weg steckengeblieben. Wir mussten die Wand aufbrechen, um ihn dort herauszubekommen …«

Unwillig wischte Alken weiter, suchte nach einem anderen Sender. Aber das Thema war überall.

»… Ärzte werden schon wissen, wann sie ein Medikament zur Behandlung zulassen …«

»… gleich gekommen, als wir den Aufruf hörten. Natürlich schadet sie mit ihrer Erlebnis-Rekonstruktion niemandem, aber sie ist doch noch ein Kind und sollte wirklich noch nicht alles wissen …«

Das genügte Alken. Er desaktivierte das gesamte Holo. Unfassbar, was in diesen Leuten vor sich ging. Weil ihnen das Kind ein bisschen unbequem wurde, griffen sie nach der erstbesten Gelegenheit, um sich der Last zu entledigen.

Er konnte von Glück sagen, dass er sein eigener Herr war. Nicht auszudenken, wenn er im Waisenhaus geblieben wäre – mit siebzehn war er im rechtlichen Sinne noch nicht einmal erwachsen, sie hätten ihn sofort mit diesem zweifelhaften Medikament zugedröhnt. Und seine Eltern waren auch nicht besser. Bereits sein Interesse für Technik hatte sie immer irritiert. Wenn sie jemals begriffen hätten, wozu er tatsächlich imstande war, hätten sie ihn garantiert auch, ohne zu zögern, den Behörden ausgeliefert. Sie waren zu dumm, um zu begreifen, welche Gabe ihm geschenkt worden war. Alken war froh, sich ihrem Einfluss entzogen zu haben.

Jedes Intelligenzwesen verfügte über das Bedürfnis, eine Aufgabe zu erfüllen. Ein Ziel zu verfolgen, sich Herausforderungen zu stellen, Anerkennung zu ernten. Der einzige Ehrgeiz, den er jemals bei seinen Eltern beobachtet hatte, war, die nächste Folge ihrer Lieblingsseifenoper im Trivid nicht zu versäumen. Er hatte nie begriffen, wie sie ihr Leben so vergeuden konnten – und sie wiederum hatten seine Ambitionen nie verstanden. Eine Ausbildung, ein beruflicher Werdegang – wozu sollte er sich die Mühe machen?

Weil er kein Versager sein wollte wie sie! Er wollte etwas Sinnvolles mit seinem Leben anfangen, etwas aus sich machen. Und ohne seine Eltern gelang ihm das wesentlich besser als mit ihnen. Vermutlich hatten sie ihn schon längst vergessen.

Aber wenn nicht …

Dieser Gedanke trieb Alken eilends an seine Arbeitsstation zurück. Wenn sie ihn nicht vergessen hatten, konnten sie ihm gefährlich werden. Rechtlich gesehen waren sie immer noch sein Vormund. Auch wenn sie nicht wussten, wo er war oder ob er überhaupt noch existierte … Das System vergaß niemanden, jedenfalls nicht, solange niemand nachhalf.

Sich in das interne Netzwerk der Regierung einzuhacken, war ein Kinderspiel. Alken löschte sämtliche Einträge, die er über sich fand. Geburtsnachweis, Krankenakte, die Fallakte der Jugendbehörde über seine Unterbringung im Waisenhaus. Über ein Bankkonto, das auf seinen Namen lief, hatte er ohnehin nie verfügt. Sein gesamtes Leben, positronisch ausgelöscht. Es fühlte sich seltsam an. Aber lieber ging er auf Nummer sicher, als wegen einer Nachlässigkeit in den Fokus der Behörden zu geraten.

Seine Eltern waren die Einzigen, die von seinen Fähigkeiten wussten. Seit dem Zeitpunkt, als er ihnen damit unheimlich geworden war, hatte er sie geheim gehalten – und dabei wollte er es auch belassen. Sollten sie also trotz all der Jahre plötzlich auf die Idee kommen, ihren Sohn als Parabegabten zu melden, hätten sie nach seiner Löschaktion einige Schwierigkeiten, etwas davon nachzuweisen. Offiziell war er nie geboren worden.

Damit war er endgültig zu einem Phantom geworden.

Kapitel 13: Abflug

»Wir sind bald da«, sagte Parr, mehr zu sich selbst als zu ihrer Begleiterin.

Der schwarze USO-Gleiter brauste per Autopilot auf den Hangar zu, sodass sie sich die Rückbank mit Senna Hickey teilen konnte. Das Mädchen drückte die Nase an der Scheibe platt und starrte zu dem tristen Gebäude auf. Für einen Raumhangar waren die Dimensionen nicht gerade beeindruckend. Verglichen mit den Bauten, die Senna sonst bisher gesehen hatte, musste es dennoch imposant wirken.

Doch als sich das Mädchen zu ihr umwandte, sah Parr nicht Aufregung, sondern pure Angst in seinen aufgerissenen Augen. Einmal mehr fragte sie sich, was sie dem armen Kind antat. Hätte sie sich gegen Monkeys Befehl zur Wehr setzen können? Oder hätten Bellagy und der Lordadmiral Senna unter allen Umständen mitgeschleppt, ganz gleich, wie es der Kleinen damit ging?

Ihre eigene Anwesenheit war ein schwacher Trost, das wusste sie. Aber es war alles, was sie dem Mädchen bieten konnte.

»Geht es?«, fragte sie sanft.

Senna musste die Worte mehr von Parrs Lippen abgelesen als sie wirklich verstanden haben, denn um ihren Kopf schwebte einmal mehr das Akustikfeld, diesmal in dezentem Orange. Monkey hatte darauf bestanden, Senna keine Blocker zu verabreichen – sie sollte einsatzfähig sein. Ein Befehl, der widersprüchlich in sich war, wie Parr befand. Und völlig unverantwortlich, wenn man bedachte, wie sehr die Parabegabten schon auf Istark unter dem Einfluss der Dunkelwelt litten, und wohin sie gerade unterwegs waren. Entsprechend hatte sie sehr wohl einen Vorrat der Pillen eingesteckt. Auch wenn Senna damit ihre Rolle als Translatorin nicht erfüllen konnte – wenn es hart auf hart kam, durften sie das Mädchen nicht leiden lassen.

Vorerst mussten sie allerdings mit der altbewährten Methode der Ablenkung zurechtkommen. Erleichtert registrierte Parr, dass Senna dennoch nickte.

Als der Gleiter anhielt, stieg Parr aus und wartete, bis Senna es ihr gleichtat. Statt jedoch einfach auf der anderen Seite auszusteigen, krabbelte das Mädchen über die Sitzbank und kroch hinter Parr aus dem Gleiter. Sie sah zum Hangartor auf, die Augen einmal mehr groß und weit. Dann erspähte sie die beiden Wachen, die mit finsterem Gesichtsausdruck und einer Hand am Strahler zu beiden Seiten des Tores standen, und rückte näher an Parr heran.

Parr wusste nicht, ob sie sich von Sennas Vertrauen geschmeichelt fühlen oder über diese unnötige Zurschaustellung von Waffengewalt ärgern sollte. Dass die Wachen ein ohnehin bereits verängstigtes Mädchen einschüchterten, war doch wohl abzusehen. Dazu musste sie nicht erst Sennas klamme Hand fühlen, die sich in ihre schob.

Ermutigend drückte Parr die kalten Finger und trat auf die Männer zu. Senna drängte sich so eng an ihre Seite, dass Parr bei jeder Bewegung Mühe hatte, nicht über ihre Patientin zu stolpern. Trotzdem schritt sie auch diesmal weit aus. Kräftige, gerade Schritte, die Schultern zurück, den Kopf erhoben. Sie wollte keinen Zweifel daran aufkommen lassen, dass sie die Befugnis hatte, den Hangar zu betreten. Eine Kontrolle durch die beiden Bewaffneten war so ziemlich das Letzte, was sie Senna zumuten wollte.

Doch so weit kam es gar nicht. Kaum war sie in Reichweite, nickten ihr die Wachen zu und traten beiseite. »Leutnant Parr«, grüßte der Größere der beiden. »Du wirst bereits erwartet. Bitte halte dich an der rechten Seite. Die ELANA steht auf Platz sieben-acht.«

»Danke.«

Parr hoffte, dass ihrem Schützling die Verwunderung entging, mit der sie diese Begrüßung aufnahm. Sie vermutete, dass Bellagy die beiden hier positioniert hatte, um Eindruck auf den Lordadmiral zu machen. Und vermutlich hatte der Captain damit exakt das Gegenteil erreicht. Die USO verfügte über die beste Sicherheitstechnik auf ganz Istark. Zwei menschliche Wachleute waren demnach nicht mehr als eine Ressourcenvergeudung, die er dem Boss auch noch unter die Nase rieb. Zumal es sich nicht um Agenten der USO handelte, sondern um auf Istark angeworbene Kräfte.

Nun, ihr konnte es gleich sein, sie hatte andere Sorgen. Von denen löste sich eine allerdings in Luft auf, kaum dass sie den Hangar betraten. Senna sah sich voller Begeisterung um. Ihre Hand glitt aus Parrs Griff, während sie den Kopf in den Nacken legte und versuchte, an dem Kugelraumer hochzublicken, der am hinteren Ende des Hangars auf seinen Landestützen ruhte.

»Ist das unser Schiff?« Sie wandte sich um und desaktivierte das Akustikfeld, um Parrs Antwort nicht zu verpassen.

»Nein, Liebes. Ich glaube, wir fliegen mit einem von denen dort.«

Parr deutete auf die beiden Space-Jets, die auf der rechten Seite parkten. Eine Wegbeschreibung hätten sie nun wirklich nicht gebraucht. Monkeys Statur war selbst auf diese Distanz unverkennbar, auch wenn Bellagy sich alle Mühe gab, neben dem Oxtorner nicht allzu schmächtig zu wirken. Bei dem Rest der Truppe musste es sich um die angeforderten Soldaten oder die Mannschaft der Jet handeln.

Senna sah das offensichtlich völlig anders. »Das ist ja noch besser!«

Zum ersten Mal, seit Parr das Mädchen kannte, verhielt Senna sich wie eine gewöhnliche Neunjährige. Sie sprintete los, machte einen respektvollen Bogen um Monkey und das Einsatzteam und begutachtete voller Freude das diskusförmige Raumschiff.

Parr schmunzelte. Für sie mochte die Jet nicht viel hermachen, aber für Senna war es vermutlich nicht nur der erste Ausflug ins All, sondern das erste Schiff überhaupt, das sie aus der Nähe betrachten durfte. Und in Anbetracht ihrer Hintergrundgeschichte und dem, was sie dem Mädchen noch abverlangen würden, war Parr für jeden unbeschwerten Moment dankbar, der Senna vergönnt war.

Sie selbst hätte auch ein paar davon gebrauchen können, doch als sie zu der Gruppe stieß, begrüßte Bellagy sie nur mit einem ruppigen: »Ihr seid zu spät.«

Unwillkürlich sah Parr auf die Uhr. Es war dreizehn Uhr neunundfünfzig. »Hieß es nicht, wir sollten um vierzehn Uhr hier sein?«

»Und alle anderen waren früher da.«

Parr schluckte ihren Ärger hinunter. Nach ihrer Definition war sie pünktlich. Wenn Bellagy das anders sah, würde sie das nächste Mal eben eine Viertelstunde früher auftauchen – gesetzt den Fall, sie kam noch einmal in die Verlegenheit, mit ihm in einen Einsatz zu gehen, was sie nicht hoffte. Dieser hier reichte ihr schon vollkommen. Besser, sie brachte ihn rasch hinter sich.

Monkeys tiefer Bass durchbrach ihre Gedanken. »Es ist vierzehn Uhr.« Ohne seinem Team Beachtung zu schenken, ging der Lordadmiral an Bord.

Irritiert sah Parr zu Bellagy und erkannte auf seinem Gesicht dieselbe Verwirrung. Monkey hatte eindeutig einen von ihnen zurechtgewiesen. Aber der Captain war sich offenbar ebenso unsicher wie sie, wem die Zurechtweisung nun gegolten hatte.

Parr beschloss, dass sie es so oder so nicht ändern konnte. Sie rief Senna zu sich, half dem Mädchen beim Einstieg in die ELANA und lotste es durch das Innere des Schiffes. Zum Glück glichen sich alle Jets in ihrem Grundaufbau, sodass sie die Zentrale fand, ohne erst durch die verschiedenen Türen zu spähen, hinter denen Senna bestimmt weitere aufregende Dinge entdeckt hätte.

Etwas befremdet nahm Parr zur Kenntnis, dass sie nicht nur mit einer der kleineren verfügbaren Jets fliegen würden, sondern offenbar auch mit der kleinsten Mannschaft. Der Pilotensitz war nicht vorhanden, stattdessen prangte dort eine grob zusammengeschweißte Verankerung, in der ein dosenförmiger Roboter steckte. Das einzig andere Besatzungsmitglied, das Parr erspähte, war eine kleine, etwas rundliche Frau mit leicht schräg stehenden Augen und schwarzen Haaren, die sie in einem unordentlichen Kurzhaarschnitt trug.

»Ah, die Spezialgäste«, grüßte sie wenig einladend. »Ich bin Jin Ogav, QuinTech. Das da ist Burruk. Willkommen auf unserem kleinen Höllentrip.«

Parr zuckte zusammen. Da gab sie sich alle Mühe, Senna positiv auf das Unvermeidliche einzustimmen, und dann so eine Meldung! Das Mädchen hatte davon jedoch nichts mitbekommen. Es hatte den Pilotenplatz erreicht und tippte die Dose an.

»Fliegst du das Schiff?«, fragte sie.

Burruk, hinter dem Parr inzwischen einen Posbi vermutete, stieß ein misstrauisch klingendes Schnarren aus. »Ja, ich fliege das Schiff.«

Senna hatte jedoch keineswegs Vorbehalte gegenüber ihrem

Piloten. »Das muss toll sein!«, erklärte sie voller Begeisterung. »Wo lernt man sowas?«

Da das Raumschiff als Ablenkung ebenso gut zu helfen schien wie laute Musik, wandte Parr sich erneut ihrer Gesprächspartnerin zu. »Elindra Parr«, stellte sie sich leise vor. »Die Kleine ist Senna Hickey, sie wird für uns übersetzen ...«

»Und die Barriere lahmlegen.« Ogav nickte. »Schon gehört. Allerdings wirst du entschuldigen müssen, dass ich skeptisch bleibe, was diesen Teil anbelangt.«

Parr hob die Schultern. »Ich bin nicht überzeugter als du«, gab sie zu. »Ich komme nur mit, weil ich für Senna verantwortlich bin. Sie braucht jemanden, dem sie vertrauen kann.«

»Wenn du meinst.« Ogav deutete an die Rückwand der Zentrale, wo ein Ring aus gepolsterten Sitzen entlanglief. »Ihr könnt es euch dort hinten bequem machen.« Den Kopf in Richtung des Piloten gewandt, fügte sie lauter hinzu: »Und Anschnallpflicht für Kinder!«

Irritiert sah Parr zu den Sitzen hin. Sie verfügten tatsächlich über Sicherungsgurte, allerdings hatte Parr noch nie erlebt, dass diese auch wirklich zum Einsatz kamen. In Gefechtssituationen vielleicht, wenn ein Schiff ordentlich durchgerüttelt wurde. Aber für einen normalen Flug genügten üblicherweise die Andruckabsorber des Schiffes. Bei einer Geschwindigkeit von mehreren hundert Kilometern pro Sekunde hätte ein läppischer Gurt auch wenig ausrichten können.

»Parr sagt, das braucht man nicht«, verkündete Senna frei heraus und erinnerte Parr damit daran, dass ihr Flüsterton völlig unnötig gewesen war. Und dass man gut beraten war, seine Gedanken in Gegenwart der Telepathin unter Kontrolle zu behalten.

Entsprechend wollte sie eine freundliche Beschwichtigung einwerfen, aber dazu fand sie keine Gelegenheit mehr.

»Mein Schiff, meine Regeln«, sagte Ogav. »Ich will während des Fluges kein kleines Kind herumlaufen haben.« Senna verzog das Gesicht, was Ogav sogleich imitierte. »Hinsetzen, anschnallen, sonst fliegen wir nirgendwohin!«

Wunderbar. Antipathie auf den ersten Blick, und das auf beiden Seiten. Das konnte ja ein großartiger Trip werden.

»Na komm«, bemühte Parr sich um gute Stimmung. »Ich zeig dir, wie man die Gurte benutzt.« Mit einem Blick auf Ogav fügte sie hinzu: »Am besten, wir schnallen uns alle an, damit die beiden in Ruhe ihre Jet fliegen können.«

Nicht, dass man ihnen auch noch die Schuld gab, falls der Posbi ein weiteres Mal die Kontrolle über das Schiff verlor.

Kapitel 14:
Geständnisse

»Du musst mir einen Gefallen tun«, begrüßte Rhodan sein virtuelles Gegenüber.

Maurits Vingaden war ein kleiner Mann mit schütterem Haar und tiefen Falten im Gesicht. Er hätte als unauffällig durchgehen können, wäre nicht seine selbstbewusste, störrische Ausstrahlung gewesen. Rhodan war sich nie sicher, ob das eine hilfreiche oder eher hinderliche Eigenschaft für den Direktor des Terranischen Liga-Dienstes war.

»Na, da bin ich ja mal gespannt«, sagte Vingaden. »Ich höre?«

»Ich muss wissen, welche Projekte die USO auf Istark betreibt. Was ist so wichtig, dass Monkey sich persönlich dort aufhält?«

Manchmal brauchte es eben einen Geheimdienst, um einen anderen auszuspionieren. Üblicherweise war Rhodan kein Freund solcher Praktiken, aber nicht nur sein Gefühl riet ihm, eher dem Geheimdienst der LFT zu vertrauen als der USO. Bei Vingaden wusste er wenigstens, wofür er stand. Oder bildete sich ein, es zu wissen.

»Ich muss dich leider enttäuschen.« Vingaden schnitt eine Grimasse. »Die USO hatte ihren Einsatz im Arraksystem gut getarnt. Wir wissen erst seit Kurzem von ihrem Stützpunkt auf Istark, und die Abgeschiedenheit der Kolonie macht es schwer, jemanden einzuschleusen. Unser Informant ist also noch nicht vor Ort.«

Enttäuscht ließ Rhodan sich in seinen Sessel zurücksinken. »Du weißt nichts?«

Da taten diese Geheimdienstler immer, als hätten sie alles im Blick und wüssten über jeden Huster Bescheid, den jeder auch nur halbwegs interessante Bewohner der Milchstraße tat – und dann so etwas.

»Das habe ich nicht gesagt«, widersprach Vingaden. »Ich weiß nicht, welches Projekt die USO im Arraksystem verfolgt. Wir haben zwar einige Frachtlisten mit Lieferungen für die Organisation abgefangen, aber das einzig Bemerkenswerte darauf waren eine Reihe medizinischer Geräte. Ein wenig ungewöhnlich, aber es wäre nicht die einzige medizinische Forschungsstation, die sie betreiben.« Er räusperte sich. »Was ich dir jedoch sagen kann, ist, dass Monkey sich bis vorgestern noch in Quinto-Center aufgehalten hat. Wenn er also jetzt bereits auf Istark ist, hatte er es sehr eilig, dorthin zu kommen.«

Was Rhodans Befürchtungen nur noch weiter bestärkte. Was auch immer im Arraksystem vorging – sowohl auf Istark als auch auf der Dunkelwelt –, er würde keine Ruhe finden, ehe er nicht wenigstens eine Ahnung hatte, was den Lordadmiral dorthin zog.

»Und du hast wirklich keine Möglichkeit, dich dort umzuhören?«

Vingaden neigte den Kopf zur Seite. »Ich kann meinen Agenten für Istark frühzeitig aktivieren. Wenn dort allerdings USO-Spezialisten im Spiel sind und Lordadmiral Monkey selbst im Einsatz ist, würde ich unserem Mann ohne eine wirklich gründliche Vorbereitung wenig Chancen einräumen.«

»Ich verstehe.« Es hatte nicht viel Sinn, seine Enttäuschung zu verbergen. Der TLD war Rhodans einzige Hoffnung gewesen, eine Information in die Hand zu bekommen, mit der er die USO ein wenig gesprächsbereiter hätte machen können. Oder sie zumindest besser einschätzen zu können.

»Ich sehe, was ich tun kann«, versprach Vingaden. »Schließlich ist es auch in meinem Interesse, die Konkurrenz im Auge zu behalten.«

»Als ob du dafür mich als Grund benötigen würdest.«

Statt eine Antwort zu geben, verzog Vingaden die Mundwinkel zu einem knappen Lächeln, was die tiefen Linien in seinem Gesicht noch ausgeprägter wirken ließ.

Rhodan seufzte. »Halt mich auf dem Laufenden.«

»Aber natürlich.«

Ob Vingaden diese Worte ernst meinte, war schwer zu sagen. Jemandem, der es zu seinem Beruf gemacht hatte, manche Geheimnisse aufzudecken und andere zu bewahren, traute Rhodan durchaus auch Sarkasmus zu.

Er beendete die Verbindung und rieb sich nachdenklich die Narbe an seinem Nasenflügel. Ganz gleich wie, er war kaum einen Schritt weiter. Monkey war also nicht vor Ort gewesen. Aber er hatte es extrem eilig gehabt, nach Istark zu kommen, als ... Was? Bellagys Team von der Dunkelwelt zurückgekommen war?

Das musste es sein. Rhodan glaubte nicht an Zufälle, und dass Bellagy ihm die versprochenen Auskünfte verweigerte, hing entweder mit Monkeys Auftauchen zusammen – oder beides hatte denselben Anlass. Die USO hatte etwas auf der Dunkelwelt gefunden, und es versetzte sie in helle Aufregung. Ein Grund mehr für Rhodan, nicht locker zu lassen.

Umso überraschter war er, als er feststellte, dass während seines Gesprächs mit Vingaden jemand von Istark versucht hatte, ihn zu kontaktieren. Und nicht nur irgendjemand – das Gespräch war aus dem Stützpunkt der USO gekommen, es trug den Identifikationscode von Bellagys Büro.

Eilig forderte Rhodan eine neue Verbindung an. Es dauerte mehrere Sekunden, ehe das Gespräch angenommen wurde, und die junge Frau, die ihm aus dem Holo entgegenblickte, hatte mit Bellagy so viel gemein wie ein Jülziish mit einem Haluter. Sie war schlank, das helle Haar fiel ihr in wirren Locken in das ungeschminkte Gesicht. Nur ihre Uniform machte deutlich, dass sie keineswegs eine Studentin, sondern eine Mitarbeiterin der USO war.

»Wie kann ich dir helfen?« Selbst ihre Stimme klang jung.

»Mein Name ist Perry Rhodan. Könnte ich mit Karus Bellagy sprechen? Ich glaube, er hat versucht, mich zu kontaktieren.«

Ihr Gesicht hellte sich auf. »Ah. Nein, das war ich. Bitte entschuldige. Mein Name ist Velda Hainen. Spezialist Bellagy ist bereits zu einem Einsatz aufgebrochen.«

Ein Einsatz also. Rhodan glaubte zu wissen, wohin der ihn führte. »Und weshalb wolltest *du* mich sprechen?«, fragte er.

»Lordadmiral Monkey wünscht den Informationsaustausch mit dir.«

Mit vielem hätte Rhodan gerechnet, aber damit nicht. Monkey bot ihm Informationen an? *Freiwillig?* Was hatte die USO auf der Dunkelwelt gefunden, dass es den Lordadmiral der USO derart kooperativ werden ließ?

»Und wo ist Monkey jetzt?« Nicht, dass er auf die Frage eine Antwort erwartet hätte.

Er bekam sie dennoch. »Ebenfalls in einem Einsatz.«

»In demselben, an dem auch Bellagy teilnimmt?«

»Ja.«

»Warum?« Wenn der Chef der USO persönlich in den Einsatz ging, traute er entweder seinen Mitarbeitern nicht, oder es stand zu viel auf dem Spiel, um die Aufgabe zu delegieren.

Oder er abenteuert einfach genauso gerne herum wie du, sagte eine leise Stimme in seinem Hinterkopf, die verdächtig nach Sichu Dorksteiger klang.

Nein. Monkey würde niemals ein persönliches Interesse voranstellen.

Was dann wohl bedeutete, dass der Oxtorner der Pflichtbewusstere von ihnen beiden war.

So weit war es also gekommen: Er diskutierte mit sich selbst. Und er war nicht einmal einer Meinung mit sich.

Als die USO-Mitarbeiterin zögerte, fügte Rhodan hinzu: »Ihr habt meine Informationen bereits vorliegen. Für einen Austausch müsste allmählich auch einmal etwas von euch kommen. Also, was ist los, dass es den Einsatz des Lordadmirals benötigt?« *Und dass Monkey freiwillig meine Hilfe anfordert?*

»Gut.« Hainen strich sich eine Locke aus der Stirn. »Bei einem ersten Einsatz wurden Anomalien auf der Dunkelwelt entdeckt. Hyperstrahlung in einer bisher unbekannten Frequenz, die es dem ersten Erkundungsteam in Kombination mit einer barriereartigen psionischen Strahlung unmöglich gemacht hat, auf Aldrey zu landen. Darüber hinaus haben wir Hinweise gefunden, die auf eine Besiedelung des Streuners hindeuten.« Sie sah ihn auffordernd an. »Soweit ich das verstanden habe, suchst du nach einer keroutischen Forschungsstation auf der Dunkelwelt. Wenn du uns genauere Anhaltspunkte liefern könntest, was genau du auf Aldrey zu finden hoffst, könnte uns das die Expedition erleichtern und sowohl uns als auch dir die gewünschten Erkenntnisse liefern.«

Rhodan nickte nachdenklich. Das klang vernünftig – allerdings hatte er keine Ahnung, wie das mit den beiden Dunkelwelten in Zusammenhang stehen sollte, die er bereits erforscht hatte. Auf keinem der beiden anderen Planeten hatte es irgendeine Form von Strahlung gegeben.

Aber da er auch nicht wusste, welche Informationen die USO benötigte, war es am besten, einfach am Anfang zu beginnen.

»Ich habe bisher auf zwei Planeten Hinweise auf ein Projekt gefunden, das die Kerouten offenbar vor fast hunderttausend

Jahren begonnen haben. Sie haben mehrere Dunkelwelten besiedelt, um dort Saatgut zu züchten, das unter schwierigen Bedingungen gedeiht und Früchte trägt. Bisher haben wir jedoch keine Hinweise darauf, dass dieses Projekt jemals geglückt ist.«

Gedankenverloren fuhr Rhodan mit einem Finger an der Kante seines Arbeitsplatzes entlang, während er sich die Ereignisse auf Jolyona ins Gedächtnis rief.

»Die erste Begegnung war vollkommen zufällig. Eine onryonische Kolonie, der ich im Zuge einer politischen Reise einen Besuch abgestattet habe. Allerdings kam es zu einem Unfall während einer Zeremonie der Onryonen, durch den wir auf die unterirdischen Überreste einer uralten Keroutenanlage gestoßen sind, und auf das Ergebnis ihrer Forschungen: ein Enzym, das sie als Dünger benutzten und das nicht nur pflanzliche, sondern auch kristalline und metallene Elemente zum Wachstum bewegen konnte. Das ermöglichte ihnen, mit einem Minimum an Aufwand ein Maximum an benötigten Materialien zu produzieren, ganz gleich welcher Art.«

»Das klingt unglaublich.«

Er sah Hainen an, dass sie die gleichen Überlegungen anstellte, die auch ihm durch den Kopf gegangen waren. Ja, das Xoj bot unglaubliche Möglichkeiten. Und genau das machte es so gefährlich.

»Das Experiment geriet außer Kontrolle. Es wucherte und fraß. Alles. Auch die Kerouten.«

»Oh. Das klingt weniger gut.«

In der Tat. Auch Rhodan war diesem Schicksal nur knapp entgangen. »Wir fanden den Flugplan eines Raumschiffs, das das Saatgut auf einer Wasserwelt testen sollte.«

»Also hast du die Wasserwelt aufgesucht, um zu sehen, ob das Experiment dort erfolgreicher verlief.«

»Richtig.« Er nahm die Finger von der Tischkante und legte

die Hände stattdessen vor sich auf die Platte. »Aber auch dort wurden wir nicht fündig. Das Schiff war abgestürzt, die Saat entsprechend nie angebaut worden. Wie auf Jolyona war das Schiff nur noch ein Relikt, vergraben und vergessen.«

»War diese zweite Welt ebenfalls bewohnt?«, hakte Hainen nach. »Von Kerouten?«

»Bewohnt ja, aber nicht von Kerouten. Styx ist eine Kolonie des Bughassidow-Konzerns und beherbergt nebenbei auch eine Spezies von Symbionten, die – wie sich herausstellte – indirekt für den Absturz des Keroutenschiffes verantwortlich waren.«

»Bughassidow? Also Menschen?«

Rhodan nickte.

»Waren die irgendwie beeinflusst?«

»Du meinst, wegen der Psi-Strahlung, die ihr auf Aldrey entdeckt habt?« Nach kurzem Überlegen schüttelte er den Kopf. »Ich habe nichts Derartiges bemerkt. Aber soweit ich weiß, wurde dort keine Strahlung welcher Art auch immer angemessen. Der einzige Einfluss stammte von den Symbionten, aber die haben sich an die aquatischen Bewohner gehalten und die Menschen in Ruhe gelassen.«

»Ich verstehe.« Nachdenklich zwirbelte die Agentin eine Locke zwischen ihren Fingern, ehe sie sich die Strähne hinters Ohr schob. »Und sonst gab es keine besonderen Vorkommnisse? Vor allem, was die menschlichen Bewohner betrifft?«

Rhodan wusste nicht, was er noch erzählen sollte, wenn er nicht stundenlang von quallenartigen Plasmawesen, politischen Konflikten und persönlichen Schicksalen berichten sollte. »Worauf genau möchtest du hinaus?«

»Die Strahlung«, kam Hainens zögerliche Antwort. »Wir glauben, dass sie die Kolonie auf Istark beeinflusst.«

Verblüfft rief sich Rhodan die Berechnungen von Aldreys Position in Erinnerung. »Auf diese Entfernung?«

Die Frau nickte. »Nach allem, was wir bisher wissen, könnte sich die Strahlung bereits seit Jahren auf die Bewohner von Istark auswirken. Genauer gesagt auf die Kinder. Sie scheinen dafür empfänglicher zu sein als die Erwachsenen.«

Rhodans Hand ballte sich unwillkürlich zur Faust. Er zwang sich, die Finger zu öffnen und die Handfläche glatt auf den Tisch zu legen, ehe er weitersprach. »Kinder?« Er räusperte sich. »Was meinst du damit?«

»Die Kinder hier besitzen eine stark erhöhte Wahrscheinlichkeit, eine Parabegabung zu entwickeln.« Sie wischte über ein Holo, das Rhodan nicht einsehen konnte. »Unseren Schätzungen zufolge betrifft das eines von zweihundert Kindern. Genau können wir es noch nicht sagen, die Dunkelziffer steigt. Uns werden minütlich neue Fälle gemeldet.«

Hastig überschlug Rhodan die Zahlen im Kopf. Jedes zweihundertste Kind. Er schätzte die Kolonie auf gut zehn Millionen Einwohner, davon rund sieben Prozent im betroffenen Alter. Das machte dreieinhalbtausend Parabegabte, von denen die meisten vermutlich Hilfe nötig hatten, um mit ihren Fähigkeiten umgehen zu lernen.

Wieso wusste niemand davon? So etwas ließ sich doch unmöglich geheim halten …

Außer natürlich, man war die United Stars Organisation und kontrollierte die Funkfrequenzen, die es durch die Hyperfunkstörung der Sarkassian-Wolke schafften. Rhodan war fassungslos. So viel Kalkül hätte er selbst Monkey nicht zugetraut. Indem er die jungen Mutanten vor dem Rest der Galaxis verbarg, verweigerte er ihnen auch jede Hilfe von außerhalb.

»Gibt es eine Einrichtung, die sich auf die Ausbildung dieser Kinder spezialisiert hat?«, fragte er.

Hainen verneinte. »Wir unterstützen, wo wir können, aber die meisten Eltern haben es geheim gehalten.«

Und trotzdem wusste die United Stars Organisation davon. Ein Planet mit dreieinhalbtausend Mutanten ohne Ausbildung, und die USO-Leute kamen nicht einmal auf die Idee, sie der Liga zu melden und um Unterstützung zu bitten.

Natürlich nicht. Sie untersuchen die Fälle. Mit so vielen Mutanten ist Istark der ideale Ort, um zu lernen, mit Parabegabten umzugehen ... Oder noch wahrscheinlicher: wie man die Mutationen auslöst. Statt den Kindern zu helfen, werden sie benutzt.

Rhodan fühlte, wie sich eiskalte Wut in ihm ausbreitete. Er drängte das Gefühl zurück und setzte sein Diplomatengesicht auf. »Sind die Parabegabten der Grund, weshalb die USO einen Stützpunkt auf Istark unterhält?«

»Es tut mir leid«, wehrte Hainen ab. »Ich bin nicht befugt, darüber zu sprechen.«

Also ja. Zumindest war es einer der Gründe.

»Und ihr hofft jetzt, auf Aldrey eine Erklärung dafür zu finden«, mutmaßte er.

»Nicht nur das. Je näher die Dunkelwelt kommt, desto schwieriger wird die Situation hier auf Istark.«

»Ich verstehe. Kannst du mich auf dem Laufenden halten?«

»Sofern die Vereinbarung gilt und du uns ebenfalls zu neuen Erkenntnissen unterrichtest ...« Die USO-Frau ließ den Satz ausklingen.

Rhodan nickte und unterbrach die Verbindung. Er war fassungslos.

Tausende Kinder, die mit ihren Fähigkeiten sich selbst und andere gefährdeten, beeinflusst von einem Planeten, der immer näher kam. Das war keine Angelegenheit für die USO. Das waren zivile Personen, noch dazu Kinder. Und Istarks Regierung versteckte sich wohl hinter den Agenten des Geheimdienstes. Nominell gab es eine vom Parlament gewählte Präsidentin, welche die Kolonie anführte. Aber jede Entscheidung, jeder Beschluss, den die Behörden erließen, ging offensichtlich von Monkeys Leuten aus. Sie waren es, die Istark lenkten. Anders ließ es sich nicht erklären, dass keine dieser Informationen bislang nach außen gelangt war.

Rhodan konnte nicht länger untätig zusehen, nicht nach diesen Informationen. Monkey war bestimmt nicht nur ins Araksystem gereist, um den Menschen dort zu helfen. Er wollte seine Forschung sichern. Die Absichten des Lordadmirals mochten die richtigen sein, aber Rhodan kannte den Oxtorner. Bei Monkey wusste man nie, was er als gerechtfertigtes Mittel ansah, um seinen Zweck zu erreichen. Oder als akzeptablen Kollateralschaden.

Kurzerhand forderte Rhodan einen kleinen, schnellen Kurierkreuzer an. Die Liga kam ein paar Tage ohne seinen Einsatz als Werbeträger aus. Auf Istark konnte er helfen.

Geheimdienst oder nicht – dass die USO die Vorfälle auf Istark nicht gemeldet hatte, warf kein gutes Licht auf ihre Absichten. Rhodan wäre jede Wette eingegangen, dass Agent Hainen ihm bisher nur die Spitze des Eisberges präsentiert hatte.

Er musste sich selbst ein Bild von den Zuständen auf der Plophoserkolonie machen, und die USO würde einem Kontrollbesuch niemals zustimmen. Also würde er eben heimlich kommen.

Kapitel 15:
Turbulenzen

Sie wünschte, die ELANA hätte über ein Steuerholo verfügt, aber der Posbi am Pilotenplatz schien etwas so Banales nicht nötig zu haben. Auch die Sicht auf Jin Ogavs Holo blieb Parr von ihrem Platz aus verwehrt. Sie hatte nichts, um sich von dem abzulenken, was ihnen bevorstand. Von dem, was sie ihrem Schützling antat.

Senna saß verkrampft neben ihr, die Hände in die Polsterung des Sitzes gekrallt. Von der anfänglichen Aufregung der Raumfahrt war nichts mehr geblieben. Diesmal war das Akustikfeld um ihren Kopf transparent, aber Parr konnte das hektische Kreischen elektronischer Instrumente hören, mit dem Senna die Stimmen von Aldrey zu übertönen versuchte. Die Augenlider hielt das Mädchen so stark zusammengepresst, dass die gesamte Partie um ihre Nasenwurzel herum weiß und blutlos wirkte. Ganz im Gegensatz zu ihren Lippen, die blutverschmiert waren, weil sich ihre Zähne in das weiche Fleisch über dem Kinn gegraben hatten.

»Wie weit ist es noch?«, rief Parr nach vorn. »Sie hält das nicht mehr lange durch.« Nervös tastete sie über die Dose mit den verbotenen Pillen in ihrer Jackentasche, ließ sie ungesehen aufschnappen und drückte sie wieder zu. Auf. Zu. Auf …

»Sie wird durchhalten.«

Parr krampfte die Hand um die Pillendose und ließ sie mit einem vernehmbaren Klicken wieder zuschnappen. Monkeys Worte klangen nicht einmal nach einem Befehl. Er stellte bloß das Unvermeidbare fest. Er brauchte Senna, also hatte sie zu funktionieren.

»Wenn es diesmal glattgeht«, antwortete Ogav, »sind es noch zehn Minuten bis zur Landung.«

Wenn. Glaubte tatsächlich irgendjemand an Bord dieser Space-Jet daran, dass Sennas Anwesenheit irgendetwas bewirken konnte? Dass die Bewohner des Dunkelplaneten ihre Abwehr einstellten, nur weil ein kleines Mädchen ihnen eine Bildbotschaft von *»Wir kommen in Frieden«* übermittelte?

»Die Hyperstrahlung nimmt zu«, meldete Ogav. »Wir nähern uns der heiklen Phase. Burruk, alles klar bei dir?«

»Ich gebe dir Bescheid, wenn ich ohnmächtig geworden bin.«

Einen Moment lang überlegte Parr, was wahrscheinlicher war: dass der Posbi sich einen Scherz erlaubte oder dass er tatsächlich über eine Art Alarmsystem verfügte, das in so einem Fall eine Warnung abgab. Mehr Zeit blieb ihr für diese Überlegung nicht.

»Es wird Zeit.« Monkey baute sich vor ihrem Schützling auf. »Sorg dafür, dass sie uns landen lassen.«

Senna hörte ihn nicht. Ihre Augen waren noch immer fest geschlossen, das Akustikfeld dröhnte.

»Kind.«

Als Senna immer noch nicht reagierte, griff Monkey kurzerhand nach ihrer Weste, was dem Mädchen einen spitzen Schrei entlockte. Senna schlug nach seiner Hand, doch gegen den Oxtorner hatte sie keine Chance. Er zog den rosafarbenen Musikpod aus ihrer Tasche und desaktivierte ihn. Die elektronische Kreischmusik verstummte, Senna ebenso. Ihr Widerstand gegen Monkey war vergessen, sie presste die Hände an die Schläfen und sank wimmernd in ihren Sitz zurück.

All das war so schnell passiert, dass Parr keine Gelegenheit gehabt hatte, einzugreifen.

»Sir!«, entfuhr es ihr. »Bei allem Respekt …«

»Das hier ist kein Kinderausflug«, erinnerte der Lordadmiral sie. »Abgeschottet nutzt sie uns nichts.«

»Und so etwa schon?«

Senna hatte sich zusammengekauert, so weit ihre Sitzgurte das zuließen, und wippte schluchzend vor und zurück. Schon auf Istark waren die Botschaften von Aldrey unerträglich aufdringlich für sie gewesen. Wie es ihr jetzt gehen mochte, konnte Parr nicht einmal erahnen.

Doch Monkey ignorierte ihren Einwand und beugte sich stattdessen über das Mädchen. »Lass es zu«, forderte er. »Je mehr du dich dagegen wehrst, desto schlimmer ist es.«

Was für ein Ratschlag sollte das denn sein? So konnte man mit kleinen Problemen umgehen, aber nicht mit einem Kind, das zwischen Hysterie und Panik schwankte. Senna war längst über den Punkt hinaus, an dem sie noch in der Lage gewesen wäre, sich mit ein paar Atemübungen zu beruhigen.

Sie war in keiner Position, um den Lordadmiral zurechtzuweisen, das wusste Parr. Aber sie konnte doch auch nicht einfach tatenlos zusehen, wie er …

Ein Stoß fuhr durch die Space-Jet und unterbrach ihre Gedanken. Etwas hatte die ELANA getroffen oder zumindest ordentlich durchgerüttelt.

»Ich will nach Hause«, jammerte Senna. Mittlerweile liefen dicke Tränen über die Wangen des Mädchens.

»Was war das?«, brüllte Bellagy irgendwo hinter Parr.

»Störungen in der Positronik«, antwortete Burruk. »Ich …« Er stieß ein metallisches Rasseln aus. »Ich verliere den Kontakt zum Schiff.«

Kurzerhand enthob Bellagy den Posbi seiner Funktion. »Ogav, übernimm das Steuer.«

»In Ordnung.«

Gleich darauf hatte Parr das Gefühl, samt dem Schiff zur Seite zu sacken.

»Was tust du da?«, fragte Monkey.

»Verzeihung, Sir«, kam Ogavs gehetzte Antwort. »Aber wir sind bereits zu nah an der Barriere. Die Steuerung reagiert nicht. Oder jedenfalls nicht so, wie sie es sollte.«

»Ich verstehe.« Der Lordadmiral wandte sich wieder an Senna. Er fasste sie an der Schulter, die in seiner Hand zu verschwinden drohte. »Hör mir zu, Mädchen. Konzentrier dich auf meine Stimme.«

Erstaunt registrierte Parr, wie ruhig er klang, fast schon sanft. Senna schniefte.

»Ignorier die Bilder, sie betreffen dich nicht. Lass sie einfach vorbeirauschen.« Als sie nicht reagierte, schüttelte er sie leicht. »Vergiss, was sie dir zeigen. Sieh mich an. Ich möchte, dass du ihnen stattdessen etwas anderes zeigst.«

Er aktivierte sein Multifunktionsarmband, sodass ein gekrümmtes Holo vor Sennas Gesicht erschien. Allerdings hatte das Mädchen immer noch die Arme um den Kopf geschlungen. Es weinte und wimmerte und gab nicht zu erkennen, ob es Monkey überhaupt gehört hatte.

Ungeachtet der dominanten Nähe des Lordadmirals nahm Parr die Hand ihrer Patientin und drückte sie sacht. »Versuch dich zu konzentrieren, Liebes.« Ihre Stimme klang weich, aber selbst sie hörte das nervöse Zittern darin. »Du bist an Bord der ELANA. Kannst du meine Berührung fühlen?«

Senna drückte ihre Hand. Ein leichtes Zucken nur, aber Parr wertete es als gutes Zeichen.

Auch Monkey hatte die Bewegung bemerkt. »Dann mach die Augen auf«, befahl er. »Jetzt.«

Wahrscheinlich war es allein der scharfe Tonfall, der das Mädchen reagieren ließ. Senna riss die Augen auf und starrte auf Monkeys Holo, auf die idyllischen Bilder von Galaxien, Wäldern und sich umarmenden Menschen. Ihr Atem ging flach und keuchend, ihr Blick huschte über die Bilder, die Monkey vor ihren Augen abspielte.

Voller Sorge beobachtete Parr das Gesicht des Mädchens – das angestrengte Stirnrunzeln, die Kieferknochen, die vor Anspannung hervortraten. Die Wangen glänzten noch von den Tränen, die Senna vergossen hatte, aber sie brach nicht ab, klammerte sich mit dem Blick an dem Holo fest, als wäre es ihr Schutzwall.

»Die interferenten Frequenzen schwinden rapide«, rief Ogav. »Die Psi-Barriere löst sich scheinbar auf. Die Hyperstrahlungswerte stabilisieren sich.«

Auch Burruk erwachte zu neuem Leben. »Zugriff auf Positronik wieder uneingeschränkt möglich«, meldete er.

Parr konnte es nicht glauben. Senna hatte es tatsächlich geschafft! Irgendwie musste es der Telepathin gelungen sein, ihren Kontakt auf Aldrey dazu zu bringen, die Barriere zu desaktivieren.

»Wie ist die Prognose?«, fragte Monkey.

»Alles so weit stabil«, antwortete der Posbi. »Keine weiteren Störquellen. Ich übernehme wieder.«

»Gut.« Monkey sah noch einmal auf die Telepathin herab, die sich verkrampft und zitternd an ihren Sitz klammerte. Seine Implantatlinsen glänzten kalt. »Beginnen wir mit dem Landeanflug.«

»Aber …« Parr brach ihren Einwand ab, als der leblose Blick von Monkeys Ersatzaugen sie traf. Sie wusste selbst nicht, welches Argument sie hätte vorbringen können. Das Schiff ließ sich wieder normal steuern. Die Aldreyer reagierten demnach positiv auf den Kontaktversuch. Alles lief nach Plan. Was also hätte sie sagen sollen? »Nichts.«

Ohne sie eines weiteren Blickes zu würdigen, wandte Monkey sich ab und trat hinter die beiden Besatzungsmitglieder. »Zeigt mir die Dunkelwelt«, forderte er.

Der breite Körper des Oxtorners versperrte Parr die Sicht auf die Mannschaft der ELANA, doch einer der beiden kam seinem Befehl offensichtlich nach. Das Zentralholo erschien vor ihnen in der Luft und gab den Blick frei auf das, was vor ihnen lag: Aldrey. Eine Dunkelwelt, auf der von Dunkelheit keine Spur war.

Während Parr weiterhin beruhigend über Sennas Handrücken strich, betrachtete sie staunend die kristallinen Formen, die auf der Oberfläche des Planeten sichtbar wurden. Ein riesiger Dschungel, durchzogen von Flüssen und Seen, die in der ewigen Nacht glänzten. Mit seinen rosafarbenen Kristallen und den glitzernden Wassern glich Aldrey einer kleinen Schatzkiste, wie sie einem kleinen Mädchen hätte gefallen können. Fast so, als hätte diese Welt nur darauf gewartet, Senna begrüßen zu können.

Parr verwarf diesen Gedanken so schnell, wie er gekommen war. Das war absurd! Senna war ein Opfer ihrer Fähigkeiten, das war alles. Diese Kristallwälder mussten weitaus älter sein als das Mädchen. Wie rasch konnte sich eine derartige Landschaft bilden? In tausend Jahren? Oder eher hunderttausend? Parr hatte noch nie etwas Derartiges gesehen, und wer konnte schon sagen, wie sich die Hyperstrahlung auf den Planeten auswirkte? Auf Sonnenlicht schienen die Kristalle jedenfalls nicht angewiesen zu sein.

Ein leichtes Zucken in ihrer Hand erregte Parrs Aufmerksamkeit. Sennas Finger krampften zusammen; die Haut, die Parr umklammert hielt, war von einem dünnen Schweißfilm bedeckt. Alarmiert sah sie zu ihrem Schützling.

Senna war nicht länger nur blass, sie war totenbleich. Das

rote Haar hing ihr in schweißnassen Strähnen ins Gesicht, die Muskeln um ihren Mund zuckten unkontrolliert.

»Oh nein …« Parr rüttelte das Mädchen sanft, tätschelte ihren Arm, aber Senna erweckte nicht den Eindruck, als würde sie noch irgendwas um sich herum wahrnehmen. »Lordadmiral!«, rief Parr nach vorne. »Wir müssen sofort umkehren!«

Monkey fuhr herum und starrte sie finster an. »Weitermachen«, befahl er. »Diesen Einsatz leite immer noch ich.«

»Sie schafft das nicht!«, beharrte Parr. »Bitte, wir müssen abbrechen, solange es noch geht.«

Der Lordadmiral sah Senna an. Seine Implantate glänzten. »Sie wird es überleben.«

»Darum geht es nicht! Wenn sie die Kontrolle verliert …« Parr tastete nach der Dose mit Blockern. Sie musste dem ein Ende setzen, und zwar schnell – sofern die Pillen so nah am Ursprung der Strahlung überhaupt Wirkung zeigten.

Eine Hand packte sie am Arm, grob und mit unerbittlichem Griff. »Sie haben es gehört«, grollte Bellagy ihr ins Ohr. »Wir brauchen das Mädchen funktionsfähig!«

»Das ist es ja, weshalb ich die ganze Zeit versuche, euch zu warnen«, sagte Parr. »Sie *ist nicht* funktionsfähig! Ohne Blocker und jetzt auch noch ohne Musik hat sie sich nicht unter Kontrolle. Sie braucht eine Abschirmung!«

»Nein, braucht sie nicht.«

»Ihr hört mir einfach nicht zu!« Parr versuchte, sich loszureißen, aber der Captain war ihr an Kraft unverkennbar überlegen. »Ich habe doch schon gesagt, dass Senna eine starke Telekinetin ist. Sie einer derartigen mentalen Belastung auszusetzen …«

»Wenn du hier die Seelsorgerin spielen willst«, unterbrach Bellagy sie, »meinetwegen. Aber ich lasse nicht zu, dass du den Einsatz behinderst!«

»Von wegen behindern, ich will doch nur …«

Sie fand keine Gelegenheit mehr, den Satz zu beenden. Es knallte, gleich darauf kippte der Boden unter ihren Füßen zur Seite. Parr stürzte zu Boden, Bellagy krachte mit einem Ächzen auf ihren Rücken und trieb ihr die Luft aus der Lunge. Verzweifelt kämpfte Parr sich unter dem menschlichen Fleischberg hervor, rang nach Atem und sah sich um.

Auch die anderen Männer waren von der abrupten Schräglage überrascht worden, selbst Monkey war in die Knie gegangen. Nur Burruk in seiner Verankerung war an Ort und Stelle geblieben. Und natürlich Senna, die an ihrem Sitz festgezurrt war.

Der Geruch von verschmorten Kabeln breitete sich in der Zentrale aus.

»Was war das?«, fragte Monkey.

Burruk piepte. »Der Antigrav liefert Falschwerte«, berichtete er. »Etwas hat die Positronik beschädigt und damit das Schwerkraftzentrum verlagert.«

»Behebt das!«, verlangte der Lordadmiral.

Das war vergebene Liebesmüh. Es gab nur einen an Bord, der für den Ausfall verantwortlich sein konnte.

»Senna!« Parr rappelte sich auf und kroch zu dem Mädchen hin, das durchdringend kreischte und dabei an ihren Sitzgurten zerrte, als wären es Fesseln. »Du musst dich beruhigen, Liebes!«

Ein Blitz flammte auf. Parr sah nur die plötzliche Helligkeit, aber die Schreie der anderen und der Rauch, der die Zentrale füllte, waren eindeutig keine guten Zeichen.

Sie erreichte ihre Patientin und griff nach ihrer Hand. »Ich bin hier.« So sehr Parr sich auch um einen ruhigen Tonfall bemühte – allein die Lautstärke, die sie benutzen musste, um das Chaos in der Jet zu übertönen, machte ihren Versuch zunichte.

Dennoch gab sie nicht auf, strich ermutigend über den Arm des Mädchens, während sie mit der freien Hand erneut nach den Blockern tastete. »Es ist alles gut, ich bin hier. Du kannst dich entspannen, hörst du? Bitte, beruhige dich!«

Endlich fanden ihre Finger die metallische Rundung der Dose. Da sie Senna nicht loslassen wollte, klickte sie den Verschluss noch in der Tasche auf, fummelte eine Tablette heraus und verschloss die Dose sofort wieder. Mühsam kam sie auf die Knie.

»Hier, das wird dir helfen.«

Senna war jedoch nicht in der Lage, zu kooperieren. Ihr ganzer Körper wurde von zitternden Krämpfen geschüttelt, und als Parr ihr die Tablette kurzerhand in den Mund schieben wollte, warf sie den Kopf so heftig herum, dass sie Parr die Pille aus der Hand schlug.

»Was zur Hölle macht dieses Gör mit meinem Schiff?« Es war die Stimme der Technikerin, und sie klang alles andere als freundlich.

Parr sah zu Bellagy auf. »Hilf mir!«, rief sie. »Wir müssen sie ruhigstellen!«

Der Captain warf einen knappen Blick zu Monkey, dann kniete er sich vor Senna und versuchte, das Mädchen zu fixieren. Gleich darauf flog er von einer unsichtbaren Macht geschleudert durch die Zentrale und prallte gegen den Posbi.

Das Schiff kippte zur anderen Seite, und Parr musste sich an die Sitze klammern, um nicht ebenfalls den Boden unter den Füßen zu verlieren. Irgendwo knirschte Metall. Rauch füllte die Zentrale.

»Treten Sie beiseite.«

Es war die Kälte in der Stimme des Lordadmirals, die Parr herumfahren ließ. Monkey hatte einen Paralysator gezogen und richtete ihn auf das Mädchen.

Für einen Moment vergaß Parr, mit wem sie es zu tun hatte. »Runter damit!«, brüllte sie. »Bist du …« *Verrückt geworden,* hatte sie sagen wollen.

Senna kam ihr zuvor. Ihr Kreischen schnalzte schlagartig eine Oktave nach oben.

Dann ging alles sehr schnell. Eine Reihe kleinerer Explosionen zog sich über die Arbeitsstationen der Zentrale, Funken und metallene Abdeckungen schossen durch die Luft. Parr verlor den Halt und krachte mit dem Rücken gegen die Hinterwand der Zentrale, ehe sich gleich darauf die Schwerkraft erneut änderte und Parr über den Boden nach vorne rutschte, wo sie gegen Burruks Verankerung schlug.

Ogav schlitterte an ihr vorbei, das sah sie noch. Durch das Holo hindurch, das nun ihren ungebremsten Sturz durch die Atmosphäre der Dunkelwelt zeigte. Die ELANA wurde heftig durchgerüttelt.

Die Andruckabsorber sind ausgefallen, erkannte Parr. *Wir werden alle sterben.*

Sie hatte keine Zeit mehr, Furcht oder gar Todesangst zu verspüren. Sie konnte nur noch die Augen schließen und die Sekunden bis zum Aufprall zählen.

Einundzwanzig. Zweiundzwanzig. Dreiund …

Kapitel 16:
Scharfsicht

Wie ein Geist bewegte sich Alken durch die Gänge des Lagerhauses. Ein Mann ohne Herkunft, ohne Vergangenheit und ohne Identität. Er fühlte sich nicht länger wie ein Mensch, vielmehr wie ein Teil des Netzwerks aus Energie, Positronik und Maschinen, das ihm klarer vor Augen stand als seine wirkliche Umgebung. Er war eins mit sich und seiner Gabe, steuerte zielstrebig durch den Strom aus Daten, der ihn umschwirrte und in die Endlosigkeit führte.

Er war ein neues Wesen, unbesiegbar und unbegreifbar. Ebenso unantastbar wie diese leuchtenden Ströme aus Energie um ihn herum.

Jedenfalls fühlte es sich so an, bis zu dem Zeitpunkt, zu dem er abrupt aus seiner Trance gerissen wurde. Die Verbindung zerbrach, die Datenströme verschwanden. Schlagartig fand Alken sich in der völligen Dunkelheit von Britsels Elektroniklager wieder. Orientierungslos, blind für die Bewegungen im Datenstrom – und ganz und gar nicht unsichtbar.

Die Wachsonde, durch deren Objektiv er gerade noch seine Umgebung wahrgenommen hatte, schlug Alarm.

Verzweifelt versuchte Alken, mit seinen Fähigkeiten nach ihr zu greifen, sie zum Schweigen zu bringen … Vergebens. Er erreichte sie nicht. Das Hochgefühl, das ihn bis eben noch erfüllt hatte, wich nackter Panik.

»Sei still!«, zischte er, doch das beeindruckte die Sonde naturgemäß wenig.

Immer lauter schrillte der Alarm. Alken presste seinen Rücken gegen eines der Regale und versuchte, das Gesicht vor dem Kameraauge der Wachsonde zu verbergen, auch wenn es dafür längst zu spät war. Irgendwo fertigte bestimmt eine automatische Sicherheitsvorkehrung Kopien von den Aufnahmen der Sonde an und speicherte das Bild des Eindringlings.

Wieder versuchte Alken, die Sonde mit seinen Gedanken unter Kontrolle zu bringen, aber es war aussichtslos. Vielleicht, wenn er sie berühren konnte … Keine Chance. Das Mistding schwebte gute drei Meter über seinem Kopf und bekam auch noch Gesellschaft. Zwei weitere Sonden brausten heran.

Alken duckte sich und sprintete los in Richtung Ausgang, doch schon nach wenigen Metern hatte ihn eine der Sonden überholt und versperrte ihm den Weg. Die anderen beiden positionierten sich hinter ihm. Drohend kamen sie näher. Ein rotes Licht an der Unterseite der insektenartigen Roboter signalisierte ihre Angriffsbereitschaft.

Sie waren bewaffnet, das wusste Alken aus seiner Verbindung mit den kleinen Maschinen. Zwar nur mit Paralysestrahlern, aber das machte keinen Unterschied. So oder so durfte er sich nicht von ihnen festsetzen lassen.

Kurzentschlossen griff Alken hinter sich, tastete über die Verpackungen und Kartons, bis er etwas fand, das gut in der Hand lag. Er holte aus und schleuderte es dem Gegner vor sich entgegen.

Wie erwartet reagierte die Sonde, indem sie mit einem leisen Summen auf das Geschoss feuerte. Statt jedoch ebenfalls auf seinen billigen Trick hereinzufallen, wiesen die Waffen der beiden anderen Maschinen mit flimmernden Mündungen nach wie vor in seine Richtung. Die Botschaft war klar: Die Sonden würden ihn nicht angreifen, doch sie hielten ihn in Schach. Und sie würden nicht zögern, ihn an jeder Art von Gegenwehr zu hindern, notfalls mit Gewalt.

Mit einem durchdringenden Rattern schob sich das Tor am Eingang in die Höhe. Er musste verschwinden, und zwar sofort. Zum ersten Mal, seit er dieser Beschäftigung nachging, hoffte er, dass die Wachen Lebewesen sein würden und keine Roboter.

Das Herz klopfte ihm bis zum Hals, während er lauschte. Es war schwer, das schrille Alarmgeräusch der Sonden zu ignorieren, aber Alken glaubte, etwas zu hören. Ein leises Rascheln, das er nicht zuordnen konnte. Waren das Schritte oder Reifen? Würde jemand wie Britsel seine Wacheinheiten nicht mit einem Antigrav ausstatten, damit sie flexibler waren? Womöglich waren es gar keine privaten Wachroboter, und Britsels Alarmanlage hatte direkt die Polizei auf den Plan gerufen.

Wenn dem so wäre, würde Alkens Zeit der Freiheit ein abruptes Ende finden. Einem privaten Wachdienst konnte er noch etwas von jugendlicher Dummheit und einer fehlgeschlagenen Mutprobe erzählen, bei den Offiziellen würde er damit abblitzen. Sie würden ihn festnehmen, feststellen, dass er in keiner Datenbank auftauchte und sich somit illegal auf Istark aufhalten musste.

Falls sie ihm sein Alter glaubten, würde er mit etwas Glück in der Jugendstrafanstalt landen. Mit Pech wäre ihnen das egal. Oder sie lieferten ihn gleich in eines der Krankenhäuser ein, um ihn und seine Fähigkeiten permanent ruhigzustellen. Wenn sie ihn dort jemals rausließen, dann als abgestumpften Idioten. Auf keinen Fall wollte er so enden wie seine Eltern. Dumm und motivationslos, ohne ein Ziel im Leben. Ohne Vergangenheit kam er gut zurecht – ohne Zukunft wollte er nicht leben müssen.

Das Rascheln kam näher. Alken spähte durch die Regale und versuchte, die Umrisse der Wachen einzuordnen. Gut zwei Meter hoch. Aber zu symmetrisch, zu kegelförmig. Keine Menschen. Sein Mut sank.

Ein letztes Mal sah er zu den Flugsonden auf. Resigniert hob er die Hände. Wenn er schon ins Gefängnis wandern musste, dann auf seinen eigenen Beinen, nicht als gelähmter Klotz, den man wie ein Möbelstück platzieren konnte. Und solange er sich nicht auffällig verhielt, würde niemand etwas von seinen Fähigkeiten erfahren. Vielleicht verschaffte ihm das sogar die Möglichkeit zur Flucht, sobald er ...

Die Veränderung kam so abrupt, dass Alken überrascht einen Schritt zurücktaumelte und gegen das Regal stieß. Er keuchte, riss die Augen auf – und sah sie. Die Datenströme, klarer als zuvor. Eine Flut, die noch so viel tiefer und vielschichtiger war, als er bisher angenommen hatte. Er fühlte sie in hundert Facetten, und auf einer unterbewussten Ebene verstand er sie sofort. Er musste nur danach greifen.

Alken zögerte nicht länger. Seine Möglichkeit zur Flucht war früher gekommen als gedacht, und er würde sie nicht verstreichen lassen.

Er griff nach dem Datenstrang, der unablässig aus der Wachsonde drang, und riss brutal daran. Die Maschine taumelte in der Luft, blinkte, kippte dann zur Seite und krachte gegen einen Pfosten.

Ein einziger Gedanke genügte, um die Wachroboter innehalten zu lassen. Es waren Polizeieinheiten, das sah Alken nun so klar, als hätte er es schon immer gewusst. Die erste Vorhut, ein Teil von Britsels Alarmanlage. Die Polizeigleiter würden in weniger als zwei Minuten eintreffen. Bis dahin würde Alken längst verschwunden sein.

Er griff nach den anderen beiden Wachsonden, vorsichtiger diesmal. Er wollte sie nicht demolieren, nur ihren Speicher löschen – und die Sicherungskopie davon, die sie während des Einsatzes hochgeladen hatten. Er musste nicht lange suchen, die Daten waren einfach genau dort, wo er danach suchte. Es war nicht nötig, sich über einen externen Zugang Zugriff darauf zu verschaffen und die Spuren zu tilgen, die er hinterlassen hatte. Alles, was Alken tun musste, war zuzugreifen und die entsprechenden Einträge aus der Zahlenkolonne zu pflücken.

Zwei kurze Eingriffe, dann war es, als wäre er niemals hier gewesen.

Während Alken sich noch über die Einfachheit dieser Aktion wunderte, meldete sich sein Instinkt zurück. Besser gesagt das, was er bisher dafür gehalten hatte. Nun identifizierte er es als den Datenaustausch der Wachroboter mit den Polizeigleitern, die ihre Position bekanntgaben.

Zeit für ihn, sofort zu verschwinden.

Er warf einen letzten, bedauernden Blick auf das ungeplünderte Lager. Es war bloße Gier gewesen, die ihn hergetrieben hatte, das wusste er. Er brauchte keine weitere Ausrüstung. Dennoch kam es ihm wie enorme Verschwendung vor, mit leeren Händen zu gehen.

Bei diesem Gedanken sah er unwillkürlich auf seine Hände, mit denen er drei Wachsonden quasi in der Luft zerpflückt hatte. Ganz vergebens war sein Ausflug also doch nicht gewesen.

Kaum hatte Alken seinen Unterschlupf betreten, stürzte er zu seiner Arbeitsstation. Diesmal war es nicht der Rechner, den er als Erstes startete. Stattdessen zog er eine tragbare Medostation hervor, mit der er sich vor Arztbesuchen drückte.

Er steckte den Finger in die dafür vorgesehene Öffnung und wartete auf das blaue Licht, das den Beginn der Analyse ankündigte. Alken schloss die Augen, als er die Kälte auf seiner Haut spürte, gefolgt von einem dezenten Kribbeln.

Ein leises Piepen ertönte. Alken spähte auf das Ergebnis der Analyse. Nichts. Seine Blutwerte waren normal, sah man von einem leicht erhöhten Adrenalinpegel ab. Rein physisch gab es also keinen Grund für seinen Schwächeanfall. Dennoch hatte ihn etwas blockiert, das wusste er ebenso sicher, wie dass seine Fähigkeiten seit dem Ausfall stärker waren als zuvor.

Irgendetwas hatte sich verändert, und er war es allem Anschein nach nicht.

Frustriert stieß er das Medogerät beiseite und wandte sich seiner Arbeitsstation zu. Es war leichtsinnig gewesen, sich auf seine Gabe zu verlassen, er wusste schließlich, dass sie wankelmütig sein konnte, auch wenn sie ihn bisher nie völlig im Stich gelassen hatte. Dennoch … Er hätte auf Nummer Sicher gehen sollen.

Vielleicht war es dafür noch nicht zu spät.

Alkens Hände flogen über die Bedienelemente. Der unmittelbare Zugriff auf die Überwachungssonden war eine Sache – in das gesamte Netzwerk einzutauchen, das dahinterlag, war eine ganz andere. Dort stand ihm nicht nur eine mickrige Sonde zur Verfügung, sondern die ganze Welt offen.

Leichter denn je drang er in das Sicherheitssystem von *Britsels Elektronik* ein und, als er dort nichts fand, in die Datenbank der Polizei. Nichts. Keine live übertragenen Aufzeichnungen, keine Fahndung, die gegen ihn lief. Die Ermittler hatten festgestellt, dass nichts fehlte, und den Alarm als technischen Defekt abgetan.

Erleichtert sank Alken in seinem Sessel zurück und bedankte sich im Stillen für die Faulheit der Behörden. So schlampig, wie er vorgegangen war, hätten sie bemerken müssen, dass er die Sicherheitsaufzeichnungen einfach nur gelöscht hatte, und zwar ziemlich brachial. Das war kein diffiziles Vorgehen gewesen, nur rohe, mentale Gewalt.

Aber immerhin suchten sie nicht nach ihm. Sie hatten nicht einmal eine Ahnung, dass er existierte. Umso besser für ihn.

Alken überlegte kurz, dann gab er den nächsten Suchauftrag ein. Wenn es schon keine Meldungen über seinen Einbruch gab, dann womöglich über die neuen Schwankungen der Psi-Fähigkeiten. Wenn er den Medienberichten Glauben schenken durfte, wäre schließlich nicht nur er davon betroffen. Vielleicht fand sich ja ein Hinweis auf die Ursache für sein Paraversagen.

Das Ergebnis war jedoch enttäuschend. Ein paar Meldungen über Unfälle, Brände und unerklärliche Phänomene, die sich mit etwas gutem Willen unkontrollierten Mutanten zuordnen ließen. Keine Spekulationen, nicht einmal auf *Ilumas,* jenem Trivid-Sender, der sonst für jede Verschwörungstheorie zu begeistern war.

Die öffentlichen Medien waren unbrauchbar. Die Netzwerke der Behörden dagegen brachten einige interessante Punkte zutage. Unter anderem, dass weniger als eine Stunde vor Alkens Ausfall ein Raumschiff vom Startplatz der Regierung abgehoben hatte. An und für sich keine nennenswerte Nachricht, der er unter normalen Umständen keinerlei Bedeutung beigemessen hätte.

Aber es waren keine normalen Umstände. In den Krankenhäusern wurden Tausende Kinder mit Psi-Blockern außer Gefecht gesetzt, die nach allem, was Alken herausgefunden hatte, nirgendwo zugelassen worden waren. Istarks Regierung verfügte nicht über die nötigen Mittel, eine solche Forschung zu finanzieren, was den Verdacht nahelegte, dass jemand anderer diese Blocker entwickelt haben musste.

Jemand wie die USO, die sich wie eine fette Spinne in das Polizeinetz von Istark eingenistet hatte und nun, da die Psi-Fähigkeiten in der Kolonie immer weiter anwuchsen, plötzlich Raumschiffe aussandte. Der Polizei gehörten diese Schiffe jedenfalls nicht, die dürfte auch wahrlich andere Sorgen haben im Augenblick. Und Präsidentin Sho beschränkte ihre interplanetare Politik seit jeher auf das Nötigste. Blieb also nur die USO, die sich offiziell natürlich überhaupt nicht auf Istark befand.

Vielleicht war sogar sie es, die für die Mutanten auf Istark die Verantwortung trug. Womöglich waren Alken und die anderen nichts weiter als ein missglücktes Experiment, das der Geheimdienst nun verzweifelt wieder unter Kontrolle zu bringen versuchte.

Alken stieß einen leisen Pfiff aus. Mit einer solchen Theorie könnte er *Ilumas* Konkurrenz machen. Aber sein Bauchgefühl mahnte ihn, den Gedanken ernst zu nehmen. Diesmal hatte das allerdings wenig mit seiner Gabe zu tun. Man musste nur eins und eins zusammenzählen.

Die USO arbeitete an etwas, das den Parabegabten ihre Fähigkeiten nahm. Und vermutlich waren die Medikamente, die sie den Kindern verabreichten, erst der Anfang.

Nervös trommelte Alken mit den Fingerkuppen auf die Tischplatte. Was hatte der Raumschiffeinsatz zu bedeuten? Wohin war das Schiff unterwegs? Holte es weitere Verstärkung, damit die USO die Psi-Fähigkeiten auf Istark endgültig lahmlegen konnte?

Das durfte Alken nicht zulassen. Er brauchte seine Fähigkeiten, vor allem aber *wollte* er sie. Langsam ließ er die Hände sinken. Er legte seine Fingerspitzen auf die Kontaktfelder des Holos und beobachtete die Datenströme, die sich um seine Fingerkuppen sammelten – bereit, seine Wünsche zu erfüllen.

Alken hatte nur einen Wunsch: seine Gabe zu behalten. Alles andere konnte er sich selbst besorgen. Und damit er seine Fähigkeiten nicht verlor …

Er lächelte still. Er würde sie benutzen müssen, solange er sie noch hatte. Im Augenblick fühlte er sich bereit, es mit allen aufzunehmen. Selbst mit einem scheinbar übermächtigen Gegner wie der USO. Er würde herausfinden, was der Geheimdienst vorhatte – und wie er es verhindern konnte.

Kapitel 17: Schiffbrüchig

Parr erwachte von einem durchdringenden, gleichmäßigen Piepen, das durch den Schleier ihrer Bewusstlosigkeit kroch. Das Nächste, was sie wahrnahm, war der beißende Gestank von Rauch. Und Schmerzen. Jeder Zentimeter ihres Körpers tat ihr weh, ihr Schädel fühlte sich an, als hätte jemand ein paar Mal kräftig mit einem Hammer dagegen geschlagen.

Tot war sie also nicht. Allerdings konnte sie auch nicht abschätzen, wie weit sie davon noch entfernt war. Vor allem fühlte sie sich unendlich schwach. Mühsam blinzelte sie das klebrige Zeug beiseite, das ihre Augenlider zusammenhielt. Geronnenes Blut. Wie lange war sie bewusstlos gewesen? Und warum war sie überhaupt noch am Leben? Sollte sie nicht mitsamt der Space-Jet zerschellt sein?

Eine erneute Welle des Schmerzes durchfuhr sie, als ihre Schulter angehoben wurde. Parr stöhnte.

»Komm«, sagte jemand. »Ich helfe dir.«

Widerstandslos ließ Parr sich auf die Beine ziehen, hatte jedoch nicht die Kraft, dort auch zu bleiben. Ihre Knie knickten ein, und sie fiel wie ein nasser Sack gegen ihren Helfer. Sie roch herbes Rasierwasser, fühlte die kräftigen Arme, die sie nach draußen zogen.

Nach draußen. Sie erkannte die schmalen Gänge der Space-Jet, auch wenn sie immer wieder vor ihren Blicken verschwammen.

Als sie die Einstiegsluke erreichten, machte Parr sich los. »Ich schaffe das«, versicherte sie und hoffte, dass es auch der

Wahrheit entsprach. Die helfende Hand ihres Begleiters schlug sie dennoch nicht ab.

Ihre ersten Schritte auf Aldrey waren wackelig. Dass sie sich auf der Dunkelwelt befand, daran bestand kein Zweifel. Unter ihren Stiefeln zerbrachen feine, rosafarbene Kristalle mit einem leisen Knirschen, die Luft roch salzig und metallen.

Parr stutzte, griff sich ans Gesicht, ohne auf Widerstand zu stoßen, und fuhr herum. Sie trug keine Atemmaske und keinen Helm – ebenso wenig wie die anderen Mitglieder ihres Teams. Die Mitglieder der Kampftruppe zogen Waffen, Proviant und andere Kisten aus dem Schiff und stapelten sie in mehreren Reihen. Im ersten Moment wunderte Parr sich, weshalb diese Arbeit nicht von Servorobotern erledigt wurde. Im zweiten, wozu die ELANA überhaupt einen solchen Vorrat an Bord gehabt hatte. Aber dann dämmerte ihr, dass es sich dabei schlicht um das Inventar der Jet handelte. Vermutlich ließ Monkey es von Bord schaffen, um es vor einer möglichen Explosion des Schiffes zu schützen. Es war einfacher, das gesamte Schiff unter einem Energieschirm zu sichern und die wichtigen Vorräte außerhalb aufzubewahren.

Monkey selbst stand ein wenig abseits und diskutierte mit Bellagy, Ogav und dem Posbi. An der steinernen Miene des Lordadmirals konnte Parr keinen Hinweis auf den Inhalt des Gesprächs ablesen, aber Bellagys Blick wanderte immer wieder zur ELANA hoch, also ging es wohl um den Absturz oder den Zustand der Jet.

Neugierig geworden, legte Parr den Kopf in den Nacken und sah ebenfalls zum Schiff auf. Eine kleine Rauchsäule stieg aus einem länglichen Riss an der Vorderseite der Jet. Wahrscheinlich hatten bei der dazugehörigen Kollision die Servoroboter ebenfalls den Geist aufgegeben.

Das passende Gegenstück zu der Schramme am Schiffsrumpf fand sich in einer Schneise zerbröselter kristalliner Konstrukte, wo die ELANA durch den Kristallwald gepflügt war. Das erklärte auch, weshalb niemand sich die Mühe gemacht hatte, den Anzughelm zu aktivieren – wäre die Luft toxisch gewesen, hätten sie davon bereits vor dem Ausstieg genug abbekommen.

Ein kurzer Blick auf das Multifunktionsarmband bestätigte ihre Vermutung: 77,1 Prozent Stickstoff, 21,8 Prozent Sauerstoff, ein paar Edelgase und geringe Spuren von Kohlendioxid. Damit ähnelte die Zusammensetzung der Atemluft dem Gemisch, das auf den meisten von Sauerstoffatmern bewohnten Planeten vorherrschte und das auch an Bord der Raumschiffe genutzt wurde.

Nur die Tatsache, dass sie immer noch am Leben waren, konnte Parr sich nicht erklären. Sie waren abgestürzt, die Positronik hatte versagt. Wieso waren sie nicht zu einem kleinen verformten Klumpen inmitten eines riesigen Kraters zusammengepresst worden?

Sie wandte sich um und wäre beinahe gegen einen großen, blonden Mann mit strubbeligem Vollbart und blauen Augen geprallt, der dicht hinter ihr gestanden hatte. Sie erkannte sein Rasierwasser. Ihr Retter war ein gutaussehender Kerl, das musste man ihm lassen. Der Typ Mann, in dessen Arme sich so manche Frau träumen würde.

Sein Pech, dass sie nicht im Geringsten auf Kollegen stand. Solche mit Kampfspezialisierung erst recht nicht. Von Soldaten hatte sie seit der Zeit ihrer Grundausbildung genug. Dennoch lächelte sie ihm dankbar zu.

»Du hast mich rausgezogen.«

Er grinste schelmisch. »Naja. Ich habe dich ermuntert. Danach musste ich aufpassen, dass du mir nicht davonläufst.«

Parr ging nicht darauf ein. Stattdessen fragte sie: »Was ist passiert?« Als er zu einer Antwort ausholte, sprach sie hastig weiter. »Ich meine nicht den Absturz. Aber wieso haben wir ihn überstanden?«

Er zuckte mit den Schultern. »Unser Pilot hat es irgendwie geschafft, die Positronik zu reaktivieren. Einen Posbi dabeizuhaben, zahlt sich offensichtlich aus.«

»Ich hätte nicht gedacht, dass wir das überleben«, gestand sie.

Seine bisher so offenherzige Miene wurde düster. »Wir hatten Glück. Andere weniger.« Mit einem Kopfnicken deutete er in Richtung der Vorratskisten.

Erst jetzt bemerkte Parr die beiden unförmigen Schemen, die vor den säuberlich gestapelten Kisten lagen und mit schwarzen Planen abgedeckt waren. Ein kalter Schock durchfuhr sie, als sie erkannte, was sie sah: Leichensäcke. Zwei Tote.

Senna!

Suchend sah Parr sich um, konnte das Mädchen jedoch nirgendwo entdecken. Warum hatte sie nicht früher an ihren Schützling gedacht? Was war sie für eine Betreuerin?

Wieder sah sie zu den beiden Toten hin. War eine Gestalt kleiner als die andere? Sie war sich nicht sicher. Zögernd trat sie näher. Sie wollte nicht sehen, was sich unter dem Stoff verbarg, aber sie musste. Sie war für das Mädchen verantwortlich, und wenn sie zugelassen hatte, dass es in ihrer Obhut starb …

Eine Hand auf ihrem Arm hielt sie zurück. »Tu dir das nicht an«, sagte ihr Retter.

»Ich muss«, widersprach sie.

Er drehte sie halb zu sich herum. Parr brachte es nicht fertig, ihm noch einmal ins Gesicht zu sehen. Sie hielt den Blick auf seine Brust gerichtet, studierte das Namensschild, das an seiner Uniform prangte. *K. Mellot.* Die Buchstaben tanzten und verschwammen vor ihren Augen, aber sie klammerte sich an den

Namen, als wäre er das Einzige, was ihre rasenden Gedanken beisammenhielt. Und ihre Schuldgefühle.

»Senna …«

»Ich bringe dich zu ihr.« Mellot legte eine Hand in ihren Rücken und schob sie sanft vorwärts, während er mit der anderen Hand immer noch ihren Arm umfasst hielt.

Sie wollte das Mädchen nicht sehen. Aber sie musste. Das war sie Senna schuldig. Von ihren widersprüchlichen Gefühlen umschwirrt, ließ Parr sich widerstandslos von Mellot führen. Nach zwei Schritten bemerkte sie, dass er keineswegs auf die Leichensäcke zusteuerte, sondern auf Monkey und die anderen.

»… sie nicht aufwacht, ist sie nutzlos für uns«, hörte sie den Lordadmiral sagen.

Gleich darauf entdeckte sie die kleine Gestalt zu seinen Füßen.

Senna! Parr stürzte zu dem Mädchen, das auf dem Rücken lag, eine zusammengerollte Decke unter dem Nacken. Erleichtert registrierte sie das kaum wahrnehmbare Heben und Senken von Sennas Brust. Das Mädchen war bewusstlos, aber es lebte. Über ihr Gesicht und ihre Arme krochen winzige Medoroboter, injizierten Medikamente und behandelten eine Patientin, die rein äußerlich unversehrt wirkte.

»Was ist mit ihr?«, fragte Parr.

»Sie wacht nicht auf«, antwortete Bellagy.

Parr kniete sich neben ihren Schützling und strich sanft über Sennas kühle Stirn.

»Es war zu viel für sie«, rechtfertigte sie den Ausbruch des Mädchens. Sie hatte die Waffe nicht vergessen, mit der Monkey auf Senna gezielt hatte. Auch wenn es nur ein Paralysator gewesen war, der ohnehin nichts genutzt hätte – er hätte Senna bewegungsunfähig gemacht, was nichts an der Bedrohung durch ihre Telekinese geändert hätte. Parr hatte jedoch keinen

Zweifel daran, dass es der Anblick der Waffe gewesen war, der die mentale Belastung ihrer Patientin über das Erträgliche hinausbefördert hatte. »Ich habe euch vor ihren telekinetischen Kontrollverlusten gewarnt. Ich habe versucht, einzugreifen …«

Der Lordadmiral brachte sie mit einer knappen Handbewegung zum Schweigen. »Kannst du sie aufwecken?«

Wie stellte er sich das vor? Sollte sie einfach mit den Fingern schnippen?

Aber mit dem Oxtorner zu diskutieren war zwecklos, das hatte sie schon gemerkt. Da ihr nichts anderes übrigblieb, schluckte Parr ihren Zynismus hinunter und dachte nach.

Aller Wahrscheinlichkeit nach war es die enorme Belastung durch die psionische Strahlung, die Senna ohnmächtig hatte werden lassen. Eine andere Erklärung hatte sie nicht.

Aber sie war schließlich auch kein Mediziner. Wieso hatte man Dr. Laxten nicht für den Einsatz verpflichtet? Ganz gleich ob der Arzt wollte oder nicht, er wäre hier von Nutzen gewesen. Mehr vermutlich, als Parr es war. Viel konnte sie jedenfalls nicht für Senna tun.

Sie zog die Pillendose hervor und nahm einen der Blocker heraus.

»Ich brauche sie einsatzfähig«, mahnte Monkey.

»Weniger einsatzfähig als jetzt kann ich sie ja wohl kaum machen«, entgegnete Parr. »Bei dieser Nähe zur Strahlungsquelle können die Tabletten ihre Fähigkeiten ohnehin nur dämpfen, nicht ausschalten.«

Monkey stieß nur ein unwirsches Brummen aus, das sie als Zustimmung nahm. Sie schob dem Mädchen die Pille zwischen die Lippen und flößte ihr etwas Wasser aus der Flasche ein, die Bellagy ihr hinhielt.

»Dann hoffen wir mal, dass es ausreicht, damit sie bei Bewusstsein bleibt«, sagte er.

Parr erwiderte nichts. Sie wusste, dass es ihm nicht um Sennas Wohlergehen ging, sondern nur um ihre Rolle als Translatorin. Aber zumindest vorerst wollten sie beide dasselbe, also sah sie wenig Sinn darin zu streiten. Sie nickte.

»Gut.« Der Lordadmiral wandte sich an Bellagy. »Wenn Ihre Männer fertig sind, können wir aufbrechen. Burruk, versuch, das Schiff startklar zu machen und Kontakt nach Istark aufzunehmen.«

Der Posbi blinkte ergeben, fuhr einen dornförmigen Absatz aus, um darauf kehrtzumachen, und steuerte auf das Schiff zu.

»Warum haben wir keinen Kontakt nach Istark?«, erkundigte Parr sich verwundert.

»Die Barriere um Aldrey ist wieder aktiv«, sagte Bellagy. »Psi-Strahlung, Hyperstrahlung ... was es auch ist, das beim Anflug unsere Positronik lahmgelegt hat, es behindert auch unsere Kommunikation. Ein Durchkommen nach außen ist nicht möglich.«

Kein Wunder, dass das Mädchen bewusstlos war – wenn die Barriere aktiv war, wurde sie vermutlich von den Gedanken der Aldreyer regelrecht bestürmt. Parr war froh, die Blocker mitgenommen zu haben.

»Und was jetzt?«, fragte sie.

»Die Mission geht weiter«, antwortete Bellagy. Er bückte sich und hob Senna mit solcher Mühelosigkeit auf die Schulter, als wäre sie ein Kleinkind. »Wir sind schließlich nicht zum Vergnügen hier.«

Nur, dass wir vorerst völlig auf uns gestellt sind, dachte Parr. Keine Kommunikation nach Istark – und ohne Senna auch keine Kommunikation mit den Bewohnern von Aldrey. Sie waren blind und taub. Nicht die besten Voraussetzungen, um eine Mission auf einem fremdartigen Planeten zu beginnen.

Kapitel 18: Feind aus Licht

Es dauerte genau vier Minuten, ehe die Funkverbindung zu Burruk und der ELANA abbrach. Ogav versuchte noch zwei Mal, ihren Piloten zu erreichen, aber die eigentümliche Strahlung auf Aldrey schottete sie nicht nur von der Außenwelt ab, sondern auch voneinander.

Die Luft war von einem permanenten, dezenten Klirren erfüllt. Einen Wind konnte Ogav nicht spüren, dennoch waren die feinen Verästelungen der Kristalle in ständiger Bewegung, berührten einander und strebten wieder auseinander. Dazu kam eine schwüle Hitze, die vermutlich auf die Hyperstrahlung zurückzuführen war und die der QuinTech den Schweiß in Strömen den Rücken hinablaufen ließ. Außerdem beeinträchtigte die Strahlung die Positronik ihrer Einsatzanzüge. Das betraf die internen Kühlsysteme ebenso wie die Ortungsgeräte. Somit waren altmodische Erkundungsmethoden angesagt: das Gebiet durchkämmen, in Rufreichweite bleiben und melden, was auch immer verdächtig erschien.

Verdächtig erschien hier alles, insbesondere die fremdartige Flora, wenn man sie so nennen wollte: Ihre niedrigeren Ausläufer zerbrachen knirschend unter ihren Tritten, während die größten Exemplare gut zwanzig Meter in die Luft ragten, wo sie das Sternenlicht brachen und auf unheimliche Weise verstärkten. Istark war von hier aus nicht mehr als ein Planet unter Milliarden und Arrak ein kleiner, heller Punkt in der Ferne. Der einzige Grund, weshalb Aldrey nicht ein bloßer Eisklumpen ohne Atmosphäre war, lag vermutlich in der enormen Hyperstrahlung, die aus dem Inneren des Streuners drang. Oder wohl an den zweifelsohne vorhandenen Maschinen, die diese Strahlung erzeugten.

Dennoch konnte von Dunkelheit keine Rede sein. Der ganze Wald glühte in einem rosafarbenen Schimmer, ohne dass Ogav eine konkrete Lichtquelle hätte benennen können. Das Licht warf keine Schatten, es war einfach da. Das Leben auf Aldrey war eindeutig auf die düsteren Bedingungen dieses Wanderplaneten ausgelegt. Es versorgte sich selbst mit allem, was es benötigte.

Im dichten Gewirr der Kristalle war es schwer, einander nicht aus dem Blick zu verlieren. Also marschierten sie parallel in zwei langgezogenen Reihen und behielten den jeweiligen Nachbarn im Blickfeld. Zumindest in der Theorie. Zwar hatte Monkey eine strenge Einhaltung dieser Formation angeordnet, aber die wirren und teilweise undurchdringlichen Kristallstrukturen machten ein Durchkommen zuweilen unmöglich. Sie mäanderten durch den bizarren Dschungel, kletterten über spiegelglatte Äste hinweg und versuchten dabei, irgendwie die Richtung beizubehalten, ohne den Anschluss zu verlieren.

Wenigstens ersparte ihr die erzwungene Funkstille weitere Witzeleien von Burruk. Woher hätte sie wissen sollen, dass sich der Lordadmiral auf ihre kleine Koloniewelt bequemte, und dann auch noch den Einsatz leiten wollte, dem sie unterstellt worden waren? So viel Pech musste man erst mal haben. Noch einmal würde sie jedenfalls nicht behaupten, den Boss flachgelegt zu haben, um in den Einsatz zu dürfen.

Natürlich war Ogav nicht so naiv, die Chance zu verkennen, die sich ihr hier bot. Wenn jemand sie von Istark fortbefördern konnte, dann Monkey. Allerdings war sie nicht die Einzige mit Ambitionen. Ein Blick in Bellagys Richtung genügte, um das krampfhafte Bemühen zu erkennen, mit dem er um Monkeys

Anerkennung buhlte. Ständig versuchte er, die Wünsche des Lordadmirals vorauszuahnen und entsprechend zu handeln. Ogav bezweifelte, dass Monkey der Typ Mann war, der sich irgendetwas wünschte. Der Kerl war gruselig wie nur was. Aber er war eben der Boss.

Ogav würde ihr Bestes geben, um ihn zu beeindrucken. Im Gegensatz zu Bellagy verfolgte sie dafür eine subtilere Taktik. Sie hielt sich zurück, folgte den Anweisungen und Entscheidungen der Männer. Und wenn es an der Zeit war, würde sie mit ihren Qualitäten überzeugen. Leute, die ihm die Stiefel leckten, hatte Monkey garantiert genug. Wenn sie herausstechen wollte, dann durch das Gegenteil – sie würde sich nicht von ihm beeindrucken lassen, jedenfalls nicht mehr, als nötig war. Er war schließlich auch nur ein Kerl. Okay, ein ziemlich großer und unsterblich noch dazu, aber wie es aussah, hatte er genauso wenig Ahnung wie der Rest, was sie auf Aldrey erwartete.

Von einer Forschungsstation fehlte nach wie vor jede Spur, ganz zu schweigen von einer lebendigen Zivilisation. Generell bestand der einzige Hinweis auf intelligentes Leben nur aus den Gedanken, die dieses Gör angeblich aufgeschnappt hatte.

Ogav warf dem Mädchen, das immer noch bewusstlos über Bellagys Schulter hing, einen finsteren Blick zu. Jetzt wirkte es harmlos – ein schmaler Speichelfaden lief aus dem halb geöffneten Mund und tropfte auf Bellagys Einsatzanzug. Aber die QuinTech hatte nicht vergessen, was die Kleine mit der ELANA angestellt hatte. Sie wusste nicht, ob Senna tatsächlich auch telepathische Fähigkeiten besaß oder was genau der Lordadmiral sich von der Anwesenheit des Mädchens erwartete, aber eines war klar: Die Kleine war gefährlich.

Ein leises Knacksen riss Ogav aus ihren Überlegungen. Sie blieb stehen und lauschte. Nichts. Nur das leise Klirren der Kristalläste und das Knirschen der zerbrechenden Halme unter ihren Füßen. Also setzte sie sich wieder in Bewegung, doch ihre Aufmerksamkeit war geweckt.

Da!

Da war es wieder. Ein wisperndes Schaben, als rieben die glasartigen Zweige aneinander. Ogav schauderte. Diesmal blieb sie jedoch nicht stehen, sondern marschierte weiter – eine Winzigkeit schneller als bisher. Nicht so schnell, dass es bewusst wirkte, aber genug, um Bellagy einzuholen.

»Merken Sie das auch?«, fragte sie wispernd.

Ihre Lippen bewegten sich kaum, trotzdem schien der Spezialist keine Probleme zu haben, sie zu verstehen. Ohne sich zu ihr umzudrehen, antwortete er ebenso leise: »Ich höre es.«

Jemand verfolgte sie. So viel zu ihrer Theorie, dass der Planet unbewohnt war. Verdammt!

Wieder warf sie einen Blick auf das ohnmächtige Kind. Wenn es wirklich mit den Bewohnern kommunizieren konnte, dann wäre das ein günstiger Moment dafür gewesen. Zumindest hätte Senna ihnen sagen können, welche Absichten die Aldreyer hegten. Aber das nutzlose Gör trieb weiterhin im Traumland.

»Dort vorne ist ein Fluss oder etwas in der Art.«

Die QuinTech zuckte zusammen. Es war einer von Bellagys Soldaten, der den Ruf ausgestoßen hatte, aber sie konnte nicht genau erkennen, welcher es war. Eine schwarze Silhouette, mehr war in dem Kristallgewirr nicht auszumachen. Der Söldner drehte sich zu ihnen herum – oder vielmehr zu Monkey, der von seinem Standpunkt aus hinter ihnen stand – und winkte.

Ogav hatte gerade noch Zeit, sich über die Unaufmerksamkeit des Mannes zu wundern, dann wurde er von einem hellen Lichtblitz zu Boden gerissen.

Jemand schrie. Das Zischen von Thermostrahlern mischte sich unter das klirrende Rascheln des Dschungels, das plötzlich zu einer Kakophonie aus kristallinem Rauschen anschwoll. Ogav spürte Bewegung um sich herum. Frustriert rieb sie sich die Augen, die immer noch geblendet waren von dem seltsamen Licht, das sie gesehen hatte.

Sie taumelte los, wollte im Laufen ihre Waffe ziehen, doch Bellagy war schneller. Er drückte ihr das bewusstlose Kind in die Arme und aktivierte seinen Strahler. Ogav ächzte leicht unter dem Gewicht des Mädchens. Das Gör war schwerer, als es aussah.

Ihr blieb keine Zeit, zu widersprechen. Bellagy stürmte davon und ließ sie mit dem Mädchen zurück. Innerlich verfluchte Ogav den Captain. Sie war eine Technikerin, das machte sie noch lange nicht ungeeignet für den Kampfeinsatz! Ganz im Gegenteil, wie der Istarker Soldat soeben eindrucksvoll zur Schau gestellt hatte. Wer war so blöd und brüllte mitten in einem möglicherweise feindlichen Gebiet durch die Gegend?

Suchend sah sie sich nach Parr um. Sollte die doch den Babysitter spielen.

Ogav suchte vergebens. Die Forscherin war nirgendwo zu sehen. Stattdessen bemerkte die QuinTech etwas anderes. Lichtblitze zwischen den schimmernden Bäumen. Bewegung, wo bisher nur starre Formen gewesen waren. Hastig ließ sie das Mädchen zu Boden gleiten und zog den Strahler. Die Bewegung war überall, es war unmöglich, ein bestimmtes Ziel auszumachen. Der gesamte Wald wurde lebendig!

Sie sprintete los in Richtung der anderen, hielt jedoch schon nach wenigen Schritten inne. Sie sah zurück zu dem Mädchen, das wie eine liegengelassene Stoffpuppe zwischen den schimmernden Wurzeln lag. Das Haar fiel ihm wirr ins Gesicht, Arme und Beine waren in unbequemen Positionen abgewinkelt. Ogav zögerte. Sie war nicht *offiziell* mit der Fürsorge für das Mädchen beauftragt worden. Aber sie so schutzlos hier liegenzulassen, wäre fahrlässig. Wenn der Telepathin etwas zustieß, würde man Ogav dafür zur Verantwortung ziehen.

»Ach, Mist.«

Sie eilte zu dem Mädchen zurück, kauerte sich schützend vor es und spähte um sich, den Strahler im Anschlag. Doch immer, wenn sie ein vermeintliches Ziel anvisierte, erstarrte der Dschungel wieder. Die Bewegung verschwand, nur um gleich darauf an anderer Stelle erneut aufzuleben. Erkennen konnte sie nichts.

Wie war das möglich? War ihr Gegner unsichtbar?

Unhörbar war er jedenfalls nicht. Das allgegenwärtige Klirren und Rascheln klang mittlerweile aggressiv, was vielleicht auch an den Schreien der Männer lag. Der Kampf konnte nur ein paar Dutzend Meter von ihr entfernt toben, dennoch war es unmöglich, Details auszumachen. Hier eine uniformierte Gestalt, die sich rückwärts durch den Wald bewegte, dort ein Lichtschimmer, der von einem der Angreifer stammen musste.

Etwas klirrte direkt hinter Ogav. Sie fuhr herum und schoss. Nichts. Jedenfalls nichts, was sie hätte sehen können. Mit einem Mal wurde ihr bewusst, dass nicht nur ihre Truppe in Gefahr war – auch sie durfte sich nicht in Sicherheit wiegen.

Immer noch in der Hocke kroch sie rückwärts, bis sie den kalten, glatten Stamm eines Baumes im Rücken spürte. So war sie wenigstens von einer Seite gedeckt, wenngleich nur ein wenig. Wäre sie allein gewesen, hätte sie es bevorzugt, frei zu stehen, damit ihr niemand in den Rücken fallen konnte. Aber dann hätte sie das Mädchen nicht im Auge behalten können.

Sicher fühlte sie sich so jedenfalls nicht. Die Anspannung verwandelte ihren Atem in ein gehetztes Keuchen. Immer wieder zog der verborgene Kampfschauplatz ihre Aufmerksamkeit auf sich. Wurde ihr Einsatzteam dezimiert, während sie hier ausharrte? Verloren sie, weil sie nicht eingriff?

Einmal mehr sah Ogav zu dem bewusstlosen Mädchen und verzweifelte. Mitnehmen konnte sie Senna nicht, dazu hätte sie die Waffe wegstecken müssen. Hierlassen ging auch nicht. Also was tun?

Ehe sie zu einem Entschluss kam, brach vor ihr mit Getöse einer der Soldaten aus dem Kristalldickicht. Die Arme hatte er schützend vor sein Gesicht geschlagen, was bedeutete, dass er überhaupt nicht sah, wohin er stürmte. Hastig rollte Ogav zur Seite, um nicht von ihm niedergerannt zu werden, doch so weit kam der Mann gar nicht. Rosafarbene Kristalle schossen aus dem Boden und brachten ihn zu Fall. Ogav zuckte zurück. Der Mann stöhnte, versuchte, auf alle viere zu kommen, aber etwas landete auf seinem Rücken.

Diesmal erkannte Ogav, was sich hinter dem Lichtblitz verbarg: eine blasse Kreatur, die sich kaum von den Kristallbäumen unterschied, die sie umgaben. Ein dürres, vielgliedriges Ding, das rosa, zum Teil auch violett schimmerte, ohne erkennbaren Kopf oder Rumpf, mehr wie ein Zweig, der sich in alle Richtungen verästelte. Seine glasartige Oberfläche reflektierte das Licht der Bäume bei jeder Bewegung, während es sich an den Rücken des Agenten krallte.

Es krallte sich an seinen Rücken.

Das war unmöglich! Der Mann trug ebenso wie sie einen SERUN. Die Einsatzanzüge verfügten nicht nur über einen Energieschutzschirm, der den Träger vor Strahlenwaffen und ähnlichen Angriffen schützte, sondern auch über einen darüber liegenden Prallschirm, der verhinderte, dass der Schutzschirm jeden brutzelte, der dem Träger zu nahe kam. Das Ding, was auch immer es war, dürfte eigentlich nicht einmal in der Lage sein, den Söldner zu berühren, geschweige denn, sich in das Gewebe des Schutzanzugs zu krallen. Diese verdammte Strahlung beeinträchtigte die Kampfanzüge nicht nur, sie legte die positronisch gesteuerte Ausrüstung der SERUNS komplett lahm!

Endlich gelang es Ogav, sich aus ihrer Starre zu lösen. Sie hob den Strahler und schoss.

Das Ding auf dem Rücken ihres Kollegen kreischte schrill. Hellblaue Flüssigkeit tropfte aus der faustgroßen Wunde, die der Thermostrahler in den Kristallleib gebrannt hatte. Das Ding löste mehrere Glieder von seinem Opfer, aber es machte keine Anstalten, von ihm abzulassen. Ogav schoss ein weiteres Mal. Und noch einmal.

Das schimmernde Wesen kreischte und wand sich. Obwohl es keine erkennbaren Augen, nicht einmal einen Kopf besaß, hatte Ogav das Gefühl, als würde es sie direkt anstarren, voller Hass. Der Strahler in ihrer Hand zitterte. Wie viel hielt dieses Ding denn noch aus?

Ihr Blick zuckte zu dem Soldaten, der nun flach auf dem Boden lag. Der schwarze Stoff seiner Uniform schimmerte feucht, wo sich die Kreatur festgekrallt hielt. Die Beine des Kristallwesens waren rot gefärbt.

Blut!, erkannte Ogav. *Das verdammte Ding hat ihn aufgespießt!*

Und wie es aussah, hatte es sie als nächstes Ziel auserkoren. Es zog die Glieder an, machte sich bereit zum Sprung.

Ogav grub die Zähne ineinander und feuerte erneut. Das leise Pfeifen hörte sie im selben Augenblick, als das Kristallding in der Luft zerplatzte. Etwas von der hellblauen Flüssigkeit traf sie im Gesicht. Hastig wischte sie das Zeug ab, blinzelte und sah auf. Mitten in Lordadmiral Monkeys missbilligendes Gesicht. Auf seiner Schulter hielt er einen Kompaktraketenwerfer.

»Was tust du hier?«, fragte er barsch.

»Ich …« Hilflos sah Ogav erst zu dem Verletzten, dann zu

Senna. Immerhin das Mädchen schien noch wohlauf, jedenfalls soweit sie es von hier aus feststellen konnte.

Monkey grunzte, packte die Mutantin und warf sie sich über die Schulter. »Wir gehen weiter.«

»Aber …« Was war mit dem Team? Waren sie etwa alle …

»Wir müssen weg. Die anderen werden uns finden«, sagte Monkey. »Aber unsere Angreifer auch, wenn wir uns weiterhin in der Gesellschaft eines ihrer Toten aufhalten.« Er nickte zu dem wirren Haufen Kristallzweige, die eben noch ein angriffslustiges Lebewesen gewesen waren.

Jetzt, wo es stilllag, sah Ogav, dass die kristalline Struktur nur eine dünne Hülle war, die das fleischige Innere verbarg. Es sah jedoch nicht aus, als würde das Ding aus Muskeln bestehen, vielmehr ähnelte die Beschaffenheit dem Inneren eines Blumenstängels, wenn auch um einiges größer als die Pflanzenfasern, die sie von Istark kannte.

Pflanzen. Ihre Angreifer waren Pflanzen – oder das, was auf Aldrey einer Pflanze entsprach. Halb kristallin, halb organisch.

Ogav riss sich von dem verwirrenden Anblick los. Jetzt war eindeutig nicht der Zeitpunkt, über die Eigenschaften der örtlichen Flora nachzudenken. Dieses Exemplar war tot, aber wer konnte schon sagen, wie viele seiner Artgenossen noch in der Umgebung lauerten? Monkey hatte recht, sie mussten hier verschwinden.

Sie trat zu dem Soldaten und wollte ihm auf die Beine helfen. Der Lordadmiral machte keine Anstalten, sie dabei zu unterstützen oder auch nur auf sie zu warten. Er ging ohne weitere Erklärung davon.

Als Ogav sich zu dem Mann im Einsatzanzug hinunterbeugte, erkannte sie auch, weshalb. Sein Mund stand offen, der Blick war gebrochen und leer.

Er war tot. Gestorben, weil sie zu spät geschossen hatte.

Oder zu früh. Oder an die falschen Stellen. Er war unmittelbar vor ihren Augen getötet worden, und sie hatte es nicht einmal bemerkt, bis es zu spät gewesen war. Sie hätte seinen Tod verhindern müssen und hatte es nicht getan. Und sie wusste nicht einmal seinen Namen.

Kapitel 19: Fürsorge

»Es ist Mellot«, stellte Bellagy leise fest.

Parr nickte wie betäubt. Auch wenn sie das Gesicht des Toten nicht sah, hatte sie es bereits befürchtet. Der blonde, bärtige Soldat war der Einzige, den sie vermisste. Der Einzige, den sie kannte ... gekannt hatte. Damit waren es bereits drei Tote, und sie waren gerade erst angekommen. Drei Tote, ein flugunfähiges Schiff, und der Lordadmiral und die unfreundliche QuinTech fehlten. Und Senna ebenso.

Der Gedanke an ihren verlorenen Schützling raubte Parr das letzte bisschen Distanz, das ihr noch geblieben war. Sie rieb sich die Stirn, aber diese hilflose Geste vermochte die Bilder nicht zu vertreiben, die sich ihr aufdrängten. Mellot war ein kräftiger Mann gewesen, bewaffnet und sicher kampferprobt. Senna dagegen war ein Kind, das noch dazu bewusstlos gewesen war, als Parr es zum letzten Mal gesehen hatte.

Was, wenn diese merkwürdigen Angreifer das Mädchen erwischt hatten? Wenn Senna nicht nur verschwunden, sondern tot war? Ein blutiger, zerstückelter Haufen Fleisch wie Mellot, nur kleiner?

Suchend sah Parr sich um, hin und her gerissen zwischen dem Wunsch, eine Spur zu ihrer Patientin zu finden, und der Angst vor dem, was sie womöglich finden könnte.

»Sie sind weg«, murrte Bellagy. »Andernfalls hätten sie sich schon wieder bemerkbar gemacht.«

Es kostete Parr einen Augenblick, ehe sie begriff, dass der Spezialist nicht von Senna, sondern von ihren Angreifern sprach.

»Ich bin mir sicher, sie haben uns auch vor dem Angriff schon beobachtet«, gab sie zurück. So dumm, wie er dachte, war sie noch lange nicht.

»Das stimmt.« Der Captain griff nach dem Thermostrahler des toten Agenten und steckte ihn in den Gürtel. Er stemmte die Hände auf die Knie und drückte sich in die Höhe. »Beobachten werden sie uns auch jetzt. Sie versuchen, uns einzuschätzen. Unsere Schwächen herauszufinden.«

Er redete, als wüsste er genau, wie die Angreifer dachten. Als hätte er keinen Zweifel daran, dass er genau wusste, womit sie es hier zu tun hatten. Aber er unterschätzte Parr, wenn er dachte, dass sie auf sein Getue hereinfiel. Bellagy tappte ebenso im Dunkeln wie sie. Nur weil seine Annahmen logisch klangen und in vielen Fällen sicher zutrafen, hieß das noch lange nicht, dass Aldrey nach seinen Vorstellungen funktionierte.

Sie wussten gar nichts, und die Einzige, die ihnen vielleicht eine Erklärung hätte liefern können, war verschwunden.

»Was ist, wenn sie Senna haben?«

Bellagy sah sie irritiert an. »Was meinst du?«

»Diese Kristall- oder Pflanzenwesen, was auch immer es waren … Was, wenn sie es auf Senna abgesehen hatten? Wenn sie uns nur angegriffen haben, um sie zu entführen?«

Parrs Hände zitterten leicht, als sie sich den Kampf in Erinnerung rief. Alles war so schnell passiert, dass sie kaum Gelegenheit gehabt hatte, zu begreifen, was überhaupt vor sich ging. Plötzlich hatte der Wald nur noch aus Dornen und durchscheinenden Schlingen bestanden. Die Pflanzen waren effizient und brachial vorgegangen. Aber der Vergleich zu dem, was sie Mellot angetan hatten, machte eines deutlich: Wenn es den Pflanzen darum gegangen wäre, sie zu vernichten, wäre der Kampf nicht so glimpflich ausgegangen.

»Wozu sollten sie das Mädchen mitnehmen?«, entgegnete Bellagy. »Was sollten sie mit der Kleinen schon anfangen?«

»Keine Ahnung. Aber sie haben Senna schließlich auch hergelotst.«

Bellagy schüttelte den Kopf und winkte ab. Ganz eindeutig hielt er nicht viel von ihrer Interpretation. »Selbst wenn sie es auf die Kleine abgesehen hätten, hätten sie Spuren hinterlassen. Ich habe QuinTech Ogav mit der Sicherheit des Mädchens beauftragt.« Er sah sich betont gründlich um. »Und ich entdecke hier kein Blut, außer dem von Mellot.«

Seine nüchterne Betrachtungsweise jagte Parr einen Schauer über den Rücken, doch sie zwang sich, die Lage mit seinen Augen zu beurteilen. Und musste zugeben, dass er recht hatte. Die QuinTech hätte Bellagys Befehl nicht verweigert. Sie hätte Senna verteidigt.

Parrs Blick fiel auf die zweite Leiche. Das Pflanzenwesen war von mehreren Treffern versengt worden. Von Mellot konnten sie nicht stammen, der Winkel war falsch. Demnach hatte jemand anderer auf das Ding geschossen. Womöglich Ogav. Und dann? War sie mit dem Mädchen geflohen? Mit der Waffe in einer Hand und einem ohnmächtigen Kind auf dem anderen Arm? So ganz konnte Parr sich das bei Ogavs eher zierlicher Statur nicht vorstellen, aber wer wusste schon, was sich unter dem Einsatzanzug der QuinTech verbarg? Die wahrscheinliche Erklärung war allerdings, dass Monkey bei ihnen war, was ihre Chancen erheblich verbesserte.

Angenommen also, ihnen war tatsächlich die Flucht gelungen – wohin waren sie verschwunden?

Frustriert stieß Parr den Atem aus, den sie unwillkürlich angehalten hatte. Wenn Senna wenigstens bei Bewusstsein wäre, dann könnten sie versuchen, sie zu kontaktieren. Vorausgesetzt, der Blocker, den Parr ihr verabreicht hatte, ließ das überhaupt zu.

Der Blocker.

Hastig tastete sie ihre Taschen ab. Sie musste nicht lange suchen. Die Pillendose war genau dort, wo sie sie hingetan hatte: in der rechten Außentasche ihres Einsatzanzugs.

»Mist!« Sie hielt Bellagy die Dose unter die Nase. »Wir müssen sie suchen!«

Der Spezialist hob die Brauen. »Ich sagte doch bereits, Senna ist nicht in Gefahr. QuinTech Ogav ist bei ihr, und wenn ich mich nicht irre, auch Lordadmiral Monkey.«

Großartig. Genau die beiden Leute, denen sie ein Kind am allerwenigsten anvertrauen würde. Monkey würde tun, was nötig war, um das Mädchen vor Angreifern zu schützen, und für diese Aufgabe gab es wohl niemanden, der besser geeignet wäre als der unsterbliche Oxtorner. Aber was wusste jemand wie Monkey schon von den Bedürfnissen einer Neunjährigen?

Doch darum ging es überhaupt nicht.

»Ich mache mir keine Sorgen um ihre physische Sicherheit!« *Jedenfalls nicht im Augenblick.* Parr hielt erneut die Dose mit den Blockern hoch und schüttelte sie. Zehn Blocker hatte sie eingepackt. Einen hatte sie in der ELANA verloren, einen Senna verabreicht. Die verbliebenen acht Tabletten klackerten vernehmlich in ihrer Umhüllung. »Diese Blocker wirken nur ein paar Stunden. Und das unter normalen Umständen. Unter dieser Belastung kann ich das nicht abschätzen.«

Bellagy schien immer noch nicht zu begreifen. »Und?«, fragte er.

»Sie wird den Verstand verlieren, wenn sie keinen Nachschub bekommt!«

Aus dem Augenwinkel bemerkte Parr, wie die anderen Teammitglieder neugierig zu ihnen herüberblickten. Mühsam zwang sie sich, ihre Stimme zu senken. »Es war bereits beim Anflug zu viel für sie. Wir wissen nicht, wie es ihr geht, sobald sie aufwacht. *Funktionsfähig* wird sie ohne den Blocker jedenfalls nicht sein.«

Sie hatte gehofft, ihn auf diese Weise daran zu erinnern, dass Senna für die Mission wichtig war, aber Bellagy blieb hart.

»Wir haben keine Zeit, um sie zu suchen.«

»Aber Monkey …«

»Wird nicht auf uns warten.« Bellagy sah sie an, mit einem Blick, der keinen weiteren Widerspruch duldete. »Wir sind zu einem Zweck hier, vergiss das nicht. Unsere Mission lautet, die Anlagen der Kerouten zu suchen und sie falls möglich zu desaktivieren, damit die Psi-Strahlung versiegt. Es geht hier nicht nur um deinen Schützling, sondern um die Menschen auf Istark.«

Und seine Waffenentwicklung. Parr fragte sich, ob Bellagys wahre Motivation wohl eher darin lag.

»Eine Suche hätte absolut keinen Sinn«, fuhr er fort. »Wer weiß, in welche Richtung sie gelaufen sind?«

Parr war fassungslos. »Also willst du einfach nichts tun?«

»Ich halte mich an unseren ursprünglichen Plan«, entgegnete Bellagy. »Wir suchen die Forschungsanlagen, wie besprochen. Die Wahrscheinlichkeit ist groß, dass Monkey genau dorthin unterwegs ist. Falls Senna wirklich Hinweise auf die Keroutenstation geben kann, wird sie Monkey zu den Anlagen führen. Und falls nicht …« Er zuckte mit den breiten Schultern. »Zwei Suchtrupps erhöhen die Chancen. Sobald die Anlagen desaktiviert sind, ist hoffentlich auch die Kommunikation mit den anderen wieder möglich, jedenfalls legt das unsere Erfahrung beim Anflug nahe. Das bedeutet, je eher wir die Station entdecken, desto eher sind wir in der Lage, uns mit dem Lordadmiral abzustimmen und einen Treffpunkt zu vereinbaren. Wir haben immer noch keine Ortung. Also ist das unsere beste Chance, die anderen wiederzufinden. Danach kannst du meinetwegen auch wieder die Fürsorgliche spielen, aber bis dahin reiß dich gefälligst zusammen.«

Unwillkürlich ballten sich Parrs Hände zu Fäusten. *Die Fürsorgliche spielen*? Was dachte der Kerl von ihr? Dass das alles nur Getue war? Nur weil er ein gefühlloser Klotz war, traf das noch lange nicht auf alle anderen zu!

»Und wenn niemand von uns die Anlagen findet?«, fragte sie. »Wenn wir tagelang durch diesen Dschungel irren? So lange hält Senna nicht durch!«

Bellagy verzog den Mund zu einer Grimasse, die Parr nicht deuten konnte. »Dann sollten wir hoffen, dass es nicht so lange dauert«, meinte er.

Allmählich fragte sie sich, ob er in Wahrheit nicht bloß als Erster ans Ziel gelangen wollte, um sich den guten Ruf zu sichern. Sennas Zustand schien ihm jedenfalls völlig gleichgültig zu sein. »Ich werde nicht zulassen …«

»Nein, Leutnant«, schnitt Bellagy ihr scharf das Wort ab. »*Ich* werde nicht zulassen, dass du die Mission und das Leben meiner Männer gefährdest, nur um ein Kind zu verhätscheln, das sich bereits in der Obhut des Lordadmirals befindet.« Als hätte der Gebrauch ihres Rangs noch irgendwelche Zweifel offengelassen, fügte er hinzu: »In Monkeys Abwesenheit leite *ich* diese Mission. Du tust, was ich sage.«

»Aber …«

»Schluss jetzt. Mein Entschluss steht. Wir setzen die Suche nach den Forschungsanlagen fort. Das ist ein Befehl. Wenn du glaubst, einen besseren Plan zu haben, bitte sehr. Es steht dir frei, dich alleine durch den Wald zu schlagen und nach Monkey und dem Mädchen zu suchen.«

Damit wandte er sich um, ohne auf ihre Antwort zu warten. Er vergeudete keine weitere Zeit. Mit ein paar knappen Befehlen rief er den Rest seiner Truppe in die Formation zurück.

Voller Verzweiflung sah Parr der Kampfgruppe nach. Nur ein paar Schritte, dann verschlang das Kristalldickicht die schwarzen SERUNS. Einer nach dem anderen traten die Soldaten ein in das Zwielicht aus leuchtenden Kristallen und dunklem Sternenhimmel.

Als zuletzt auch noch Bellagy verschwand, ohne sich noch einmal nach ihr umzudrehen, blieb Parr keine andere Wahl mehr. Sie gab sich einen Ruck und folgte dem Captain.

Kapitel 20: Istark

Es war kein heimliches Anflugmanöver, das Perry Rhodan vornahm. Im Gegenteil, er hatte seine Ankunft ordnungsgemäß registrieren lassen. Allerdings im zivilen Raumhafen, der vor allem für planetare Flüge genutzt wurde, und auch erst, als er nah genug an Istark herangekommen war, um seine eigentliche Herkunft zu verbergen. Zudem hatte er den Kurierkreuzer außerhalb des Systems Position beziehen lassen, um den letzten Teil der Reise mit einer Space-Jet vorzunehmen. Dem Anschein nach hätte er den Raumhafen auch einfach von einem der Produktionsgebiete außerhalb von Nukant anfliegen können.

Eher früher als später würde die USO von seinem Auftauchen erfahren, und man sollte ihm nicht vorwerfen können, sich wie ein Spion eingeschlichen zu haben. Er wollte dem Geheimdienst allerdings auch keine Gelegenheit geben, ihn hinauszukomplimentieren, ehe er sich selbst ein Bild von den Zuständen auf Istark gemacht hatte.

Vingadens Informationen über Istark waren fundiert, doch sie beschränkten sich zum großen Teil auf die politische und wirtschaftliche Lage der Kolonie. Das Tagesgeschehen hatte Rhodan per Positronik abhören wollen, war jedoch gescheitert. Zuerst hatte ihn das noch nicht weiter verwundert. Arrak war ein kleines System und Istark war der einzige bewohnte Planet darin. Es gab keinen Grund, unnötige Energie und Technik aufzuwenden, um Trivid-Programme ins All senden zu lassen, die niemand empfangen würde.

Als er jedoch das System erreicht hatte und aus dem Linearraum ausgetreten war, hatte er seinen Irrtum erkannt. Istark verfügte sehr wohl über leistungsstarke Satelliten. Allerdings gehörten die meisten davon keinen Sendern, sondern der Regierung – und wenn Rhodan raten müsste, würde er darauf tippen, dass sie unter dem Einfluss der USO standen und Signale eher unterdrückten, als sie zu verstärken.

Ein Grund mehr, nicht auf Bellagys Berichte zu vertrauen.

Noch während seines Anflugs bemerkte Rhodan zwei gewaltige Rauchsäulen, die zwischen den größtenteils gedrungenen Gebäuden der Stadt aufstiegen. Ein Großaufgebot an Rettungs- und Einsatzgleitern der Brandbekämpfung umschwirrte die beiden Zonen. Die erste schien nur ein einzelnes Gebäude zu umfassen, doch diejenige näher am Stadtzentrum quoll aus einem rußigen Krater von fast zweihundert Metern Durchmesser – eine großflächige Explosion, schätzte Rhodan. Kein gutes Zeichen.

Er aktivierte den Funk und ließ die Positronik nach den lokalen Nachrichten suchen. Und die waren weit schlimmer, als er angenommen hatte.

Die Brände waren nicht das einzige Thema, das die Stadt beschäftigte. Als Rhodan über dem ihm zugewiesenen Landeplatz des Raumhafens in den Sinkflug ging, begleiteten ihn bereits die Berichte und Bilder zahlreicher Demonstrationen, die in der Stadt tobten. Die einen gingen gegen die Zwangsmedikation von Kindern auf die Straße, die anderen, weil sie die Wartezeiten auf ebendiese Behandlung als unmenschlich erachteten oder sie eine Antwort auf die Frage verlangten, weshalb die Regierung nicht früher mit den Tabletten herausgerückt war. Wozu die Präsidentin offenbar beharrlich schwieg.

Und dann gab es natürlich noch die andere Fraktion. Die, von der Rhodan seit Jahrtausenden hoffte, sie endlich verschwinden lassen zu können, und die dennoch hartnäckig immer wieder auftauchte – besonders gerne in schwierigen Zeiten wie diesen. Diesmal richtete sie sich gegen die betroffenen Kinder, forderte Schutz vor den Mutanten, die selbst dringend Hilfe benötigten. Als wären es nicht ihre Nachbarn und Freunde, die sie da verteufelten, sondern eine fremde Spezies. Rhodans Erfahrung hatte ihn gelehrt, dass sie das wohl tatsächlich so empfanden.

Diese Gruppe war zum Glück klein. Aber sie war laut, und je weiter die Situation auf Istark eskalierte, desto mehr Beachtung würde sie finden. Umso wichtiger, dass er rasch eine Lösung fand. Doch zuerst einmal musste er das Problem verstehen.

Sanft setzte er die Jet auf dem Landeplatz K-79 ab. Transportgleiter und behäbige Frachter von mehreren hundert Metern Länge säumten die Jet und ließen sie geradezu winzig wirken.

Umso besser. Dadurch würde der kleine Raumer nicht so rasch auffallen.

Rhodan verließ das Schiff und winkte einen der Leihgleiter heran, die per Autopilot über den Landeplatz zogen, auf der Suche nach zahlfreudiger Kundschaft. Zweifellos hatte man – also wohl die USO – bereits seinen Namen auf der Landeliste gesehen, das war ihm Aufmerksamkeit genug. Er wollte niemanden unnötig provozieren. Noch nicht, jedenfalls.

Also stieg er in den Gleiter, erlaubte der Bordpositronik die Verbindung zu seinem Multifunktionsarmband, um den Abbuchungsauftrag zu genehmigen, und wartete, bis er die Lenkfreigabe erhielt. Mit einem leisen Summen desaktivierte sich der Autopilot, und er konnte den Gleiter hochziehen. Noch ehe er volle Geschwindigkeit erreichte, hatte Rhodan den kleinen Raumhafen bereits hinter sich gelassen. Istark war wahrlich nicht auf Besuch ausgerichtet.

Die Berichte, die Vingaden ihm hatte zukommen lassen, hatten diesen Eindruck bestätigt. Eine autarke Welt, wie es vor langer Zeit auch die Erde einmal gewesen war. Die Hyperstürme in der Sarkassian-Wolke schränkten den Raumverkehr in dem ohnehin uninteressanten System ein, und die Istarker schienen keinen Grund zu sehen, das zu ändern. Der Warenimport und -export lief – sofern es die Hyperstürme zuließen – über Transmitter ab, und für den Rest genügte der überschaubare Raumhafen scheinbar vollauf.

Eine solche Isolation konnte große Spezialisierungen hervorbringen, wie Rhodan wusste. Aber sie führte auch dazu, dass man mit seinen Problemen rasch allein dastand. Besonders dann, wenn auch noch ein Geheimdienst seine Finger im Spiel hatte und Dinge lieber vertuschte, als Hilfe von außerhalb anzufordern.

Grimmig betrachtete Rhodan die Rauchsäule, die sich immer noch am Horizont abzeichnete. Er hoffte, dass er nicht zu spät kam. Und dass er überhaupt irgendetwas ausrichten konnte, außer bloß sein Beileid zu bekunden.

Seinem Instinkt folgend, steuerte er die größere der beiden Brandstellen an. Dort konnte er vielleicht Näheres herausfinden – oder zumindest seine Hilfe anbieten. Als er die Unglücksstelle erreichte, hatte sich die dichte Rauchsäule bereits zu kleinen grauen Fäden aufgelöst, die hie und da noch in die Luft kräuselten.

Rhodan landete in angemessenem Abstand zu den Löscheinheiten und stieg aus. Augenblicklich traf ihn der beißende Gestank von verbranntem Baumaterial und verschmortem Plastik, den die Luftfilter des Gleiters bisher zurückgehalten hatten. Er musste gegen das Brennen in seinen Augen anblinzeln und unterdrückte ein Husten. Während er so flach wie möglich atmete, blickte er sich aufmerksam um. Arraks Licht war weißer als das von Sol, weshalb alle Konturen flacher und zugleich schärfer erschienen, als sie es auf der Erde getan hätten. Allerdings hätte Rhodan bei dem Anblick, der vor ihm lag, nichts gegen ein wenig Unschärfe eingewandt. Wie es aussah, hatte er mit seiner Einschätzung richtiggelegen. Etwas war explodiert – und hatte dabei mindestens zwei Gebäude in Schutt und Asche gelegt.

Vorsichtig schritt Rhodan über Schutt und Trümmer hinweg, die unter seinen Sohlen zerbröselten, als wären sie aus Sand. Er trat an den Rand des Kraters und gesellte sich damit zu den Schaulustigen, die in den rauchenden Abgrund hinabsahen. Es widerstrebte ihm, zu gaffen. Aber was er dort unten sah, ließ selbst ihn innehalten.

Rhodan hatte schon viele Brände gesehen. Die Ergebnisse abgestürzter Raumschiffe, von Explosionen, Bomben und Thermokanonen. Wäre er gezwungen zu raten, was hier geschehen war, hätte er auf ein havariertes Schiff getippt, das die Gebäude erst zum Einsturz gebracht, dann explodiert und anschließend spurlos verschwunden war. Anders konnte er sich den Anblick nicht erklären, der vor ihm lag. Der Brandherd selbst war auf ein Areal begrenzt, das nicht einmal ein Zehntel des Kraters ausmachte – und er lag nicht im Zentrum der Unglücksstelle.

Außerdem zeigten die Trümmer keine Anzeichen, dass sie in einen Brand verwickelt gewesen waren. Vielmehr schien die Explosion ein bereits eingestürztes Gebäude einfach nur im Umkreis verteilt zu haben. Aber das würde nicht erklären, was mit den beiden Anlagen geschehen war. Der Größe des Trümmerfelds und den Bruchstücken im Krater nach zu urteilen, musste es sich um Hochhäuser von mittlerer Größe gehandelt haben. Die hätte man kontrolliert einstürzen lassen. Nicht so, dass mehrere Rettungstransporter notwendig wurden.

Mit der Stiefelspitze stieß Rhodan gegen einen Brocken, den er für soliden Beton gehalten hätte. Das steinartige Ding zerfiel schon bei der kleinsten Berührung zu Staub.

»Was ist hier passiert?«, murmelte er.

Er hatte keine Antwort auf diese Frage erwartet. Die Frau neben ihm gab sie trotzdem.

»Eingestürzt«, sagte sie. »Ich hab's genau gesehen. Der gesamte Hotelkomplex ist in sich zusammengefallen, einfach so.«

Rhodan wandte sich zu ihr um. Das Gesicht unter dem leuchtend roten Haar wirkte jung, doch die kleinen Narben an ihren Schläfen und an den Ohren verrieten, dass diesem Umstand nachgeholfen worden war. Er schätzte sie auf hundertzehn, vielleicht älter. Ob sie damit alt genug war, um zu wissen, wovon sie sprach, oder eher alt genug, um Nichtigkeiten aufzubauschen, war eine andere Frage.

»Und die Explosion?«, erkundigte er sich.

»Der Energiespeicher«, gab sie enthusiastisch Auskunft. »Das *Ahella* hat über einen traumhaften Wellnessbereich verfügt ...« Sie schnalzte missbilligend mit der Zunge. »Tja. Das Ding ist in die Luft geflogen, als das Haus zusammengekracht ist. Eine Schande ist das.«

Ein Hotel also. Rhodan hoffte, dass sich mitten am Tag kaum jemand darin aufgehalten hatte, aber er wusste selbst, dass dieser Wunsch illusorisch war. Ein Unternehmen dieser Größe und Preisklasse musste über viel Personal verfügen – richtiges menschliches Personal, für das eine bestimmte Art Reisender gern tief in die Tasche griff.

Er schob den unbehaglichen Gedanken beiseite. Wem zu helfen war, den hatten die Rettungskräfte inzwischen geborgen. »Aber warum genau ist das Hotel eingestürzt?«, hakte er nach. »Gab es eine Erschütterung? Einen Brand?«

Die Frau zuckte mit den Schultern, ihr Gesicht eine starre

Maske des Desinteresses, gepaart mit den Folgen ihrer Schönheitsoperation.

»Das war einer dieser Mutanten«, murrte eine männliche Stimme hinter Rhodan.

Er drehte sich um und musterte den Sprecher. Klein, dick, die Haut ein wenig zu blaustichig, um auf rein plophosische Ahnen zurückzugehen. »Wie kommst du darauf?«, fragte Rhodan.

»Hab ihn gesehen«, gab der Mann Auskunft. »So ein mageres Bürschchen, den sie aus den Trümmern gezogen haben. Hat geheult wie ein Ertruser, dem man sein letztes Rinderviertel gestohlen hat.«

»Weil seine Eltern noch unter dem Schutt waren«, wies die Rothaarige ihn kalt zurecht. An Rhodan gewandt fuhr sie fort: »Keine Ahnung, wie der Junge das überhaupt überlebt hat, der stand einfach da, als alles um ihn herum eingestürzt war. Total unter Schock, hat sich kein Stück bewegt. Sie haben ihn gerade noch rechtzeitig rausgeholt, bevor der Energiespeicher explodiert ist.«

Also war die Explosion tatsächlich nur eine Folge des Einsturzes gewesen. Nicht, dass diese Erkenntnis großartig zu Rhodans Verständnis beitrug. Erneut zerbröselte er ein Trümmerstück mit der bloßen Berührung seines Stiefels. Er kannte nichts, das massive Bausubstanz porös wie Staub machte, der nur von der Erinnerung an seine Form zusammengehalten wurde. Aber wenn das das Wirken eines unbekannten Parabegabten war, würde das erklären, weshalb das einstürzende Gebäude ihm nichts angehabt hatte. Seine Eltern hatte er damit nicht schützen können.

»Wo ist der Junge jetzt?«, fragte Rhodan, um Fassung bemüht. »Wo hat man ihn hingebracht?«

Die Frau zuckte wieder nur mit den Schultern.

»Togahan-Klinik«, warf der Mann ein. »Die ist an das Pädiatrische Beobachtungszentrum angeschlossen. Angeblich bringen sie dort die besonders harten Fälle hin. Wenn ihr mich fragt, die gehören ja generell alle …«

»Danke«, unterbrach Rhodan den Wortschwall des Mannes, ehe der etwas sagte, was Rhodan nicht so leicht überhören konnte. Er wandte sich um und marschierte mit ausgreifenden Schritten davon.

Nicht schnell genug, um den aufkeimenden Streit hinter sich nicht zu hören.

»Das wird man doch wohl noch sagen dürfen …«

»… ein Kind, das gerade aus Versehen seine Eltern umgebracht hat, und du glaubst wirklich, der Junge hat das absichtlich gemacht?«

»Ich sage ja, die Mutanten sind eine Gefahr und müssen weggesperrt werden!«

»Und wenn es dein Kind wäre, würdest du das dann auch sagen?«

»Dann erst recht! Schon vergessen, was hier passiert ist?«

Rhodan stieg in seinen Gleiter und ließ die Tür herabklappen. Am liebsten hätte er sie eigenhändig zugeschlagen. Viel zu langsam schloss sich die hydraulische Klappe und schnitt endlich die Stimmen der beiden Diskutierenden ab.

Erschöpft sank Rhodan im Sitz zurück. Er schloss für einen Moment die Augen und sammelte Kraft, ehe er sein nächstes Ziel ansteuerte: die Togahan-Klinik.

An der Klinik selbst gab es kein Durchkommen, da konnte Rhodan versuchen, was er wollte. Die Proteste, deren Anfänge er in den Nachrichten beobachtet hatte, hatten weiter zugenommen. Hier waren es zwei Gruppen, die sich versammelt hatten.

Diejenigen, die sich lautstark gegen die Zwangsvergabe der Blocker aussprachen, mit Holoschildern winkten und ihre Reden über Akustikfelder verstärkten.

Und die andere Seite. Ruhiger, obwohl zahlreicher. Sie tönten nicht, ihr Protest war stumm. Über ihren Köpfen schwebte ein gewaltiges Holobanner, das nur eine einzige Botschaft zeigte: »Präsidentin Sho lässt unsere Kinder sterben!«

Rhodan sah einzelne Schilder, zwang sich, in die Gesichter der Kinder zu blicken, für die die Vergabe der Blocker zu spät gekommen war. Jalira, sechs Jahre. Elfat, neun. Posia, drei. Von ihrem Fall hatte er in den Nachrichten gehört, eine unentdeckte Teleporterin, die sich halb in die Wand des heimischen Kühlschranks teleportiert hatte. Drei Tote. Die Kinder der restlichen Eltern befanden sich vermutlich gerade in der Klinik zur Behandlung, jedenfalls hoffte Rhodan das. Drei tote Kinder waren bereits mehr, als zu verantworten war.

Aber hier würde es nicht aufhören. Der neutrale, ernste Ausdruck, um den er sich bemühte, erstarrte auf seinem Gesicht, als er die nächste Holobotschaft las. Er fühlte den kalten Schauer, der ihn von innen heraus durchlief und eine Gänsehaut über seine Arme jagte. »Blocker für alle!«, las er. »Schluss mit der Zweiklassengesellschaft!«

»Ich dachte, die Medikamente werden bereits an alle ausgehändigt«, wandte er sich an die Frau neben sich.

Sie trug kein Schild, doch die rotgeweinten Augen verrieten, dass auch sie aus persönlichen Gründen hergekommen war. Zur Antwort auf seine Frage verzog sie gequält den Mund. »Und das glaubst du?« Sie schüttelte den Kopf, neue Tränen flossen ungehindert über ihre Wangen. »Sie haben das Problem unterschätzt. Haben wohl geglaubt, sie verteilen ein paar Pillen und fertig. Aber es sind zu viele Kinder, und die Anfälle werden immer schlimmer …« Sie nestelte an ihrem Multifunktionsarmband herum und hielt ihm ein Holo unter die Nase, das einen grinsenden, zahnlückigen Jungen zeigte. »Er sieht die Vergangenheit seiner Umgebung, wenn er träumt. Und statt ihm zu helfen, sedieren sie ihn! In einem Krankenhaus voller Verrückter und Kranker und …« Ihre weiteren Anschuldigungen gingen in einem Schluchzen unter.

»Ich verstehe nicht ganz … Wieso sediert man deinen Sohn?«

»Weil es günstiger ist, als ihm Blocker zu verabreichen.« Der Zorn trieb ihr neue Tränen in die Augen, doch ihre Stimme machte er scharf. »Es interessiert sie nicht, welche Probleme die Kinder haben – wer dafür zahlen kann, bekommt Blocker. Wer keine Beziehungen oder Galax hat, wird einfach nur ruhiggestellt. Für die Regierung ist das Problem damit erledigt.«

Es fiel Rhodan schwer, das zu glauben. Gerade eine Präsidentin, die dermaßen unter dem Einfluss der USO stand, wie es den Anschein hatte, konnte sich keine derartig offensichtliche Bestechung leisten.

Die Präsidentin vielleicht nicht, aber was ist mit den Ärzten?

Er sah zu dem mit weißen Platten versehenen Gebäude auf, dessen großzügige Fensteranlagen mit Verdunkelungsschotten abgeriegelt waren. Der Grund dafür lag eindeutig nicht im strahlenden Schein der Sonne, die sich hinter dem Krankenhaus bereits dem Horizont näherte und die Front in tiefe Schatten tauchte. Forschungsgelder und Förderungen konnten nie genug fließen, das war auf Istark vermutlich nicht anders als auf anderen Planeten. Eher schlimmer, wenn man die Autarkie bedachte, in der sich das System befand. Andernorts wurden Ergebnisse einfach zugekauft. Hier dagegen …

Rhodan schüttelte den Kopf. Er sah das Ganze zu engstirnig, zu geringschätzend. Hier hatte man immerhin ein Medikament entwickelt, das es, soweit er wusste, kein zweites Mal gab.

Die USO förderte die Forschung sehr wohl, wenn auch nur auf sehr speziellen Gebieten. Dafür genau auf den richtigen, wenn man die spezielle Situation bedachte, in der Istark sich im Moment befand.

Was bedeutete, dass er genau dort ansetzen musste – bei der USO. Es wurde Zeit, dass er sich dem Geheimdienst zuwandte. Er hatte genug gesehen, genug gehört. Schließlich war er nicht hier, um tatenlos zuzusehen. Er wollte helfen. Dem Planeten, seiner Bevölkerung – und wenn er daran scheiterte, dann zumindest einem kleinen zahnlückigen Jungen, der Angst vor den Visionen in seinen Träumen hatte.

Kapitel 21:
Gejagt

Parr spürte den Angriff, bevor sie ihn sah. Ein kaum merkliches Vibrieren in der Luft, eine leichte Veränderung in der klirrenden Geräuschkulisse des Dschungels. Dann war der Feind auch schon heran.

Mitten in ihrer Gruppe tauchten die agilen Pflanzenwesen aus dem starren Waldgebilde auf, lösten sich von den kristallinen Stämmen und aus dem filigranen Geäst. Dornenbewehrte Wurzeln drangen aus dem Boden und schossen auf sie zu, schlangen sich um Beine und rissen bereits die ersten Männer zu Boden. Instinktiv zog Parr ihren Thermostrahler hoch und feuerte auf das Ding, das sich auf Bellagy stürzte.

Der erste Schuss zeigte wenig Wirkung – zumindest nicht die, die Parr erhofft hatte. Ein stumpfer Schatten erschien auf der schillernden Oberfläche, wo ihr Strahl die Kreatur getroffen hatte. Der Treffer hatte nicht gereicht, um die harte Struktur zu durchdringen. Er hatte das Ding nur wütend gemacht. Mit einem Kreischen, das klang, als würde man ein ganzes Besteckset über Porzellan ziehen, fuhr es herum.

Immer noch konnte Parr keine Anatomie in dem Kristallgeäst des Wesens ausmachen. Kein Kopf, kein Rumpf, kein Herz ... Nur sich verzweigende, kreuzende und wild peitschende Zweige, die ohnehin schon wenig Angriffsfläche boten. Wie konnte etwas leben, das keinen Mund besaß, um sich zu ernähren? Wie orientierten sich diese Wesen? Wo saß ihr Gehirn, ihr zentrales Nervensystem? Was steuerte sie? Hatten sie überhaupt einen eigenen Willen, oder waren es bloß hirnlose Drohnen, eine koordinierte Abwehreinheit der Kerouten?

All diese Gedanken schossen in Sekundenbruchteilen durch ihren Kopf, während ihr Körper längst reagierte. Auch wenn sie im Innendienst arbeitete und ihr letzter Einsatz Jahre zurücklag – ihre Ausbildung ließ kein Zögern zu. Der zweite Schuss traf das Kristallding frontal in einen Knotenpunkt des dicken Zweigs, den es ihr zugewandt hatte, und diesmal drang er durch die schützende Hülle der Kreatur. Blau leuchtende Flüssigkeit troff aus dem Loch, das der Thermostrahler in den Kristall gebrannt hatte.

Doch Parr blieb keine Gelegenheit, ihren Erfolg auszukosten oder nachzusetzen. Das Kristallgebilde zog sich zusammen und schnellte auf sie zu, spitze Astnadeln nach ihr ausgestreckt. Augenblicklich warf Parr sich zu Boden, um nicht aufgespießt zu werden. Sie spürte ein Reißen, hörte das Zischen eines Strahlers. Sie rollte herum, kam in derselben Bewegung auf die Beine und hatte auch schon wieder ihre Waffe erhoben.

Zu spät. Ihr Gegner lag ausgestreckt und leblos auf der Erde, nur noch ein Geäst von vielen. Sein Blut versickerte zwischen den Wurzeln.

Parr sah auf und blickte in Bellagys Gesicht. Der Ausdruck darauf war nicht zu deuten. Beinahe hätte Parr sich für die Rettung bedankt, verbiss sich eine entsprechende Bemerkung allerdings im letzten Moment – er hatte sich nur revanchiert, immerhin hatte sie gerade eben das Gleiche für ihn getan. Also tastete sie stattdessen über ihren Rücken, dort, wo sie den Widerstand gespürt hatte, als sie sich zu Boden geworfen hatte. Die Sensoren ihres Kampfanzugs übertrugen die haptischen Informationen direkt auf ihre Haut und meldeten einen Riss von der Länge ihrer Handfläche. Das war verdammt knapp gewesen!

Bellagy hatte sich indessen bereits wieder dem nächsten Gegner zugewandt. »Formation annehmen!«, schrie er, während er zwei schnelle Schüsse in das Geäst links von sich feuerte. »Sammelt euch, Rücken an Rücken!«

Nicht, dass es nötig gewesen wäre, der Truppe zu erklären, was zu tun war. Noch ehe Bellagy seinen Befehl zu Ende gebrüllt hatte, bildeten die Soldaten einen Kreis, die Waffen im Anschlag, den Rücken durch ihre Kameraden gedeckt. Parr kam Seite an Seite mit dem Captain zu stehen, etwas, das sie nur beiläufig zur Kenntnis nahm. Ganz gleich, was sie menschlich von ihm halten mochte – an seiner Qualifikation zweifelte sie nicht, und die war alles, was sie interessierte angesichts der Gegner, die sie drohend umkreisten.

Parr zählte vier der Kristallwesen, mindestens. Es war schwer, ihre genaue Zahl zu erkennen. Das Durcheinander an Gliedmaßen, wenn man es denn so nennen wollte, bewegte sich so unvorhersehbar und eng beisammen, dass ihre Verästelungen mal zu der einen, mal zu der anderen Gestalt zu gehören schienen.

»Was wollen die?«, rief jemand hinter Parr.

Als hätten die Kreaturen nur darauf gewartet, sprangen sie auf den Ring der Verteidiger zu. Sie agierten wie ein einziges Wesen, wie eine gewaltige Schlinge, die sich zuzog, gespickt mit gläsernen Dornen.

Parr krümmte den Finger um den Abzug, feuerte im gleichen Atemzug wie die Männer links und rechts von sich. Die Angreifer zuckten zurück. Blaues Blut tropfte zu Boden, doch Parr konnte keine Verletzungen sehen. Sie kreisten erneut. Ihre Zweige schabten über das Wurzelgewirr, ihre glatte Oberfläche schimmerte bei jeder ihrer abrupten, abgehackten Bewegungen.

Ist das eine Drohung?, fragte sich nun auch Parr. *Wollen sie uns abschrecken? Oder uns hier festsetzen?*

Wieder gingen sie ohne die geringste Vorwarnung zum Angriff über. Kein Befehl, jedenfalls keiner, den Parr hätte ausmachen können. Nur ein schneller, einheitlicher Vorstoß, den die Menschen erneut mit ihren Thermostrahlern abwehrten, und ein ebenso schneller Rückzug.

Parr keuchte. Ihr eigener Atem klang laut und rasselnd in ihren Ohren, die nervliche Anspannung ließ ihre Muskeln zittern. Sie musste sich zusammenreißen, um den Strahler ruhig zu halten. Ihr Blick huschte über die kreisenden Gestalten, suchte nach einem Anhaltspunkt, einem Gegner, auf den sie sich konzentrieren konnte. Unmöglich. Die schimmernden Formen verschwammen vor ihren Augen zu einem Gewirr, das keinen Anfang und kein Ende besaß. Wie eine Horde Zebras, deren Streifen verhinderten, dass Raubtiere ein einzelnes Opfer herauspicken konnten. Nur dass in diesem Fall das Durcheinander nicht dazu diente, Beutetiere im Schutz der Herde zu verstecken. Was auch immer diese Dinger sein mochten – sie waren keine Beute. Sie lauerten, als würden sie nur auf einen Fehler der Humanoiden warten.

Und der kam früher, als Parr gedacht hätte.

Der Mann neben ihr feuerte. Ein Inititativschlag, der seinen Gegner unvorbereitet traf. Der Thermostrahl brannte sich durch einen armdicken Kristallast und ließ diesen klirrend zu Boden krachen. Das angegriffene Wesen löste sich aus der Form, die es mit den anderen gebildet hatte, und bäumte sich auf. Zwei weitere Schüsse trafen den Stamm, beziehungsweise das, was einem Rumpf am nächsten kam, ehe Parr und der Rest der Truppe sich aus ihrer Schockstarre lösten und sich dem Angriff anschlossen. Mit vereintem Feuer streckten sie das Kristallding endgültig nieder.

Der Preis dafür war jedoch hoch. Noch während das Wesen vor ihnen zusammenbrach, ertönte hinter Parr ein Schrei. Sie wirbelte herum und sah gerade noch die wild um sich schlagenden Arme des Soldaten, der vergebens versuchte, sich an den gläsernen Wurzeln festzukrallen. Dann war er auch schon im Dickicht verschwunden.

Bellagy fluchte. Zu Recht. Sie hatten die Formation aufgegeben und dadurch einen Schwachpunkt offenbart. »Astul, Telphat!« Er sah die entsprechenden Männer nicht an, hastete bereits hinter dem Entführten her. »Gebt uns Rückendeckung!«

Unsicher, in welcher Rolle sie das zurückließ, schloss Parr sich Bellagy und den anderen Verfolgern an, während die beiden Soldaten ihren Fokus auf das richteten, was hinter ihnen lag. Ihr Gefühl sagte ihr, dass die kristallenen Pflanzenwesen nicht ein zweites Mal von hinten angreifen würden – sie hatten bekommen, was sie wollten.

Parr rannte, so schnell sie konnte, um mit Bellagys Trupp mitzuhalten. Sie sprang über Wurzeln und brach durch das harte Unterholz, blieb nur knapp hinter den anderen. Trotzdem waren sie nicht schnell genug. Die Schreie, die ihnen die Richtung wiesen, wurden zunehmend leiser – und schriller. Diese Biester fanden auch noch Gelegenheit, ihn zu quälen, während sie ihn in rasantem Tempo durch den Wald zerrten.

Schneller, mahnte Parr sich. *Wir müssen ihn einholen!* Sie legte all ihre Kraft in die Beine, sprintete an dem Soldaten vor sich vorbei. Sie mussten es schaffen.

Abrupt rissen die Schreie ab. Parr sprang zur Seite, um nicht in den Mann hineinzulaufen, der plötzlich vor ihr stehengeblieben war. Sie lief noch ein paar Schritte weiter, doch als sie Bellagy erreichte, der stocksteif dastand und in das Dickicht vor sich starrte, kam auch sie zu einem Halt.

»Wieso bleiben wir stehen?«, wollte sie wissen. Sie hasste die Verzweiflung, die Naivität, die sie in ihrer eigenen Stimme hörte.

Bellagy musste sie auch gehört haben. Er warf ihr einen finsteren Blick zu. »Es ist zu spät. Wir können nichts mehr für ihn tun.«

»Aber …« Sie wusste, dass er recht hatte. Trotzdem konnte sie nicht glauben, dass er einfach so aufgab.

»Kein Aber.« Bellagy wandte sich zu seiner Truppe um. »Sammeln! Wir gehen weiter.«

»Das kann doch nicht dein Ernst sein!« Fassungslos stapfte Parr ihm hinterher. »Was ist mit deinem Mann? Ist der dir gleichgültig?«

Er machte sich nicht einmal die Mühe, sich zu ihr umzudrehen. »Es ist zu spät für ihn. Und selbst wenn nicht, wir haben keine Möglichkeit, ihn zu finden.« Er hob den Arm, an dessen Handgelenk das nutzlose Multifunktionsarmband hing. »Keine Positronik, keine Ortung, kein Lebenszeichen.«

»Also lassen wir ihn einfach im Stich.«

Bellagy fuhr herum, so abrupt, dass Parr zurückwich, um aus seiner unmittelbaren Nähe zu kommen. Sein Blick wirkte, als würde er sie am liebsten eigenhändig ins Dickicht befördern. »Ich lasse hier niemanden im Stich!«, schnauzte er. »Ich habe hier noch sechs weitere Männer, die meiner Verantwortung unterstehen. Soll ich ihr Leben auch noch riskieren? Was würdest du tun, Leutnant Parr? Wie würdest du vorgehen, um Henush in diesem Dschungel wiederzufinden?«

»Ich …« Völlig überrumpelt suchte Parr nach einer Antwort. Sie fand keine.

»Das dachte ich mir.« Bellagy schüttelte den Kopf. Seine Schultern sackten herab, jegliche Angriffslust wich aus seiner Haltung. Zurück blieb ein müder Mann. »Ich trage die Verantwortung für diesen Einsatz und für diese Leute. Ich kann nicht noch mehr von ihnen verlieren.«

Verstohlen sah Parr sich um, doch die anderen waren bereits

weitergegangen. Niemand außer ihr hatte Bellagys Worte gehört. Zum Glück. Es hätte den Männern nicht geholfen, wenn sie zusahen, wie ihr Captain die Nerven verlor.

»Es ist nicht deine Schuld«, erwiderte sie leise und im besten Therapeutentonfall. Normalerweise waren Kinder ihre Patienten, aber das bedeutete nicht, dass ihre Tricks bei Erwachsenen weniger Wirkung zeigten. »Der Lordadmiral …«

»Nein«, unterbrach Bellagy sie müde. »Ich allein habe versagt. Es war meine Aufgabe, das Team zusammenzuhalten.« Er seufzte und setzte sich wieder in Bewegung.

»Diese Männer sind erfahrene Söldner. Sie wussten, worauf sie sich bei diesem Einsatz einlassen.«

»Ach ja?« Bellagy stieß ein freudloses Lachen aus. »Wusstest du das denn?« Ihr verblüfftes Schweigen schien ihm Antwort genug. »Diese Leute sind für mich nicht irgendwelche Soldaten. Es sind *meine* Leute. Sie sind nur hier, weil ich um die Leitung dieses Einsatzes gebeten habe.« Er senkte die Stimme noch weiter. »Ohne mich würden Mellot, Henush und die beiden anderen zu Hause bei ihren Familien sitzen, und nicht …«

Er ließ die letzten Worte unausgesprochen. Parr konnte auch so den Schmerz spüren, den sie bei Bellagy verursachten. Sie wusste nicht, was sie mehr überraschte. Dass er keineswegs nur der gefühllose Klotz war, als den sie ihn hatte sehen wollen – oder dass sie tatsächlich Mitleid mit ihm empfand.

Kapitel 22: Zimmer 3046

Es war unmöglich, die Zentrale der Polizei- und Sicherheitsbehörde zu verfehlen. Mit ihren gut dreißig Stockwerken überragte sie die umliegenden Gebäude, inklusive des Regierungssitzes, der sich trotz seiner fein strukturierten, silberschwarzen Fassade kümmerlich gegen die Zentrale des Sicherheitsdienstes ausmachte. Das Gebäude war imposant, auf eine massive, abweisende Art. Mit seiner glatten, grauen Fassade, dem breiten Fundament und den gedrungenen Fenstern erinnerte es eher an einen Bunker als an ein Bürogebäude.

Rhodan ließ sich davon jedoch nicht einschüchtern. Ohne sich mit den für Besucher vorgesehenen Parkplätzen aufzuhalten, stellte er seinen Gleiter direkt vor dem Eingang ab und stieg aus. Augenblicklich fühlte er die Aufmerksamkeit der Überwachungsanlage auf sich, ein leichtes Kribbeln, das sich von seinem Nacken aus in die Schläfen und die Wirbelsäule hinab ausbreitete.

Reine Einbildung, ermahnte er sich. Spüren konnte er den kalten Blick der Kameras unmöglich. Dennoch zweifelte er nicht daran, dass sich ihr Fokus auf ihn gelegt hatte, sobald er das Bild betreten hatte. Dazu waren sie schließlich installiert worden.

Dann wollen wir ihnen einmal eine Show bieten, die sich zu sehen lohnt.

Rhodan sah zum Eingang auf, tippte sich grüßend an die Stirn und marschierte mit selbstsicheren, festen Schritten auf das breite Portal zu. Er hatte die Rampe, die zu dem leicht erhöhten Tor hinaufführte, erst halb erklommen, als sich vor ihm bereits die Flügel der Eingangstür öffneten. Und ehe er oben angekommen war, trat ihm auch schon eine USO-Mitarbeiterin in Uniform und mit kurzen, wirren Locken entgegen. Er hatte also richtiggelegen.

»Perry Rhodan«, grüßte sie. Ohne die Holoverbindung zwischen ihnen klang Velda Hainens Stimme noch jünger als bei ihrem ersten Gespräch. »Es wäre nicht nötig gewesen, die weite Anreise nach Istark anzutreten, ich hätte die Informationen umgehend weitergeleitet ...«

Diplomatie hatte man ihr immerhin eingetrichtert. Aber Rhodan hatte mehr Erfahrung darin. Tausende Jahre mehr Erfahrung.

»Vielen Dank, aber ich wollte keine Umstände machen. Manchmal ist der kürzeste Dienstweg eben doch der beste, meinst du nicht?«

Möglicherweise war es nur das Licht hier draußen, aber er hätte seinen Leihgleiter darauf verwettet, dass Hainen deutlich blasser um die Nase war als noch vor einer Minute.

»Sicher gibt es Wichtigeres zu tun für einen Kommissar der Liga Freier Terraner ...«

Rhodan zuckte mit den Schultern und schenkte ihr ein nonchalantes Lächeln. »Tja, nun bin ich hier.« Er schob sich an ihr vorbei durch den Zugang, sodass ihr keine andere Wahl blieb, als ihm ins Gebäude zu folgen. »Wer weiß, vielleicht kann ich noch in anderen Angelegenheiten meine Hilfe anbieten.«

»Moment, du kannst nicht einfach ... Ohne Termin ...«

Rhodan musterte sie knapp. »Sollen wir das Gespräch lieber auf der Straße fortsetzen?«

Hastig schüttelte Hainen den Kopf, zu perplex, um zu widersprechen.

Die arme Frau konnte Rhodan beinahe leidtun. Unter anderen Umständen hätte er mehr Rücksicht auf die Bürokratie genommen, der sie zweifellos verpflichtet war. Aber unter anderen Umständen hingen auch keine Leben davon ab, dass er aufhörte, um den heißen Brei herumzureden, und endlich tat, wozu er gekommen war. Er musste mit jemandem sprechen, der befugt war, Entscheidungen zu treffen – oder sie ihm zu verbieten.

Also ignorierte er die Bredouille der Frau und wandte seine Aufmerksamkeit stattdessen der gewaltigen Eingangshalle zu, die sich vor ihm aufgetan hatte. Von der Schlichtheit der Fassade war hier wenig wiederzufinden, nur der abwehrende Eindruck blieb. An der rechten Wand verlief eine Front aus Glassit, hinter der vier Sicherheitsleute an ihren Arbeitsstationen saßen und Rhodan finstere Blicke zuwarfen. Sie trugen die dunkelgrüne Kombination der örtlichen Einsatzkräfte, doch Rhodan hatte keine Illusionen, wer ihr Gehalt zahlte. Oder das ihrer Vorgesetzten.

Eine fünfte Station war im Standby-Modus. Als hätte die robuste, transparente Metallplastik-Legierung nicht gereicht, bemerkte Rhodan auch noch das verräterische Schimmern eines Schutzschirms, das sich an der Scheibe entlangzog.

Das hielt Rhodan allerdings nicht davon ab, einen Blick auf die Holofelder der Beamten zu werfen. Auf diese Entfernung waren natürlich keine Details auszumachen, aber er hatte schon genug Sicherheitseinrichtungen gesehen, um die verschwommenen Darstellungen zumindest ungefähr einordnen zu können. Er erkannte Infrarotscans und Metalldetektoren, die zielsicher die Verstärkungen seiner Bordkombination anzeigten, ebenso die Stelle unter seinem linken Schlüsselbein, an der sein Zellaktivator saß. Dazu kamen DNS-Scanner und ÜBSEF-Tastung. Es dauerte nur Sekunden, dann sah Rhodan sein Gesicht und etwas, das vermutlich ein zusammengefasster Lebenslauf war, auf drei der fünf Holoschirme. Na, wenn sie das alles lesen wollten, waren sie eine ganze Weile beschäftigt.

»Halt!«

Rhodan sah auf und bemerkte den bislang vermissten fünften Sicherheitsbeamten, der nun im Eilschritt auf ihn zulief, eine Hand am Strahler.

Tadelnd hob Rhodan die Augenbrauen, zur Sicherheit allerdings auch die Hände. Jemandem, der im Laufen nach der Waffe griff, um einen eindeutig unbewaffneten Zivilisten zu empfangen, traute er grundsätzlich nicht.

»Ist schon in Ordnung«, hörte er Hainens Stimme hinter sich. »Er gehört zu mir.«

Der diensteifrige Sicherheitsmann verlangsamte seine Schritte. Hätte Rhodan noch irgendwelche Zweifel gehabt, wer auf Istark das Sagen hatte, wären sie damit endgültig beseitigt gewesen. Der Polizist kam unmittelbar vor Rhodan zum Stehen und musterte ihn streng. »Er trägt keine Passieridentifikation.«

»Dann stell eben eine aus«, murrte Hainen. »Er hat Diplomatenstatus, höchste Sicherheitsstufe. Frag deine Kollegen.«

Als die Beamten hinter dem Schutzschirm nickten, fuhr Hainen fort: »War's das jetzt? Wir haben einen wichtigen Termin.«

Haben wir? Rhodan versuchte, sich seine Überraschung nicht anmerken zu lassen. Was ihm am besten gelang, indem er die nahtlos weiß verputzte Decke nach den Sensoren für die Sicherheitsscanner absuchte, statt seiner Begleiterin ins Gesicht zu sehen.

Etwas unwillig gab der Polizist den Weg frei.

Insgeheim entschuldigte Rhodan sich bei Velda Hainen. Er hatte sie unterschätzt. Eine kleine Bürokraft hätte nicht die Autorisierung besessen, ihn so rasch durch die Sicherheitskontrolle zu schleusen. Sein Name war es diesmal jedenfalls nicht gewesen, der ihm Zutritt verschafft hatte.

Artig folgte Rhodan ihr zu den Antigravschächten. Auch hier wurde Sicherheit großgeschrieben, denn statt einfach in den Schacht zu treten und sich hochzuziehen, betraten sie eine wartende Kapsel, die Platz genug geboten hätte für zehn Personen, aber auch mit ihnen beiden vorliebnahm. Hainen betätigte eine Sensortaste, ein leiser Luftstoß zischte unter ihren Füßen, und die Kapsel glitt geräuschlos nach oben.

Rhodan schmunzelte. Alles in der Mode wiederholte sich. Nach dreitausend Jahren waren es also nun die Aufzüge, die zurückkehrten. Getarnt als Antigravschächte. Aber der Luftstoß war ein netter Retro-Touch. Immerhin bot ihm das die Gelegenheit, noch ein paar Worte mit seiner Eskorte zu wechseln, ehe sie die traute Zweisamkeit wieder aufgaben.

»Wir haben einen Termin?«, fragte er.

Sie sah zu ihm auf und hob eine Augenbraue. »Ich bin nicht begeistert von deinem Auftauchen«, erklärte sie. »Aber ich bin auch nicht dumm. Abwimmeln lässt du dich ja offensichtlich nicht, also bringe ich dich dorthin, wo du früher oder später sowieso landen würdest.«

»Und das wäre?«

»Bei den Leuten, in deren Gehaltsklasse es fällt, sich mit jemandem wie dir zu beschäftigen«, gab sie zurück. Bildete er sich das bloß ein, oder lag tatsächlich ein spöttisches Funkeln in ihren Augen? »Lordadmiral Monkey wollte, dass wir unsere Ergebnisse mit dir austauschen. Da du nun hier bist, geht mich das nichts mehr an.«

Eine Tatsache, die sie eindeutig erleichterte.

Eine Antwort war das allerdings immer noch nicht. »Und wessen Angelegenheit bin ich dann?«

»Nun ja. Da sich sowohl der Lordadmiral als auch Captain Bellagy derzeit im Außeneinsatz befinden, wäre das im Normalfall ich. Da ich jedoch nicht den Eindruck habe, dass du hier bist, um gemeinsam mit mir erfolglos zu versuchen, Funkkontakt zur Dunkelwelt herzustellen, nehme ich mir die Freiheit heraus, dich direkt dem Problem zuzuteilen, das dich ganz eindeutig hergeführt hat.«

Sie tippte auf ihr Multifunktionsarmband und öffnete die Datei, die Rhodan bereits auf den Holos der Sicherheitsleute gesehen hatte. Es war jedoch nicht sein Lebenslauf, wie er vermutet hatte, sondern ein ausführliches Protokoll seiner Bewegungen auf Istark. So viel zu seinem unauffälligen Verhalten.

»Den Daten deines Leihgleiters zufolge hat dich dein erster Weg zur Unglücksstelle am *Ahella* geführt, der zweite zur Togahan-Klinik und der dritte hierher.« Hainen sah ihn an. »Also bist du wegen der parabegabten Kinder hier, nicht vordergründig wegen der Dunkelwelt. Habe ich recht?«

Nun, *vordergründig* war vielleicht nicht der richtige Ausdruck, aber Rhodan widersprach nicht.

Zufrieden desaktivierte Hainen das Holo wieder. »Also. Glücklicherweise liegt die Führung für *diese* Mission bei Doktor Laxten, und deshalb ...«

»... bin ich nicht dein Problem«, beendete Rhodan ihren Satz.

Hainen nickte.

Einmal mehr korrigierte er seine Einschätzung über die USO-Mitarbeiterin. Er begegnete selten jemandem in ihrem Alter, der so viel Schneid besaß. Vielleicht war es auch bloß völlige Selbstüberschätzung, aber nachdem er sie nun bereits zweimal unterschätzt hatte, entschied er sich diesmal für die positivere Variante.

»Und dieser Doktor Laxten?«, fragte er.

»Ist der Entwickler des Paragabenblockers.«

Das wäre in der Tat jemand, mit dem es sich zu sprechen lohnte. Aber das genügte noch nicht. »Ich würde gerne mit einem Regierungsmitglied sprechen«, sagte Rhodan. »Lässt sich das machen?«

»Und hier ist der Punkt, an dem *du* Glück hast.« Hainen zwinkerte ihm zu. Die Kapsel bremste ab, ebenso sanft, wie sie gestartet war. Als die Tür aufglitt, deutete die Agentin den Gang hinab. »Die Krisensitzung mit der Präsidentin hat gerade begonnen. Zimmer 3046.«

»Vielen Dank.« Rhodan trat aus der Schwebekapsel, wandte sich jedoch noch einmal zu Hainen um. »Ich werde dennoch Updates zum Status der Dunkelweltenmission benötigen.«

Sie strich sich eine krause Locke aus der Stirn, seufzte theatralisch und zuckte mit den Schultern. »Tja, jede Glückssträhne hat ein Ende, nicht wahr? Du weißt ja, wo du mich erreichst. Im Konferenzsaal ist eine Holostation für die interne Kommunikation. Ich halte in Captain Bellagys Bereich die Stellung.«

»Danke. Für alles.«

Hainen tippte sich in einem lässigen Salut an die Stirn. »Stets zu Diensten.« Ihr Ausdruck wurde ernst. »Ich bin wirklich froh, dass diese Krise nicht auf meinen Schultern ruht, denn ganz ehrlich – ich wüsste nicht, wie man sie lösen sollte. Ich hoffe, du hast einen besseren Lösungsansatz als Laxten mit seiner Massensedierung.«

Das hoffe ich auch. Diesen Gedanken sprach Rhodan jedoch nicht aus. Stattdessen nickte er nur und lächelte sein beruhigendes Kameralächeln. Es tat seine Wirkung. Velda Hainen schloss die Kapseltür, ohne zu ahnen, dass er sich nicht halb so zuversichtlich fühlte, wie er sich gab.

Tür Nummer 3046 unterschied sich weder von den anderen, die den Gang säumten, noch von Tausenden anderen Konferenzzimmern, die Rhodan häufiger von innen sah, als ihm lieb war: eine schlichte Glassitscheibe ohne Griff, dafür mit einem

Zugangscodefeld an der Wand, das ihm voraussichtlich den Zugang verwehren würde. Die milchige Trübung der Glastür verriet jedenfalls, dass dahinter tatsächlich eine Besprechung im Gang war, auch wenn Rhodan nicht feststellen konnte, wie viele Personen sprachen oder worüber. Die akustischen Dämmfelder taten ihre Wirkung.

Kurzentschlossen legte Rhodan die Hand an den Zugangssensor. Ein kurzes, abweisendes Tuten, dann leuchtete ein roter Kreis an der Tür auf. Das wäre ja auch zu einfach gewesen.

Ihm blieb also nichts anderes übrig, als es auf die altmodische Tour zu versuchen. Er klopfte und hoffte, dass die akustische Abschirmung nur nach außen hin abdämmte. Andernfalls konnte er sich hier die Knöchel wundklopfen, ohne dass es dort drinnen irgendjemand bemerkte.

Ein leises Klicken ertönte. Die Tür wurde transparent und gab den Blick auf einen hochgewachsenen, hageren Mann frei. Tiefe Augenringe, graumeliertes, schütteres Haar.

»Ja?«, murrte er, sobald die Tür zur Seite geglitten war.

»Doktor Laxten?« Tatsächlich nickte der ungesund aussehende Mann. »Perry Rhodan. Ich bin hier, um meine Hilfe – und die der Liga Freier Terraner – zur Lösung ihrer Paraprobleme anzubieten.«

Laxten zog die Mundwinkel noch weiter nach unten, als sie ohnehin schon saßen. »Soll das ein Scherz sein?«

»Ich fürchte nicht. Darf ich?« Ohne eine Antwort abzuwarten, schob Rhodan sich an ihm vorbei in den Besprechungsraum.

Verglichen mit seinem Pendant auf der RAS TSCHUBAI wirkte dieser Raum bescheiden. Andererseits saßen auch nur zwei weitere Personen an dem ovalen Tisch in der Mitte, der maximal Platz für sechs bot. Womöglich hielt man es in der USO einfach für unnötig, Besprechungen im größten Saal abzuhalten, wenn es auch ein kleiner Rahmen tat. Oder die Versammlung war nicht ganz so offiziell, wie Rhodan gedacht hatte.

Dieser Befürchtung widersprach die Anwesenheit der dunkelhäutigen Frau mit der sorgfältig polierten Glatze und den ebenso aufwendig manikürten, pinkfarbenen Fingernägeln. Olanda Sho, die Präsidentin von Istark und somit des Arraksystems. Rhodan kannte ihr Gesicht aus den Dossiers des TLD. Es überraschte ihn, die Präsidentin persönlich in einem Gespräch mit der USO vorzufinden, aber das würde die Sache immerhin vereinfachen. Hoffte er. Sie wirkte forscher als auf den Bildern.

Die zweite Frau dagegen war ihm unbekannt. Es dauerte einen Moment, bis Rhodan begriff, weshalb ihr Anblick ihn irritierte: Sie war nicht real. Oder jedenfalls nicht körperlich. Ein aufwendiges Hologramm, zweifelsohne. Er fragte sich, zu welchem der beiden Plophoser das Hologramm gehörte. Und wozu es diente. Irgendeinen Zweck musste es schließlich erfüllen. Es waren nur Winzigkeiten, die verrieten, dass es sich dabei um eine künstliche Intelligenz handelte und nicht um das Abbild einer per Holokonferenz zugeschalteten Person. Allen voran der Mangel an Irritation über sein ungebührliches Eindringen.

Dieses Manko machte Sho mehr als wett. »Die *Hilfsbereitschaft* der LFT in allen Ehren, Perry Rhodan, aber wir sind eine unabhängige Welt, und dies ist eine interne Besprechung. Ich kann mich nicht erinnern, ein Unterstützungsgesuch eingereicht zu haben.«

Nein, natürlich nicht. »Es liegt mir selbstverständlich fern, mich aufzudrängen«, erklärte er gutmütig. »Allerdings habe ich den Eindruck, ihr könntet Hilfe gebrauchen. Weshalb ich auch allein gekommen bin. Als Privatperson sozusagen, nicht als Vertreter der Liga.« *Vorerst.*

»Danke«, gab Laxten unwirsch zurück. »Aber wir haben die Situation unter Kontrolle.«

Rhodan runzelte die Stirn. »Tatsächlich? Aufstände, Katastropheneinsätze und unzählige Verletzte empfindet man auf Istark also als normal? Wie viele Tote hat es bereits gegeben?«

»Siebenunddreißig«, antwortete die holografische Dame geflissentlich. »Bestätigte Todesfälle, heißt das.«

Immerhin. Allein bei dem Einsturz des Hotels hätte die Zahl der Todesopfer bereits höher liegen können.

»Wir streiten nicht ab, dass wir uns in einer Krisensituation befinden«, wandte Sho ein. Sie beugte sich vor, ihre pinken Nägel wie Krallen auf der Tischplatte ausgestreckt. »Dennoch wüsste ich nicht, wie du oder die LFT uns dabei helfen könntet, die Situation aufzulösen.«

Das wusste Rhodan selbst noch nicht. Dennoch nahm er ihren Einwand als Aufforderung, sich endgültig zu dem Gespräch hinzuzufügen. Er zog einen Stuhl zurück, ließ sich darauf nieder und legte abwägend die Hände aneinander. »Frage Nummer eins: Diese Blocker wurden auf Istark entwickelt, nicht wahr? Das bedeutet, sie wurden auch hier produziert. Wie lange dauert es, bis die Vorräte erschöpft sind?«

Die Präsidentin zog unwillig die Augenbrauen zusammen. Ihr Groll richtete sich allerdings nicht auf Rhodan, sondern auf den Mediziner, der nun an seiner Seite Platz nahm.

»Vier Tage«, gestand er ein. »Sofern wir die bisherige Verteilungsstrategie beibehalten und nur diejenigen abschirmen, die über offensive oder destruktive Parafähigkeiten verfügen. Und sofern die Zahl der Patienten und die Intensität der Strahlung nicht noch weiter zunehmen.«

»Der Zyklushöhepunkt steht uns allerdings erst bevor«, erinnerte Sho sie. »Es *wird* schlimmer werden.«

»Was nichts daran ändert, dass die Produktion der Blocker

dauert!«, erwiderte Laxten in einem Tonfall, der klarmachte, dass er diesen Punkt nicht zum ersten Mal ansprach. Vermutlich nicht einmal zum fünften Mal. »Ich habe die Formel an sämtliche Pharmafabriken weitergeleitet.« Was ihm sicher nicht leichtgefallen war. »Aber das Verfahren ist kompliziert, die Rohstoffe …«

»Ich habe es verstanden!«, unterbrach Sho ihn gereizt. Auch sie war dieses Gesprächs ganz offensichtlich überdrüssig.

»Und die Sedierung?«, fragte Rhodan. »Hilft sie?«

»Ja«, sagte Laxten im selben Augenblick, in dem die Präsidentin mit »Nein« antwortete.

Rhodan hob die Augenbrauen und wartete auf eine Erklärung.

»Sie verhindert, dass die Mutanten ihre Fähigkeiten aktivieren«, behauptete Laxten.

»Dennoch widerspricht es allen Menschenrechten, einen Teil der Bevölkerung einfach ruhigzustellen«, stellte Sho klar. »Ebenso wie den Betroffenen eine Medikation aufzuzwingen, die sie weder verstehen noch wünschen.«

»Und wie lautet die Alternative?«, wollte Laxten wissen. »Sollen wir einfach abwarten, welche Fähigkeiten noch ausbrechen? Blocker oder Ruhigstellung, eine andere Möglichkeit sehe ich nicht, die Sicherheit der restlichen Bevölkerung zu gewährleisten.«

Olanda Sho presste die Lippen zusammen, was wohl bedeutete, dass sie auch keine andere Idee hatte.

Blitzschnell überschlug Rhodan noch einmal, was er gehört hatte. »Wenn das Problem ist, dass durch die Annäherung der Dunkelwelt die Strahlung stärker wird«, überlegte er laut, »würde es dann nicht helfen, die Betroffenen aus dem Einflussbereich zu schaffen?«

Die Präsidentin sah ihn irritiert an. »Du willst Tausende Kinder einfach wegschicken?«, fragte sie.

»Derzeit sind eintausenddreihundertacht Betroffene in Behandlung«, informierte das Hologramm. »Davon neunhundertsechsundzwanzig unter Parablockern, der Rest sediert.«

»Eintausenddreihundertacht Kinder«, wiederholte Sho. »Wie stellst du dir das vor?«

»Die Kinder und ihre Angehörigen«, korrigierte Rhodan. »Oder womöglich noch besser: sämtliche Zivilpersonen auf Istark. So können wir sichergehen, dass wir keine gefährdeten Personen übersehen, und eine ganzheitliche Evakuierung ließe sich leichter argumentieren als das Abschieben der Mutanten.«

»Natürlich«, spottete Sho. »Wir verfrachten die gesamte Bevölkerung also aus dem System. Und wohin, wenn ich fragen darf? Und mit welchen Schiffen? Istark verfügt über keine Raumflotte.«

»Aber die Liga«, konterte Rhodan. »Allein die RAS TSCHUBAI bietet genug Platz, um die Kolonie aufzunehmen, bis sich die Lage gebessert hat. Auch wenn es ein bisschen eng werden wird.«

Die Präsidentin lachte trocken. »Also anstatt meine Wähler mit Medikamenten ruhigzustellen, soll ich sie jetzt gleich aus ihrem Zuhause verjagen?« Sie schüttelte den Kopf. »Das kommt nicht infrage.«

Laxten stieß ein tiefes Seufzen aus, das Rhodan als *Siehst du, womit ich mich herumplage* interpretierte.

Der Politiker in Rhodan verstand nur zu gut, weshalb Sho sich sträubte, seinen Vorschlag anzunehmen. Eine zweite Amtsperiode durfte sie nach einer Evakuierung nicht erwarten. Wenn sie ihre Leute allerdings weiterhin schutzlos dieser Katastrophe aussetzte, war eine Wiederwahl ihr geringstes Problem.

»Und was schlägst du stattdessen vor?«, erkundigte er sich freundlich.

Sho verschränkte die Arme vor der Brust und lehnte sich

zurück. »Das Problem an der Wurzel packen«, sagte sie. »Die Dunkelwelt ist der Ursprung der Strahlung. Die USO ist bereits vor Ort, um das Phänomen zu untersuchen. Am besten wäre es, wenn sie den ganzen verfluchten Planeten ausschalten würden. Dann wären wir das Problem endgültig los.«

»Wir wissen weder, was die Strahlung verursacht«, erinnerte Rhodan sie, »noch, ob die Dunkelwelt bewohnt ist.«

»*Istark* ist bewohnt«, fuhr Sho ihn an. »Und du willst eine Geisterkolonie daraus machen!«

»Ich will unschuldige Menschen schützen«, erwiderte Rhodan. »Und das tue ich mit oder ohne dein Einverständnis.«

Entgeistert sah die Präsidentin ihn an. »Du willst mich zwingen?«, fragte sie. »Du kannst mir nichts befehlen, du hast hier keinerlei Befugnisse.«

»Das ist richtig.« Rhodan lächelte. »Aber ich kann entweder helfen, eine Panik zu verhindern und die Situation zu regeln, oder ich erkläre öffentlich, dass meine Hilfe leider von Istarks Regierung abgelehnt wird. Die Entscheidung liegt ganz bei dir.«

»Also erpresst du mich.«

»Nicht doch. Ich biete nur meine Hilfe an. Was du damit machst«, Rhodan hob die Hände, »ist deine Sache.«

Kapitel 23:
Im Netz der USO

Etwas veränderte sich. Alken spürte es deutlich. Eine Alarmbereitschaft, ein Gefühl der angespannten Wachsamkeit, für das er keinen Grund benennen konnte. Es war, als wären es nicht seine eigenen Empfindungen, die seine Nerven kribbeln ließen. Als hätte jemand einen Sack voll Nanoroboter in seinen Blutkreislauf gekippt, die ihn nun mit Adrenalin vollpumpten, seinen Atem beschleunigten und seine Aufmerksamkeit auf einen Gegner richteten, der für Alken nicht greifbar war. Noch nicht.

Unter anderen Umständen hätte er sich benutzt gefühlt, sogar fremdgesteuert. So aber interessierte ihn nicht einmal, woher diese fremden Gefühle kamen. Wichtig war nur eines: Sie steigerten seine Fähigkeiten in einer Form, die er bisher nicht für möglich gehalten hätte. Er fühlte sich allem gewachsen – und wenn er auch keine Ahnung hatte, gegen wen sich die Wachsamkeit der ominösen Unbekannten richtete, er selbst wusste, wen *er* im Visier hatte.

Ein leises Geräusch riss Alken aus seinen träumerischen Überlegungen. Er las die Fehlermeldung, die auf dem Nebenholo erschienen war, und fluchte. *Autorisierung fehlgeschlagen.*

»Von wegen«, murmelte er. So leicht sperrte die USO ihn nicht aus. Nicht in diesem Augenblick. Nicht mit all der Kraft, die er in sich spürte. Er konnte es schaffen. Er durfte sich nur nicht ablenken lassen.

Erneut tauchte Alken in die Datenströme ein, die das Netzwerk des galaktischen Geheimdienstes umgaben. Es gab immer eine Schwachstelle, er musste sie nur finden. Nachrichten gingen ein oder wurden versendet, über eine Verbindung, die dreifach abgesichert wurde, aber durch ein unsicheres Relais umgeleitet wurde. Menschen machten Fehler, selbst die Mitarbeiter der USO. Und die örtliche Polizeibehörde erst recht.

Mit seiner Gabe tastete Alken die Struktur der Sicherungen ab, klopfte das Netz aus Daten und Verknüpfungen ab wie einen staubigen Teppich auf der Suche nach der einen, losen Masche, die das ganze Gewebe auflösen würde, wenn man daran zog. Es war bereits das dritte Mal, dass er diese Prozedur vollzog. Bisher hatten sich all seine vermeintlichen Einlässe als Sackgassen entpuppt, aber so leicht gab Alken nicht auf. Dazu war er zu wach.

Dennoch hätte er die nächste Spur beinahe übersehen. Es war eine winzige Unregelmäßigkeit im Datenfluss, ein marginaler Fehler. So marginal, dass Alken ihn ohne das Kitzeln in seinen Nerven niemals bemerkt hätte. Aber da war etwas. Eine Suchabfrage, die unterbrochen und nicht beendet worden war, aber noch in der Warteschleife der ausführenden Arbeitsstation festhing.

»Hab ich dich.« Wie hieß es so schön: Der Fehler saß meist zwischen Holo und Stuhl. Das Netzwerk mochte noch so gut gesichert sein, ein einziger Idiot reichte für gewöhnlich aus, um eine Lücke zu schaffen. Durch das Holo griff Alken direkt in das Datengefüge ein, berührte den Code und zog ihn zu sich heran. Eine kleine Geste, und schon hatte er die Abfrage des entsprechenden Rechners direkt vor sich.

»Was zum …«

Er hatte damit gerechnet, eine uninteressante Seite zu öffnen. Private Konversationen, der Stream eines Trivid-Senders, möglicherweise mit nicht jugendfreiem Inhalt … Ob aus Langeweile oder falschem Sicherheitsgefühl, Arbeitsstationen waren meist mehr mit solchem Zeug verseucht als private Geräte.

Wer auch immer diese Abfrage gestartet hatte, hatte sich jedoch nichts dergleichen zuschulden kommen lassen. Die Informationen waren eindeutig geheimdienstlicher Natur – und der Name auf dem Datenblatt war Alken bestens vertraut.

»Perry Rhodan«, las er. »Ankunft in Nukant: 17.26 Uhr.«

Der Schock durchzuckte Alken wie eine kalte Welle. Was machte der unsterbliche Terraner auf Istark? Ausgerechnet jetzt? An einen Zufall konnte man unmöglich glauben. Nicht, wenn die USO erst vor wenigen Stunden eine neue Akte über ihn angelegt hatte.

Hastig überflog Alken die zusammengetragenen Informationen und fand seine Befürchtung bestätigt. Rhodans bisherige Aktivitäten legten nahe, dass er der Spur der Mutanten folgte. Wozu? Wollte er die Fähigkeiten der Parabegabten für sich nutzen? Nein, wohl kaum, das würde nicht zu dem passen, was man über den Terraner erzählte. Nach allem, was Alken über diese lebende Legende gehört hatte, war er ein Diplomat. Ein Typ mit Helfersyndrom. Und das bedeutete, dass er sich vermutlich dazu berufen fühlte, zu tun, was der Regierung bisher nicht gelungen war: die Mutationen zu unterdrücken und zu kontrollieren.

Alken ballte seine zitternden Hände zu Fäusten. Perry Rhodan war hier, um ihm seine Fähigkeiten zu nehmen! Er hatte keine Ahnung, wie Rhodan das schaffen wollte, aber das würde er herausfinden. Was auch immer der Terraner vorhatte, Alken musste es unterbinden.

Konzentration!, mahnte er sich. Er hatte eine Spur. Er musste sie nutzen, ehe jemand die Lücke im Sicherheitsnetz bemerkte und sie wieder schloss.

Die letzte Zeile der Abfrage belegte, dass Rhodan das Polizeigebäude aufgesucht hatte. Danach kamen keine neuen Einträge, was entweder bedeutete, dass der Geheimdienst das Interesse an ihm verloren hatte – oder Rhodan befand sich immer noch dort. Und wo sollte er auch sonst hingehen?

Mit grimmiger Entschlossenheit formulierte Alken einen Algorithmus und speiste ihn in das Überwachungssystem der USO ein. Tausende Mikrofone, die in der Zentrale der Sicherheitsbehörde verteilt waren, suchten nach einer Erwähnung des Namens Perry Rhodan. Ebenso viele Kameras glichen die erfassten Gesichter mit den Bildern ab, die von Rhodan kursierten, und davon gab es wirklich mehr als genug. Dennoch lautete das niederschmetternde Ergebnis nach vierzehn Sekunden: *keine Übereinstimmung*.

War der Kommissar der LFT etwa bereits wieder abgereist? Unmöglich! Perry Rhodan war doch nicht extra nach Istark gekommen, nur um ein Krankenhaus zu besuchen. Er war noch hier, davon war Alken überzeugt. Und wenn er nach wie vor auf der Koloniewelt war, dann befand er sich im USO-Sitz. Nur wo?

Alken lehnte sich zurück, ließ die Schultern knacken und überlegte. Wo würde man jemanden wie Perry Rhodan unterbringen? Sicher nicht in einem Büro, es sei denn, es wäre das des obersten Chefs persönlich. Er war Politiker, Diplomat und Kommandant gleichermaßen, jemand, der für gewöhnlich in der Zentrale eines Raumschiffs stand. Ein Besprechungsraum kam dem am nächsten.

Das machte die Sache umso schwieriger. Was auch immer Rhodan mit der USO zu bereden hatte, würde hinter verschlossenen Türen verhandelt werden. Zweifellos verfügten die Besprechungsräume des Geheimdienstes über noch einen weiteren Abhörschutz. Was bedeutete, dass Alken mit den Überwachungseinheiten nicht an Rhodan herankam. Er brauchte etwas anderes. Etwas, das die USO nicht erwartete.

Nachdenklich griff Alken nach dem Becher links von sich,

nippte daran – und spuckte das Zeug augenblicklich wieder zurück in den Becher. Kalter Instantkaffee war schlimm genug, aber der hier begann sich bereits wieder in feste und flüssige Stoffe zu teilen. Widerlich. Er sollte sich endlich eine vernünftige Kaffeemaschine besorgen. Oder noch besser, einen Servoroboter, der ihm den frischen Muntermacher direkt vor die Nase stellte.

Alken knallte den Becher so abrupt auf den Tisch, dass das kalte Zeug überschwappte und sich ein weiterer Fleck auf der ohnehin bereits unansehnlichen Arbeitsplatte bildete. Aber das war ihm egal. Viel wichtiger war der Gedanke, der ihm gerade gekommen war: die Servoroboter!

Zweifellos gab es in jedem vernünftigen Besprechungsraum irgendeine Verköstigungseinheit. Eine Kaffeemaschine, eine Minibar ... Niemand machte sich die Mühe, diese Art von Geräten abzusichern, aus einem einfachen Grund: Sie waren nicht an das Datennetzwerk angebunden. Aber das stellte nur für gewöhnliche Eindringlinge ein Hindernis dar. Nicht für ihn.

Mit neuem Eifer tauchte Alken in die Datenströme der Polizeizentrale ein. Diesmal konzentrierte er sich nicht auf das, was der Geheimdienst zu verschlüsseln und verbergen suchte, sondern auf das Offensichtliche – die Infrastruktur. Er wurde rasch fündig.

Siebenundzwanzig Räume identifizierte er nach einem kurzen Check als Tagungsräume. Die meisten davon waren inaktiv, die konnte er ignorieren. Blieben noch fünf. Alken untersuchte sie einen nach dem anderen, begonnen beim größten, der offenbar für sehr umfassende Besprechungen gedacht war. Hier befand sich eine ganze Kücheneinheit, die nicht nur Getränke, sondern auch Snacks und warme Speisen zubereiten konnte – alles sprachgesteuert. Und wie es sich für eine bürokratische Einrichtung gehörte, war sie fein säuberlich in der Inventarliste aufgeführt, samt Gerätekennzeichnung und Seriennummer.

Damit war es nur noch ein kleiner Sprung aus dem Datennetz in die Speichereinheit der automatisierten Küche, der Wechsel von einer endlosen Zahlenkolonne in die nächste. Alken griff durch die Daten, die er auf dem Holo visualisiert hatte, und aktivierte den Sprachempfänger der Kocheinheit.

Sofort hörte er mehrere Stimmen, leise aber deutlich, die sich in dem Besprechungsraum unterhielten. Schon nach wenigen Sätzen wurde jedoch klar, dass die betroffenen Personen über nichts Wichtigeres als die Speiseabfolge in der Kantine diskutierten. Alken unterbrach die Verbindung.

Der nächste Raum besaß eine einfache Kaffeemaschine – mit Espressofunktion – und beherbergte eine Besprechungsrunde, die sich auf neue Entwicklungen der tefrodischen Bewaffnung konzentrierte. Flottenbewegungen am Rande des Arraksystems, eine mögliche Untergrundbewegung in den Jülziish-Vierteln von Nukant … Keines der Gespräche, die Alken belauschte, brachte ihn weiter.

Der letzte Raum war gerade einmal mit einem Minikühlschrank ausgerüstet. Keine Sprachsteuerung, keine optische Erfassung … Alken wollte bereits frustriert aufgeben, als eine Unregelmäßigkeit im Energiefluss seine Aufmerksamkeit erregte. In diesem Raum befand sich ein großer Energieverbraucher, der nicht im Inventar registriert war. Also nicht das Besprechungsholo, dessen Sicherheitsprotokolle zu knacken selbst für ihn zu riskant gewesen wäre. Ähnlich von der Art der verbrauchten Energie her – aber nicht identisch.

Und, wie Alken erfreut feststellte, auch bei Weitem nicht so gut abgesichert. Ein paar kleine Manipulationen hier und da, und der Code lag offen vor ihm. Es war tatsächlich ein interaktives Hologramm – eine teure Programmierung, soweit er das beurteilen konnte. Zu dumm, dass man ausgerechnet an der Abschirmung gespart hatte.

»Tja«, murmelte Alken, »des einen Leid ist des anderen Freud.« Ein Spruch, den seine Mutter aus einer uralten Trivid-Sendung aufgeschnappt und an ihn weitergegeben hatte. Er hatte keine Ahnung, wieso sie ihm ausgerechnet nun in den Sinn kam. Hastig verdrängte er die Erinnerung und griff stattdessen in den Code des eigenartigen Holos.

Es gab nichts Stoffliches, das seine Finger dabei berühren konnten, dennoch glaubte er, ein kaltes Kribbeln in den Fingerspitzen zu fühlen, als er die optische und akustische Erfassung mit seiner eigenen Arbeitsstation verknüpfte.

Gleich darauf sah er ihn. Perry Rhodan saß unmittelbar vor ihm, zog eine Augenbraue hoch und wandte sich an jemanden rechts des Hologramms.

»Wann erfolgte der letzte Anstieg der Psi-Fähigkeiten?«

Das Hologramm wandte sich um, sodass die angesprochene Person ins Blickfeld geriet. Ein alter Kerl, der aussah, als hätte er zu wenig geschlafen, und zwar schon eine ganze Weile.

»Vor fünf Stunden«, antwortete der Mann. Eine kurze Hintergrundrecherche, die Alken parallel startete, identifizierte ihn als Doktor Laxten, einen der führenden Forscher im Dienste der USO auf Istark. Alken runzelte die Stirn. In welche Art Besprechung war er da hineingeplatzt?

»Und Monkey ist vor wie vielen Stunden aufgebrochen?«, fragte Rhodan. »Sechs?« Als er keine Antwort erhielt, fuhr er fort: »Und soweit ich weiß, ist mit seinem Anflug auf die Dunkelwelt der Funkkontakt abgebrochen … Vor genau fünf Stunden.« Er rieb sich nachdenklich über den Nasenflügel. »Wir sollten Velda Hainen hinzuziehen.«

»Wozu das?«, wollte Laxten wissen.

Gleichzeitig wandte eine Frau ein: »Ich möchte nicht mehr Leute in dieses Problem involvieren als notwendig.«

Sie musste Alken nicht recherchieren. Die Präsidentin erkannte er auch ohne Hilfsmittel. Er hatte also recht gehabt. Was auch immer Rhodan hergeführt hatte, es war etwas Großes. Etwas Wichtiges. Und Alken würde herauskriegen, was es war.

»Agent Hainen ist für die zentrale Einsatzleitung auf Istark verantwortlich«, erklärte Rhodan. »Oder bin ich da falsch informiert?« Niemand widersprach. »Somit ist sie längst involviert, Olanda. Und wenn ich mit meiner Vermutung richtigliege und ein Zusammenhang mit der Ankunft des Einsatzteams auf Aldrey besteht, ist eine Abstimmung mit ihr unerlässlich.«

Laxten räusperte sich. »Wenn deine Hypothese stimmt, liegt die Lösung doch auf der Hand«, behauptete er. »Ein zweites Team hinsenden, den Funkkontakt wiederherstellen und das Problem vor Ort beseitigen.«

»Und wenn es dadurch zu einer neuerlichen Verstärkung der Symptome kommen würde?«, entgegnete der Terraner. »Das Risiko ist zu groß. Erst müssen wir die Wirkung so weit wie möglich neutralisieren, dann erst können wir die Ursache bekämpfen, ohne noch weitere Leben zu gefährden. Solange wir die Strahlung nicht eindämmen können, ist niemand auf Istark sicher – ganz gleich, ob Mutant oder nicht. Wie viele Einwohner hat die Koloniewelt derzeit?«

»Elf Millionen und sechshundertdreiundsiebzigtausendfünfhundertachtundzwanzig«, antwortete das Hologramm. Alken sah die Daten, aus denen es seine Erkenntnisse zog. Statistiken, Wahlbeteiligungen, Meldedaten, sogar eine Karte der Stadt. All das, um diese eine kleine Information auszuspucken. »Vorwiegend in Nukant selbst angesiedelt. Davon rund neunzig Prozent Plophoser, vier Prozent Jülziish und zwei Prozent Arkoniden. Der Rest sind andere humanoide Völker. Wobei bisher nur die plophischen Bewohner eine verstärkte Affinität für Parafähigkeiten gezeigt haben.«

Rhodan nickte. »Gut. Das sollte in vier Tagen zu schaffen sein.«

Angespannt beugte Alken sich vor. Was sollte zu schaffen sein?

Sho stieß ein empörtes Lachen aus. »Du bist ein Optimist, Rhodan. Vier Tage? Selbst wenn ich mit deinem Vorhaben einverstanden wäre ... Es würde Wochen dauern, allein um die Schiffe für eine Evakuierung anzufordern!«

Evakuierung? Das Wort traf Alken wie ein Schwall Eiswasser nach einer durchzechten Nacht. Auf keinen Fall würde er sich einfach irgendwohin verfrachten lassen! Was bildete sich der Kerl überhaupt ein?

Hatte der werte Kommissar der LFT keine anderen Sorgen? Wieso tauchte er einfach hier auf, hielt ein gemütliches Kaffeekränzchen mit der USO und entschied dabei über Leben, die ihn überhaupt nichts angingen – Alkens zum Beispiel? Weder der Geheimdienst noch Perry Rhodan hatten das Recht, über ihn zu bestimmen. Erst recht nicht im stillen Kämmerlein.

Alken fühlte eine grimmige Befriedigung in sich wachsen. Rhodan mochte glauben, dass er einfach irgendwo einen Fuß auf den Boden setzen musste, um das Sagen zu haben, aber diese Rechnung hatte er ohne den Willen von Istark gemacht. Immerhin ging es bei dieser Unterredung um das Schicksal der Kolonialwelt. Und wenn Rhodan diese Besprechung geheim halten wollte, dann würde Alken dafür sorgen, dass jeder Einzelne auf Istark davon erfuhr.

Kapitel 24:
Kooperation

Sie sprachen kein Wort. Der Lordadmiral stapfte stumm und stur voran, und obwohl er immer noch das bewusstlose Mädchen trug, hatte Ogav Mühe, mit dem fast zwei Meter großen Oxtorner mitzuhalten. Das Gelände war unwegsam, bei jedem Schritt musste sie darauf achten, wohin sie ihren Fuß setzte. Die kristallinen Wurzeln verflochten sich zu einem gefährlichen Gewirr am Boden, über das man nur allzu leicht stolpern konnte – sofern man nicht bereits auf der glasartigen Struktur der Oberfläche den Halt verlor.

Dazu kam dieses unstete, klirrende Rascheln, das den Dschungel erfüllte. Ogavs Messgeräte zeigten keine Luftbewegung an, demnach war es kein Wind, der durch die Äste fuhr. Sie bewegten sich eigenständig, flüsterten einander womöglich die Position der Eindringlinge zu oder machten sich schon bereit für den nächsten Angriff.

Unwirsch schüttelte Ogav den Kopf. Nervosität war eine Sache, aber paranoid ließ sie sich davon noch lange nicht machen. Sie musste wachsam bleiben, und Panik war dem nicht zuträglich. Also kämpfte sie die Anspannung auf das Maß vernünftiger Vorsicht nieder.

Das hier war ihre Chance. Allein mit dem Lordadmiral! Jetzt konnte sie ihm beweisen, dass sie für Einsätze taugte, dass sie nicht bloß eine kleine Technikerin war, die man am besten im Labor versauern ließ. Was im Umkehrschluss natürlich bedeutete, dass er nicht nur ihre Qualitäten bemerken würde, sondern auch ihre Fehler.

Nein, korrigierte sie sich. *Vor allem die Fehler.*

Sie durfte sich keine weiteren Unzulänglichkeiten erlauben. Schlimm genug, dass sie reagiert hatte wie eine Oma auf Schlaftabletten, als er sie gefunden hatte. Jetzt hieß es, den verpatzten Start auszugleichen. Ogav schritt schneller aus.

Insgeheim fragte sie sich, ob Monkey eigentlich eine Ahnung hatte, wohin sie überhaupt gingen. Aussprechen würde sie diese Überlegung selbstverständlich nicht, und sie würde auch nicht fragen, woran er sich in dem gleichbleibenden Flimmern, das zwischen den Kristallen herrschte, orientierte. Der Lordadmiral war nicht für seine Gesprächigkeit bekannt. Oder für seine Nachsicht, was unqualifiziertes Personal anging. Dennoch: So voranzustürmen, den Rest der Gruppe und die ELANA womöglich immer weiter zurückzulassen, während sie von feindlichen Einheiten umgeben waren, löste nicht gerade Begeisterungsstürme in ihr aus.

Die Ortungsgeräte waren immer noch ausgefallen. Ebenso die Kommunikationsmöglichkeit zu den anderen Teammitgliedern, wie sie frustriert feststellte. Nicht, dass ihr das Geplapper von Bellagys Leuten abgegangen wäre. Aber ohne Orientierung und ohne Austausch war die Chance, dass das Einsatzteam auf dem fremden Planeten wieder zusammenfand, verschwindend gering. Und da Monkey immer noch das Mädchen mit sich herumschleppte, wäre Ogav ein wenig Verstärkung ganz recht gewesen. Einem weiteren Angriff wie dem von vorhin würden sie unter diesen Umständen jedenfalls nicht standhalten.

Wobei ihre Chancen mit dem Lordadmiral vermutlich wesentlich besser standen als mit jedem anderen Mitglied der Truppe, Bellagy eingeschlossen. Sie hatte genug Geschichten über Monkey gehört. Von aussichtslosen Einsätzen, die er im Alleingang bewerkstelligt hatte. Außerdem schätzte sie den Oxtorner auf gute 750 Kilo, was ihn quasi zu einer Einmannarmee machte. Ein bewusstloses Kind würde da keine große Einschränkung bedeuten.

Und wenn Ogav ehrlich zu sich selbst war, war ihr die Telepathin in diesem Zustand wesentlich lieber als wach. Mit Kindern kam sie ohnehin nicht zurecht, mit solchen, die in ihren Gedanken herumstocherten, noch viel weniger. Was in ihrem Kopf vorging, ging nur sie etwas an. Aus gutem Grund blieb sie sowohl privat als auch beruflich eher für sich. Nicht, weil sie die dummen Witze ihrer Kollegen kränkten, sondern weil sie einfach nichts mit diesen Typen anfangen konnte. Sie war eben eine Einzelgängerin. Burruk war der Einzige, zu dem sie so etwas wie eine Freundschaft pflegte – und selbst an den Posbi hatte sie sich erst zwei Jahre lang gewöhnen müssen. Mittlerweile waren sie ein eingespieltes Team, und von ihren Witzeleien einmal abgesehen, akzeptierte er ihre Grenzen. Zumindest wusste Burruk, dass er mit belanglosem Smalltalk bei ihr an der falschen Adresse war.

Insofern hätte ihr die Schweigsamkeit des Lordadmirals also eigentlich behagt, wenn sie sich der Willkür des Oxtorners nicht derart ausgeliefert gefühlt hätte. Sie war es gewohnt, selbst zu entscheiden – oder zumindest die Entscheidungen ihrer Vorgesetzten zu kennen und darüber lamentieren zu können. Monkey nachzulaufen wie ein dressiertes Haustier ließ sich weder mit ihrem Stolz vereinbaren noch mit dem Wunsch, ihre Qualitäten zu beweisen.

Somit war Ogav an dem Punkt angelangt, an dem sie mit ihrer derzeitigen Situation gesamtheitlich unzufrieden war, als ein schriller Schrei sie abrupt aus ihren Gedanken riss und herumfahren ließ.

Routiniert suchte sie den Wald nach Bewegungen ab, nach einem Angreifer, der dieses Geräusch verursacht haben könnte. Der Lauf ihres Thermostrahlers schwenkte auf Augenhöhe herum, doch sie fand nichts, worauf sie hätte zielen können. Nur die raschelnde, windlose Bewegung, die sie schon die ganze Zeit über verfolgte.

Als sich der Schrei wiederholte, erkannte Ogav ihren Fehler. Er war nicht hinter ihr erklungen, sondern vor ihr – aus Richtung des Lordadmirals. Senna hatte ihre Ohnmacht nun doch überwunden und brüllte mittlerweile, als würde Monkey ihr etwas antun. Sie stemmte ihre Hände gegen seine breiten Schultern, bog den Rücken durch und trat mit Wucht gegen seinen Oberkörper. Der Oxtorner mühte sich noch einen Augenblick damit ab, das strampelnde Mädchen auf seinem Arm unter Kontrolle zu halten. Als ihm das nicht gelang, wenn er der Kleinen nicht ein paar Knochen brechen wollte, ließ er sie einfach los.

Senna plumpste mit einem überraschten Quieken zu Boden. Das Mädchen war so perplex, dass es für einen Moment sogar das Schreien vergaß.

»War es das jetzt?«

Monkeys Worte rissen Senna aus ihrer Starre. In einer flinken Bewegung warf sie sich herum, kam auf die Beine und lief auch schon los.

»So ein Dreck.« Ogav spurtete los, aber Monkey war schneller.

Er packte Senna am Oberarm und riss sie unsanft zurück. »Hiergeblieben, Kleine!«

Ogav hatte wenig Mitleid mit dem Mädchen. Sie war Telepathin, sie hätte wissen müssen, dass man sich nicht mit dem Lordadmiral der USO anlegte. Dennoch schmerzte allein der Anblick der riesigen Pranke, die den schmalen Arm umschlossen hielt. Das würde einen schönen Bluterguss geben.

»Lass mich los!« Panik klang in Sennas Stimme mit.

Monkey erkannte sie ebenfalls. »Du solltest lieber Angst vor den Dingen haben, die hier im Wald sind. Nicht vor mir.« Er ließ sie los. »Wenn du nicht sterben willst, bleibst du bei uns.«

Seine deutlichen Worte zeigten Wirkung. Sennas Widerstand verebbte, zweifelnd sah sie von Monkey zu Ogav, als ob sie von ihr die Bestätigung wollte, dass der Lordadmiral die Wahrheit sagte.

Ogav zuckte mit den Schultern und blieb bei Monkeys direkter Taktik. »Einen von der Kampftruppe haben sie schon erledigt. Mindestens.«

Sennas Augen weiteten sich. »Elindra?«, fragte sie mit brüchiger Stimme.

»Nein.«

»Wo ist sie dann?« Suchend sah Senna sich um, als würde sie erwarten, dass das restliche Team jeden Moment aus dem Kristallgewirr trat.

»Wir wurden getrennt.« Es gab keinen Grund, das zu beschönigen.

Sennas Unterlippe begann zu beben. Das Klirren der Äste um sie herum verstärkte sich. »Ich will zu Elindra!«

Erneut machte sie Anstalten, davonzulaufen, doch Monkey hielt sie fest. »Nicht.« Seine Stimme war tief und streng, ein Befehlston, der jeden Erwachsenen sofort zur Vernunft gebracht hätte. Aber nicht ein neunjähriges Mädchen.

»Lass mich los! Ich mag euch nicht, ich will zu Elindra!«

Der Wald vibrierte plötzlich. Das Klirren war nun beim besten Willen nicht mehr zu überhören. Voller Entsetzen erinnerte Ogav sich an die Sekunden, bevor die ELANA havariert war. Wenn Senna jetzt die Nerven verlor und einen telekinetischen Ausbruch erlitt, war's das. Ogav sah sich schon auf dieser dämlichen Dunkelwelt verrecken, gespickt mit Kristallsplittern, weil dieses Gör den halben Wald zum Explodieren brachte.

»Kein Problem«, sagte Monkey. Zu Ogavs Verwirrung

zeichnete sich ein schmales, grimmiges Lächeln auf seinen Lippen ab. »Nimm telepathischen Kontakt mit Leutnant Parr auf, dann bringen wir dich zu ihr.«

Das Mädchen verstummte. »Ich … Ich höre sie nicht«, stammelte sie. »Ich höre gar nichts.« Senna klang, als wüsste sie nicht, ob sie darüber froh oder unglücklich sein sollte.

Ogav begriff. »Die Blocker. Sie wirken immer noch.«

»Und solange sie das tun, wird sie uns nirgendwohin führen«, setzte Monkey den Gedanken fort. »Weder zu den anderen noch zu den Anlagen.« Er brummte. »Solange die Wirkung nicht abgeklungen ist, ist sie für uns nutzlos.«

Beleidigt schob Senna die Unterlippe vor, aber diesmal zeigte sie genug Verstand, um den Mund zu halten.

Monkey schüttelte den Kopf, zog den Kompaktraketenwerfer aus der Befestigung am Rückenteil seines Anzugs und platzierte die Waffe auf der Schulter. »Sorg dafür, dass sie nicht nochmal abhaut.«

»Ich?«, brach es aus Ogav hervor, ehe sie sich zurückhalten konnte. Der Blick von Monkeys SAC-Implantaten schien sie förmlich zu durchbohren. »Ich meine … Natürlich, Sir. Aber ich gebe zu bedenken, dass ich nicht besonders gut mit Kindern bin.«

Gar nicht, um es genau zu nehmen. Ogav hatte nie verstanden, weshalb es die Erfüllung ihrer Träume sein sollte, einen Menschen aus ihrem Körper zu pressen und sich mit schmutzigen Windeln und Kindergebrüll abzugeben, nur weil sie eine Frau war. In anderen Völkern erledigten das schließlich auch die Männer.

Monkey sah sie weiter unverwandt an. »Und du meinst, ich wäre dafür besser geeignet?«

Du Trampel!, schalt sie sich selbst. So viel zu dem guten Eindruck, den sie hinterlassen wollte. »Selbstverständlich nicht,

Sir, ich wollte nur … Ich kümmere mich darum.« *Ich wollte Sie nur vorwarnen, falls es schiefgeht? Super Taktik, Jin. Sehr kompetent.* Wenn sie schon bei einer derart banalen Aufgabe scheiterte, konnte sie sich zukünftige Einsätze ohnehin abschminken.

Sie würde das schon hinkriegen. Wie schwer konnte es sein, ein Kind zu bändigen, das selbst ihr nur bis zur Brust ging?

»Na los, komm.«

»Nein.«

Ogav glaubte, sich verhört zu haben. »Wie, nein?«

»Ich will nicht mitgehen.« Trotzig verschränkte Senna die Arme vor der Brust. »Ihr seid gemein, alle beide.«

Na, das fing ja gut an. »Das mag schon sein, Schätzchen, aber momentan sind wir alles, was du hast. Also komm!«

»Nein.« Um ihren Standpunkt noch deutlicher zu machen, setzte Senna sich auf den Boden.

Das konnte doch nicht wahr sein! Was sollte sie mit dem Gör bloß anfangen? Monkey hielt sich aus der Diskussion heraus. Mehr noch, er marschierte bereits weiter. Wenn sie ihm nicht bald folgten, würden sie ihn auch noch verlieren.

»Soll ich dich alleine hier zurücklassen?«, schnauzte Ogav das widerspenstige Kind an. »Ist es das, was du willst?«

»Ich will nach Hause.«

»Tja, dazu müsstest du dich auch erst mal vom Fleck bewegen, Fräulein. Sonst kommst du nämlich nirgendwo mehr hin. Hast du nicht gehört, was wir gesagt haben? Dieser Wald bringt Leute um. Also komm endlich auf die Beine!«

»Ich glaube das nicht«, entgegnete Senna, doch ihr Trotz wich allmählich einer gewissen Unsicherheit. Sie nahm die Arme herunter. »Die Stimmen waren nie böse. Das hätte ich gemerkt.«

Ja klar, Hellseherin bist du also auch noch. Ogav schnaubte.

Laut ihren Informationen hatte das Mädchen nie etwas anderes als Bilder empfangen, aber mit Vernunft war ihr ja ganz offensichtlich nicht beizukommen. Also tat Ogav das Einzige, was ihr noch einfiel: Sie zog ihre Waffe.

Alarmiert sprang Senna auf.

Ogav atmete einmal durch, um ihre Gedanken zu ordnen. »Schön, jetzt verstehen wir uns.« Sie winkte mit dem Strahler. »Ich kann dich paralysieren und hinter mir herschleifen, oder du gehst auf eigenen Beinen. Was ist dir lieber?«

Tränen sammelten sich in Sennas Augen, aber davon ließ Ogav sich nicht beeinflussen. Es war ihre Karriere, die auf dem Spiel stand. Sogar ihr Leben. Sie wollte nicht von einer rosa Flechte aufgespießt werden, und sie hatte zu hart gearbeitet, um sich eine derartige Blöße zu geben.

»Also, was ist nun?«

Bei dem Blick, den Senna ihr zuwarf, war Ogav froh, dass die Parablocker noch wirkten. Aber immerhin setzte sich das Mädchen in Bewegung.

»Und keinen Blödsinn machen«, mahnte Ogav. Am liebsten hätte sie Senna an eine Leine gelegt, damit sie nicht noch einmal abhauen konnte. Wie andere Leute ihre Kinder unter Kontrolle behielten, war ihr ein Rätsel.

Nun gut, sie hatte eine Methode gefunden, Senna zur Kooperation zu bewegen. Solange kein neuer Angriff drohte oder Sennas Medikamente ihre Wirkung verloren, war alles prima.

Ogav seufzte.

Kapitel 25: Nichts als die Wahrheit

Er hatte gewusst, dass sein Vorschlag nicht gerade auf Begeisterung stoßen würde. Aber er war davon ausgegangen, den Rückhalt der örtlichen Regierung und auch den der USO zu haben, ehe die Information über sein Vorhaben an die Öffentlichkeit drang.

Wie war das Gerücht über die mögliche Evakuierung überhaupt in Umlauf gekommen? Dass eine konkrete Information ausgerechnet aus dem Hauptquartier des USO-Geheimdienstes durchgesickert sein sollte, konnte er sich nicht vorstellen. Vermutlich hatte also einfach jemand die richtigen Schlüsse aus den Vorfällen und seiner Ankunft hier gezogen … Oder seine eigene Hoffnung als Tatsachen hingestellt. Egal wie, die Nachricht hatte sich wie ein Lauffeuer verbreitet.

Und jetzt das.

Rhodan schloss das kleine Infoholo seines Multifunktionsarmbands. Er atmete langsam durch, hob den Blick und musterte den Mann, der ihm aus dem Spiegel entgegenblickte. Verflucht, er sah müde aus. Dabei war er noch keine drei Stunden auf diesem Planeten. Aber es ging nun mal um Kinder. Kein Wunder, dass ihm das Desaster auf Istark naheging. Er musste etwas tun, er musste helfen. Die Panik, die seit dem Auftauchen des Gerüchts um sich griff, war da nicht gerade von Vorteil.

Dabei waren es nicht die Proteste, die Rhodan Sorgen machten. Ganz Istark war ohnehin in Aufruhr, da war es vollkommen egal, wogegen die Leute demonstrierten. Aber diejenigen, die den Raumhafen stürmten, um so schnell wie möglich abzuhauen …

Sie glauben, die Regierung hätte die Kolonie aufgegeben, ohne es zu sagen. Sho würde toben, wenn sie davon erfuhr.

Falls sie es nicht bereits wusste. Er war schließlich nicht der Einzige, der sich über die aktuellen Vorkommnisse auf dem Laufenden hielt.

Rhodan wischte mit der Hand über den Sensor des Waschbeckens, ließ kaltes Wasser über seine Handgelenke laufen und rieb sich mit den feuchten Fingern über das Gesicht. Zeit, in den Besprechungsraum zurückzukehren.

Inzwischen hatte sich auch Velda Hainen zu ihrer illustren Runde gesellt. Dem Blick nach zu urteilen, mit dem sie Rhodan begrüßte, war sie über ihren Platz an dem Besprechungstisch alles andere als erfreut, doch sie war professionell genug, um nicht weiter darauf einzugehen.

»Ich fürchte, du hattest mit deiner Vermutung recht«, sagte Hainen. »Unsere Beobachtungen der Dunkelwelt lassen uns zu dem Schluss kommen, dass das Auftauchen des Expeditionsteams den Planeten in eine Art Alarmbereitschaft versetzt hat.« Sie fuhr sich durch die kurzen Locken und kniff die Augen zusammen. »Wir messen neue Spitzenwerte in der Hyperstrahlungsaktivität an, die sich zeitlich mit den neuen Ausbrüchen der Parabegabungen decken. Der Kontakt zu unserem Team vor Ort ist immer noch unterbrochen.«

Rhodan nickte. Das hatte er befürchtet.

Die Präsidentin dagegen gab nicht auf. »Gibt es keine Möglichkeit, den Einsatz abzubrechen?«, fragte sie. »Dann würde sich die Lage auf Istark vielleicht weit genug beruhigen, um uns die Zeit zu verschaffen, die Blocker zu optimieren …«

»Mit den Blockern ist alles in Ordnung«, widersprach Laxten. »Ihre Dosierung weiter zu steigern, wäre unverantwortlich. Es könnte zu irreparablen Schäden bei den Patienten führen.«

»Und die langfristige Anwendung?«, erkundigte Rhodan sich. »Wie wirkt sich die Dauereinnahme auf die Kinder aus?«

Laxten verschränkte die Finger auf dem Tisch. »Bisher waren keine Langzeitstudien möglich.«

»Also habt ihr ein ungetestetes Medikament auf die Bevölkerung losgelassen.«

»Es war eine Notsituation, die rasches Handeln erforderlich gemacht hat.«

»Richtig«, sagte Rhodan. »Eine kurzfristige Lösung für ein akutes Problem. Wir sollten den Einsatz der Blocker nicht länger akzeptieren, als unbedingt nötig ist. Das lässt uns meines Erachtens nach zwei Möglichkeiten: Wir beenden den Strahlungseinfluss von Aldrey oder wir schaffen die Kinder aus dem Einflussbereich der Strahlung.« Er sah zu Hainen. »Punkt eins: Was können wir tun, um Monkey zu unterstützen?«

Auch wenn Sho es nicht glauben mochte, ihm lag durchaus nichts daran, Istark zu entvölkern. Immerhin war er es gewesen, der Monkeys Mission überhaupt erst angestoßen hatte. Das hätte ihm ein schlechtes Gewissen beschert, wenn die Situation auf der Koloniewelt nicht bereits zuvor kritisch gewesen wäre. So war er froh, auf das Problem aufmerksam geworden zu sein. Und wenn es sich auf eine Weise lösen ließ, die ihm auch noch die erhofften Antworten einbrachte, würde er diesen Weg einer Evakuierung allemal vorziehen.

Hainen hob resigniert die Hände. »Solange wir keine Funkverbindung herstellen können – nichts. Wir wissen nicht, ob und falls ja, welche Unterstützung er benötigt. Und nachsehen können wir nicht, die verstärkte Abwehrstrahlung rund um die Dunkelwelt macht einen Anflug unmöglich. Egal wie, wir können nicht eingreifen.«

Das hatte Rhodan erwartet. Dennoch war es besser, wenn Sho diese Einschätzung aus dem Mund einer Mitarbeiterin der USO hörte und nicht aus seinem.

»Das bringt uns zu Punkt zwei.« Er wandte sich zu Olanda Sho, die seinen Blick mit zusammengekniffenen Augen und geschürzten Lippen erwiderte. »Wir sollten eine Evakuierungsflotte der Liga anfordern. Notfalls ordere ich auch die RAS TSCHUBAI ab. Sie kann innerhalb eines Tages hier sein und bietet genug Platz, um die Bewohner von Istark vorübergehend aufzunehmen, bis wir das Problem auf Aldrey gelöst oder einen sicheren Ort gefunden haben, an dem sie bleiben können.«

Kurz dachte Rhodan darüber nach, einen Ölsardinen-Witz nachzuschieben, entschied sich dann aber dagegen. Niemand würde ihn verstehen. Rein rechnerisch hatte die RAS den Platz für derart viele Menschen, aber es würde schon sehr eng werden. Und ungemütlich. Allein das Einschleusen würde selbst bei bestmöglicher Organisation Tage dauern.

Sho schüttelte den rasierten Kopf. »Du hast die neuesten Berichte bestimmt ebenso gesehen wie ich. Die Proteste gegen eine mögliche Evakuierung. Du kannst diese Leute nicht zwingen, alles zurückzulassen, was sie kennen. Ich werde meine Wähler jedenfalls nicht gegen ihren Willen auf ein Raumschiff verfrachten.«

»Ich verstehe deinen Einwand«, sagte Rhodan. »Allerdings können wir gerade diejenigen, die es wirklich betrifft, nicht befragen. Nämlich die Kinder, die ihr quasi in ein künstliches Koma versetzen musstet, um sie vor sich selbst zu schützen.«

»Aber ihre gesetzlichen Vormunde«, konterte die Präsidentin. »Ihre Eltern …«

»Wurden auch nicht befragt, als es um die Verabreichung der Blocker ging!« Sho tat geradezu, als wollte er jemanden entführen. Rhodan schüttelte den Kopf. Er konnte Olanda Sho ebenso wenig zu einer Entscheidung zwingen wie die Istarker. Er verfügte über keinerlei Befugnisse auf dieser Welt. Alles, was er tun konnte, war, sie zu beraten. Und ihr klar zu machen, was ihre Untätigkeit sie kostete. »Worauf willst du warten? Wie viele müssen noch verletzt werden oder gar sterben, ehe du etwas tun willst?«

»Was denn bitte tun?« Shos Stimme bebte vor etwas, von dem Rhodan nicht sagen konnte, ob es Zorn oder Verzweiflung war.

Ein leises Räuspern erklang neben ihm. Laxten strich sich nachdenklich über das spitze Kinn. »Ich schließe mich Perrys Meinung an. Natürlich kann man niemanden zwingen, Istark zu verlassen. Aber man sollte die Leute vor die Wahl stellen.« Er setzte ein abschätziges Lächeln auf. »Immerhin ist die Meinung über unsere bisherige Vorgehensweise recht zwiespältig.«

Rhodan hätte nicht gedacht, dass ausgerechnet der Mediziner ihm beipflichten würde. Er wandte sich wieder zu Sho, doch die sah zu Hainen.

Obwohl sie vorhin nicht einmal die Anwesenheit der USO-Beauftragten zulassen wollte, wartete sie auf ihre Meinung. Erst als Hainen nickte, stieß die Präsidentin ein resigniertes Seufzen aus. »Also schön. Wie willst du vorgehen?«

Verwundert hob Rhodan die Augenbrauen. »Wie gesagt, ich funke die Liga mit der Bitte um Unterstützung an.«

»Ich meine die Bevölkerung«, erklärte Sho. »Du hast die Berichte gesehen. Die Leute werden nicht begeistert sein. Was sollen wir ihnen sagen?«

Rhodan musterte sie. Also hatte er auch mit dieser Vermutung richtig gelegen. Sho war nichts weiter als eine Marionette der USO.

»Die Wahrheit«, riet er ihr. »Sag ihnen die Wahrheit.«

Kapitel 26:
Gerüchtekoch

Alken gab sich selten mit Trivid-Sendern ab. Die Informationen, die er benötigte, konnte er auf andere Weise schneller bekommen ... und für den anderen Mist, die Seifenopern, Talkshows, banalen Filme und Diskussionsrunden, hatte er nichts als Verachtung übrig. Sie waren ebenso geistlos und unnötig wie die Leute, für deren Unterhaltung sie produziert wurden. Schon allein um den Abstand zu seiner Vergangenheit zu wahren, verweigerte Alken den Konsum dieser Idiotenbeschäftigungsmethode.

Dass auf einem seiner Holos dennoch der lokale Nachrichtensender lief, hatte nur einen Grund: die Liveübertragung von Präsidentin Shos Ansprache. Alken interessierte sich nicht sonderlich dafür, was genau sie sagte. Er wusste, wer hinter ihren Worten stand. Mit jeder Sekunde, die diese Farce andauerte, wuchs sein Hass auf Perry Rhodan.

Er glaubte diesem Kerl kein Wort. Die ach so heldenhaften Beweggründe für sein plötzliches Auftauchen konnte Rhodan sich sonst wohin stecken, Alken hatte ihn längst durchschaut. Wenn es stimmte, dass die Paragaben der Istarker von den Schwankungen auf Aldrey abhingen und die Evakuierung sie aus der Reichweite dieser Strahlung bringen würde, war doch eindeutig, woran dem Terraner wirklich gelegen war: Er wollte sie schwächen, ihnen ihre Fähigkeiten nehmen. Weil er sie fürchtete.

Was Alken nicht verstand, war, dass die USO vor dem Unsterblichen kuschte. Über die Beweggründe der United Stars Organisation musste er nicht spekulieren – die hatte er schwarz auf weiß vor sich. Sie hatte die Entwicklung seit Jahren beobachtet und dokumentiert. Sie war hier, um die Begabungen zu studieren und einen Weg zu finden, sie bewusst hervorzurufen und für sich nutzbar zu machen. Warum gab sie die Mutanten jetzt so einfach auf?

Mit flinken Fingern kopierte Alken die Daten der USO, fügte sie neu zusammen mit dem, was Sho behauptete, und dem, was er von Rhodan selbst gehört hatte.

Er würde sich nicht von Istark vertreiben lassen. Das hier war seine Heimat, und was noch wichtiger war: Hier war er, wer er war. Was er war. Er würde seine Fähigkeiten nicht aufgeben.

Sie konnten ihn nicht zwingen, zu gehen – dafür müssten sie erst einmal wissen, dass er überhaupt existierte, und er hatte jede Spur, jeden Eintrag ins System gründlich eliminiert. Offiziell gab es ihn gar nicht. Doch das führte ihn zu einem anderen Problem: Was, wenn sie den gesamten Planeten evakuierten und ihn zurückließen? Was nutzten ihm seine Fähigkeiten dann noch? Selbst wenn es nur die *Zivilisten* betraf, wie Sho – oder besser gesagt Rhodan – es so schön formulierte, was blieb dann noch übrig? Ein Planet voller Geheimagenten und Polizisten, und mittendrin er, der Dieb.

Nein, danke.

Das war nicht das Leben, für das er so hart gearbeitet hatte.

Entschlossen begann Alken damit, seine Textschnipsel hochzuladen. Nichts, was sich zu ihm zurückverfolgen ließ. Hier ein Kommentar zu Shos öffentlicher Erklärung oder einem Bericht der Ausschreitungen, dort eine Antwort auf einer Diskussionsplattform. Kleinigkeiten, niemals mehr als eine Zeile, eine Idee, ein Hinweis.

Doch gemeinsam ergaben sie ein Bild, das sich rasch zusammensetzen würde. Und das eine ganz andere Wahrheit zeigte als die, die Rhodan verbreiten ließ.

Kapitel 27: Die Herren von Aldrey

»In welche Richtung?« Monkeys Stimme klang gefasst, fast schon freundlich. Dennoch zuckte Senna, als hätte er sie angebrüllt.

Sie schüttelte den Kopf und presste die Lippen aufeinander. Das war ja klar gewesen. Das dämliche Gör würde ihnen vermutlich schon aus purem Trotz nicht helfen, auch wenn das bedeutete, dass sie allesamt auf dieser elenden Dunkelwelt festsaßen.

Der Kopf des Mädchens fuhr herum, und Jin Ogav wurde von dem wütenden Blick einer Neunjährigen getroffen, fast so als ob … Ogav grinste.

»Ich schätze, der Blocker verliert allmählich seine Wirkung«, sagte sie.

»Selbstverständlich tut er das«, gab Monkey unbeeindruckt zurück. »Hast du nicht bemerkt, dass unsere Verfolger respektvollen Abstand einhalten, seit sie wieder bei Bewusstsein ist?«

Ogav biss die Zähne aufeinander. Natürlich hatte sie das mitbekommen. Unbewusst jedenfalls. Als er es sagte, wurde ihr klar, dass sie das Rascheln und Klirren, das ihnen seit dem Absturz gefolgt war, schon eine ganze Weile nicht mehr gehört hatte. Wer auch immer das Mädchen kontaktiert hatte, er wusste, dass sie hier war. Ein Gedanke, den Ogav nicht gerade erbaulich fand. Willkommen geheißen fühlte sie sich jedenfalls nicht. Also wozu hatte man sie hergelockt?

»Und wenn das Mädchen uns dieses Unkraut vom Hals halten kann«, fuhr Monkey fort, »kann sie auch tun, wozu wir sie mitgenommen haben. Nämlich zum einen dafür sorgen, dass die Hyperstrahlungsbarriere verschwindet, und uns zum anderen den Weg zur Kerouten-Station weisen. Also, was ist?«

»Nein.« Senna verschränkte die Arme und schob die Unterlippe vor. Als Monkey die Muskeln anspannte, wich sie einen Schritt zurück, blieb jedoch stur. »Ich weiß nicht, wo deine blöde Station ist. Und ich habe Kopfweh. Ich will nach Hause.«

Unruhig sah Ogav sich um. War das ein Windstoß gewesen? Oder kehrten ihre Verfolger zurück? *Kleine, wenn wir hier noch lange rumstehen, sind die Kopfschmerzen dein geringstes Problem.*

»Dann frag nach!«, forderte Monkey. »Frag deine Stimmen!«

»Ich höre sie nicht.« Ihre Unterlippe bebte. Gleich würde sie erneut zu heulen anfangen.

Ob Parrs Medikament immer noch stark genug wirkte, um Sennas Fähigkeiten zu beeinträchtigen? Das musste es sein. Immerhin hatte sie das letzte Mal, als sie der Strahlung des Planeten ungefiltert ausgesetzt war, beinahe Ogavs Raumschiff auseinandergenommen. Und da waren sie noch im Anflug auf Aldrey gewesen. Was würde passieren, wenn sie ihre Fähigkeiten voll zurückerlangte, während sie sich auf dem Planeten befand?

Monkeys Gedanken schienen in eine ähnliche Richtung zu gehen. Oder er sah einfach nur aus Gewohnheit grimmig drein. »Versuch es!«

»Und wenn ich nicht will?«

Eines musste Ogav dem Gör lassen: Es hatte Mumm, sich mit dem Oxtorner anzulegen, und das, obwohl es unter seinem Blick am ganzen Leib zitterte.

Der Lordadmiral verzog die Lippen zu etwas, das einem schiefen Grinsen glich. »Ganz einfach. Dann brauche ich mich nicht länger mit dir aufzuhalten. Du und deine Gedankenfreunde, ihr kommt doch sicherlich gut miteinander zurecht.«

Ungläubig sah Ogav zwischen ihm und dem Mädchen hin und her. Meinte er das ernst? Würde er tatsächlich ein wehrloses Kind mitten auf einem fremden Planeten zurücklassen? Dass Senna ihm jedes Wort glaubte, daran bestand kein Zweifel. Sie war so bleich geworden, dass die blassrosa Kristallranken hinter ihr im Vergleich dazu knallig wirkten.

Nicht, dass Ogav nicht schon selbst daran gedacht hatte, dass sie ohne dieses widerspenstige Kind schneller vorankämen. Aber darüber nachzudenken, war eine Sache. Es zu tun, eine ganz andere.

Senna schniefte. Ogav sah dicke Tränen, die aus Sennas Augen quollen und ihre Wangen hinabliefen, ehe das Mädchen den Kopf senkte. Die Arme, die Senna immer noch vor der Brust verschränkt hielt, wirkten nicht länger trotzig, sondern so, als müsste sie sich selbst umarmen. »Ich versuch's«, flüsterte sie.

Schöner Mist. Jetzt hatten sie nicht nur ein lästiges, sondern auch noch ein heulendes Gör im Schlepptau. Ogav hoffte nur, dass sie nicht irgendwann wütend wurde. Denn dann hätte womöglich selbst der Oxtorner seine Schwierigkeiten damit, sie zu bändigen.

Es war nicht schwer, festzustellen, wann die Blocker ihre Wirkung endgültig verloren. Senna keuchte, Schweiß stand auf ihrer Stirn, und obwohl sie kaum einen Fuß vor den anderen setzen konnte, ohne zu straucheln, presste sie mit aller Macht die Hände auf Ohren und Schläfen.

Aus dem Akustikfeld um ihren Kopf dröhnte irgendein klassisches Stück, so laut, dass Ogav sich am liebsten ebenfalls die Ohren zugehalten hätte. Aber immer noch hatten sie keinen Hinweis darauf, wo ihr Ziel lag.

Möglich, dass Ogav es sich nur einbildete, aber sie glaubte, Monkeys Ungeduld beinahe körperlich zu spüren. Andererseits war es vielleicht auch nur ihre eigene Anspannung. Ihre Schultern schmerzten von der verkrampften Haltung, in der sie ihren Strahler umklammerte. Wenn die Herren Aldreys ihnen die Hilfe verweigerten, wie sollten sie dann sicher sein, dass sie die Angriffe nicht erneut beginnen ließen?

Senna stolperte. Sie stürzte auf die Knie und stöhnte vor Schmerz. Ogav wollte sie unter dem Arm packen und hochziehen, doch in diesem Moment stieß Senna einen wütenden Schrei aus. Die Wurzel, die sie zu Fall gebracht hatte, explodierte. Hunderte winziger Kristallsplitter sausten durch die Luft. Ein beträchtlicher Anteil davon bohrte sich in Ogavs SERUN.

Fluchend sprang sie zurück. »Pass doch auf!«

Das Mädchen würdigte sie nicht einmal eines Blickes.

»Wenn du Sachen in die Luft jagen kannst, dann solltest du auch endlich mal eine Antwort von deinen Freunden bekommen«, murrte Ogav.

Sie hätte nicht gedacht, dass Senna sie bei der Lautstärke ihrer Musik überhaupt hören konnte, doch das Mädchen schnaubte verärgert. »Sie sind nicht meine Freunde«, behauptete sie. »Und ich frag sie die ganze Zeit.« Sie warf Monkey einen argwöhnischen Blick zu, als fürchte sie, dass er seine Drohung wahr machen würde. »Aber sie wissen nicht, was ich meine.«

»Sie werden doch wohl wissen, was eine Forschungsstation ist.« Ogav wurde ungeduldig. »Sie haben die Dinger gebaut.« Sie oder ihre Vorfahren. Falls die Herren der Dunkelwelt überhaupt noch Kerouten waren und nicht eine völlig andere, unberechenbare Spezies übernommen hatte. Hunderttausend Jahre waren eine lange Zeit, selbst für ein Volk, das bereits so lange existierte wie die Kerouten.

»Es hat keinen Sinn, sie verstehen es einfach nicht.«

»Dann erklär es ihnen.«

»Und wie?«, gab Senna patzig zurück. »Sie sprechen nicht in Worten! Wie soll ich ihnen etwas erklären, für das ich kein Bild habe?«

»Es ist eine Forschungsstation«, erklärte Ogav. »Du bist doch ein Kind. Setz deine Fantasie ein.«

Der Blick, mit dem Senna sie bedachte, ließ Ogav befürchten, dass das nächste Ding, das explodieren würde, keine Pflanze wäre.

Hilflos sah sie zu Monkey, doch der stand nur da und beobachtete sie aus dunklen, ausdruckslosen Augenimplantaten. »Wir haben keine Bilddaten von Rhodan erhalten«, sagte er. »Und da wir immer noch keinen Kontakt zu unserem Schiff haben, können wir auch nicht nachfragen.«

Und da unsere SERUNS im Eimer sind, kann ich nicht einmal nach etwas Vergleichbarem suchen. Ogav seufzte. »Kannst du nicht einfach nach etwas fragen, das nicht nach diesem verdammten Dschungel aussieht?«

Sennas Gesicht war vor Schmerz verzogen, dennoch schaffte sie es, Ogav anzusehen, als wäre sie bescheuert. »Ich kann kein Bild zeigen von etwas, das etwas *nicht* ist.«

Konnte dieses Gör denn nicht wenigstens ein bisschen kooperieren? »Du weißt, wie ein Raumschiff aussieht«, versuchte Ogav es. »Und wie ein Haus aussieht. Beides nicht Dschungel. Irgendetwas in der Richtung wird es schon sein, also versuch es gefälligst!«

Senna streckte ihr die Zunge heraus. Dann wischte sie über das Akustikfeld und die Musik verklang. Senna taumelte, als die geistigen Stimmen mit einem Mal wieder ungehemmt auf sie einprasselten. Ihr Blick ging in die Ferne, wurde glasig. Ein einzelner Blutstropfen quoll aus ihrem Nasenloch und tropfte von ihrer Oberlippe herab. Gequält verzog Senna das Gesicht. Nur ein paar Sekunden, dann reaktivierte sie das Akustikfeld und atmete verkrampft durch.

»Ihr habt mich angelogen«, war das Erste, was sie hervorbrachte.

Monkey runzelte die Stirn.

»Inwiefern?«, fragte Ogav.

»Ihr habt gesagt, dass sie die Anlage gebaut haben.«

Also gab es eine Anlage. Immerhin etwas.

»Die Kerouten haben sie gebaut«, sagte Monkey. »Pelzige Kerle, lange Arme, kurze Beine, so eine Schnauze …« Als Senna bei jedem Stichwort nachdrücklicher den Kopf schüttelte, brach er ab und ließ die Hand sinken.

»Das sind nicht die, die mit mir reden«, behauptete sie.

Es dauerte einen Moment, bis Ogav begriff, was sie da gerade gehört hatte. *Keine Kerouten.* Was die Frage aufwarf, ob das, was Sennas Kontakte als Forschungsanlage identifiziert hatten, auch tatsächlich das war, was sie suchten. Und vor allem …

»Wenn du nicht mit den Kerouten sprichst«, sagte Ogav, »mit wem sprichst du dann?«

»Sie haben keinen Namen«, sagte Senna.

Jetzt ging das wieder los. »Dann beschreib sie eben.«

Das Mädchen sah Ogav irritiert an. »Aber ihr kennt sie doch. Ihr habt gegen sie gekämpft.«

»Diese Kristalldinger?« Unmöglich! Das waren nur Pflanzen, und selbst das würde Ogav ihnen nicht wirklich zugestehen. »Die haben dich kontaktiert? Von hier aus … bis nach Istark?«

Senna nickte nur.

Ogav fluchte erneut, und es war ihr egal, ob ihre Wortwahl ungeeignet für eine Neunjährige war. Wenn das, was sie als Pflanzen betrachtet hatte, das eigentliche Volk von Aldrey war, bedeutete das, dass sie nicht irgendwelche Raubtiere – beziehungsweise fleischfressende Pflanzen – oder einen Verteidigungsmechanismus der Station bekämpft hatten. Sie hatten Intelligenzwesen getötet.

Sie sah zu Monkey, hoffte auf irgendeine Reaktion, die ihr verriet, wie sie damit umgehen sollte. Doch das Gesicht des Oxtorners gab keinen Hinweis darauf, ob diese neue Erkenntnis für ihn einen Unterschied machte.

Ogav hatte mit einer halb verlassenen Anlage gerechnet, mit ein paar einzelnen Kerouten vielleicht … nicht mit einem ganzen Dschungel, der womöglich bis zur letzten Pflanze aus Intelligenzwesen bestand. Woher wollten sie wissen, was ihre Angreifer von den Ästen unterschied, die unter ihren Stiefeln brachen? Für Ogav sahen sie alle gleich aus.

»Haben sie dir nun verraten, wo die Anlagen liegen, oder nicht?«, fragte Monkey. Senna nickte. »Dann los. Du gehst vor.«

Senna stolperte los. Der telepathische Kontakt zu den Aldreyern war ihrem Zustand nicht gerade zuträglich gewesen. Ohne auf einen Befehl zu warten, folgte Ogav dem Mädchen dichtauf, um es wenn nötig zu stützen.

Vermutlich spielte es für Monkey keine Rolle, ob er denkende Lebewesen oder bloße Marionetten niederstreckte. Er war Soldat und das schon seit Hunderten von Jahren. Er hatte oft genug getötet. Sie dagegen … Vielleicht war sie doch nicht so geeignet für Außeneinsätze, wie sie gedacht hatte.

Kapitel 28:
Sabotage

»Ich hätte ja eigentlich erwartet, dass du zurückkommst.« Sichu Dorksteiger musterte ihn amüsiert aus dem Holo und warf sich mit einer geschmeidigen Bewegung das lange, silberfarbene Haar über die Schulter. »Dass du stattdessen gleich die ganze RAS TSCHUBAI ins Arraksystem beorderst ... Findest du das nicht ein wenig übertrieben?«

Rhodan lächelte. »Na, ich kann ja mit meinem kleinen Kreuzer schlecht eine Milliarde Istarker einzeln evakuieren, meinst du nicht?«

Sie neigte den Kopf und hob die Augenbrauen. »Also stimmt es?«

»Ich fürchte, ja.« Sein Lächeln verflog. Mit einem müden Seufzen sagte er: »Um ehrlich zu sein, weiß ich nicht einmal, ob die Betroffenen hier lange genug durchhalten, um es auf die Evakuierungsschiffe zu schaffen. Das wird Tage dauern.«

»Ich meinte eher, dass du einfach mit einem Kurierkreuzer abgehauen bist. Togoya hat etwas in der Richtung anklingen lassen.« Sie zwinkerte ihm zu.

Er honorierte Dorksteigers Versuch, ihn aufzumuntern, auch wenn er nicht fruchtete. »Und jetzt beordere ich sie auch noch kurzfristig nach Istark. Ich wette, an Tagen wie diesen bereut sie es, mir das Kommando der RAS überlassen zu haben.«

»Tja, das hätte sie sich mal vorher überlegen sollen.« Ein letztes Lächeln, dann wurde auch sie wieder ernst. »Die Daten, die du mir geschickt hast, sind ... Ich würde ja *bemerkenswert* sagen, aber *beängstigend* trifft es wohl eher.«

»Erzähl.«

»Diese fremdartige Hyperstrahlung ist enorm stark. Jedenfalls den Aufzeichnungen nach. Was ihre Auswirkung angeht, kann ich dir nicht viel Neues sagen. Dazu müsste ich mich mit einem Experten für Parafähigkeiten beraten, oder einem Mediziner ... Aus hyperphysikalischer Sicht kann ich nur sagen, dass der Impuls, den die Dunkelwelt abgibt, den Hyperraum stark, aber lokal begrenzt verzerrt.«

Erleichtert atmete Rhodan auf. »Wie lokal?«

»Das ist von hier aus schwer zu sagen. Ich würde schätzen vierzig Lichtstunden, vielleicht auch sechzig.«

Das Arraksystem durchmaß rund sieben Lichtstunden. Das nächste Sonnensystem lag mehrere Lichtjahre entfernt. »Das bedeutet, wenn ich die Betroffenen aus dem System schaffe, werden ihre Fähigkeiten kontrollierbar?«

»Ah«, machte Dorksteiger. »Siehst du, das ist der Teil, den ich bemerkenswert finde. Soweit ich das beurteilen kann, würden die Fähigkeiten nicht schwächer werden, sondern verschwinden.«

Rhodan blinzelte überrascht. »Wieso verschwinden?«

»Du weißt, das ist nicht mein Fachgebiet – und da du mich gebeten hast, das Ganze vertraulich zu behandeln, kann ich nur eine fundierte Vermutung anstellen. Und die lautet: Die Strahlung ruft keine Mutation an sich hervor, sondern nur die Symptome einer Parabegabung. Das könnte auch der Grund sein, weshalb es nur Kinder betrifft. Ihre Gehirne sind noch zu unausgereift, um der Beeinflussung des Parasektors standzuhalten. Somit würde es vielleicht eine Weile dauern, aber letztendlich sollte sich ihr Zustand wieder normalisieren, wenn sie aus dem Einflussbereich von Aldrey kommen. Aber wie gesagt, das ist nur eine Vermutung.«

»Gut. Behalt das bitte vorerst für dich.«

»Immer doch. Geheimnisse mit dir sind mir die liebsten.«

Er lachte. »Das werde ich mir merken.«

Keine Mutanten. Rhodan unterdrückte ein Grinsen. Auch wenn Dorksteiger nur eine *fundierte Vermutung* abgegeben hatte, er vertraute ihrem Urteil. Falls die USO also darauf spekuliert hatte, ihre Agenten unter dem Nachwuchs von Istark zu rekrutieren und ein Mutantenkorps zu bilden, würde sie eine herbe Enttäuschung erleben. Was nutzte einem eine Armee von Mutanten, wenn diese sich nur im eigenen Sonnensystem aufhalten konnten?

Das rief ihm seinen bevorstehenden Termin in Erinnerung. Unglücklicherweise war die United Stars Organisation nicht die Einzige, die mit unliebsamen Entwicklungen überrascht wurde. Zeit, dass er sich der seinen stellte.

»Ich muss los«, sagte er. »Halt mich auf dem Laufenden, falls du noch etwas herausfindest.«

»Mache ich«, versprach Dorksteiger. »Wir sehen uns bald.«

Rhodan beendete die Verbindung und ließ die Schultern kreisen, bis sie knackten. Ein Blick auf die Uhr verriet ihm, dass sein Gleiter bereits auf ihn wartete.

Er verließ das kleine Büro, das Hainen ihm für sein Gespräch zur Verfügung gestellt hatte, und eilte zum Eingang des Polizeigebäudes hinaus.

»Lügner!«, rief ihm jemand entgegen.

»Heuchler!«

»Wir lassen uns unser Zuhause nicht nehmen!«

Rhodan ignorierte die Rufe, so gut es ging, und schlüpfte in den bereitstehenden Gleiter, ein schlichtes Modell mit abgedunkelten Scheiben. Das ersparte ihm zwar nicht den Anblick der wütenden Gesichter, die ihm nachblickten, aber immerhin verhinderte es, dass die Demonstranten sahen, wie er sich erschöpft im Sitz zurücklehnte.

Wenn er nur wüsste, wer diese abstrusen Gerüchte in die Welt setzte! Das Schlimmste daran war der Funken Wahrheit, der jedes Mal darin steckte, auch wenn die Gerüchte die Tatsachen verzerrten und alles schlechter darstellten, als es war. Natürlich war er nicht gekommen, um Istark im Namen der Liga zu annektieren – aber er konnte nicht leugnen, dass es seine Worte waren, mit denen Sho die Bevölkerung zu beschwichtigen versucht hatte. Die Evakuierung war keine Zwangsmaßnahme – aber hierlassen konnte er auch niemanden.

Der Gleiter verlangsamte seinen Flug. Irritiert sah Rhodan aus dem Fenster. Er konnte den Turm des Nachrichtensenders vor sich ausmachen – weit vor sich. Wieso hielt der Autopilot jetzt schon an? Rhodan beugte sich vor, um durch die Frontscheibe zu sehen, und stöhnte verhalten.

Eine Menschentraube hatte sich vor dem Eingang des zwanzigstöckigen Hochhauses gebildet, in dem *Istark Eins*, der lokale Trivid-Nachrichtensender, untergebracht war. Der Name ließ darauf schließen, dass es irgendwann auch einen Konkurrenten gegeben haben musste, doch soweit Rhodan in Erfahrung gebracht hatte, war *Istark Eins* der einzige. Eine Position, in der er sich nur halten konnte, weil er völlig neutral berichtete. Zu jedem Beitrag gab es einen Gegenbeitrag, bei jedem Diskurs wurde auch die gegnerische Seite angehört. Insofern sollte es ihn vielleicht nicht wundern, dass sich hier die Massen eingefunden hatten, um zu protestieren. Immerhin hatte Olanda Sho bereits die erste Kundgebung im Studio des Senders aufzeichnen lassen.

Was ihn allerdings unruhig machte, waren die Botschaften, die er auf ihren Holoschildern las. Sie waren allesamt gegen ihn gerichtet. *Keine Macht der LFT!*, las er auf einem Banner, das in Neonfarben auf Höhe des zweiten Stockwerks rotierte. Andere Sprüche waren weniger subtil. *Istark den Istarkern. Geh heim, Rhodan!*

Woher hatten die Leute gewusst, dass er seine Stellungnahme ebenfalls im Sender abgeben würde? War er so leicht zu durchschauen? Angesichts der Demonstranten, die das Polizeigebäude belagerten, hätte er das Interview ebenso gut via Holokonferenz von dort aus erledigen können. Es war pure Berechnung, dass er sich dennoch für ein persönliches Interview vor Ort entschieden hatte. So etwas wirkte authentischer, sympathischer. Auch wenn er diese Pressespielchen nicht mochte, er war trotzdem gut darin. Er wusste, dass sein Image manchmal alles war, was er noch in die Waagschale werfen konnte, um die Stimmung zu seinen Gunsten zu kippen. Bisher hatte er sich damit für gewieft gehalten. Angesichts dieser Demonstranten fühlte er sich eher wie ein Hochstapler, und zwar wie kein besonders guter.

Er biss die Zähne zusammen, als ein feuchter Klumpen gegen die verdunkelte Scheibe klatschte, über dessen Zusammensetzung er lieber nicht allzu genau nachdachte. Es brachte nichts, die Stimmung auf Istark persönlich zu nehmen. Diese Leute hatten Angst, und er war der Katalysator. Jemand, dem sie die Schuld geben konnten. Er hatte schon schlimmere Rollen gespielt.

Plötzlich brach ein Tumult aus. Rhodan richtete sich auf. Unweit vor ihnen kam es zu einer Panik im Gedränge. Menschen stürzten zu Boden, andere versuchten, sich aus dem Gerangel zu befreien, und verursachten dadurch nur ein umso größeres Chaos.

Rhodan spannte sich an, die Hand bereits am Türsensor, als er die Robotereinheiten bemerkte, die über der Menschenmenge ausschwärmten. Zielsicher sammelten sie sich über den Krisenstellen, hoben einzelne Demonstranten per Antigrav in die Luft und lösten so den Knoten aus Leibern, der andernfalls Verletzte gefordert hätte. Sie trugen ihre unfreiwilligen Passagiere zum Rand der Versammlung und setzten sie dort zurück auf den Asphalt.

Rhodan sank in seinen Sitz zurück. Shos Leute hatten die Situation im Griff. *Und ich wäre im Augenblick wohl ohnehin nicht der Richtige, um hier irgendetwas zu deeskalieren.*

Quälend langsam schob sich der Gleiter durch die Menschenmenge und gab den Leuten somit ausreichend Gelegenheit, gegen die Wände und Scheiben zu schlagen, zu spucken oder Unflätigkeiten zu brüllen. Rhodan verfluchte den Autopiloten. Er selbst hätte die Menge überflogen, eine waghalsige Kehre am Eingangsportal hingelegt … Aber für solche Manöver war die Positronik des Taxigleiters nicht ausgelegt. Sie hatte das Hindernis erkannt, identifiziert und tat, was ein zivilisiertes Fahrzeug tun sollte: landen, wo es ungefährlich war, und sich im Schritttempo an das Ziel herantasten. Was bedeutete, dass er trotz aller Bemühungen der Sicherheitskräfte zu spät kommen würde.

Er hatte eine halbe Stunde vor dem Beginn der Übertragung vor Ort sein wollen, um genügend Zeit für die üblichen Vorabbesprechungen mit Sho und ihrem Interviewpartner zu haben. Bis er den Eingang von *Istark Eins* erreichte, waren bereits zehn Minuten der Interviewzeit vorüber und sein Gleiter dreckverkrustet.

Die letzten Meter vor dem Turm waren vollends abgeriegelt, Prallfelder drängten die Demonstranten zurück, und als Rhodan aus dem lädierten Gleiter stieg, wurde er von einer drahtigen Frau empfangen, die sich knapp als Sicherheitschefin von *Istark Eins* vorstellte.

»Danke, dass du mich hineinbringst«, sagte Rhodan.

Sie warf ihm einen knappen Blick zu und schob ihn durch die Eingangstür. »Kein Grund zu danken.«

»Na ja, ich …«

»Nein, ehrlich«, unterbrach sie ihn. »Ich bin auf deren Seite, also bedank dich lieber nicht.«

Rhodan klappte den Mund zu. Nach außen hin waren die Mitarbeiter des Senders vielleicht zur Neutralität verpflichtet – das bedeutete aber noch lange nicht, dass sie keine private Meinung besaßen. Er beschloss, die Professionalität seiner Begleiterin nicht mehr als nötig auf die Probe zu stellen. Wenn alles gut ging, konnte er sie und die Leute vor dem Eingang in ein paar Minuten davon überzeugen, dass er hier war, um zu helfen.

Wenn nicht, dann würde auch eine Diskussion zwischen Tür und Angel nichts bewirken. Zumal er die mit ihrem Rücken führen müsste, da sie im Eiltempo voranstürmte. Sie schleuste ihn durch mehrere Gänge und einen Antigravschacht und platzierte ihn vor einer Tür, über der deutlich in roten Buchstaben die Aufschrift *»Ruhe, Liveübertragung«* leuchtete. Erbarmungslos klopfte sie an und ließ ihn stehen.

Rhodan blieb keine Zeit, um sich den Ärger desjenigen auszumalen, der den Hinweis an der Tür angebracht hatte. Die Tür glitt beiseite, und ein pickeliger Junge legte den Finger an die Lippen und winkte ihn hastig herein. Eine Hand hatte er ans Ohr gelegt, seine Aufmerksamkeit galt mehr dem kleinen Holo, das vor seinem Gesicht schwebte und irgendwelche Statistiken anzeigte, als dem Besucher. Er scheuchte Rhodan durch das Schallisolationsfeld, das den nüchternen grauen Tisch abschirmte, an dem bereits Olanda Sho und ein Mann mittleren Alters saßen – Suur Peston, der Moderator, der sie durch das Interview führen sollte.

Peston schaute auf, erkannte Rhodan und leitete souverän zu einer Vorstellung über. »Und hier kommt unser heutiger Ehrengast, Perry Rhodan, der Kommissar der Liga Freier Terraner. Schön, dass du heute bei uns bist.«

Seine Miene verriet nichts darüber, ob er tatsächlich über die

Ankunft seines Gasts erfreut war oder ob er es bevorzugt hätte, wenn dessen Gleiter noch ein wenig länger zwischen den Demonstranten festgesteckt hätte.

Rhodan straffte die Schultern und machte sich auf das Schlimmste gefasst. Er setzte sein Medienlächeln auf, durchquerte den Raum und nahm auf dem freien Stuhl neben Peston Platz. »Danke für die Einladung.«

Peston verlor keine Zeit mit Smalltalk. Oder vielleicht hatte Rhodan diese Phase des Gesprächs einfach bereits verpasst. »Perry Rhodan, was sagst du zu den Vorwürfen, dass die Katastrophen der letzten Tage und die sich häufenden Fälle von Parabegabungen bei Kindern einzig und allein auf Experimente der USO zurückzuführen sind?«

Keine Ahnung, warum fragst du nicht jemanden von der USO? Er hatte keine Ahnung, inwieweit Monkeys Leute die Anomalie von Aldrey nur beobachtet und wie sehr sie die Entwicklung der Betroffenen gefördert hatten. Aber Rhodan hatte zu viele Interviews geführt, um diesen Gedanken tatsächlich auszusprechen. Wenn Peston jemanden suchte, der den Geheimdienst anschwärzte, würde er ihn enttäuschen. Rhodan würde sich hüten, in irgendeiner Form zu den Intentionen der USO Stellung zu beziehen, und wenn er Shos Gesichtsausdruck richtig deutete, war er auch nicht der Erste, dem diese Frage gestellt wurde.

Er verschränkte die Hände und legte sie vor sich auf den Tisch. »Unsere Untersuchungen haben ergeben, dass die Ursache der Mutationen außerhalb von Istark liegt. Auf einem Wanderplaneten, der sich dem System nähert und somit seinen Einfluss immer weiter verstärkt. Im Augenblick wird nach einer Möglichkeit geforscht, diese Quelle abzuschirmen oder unschädlich zu machen.«

»Untersucht von wem?«

»Einem Team von Experten«, wich er aus.

Peston gab nicht nach. »Experten der United Stars Organisation?«

»Unter anderem.« Rhodan nickte zu Sho. »Istarks Regierung zieht alle Fachleute zu Rat, die zur Verfügung stehen. Auch meine eigenen Wissenschaftler arbeiten an dem Fall, damit möglichst rasch eine Lösung gefunden werden kann.« Was wesentlich einfacher vonstattengehen würde, wenn er nicht hier sitzen und Fragen beantworten müsste, die nur darauf abzielten, ihn zu einer unbedachten Aussage zu bewegen.

»Und wie soll diese Lösung aussehen?«

Wieder eine dieser Fragen. Was er auch antwortete, konnte ihm falsch ausgelegt werden. »Wie gesagt, daran arbeiten wir derzeit.«

»*Wir.* Ein gutes Stichwort. Dem Vernehmen nach bist du extra aus dem Wegasystem angereist, um in dieser Sache zu unterstützen. Wieso?«

Rhodan hob die Augenbrauen. »Wieso ich helfen möchte, eine Krisensituation zu überwinden?«

»Wie hast du überhaupt von dieser Krise erfahren? Und wieso führt sie dich persönlich nach Istark?«

Aus dem Augenwinkel sah Rhodan, wie Shos Oberkörper sich anspannte. Sie versuchte, sich ihre Unruhe nicht anmerken zu lassen, doch sie war ebenso gespannt auf seine Antwort wie Peston und vermutlich halb Istark. Garantiert würden sie nicht glauben, dass er der Spur nur gefolgt war, um ein vielversprechendes Saatgut zu finden – und sich vor der Büroarbeit zu drücken.

Er atmete langsam durch und beugte sich vor. »Ich kenne die Gerüchte, die kursieren. Dass ich im Auftrag der Liga Freier Terraner hier wäre, dass ich gekommen wäre, um euch den Planeten streitig zu machen.« Er hob die Hand, als Peston sich anschickte, die Vorwürfe abzustreiten. »Ich weiß, dass man in schweren Zeiten immer nach einem Schuldigen sucht, und dass Außenstehende dafür meist geeignet erscheinen. Dennoch hoffe ich auf euer Vertrauen, denn nichts liegt mir ferner, als irgendjemanden seiner Heimat zu berauben. Aber ich werde nicht zusehen, wie unschuldige Kinder leiden. Nicht, wenn ich die Mittel habe, dieses Leiden zu beenden, auch wenn der Preis hoch ist. Niemand will euch euren Planeten nehmen. Ich werde alles dafür tun, dass ihr Istark noch lange eure Heimat nennen könnt. Aber solange diese Heimat euer Leben bedroht, solltet ihr euch ernsthaft fragen, was euch wichtiger ist: dieser Planet oder die Sicherheit eurer Kinder?«

Das Interview dauerte eineinhalb Stunden. Eineinhalb Stunden, in denen Rhodan immer wieder die gleichen Fragen gestellt bekam, nur in unterschiedlichen Facetten. Fast hätte er glauben können, dass es ein Verbrechen wäre, sich um seine Mitmenschen zu kümmern. Der einzige Grund, weshalb er nicht unruhig aufgesprungen und das Interview beendet hatte, war das Wissen, dass er ohnehin nichts anderes tun konnte.

Die RAS TSCHUBAI war unterwegs, Sichu Dorksteiger befasste sich mit der ungewöhnlichen Hyperstrahlung, Velda Hainen versuchte weiterhin, Monkey und sein Einsatzteam zu kontaktieren, und Doktor Laxten koordinierte die Versorgung der betroffenen Kinder. Alles war ins Rollen gebracht.

Dennoch war Rhodan froh, als die Übertragung endlich endete und er von seiner Rolle als öffentlicher Prellbock erlöst wurde.

»Danke für deine Geduld«, sagte Peston, mit einem Mal die Umgänglichkeit in Person. »Ich weiß deine Hilfe zu schätzen. Nicht nur hier im Studio.« Er fuhr sich mit der Hand durch das drapierte Haar, was zu einem Entsetzensschrei des Visagisten führte. Während er geduldig die Korrektur seiner Frisur über sich ergehen ließ, gestand er: »Meine Nichte war eine der Ersten, die in der Togahan-Klinik behandelt wurden.«

»Das tut mir leid.«

»Ist nicht deine Schuld.«

Als Rhodan überrascht die Augenbrauen hob, lachte Peston. Es war kein besonders fröhliches Geräusch.

»Es wundert dich, dass ausgerechnet ich das sage?« Mit einer knappen Handbewegung scheuchte Peston den Visagisten beiseite und beugte sich zu Rhodan vor. »Meine Nichte, Talja. Sie ist Psi-Spürerin. Keine sehr gute wahrscheinlich. Sie kann weder sagen, wer ein Mutant ist, noch welche Gabe er besitzt, aber wenn jemand mit einer Parafähigkeit in der Nähe ist, schlägt ihr das immer auf den Magen. Ich weiß also, dass sich das Drama schon länger zusammenbraut, auch wenn es jetzt erst eskaliert.«

Immerhin einer, der ihn nicht verdammte. »Wieso hast du das nicht während der Sendung gesagt?«

»Weil meine Meinung nichts zur Sache tut«, wehrte Peston ab. »Abgesehen davon – nur weil ich *dir* nicht die Schuld gebe, heißt das noch lange nicht, dass ich nicht davon überzeugt bin, dass die USO doch ihren Teil dazu beigetragen hat.«

Rhodan konnte es ihm nicht verübeln. Immerhin hatte der Geheimdienst tatsächlich an den Mutationen geforscht. Und die Entwicklung eines Blockers hätte er ihm auch nicht zugetraut. Allerdings hätte es wohl kaum Monkey höchstpersönlich auf den Plan gerufen, wenn sie Aldrey bereits erkundet hätten. Die Daten, die sie zu der Dunkelwelt geführt hatten, waren wesentlich älter als die Kolonie auf Istark. Was auch immer dort lauerte: Die USO hatte es nicht erschaffen, sie hatte nicht einmal eine Ahnung davon, was dort vor sich ging.

Aber da sie diesen Teil der Informationen bisher nicht an

die Öffentlichkeit getragen hatten, konnte Rhodan Monkeys Einsatz schwer als Argument für die USO vorbringen. Zumal er ohnehin nicht wusste, wie Istark auf eine solche Mission reagieren würde.

Kurze Zeit später wusste er es.

»Das darf doch nicht wahr sein!« Das waren keine gut geratenen Vermutungen und Gerüchte mehr, das war Spionage. *United Stars Organisation kämpft vergeblich um Kontrolle über fehlgeschlagenes Regierungsexperiment,* las er. *Lordadmiral Monkey und Team im Einsatz verschollen. Rhodans Expertin ratlos.*

Gezielte Desinformation. Wer auch immer diese Meldungen in Umlauf brachte, er wusste offensichtlich genau, mit welchen Problemen sie zu kämpfen hatten. Verflucht, derjenige wusste sogar von seinem Kontakt zu Dorksteiger! Warum also diese falschen Behauptungen dazwischenwerfen? Wozu das Ganze? Nein, das war die falsche Frage. Die richtige lautete: Wer profitierte davon? Und wie zum Teufel kam er an seine Informationen?

Rhodans Laune war auf dem Tiefpunkt, als er Velda Hainen mit dieser neuen Entwicklung konfrontierte. »Wer wusste von meinem Gespräch mit der RAS TSCHUBAI?«, wollte er wissen.

»Nur ich und der Funker, der die Verbindung hergestellt hatte.« Irritiert zog sie die Brauen zusammen. »Warum?«

»Weil mich jemand belauscht hat.« Mit einer wischenden Geste warf er eine Zusammenfassung der neuesten Vorwürfe von seinem Multifunktionsarmband auf das Holo ihrer Arbeitsstation.

»Das ist lächerlich«, sagte sie, ohne die Meldungen zu lesen. »Wir sind zwar ein Geheimdienst, aber das heißt noch lange nicht, dass wir die Privatsphäre unserer Gäste missachten.«

»Und wie erklärst du dir den Mist in den Nachrichten?«, fragte er.

»Das sind Lügen.«

»Nicht alles.«

Hainen legte den Kopf schief. Als er keine weitere Erklärung abgab, wandte sie sich doch dem Holo zu und überflog die Daten. Sie fluchte, las die Meldungen noch einmal, aufmerksamer diesmal, und wurde blass. »Diese Informationen haben wir nicht verbreitet.«

Rhodan nickte. »Jedenfalls nicht offiziell. Aber irgendwie sind sie trotzdem nach außen gedrungen.«

Die Gesichtsfarbe der Agentin wechselte von Weiß zu Rot. »Du glaubst doch nicht im Ernst, dass einer unserer Leute so etwas tun würde?«

Darüber hatte Rhodan gegrübelt, seit er die neuen Gerüchte im Gleiter gelesen hatte. »Irgendjemand gibt Informationen weiter, die eigentlich geheim sein sollten. Aber wie ich das sehe, schadet diese undichte Stelle ja jedem von uns, der USO ebenso wie mir persönlich. Somit ist derjenige, der gegen uns vorgeht, entweder dumm – oder keiner von uns.«

»Worauf willst du hinaus?«

»Ganz einfach. Wir werden ausspioniert.«

»Unsinn!«, wehrte Hainen ab. »Jede Information, die wir an die Öffentlichkeit tragen, wird strengstens kontrolliert. Die USO verfügt über das beste Sicherheitssystem der Milchstraße.«

»Dann ist das beste System eben nicht gut genug.«

»Es muss eine andere Erklärung dafür geben«, beharrte Hainen. »Das ist nur irgendein Spinner, der sich mit Verschwörungstheorien wichtigmacht. Ich werde unsere Techniker damit beauftragen, die Spur dieser Meldungen zurückzuverfolgen. Wer auch immer diesen Unsinn verzapft, wir werden ihn finden.«

»Tu das.« Rhodan konnte sehen, dass er sie verunsichert hatte, auch wenn sie nicht gewillt war, das zuzugeben. Er hatte keine Lust, weiter zu diskutieren, jedenfalls nicht mit ihr.

Aber solange er sich nicht sicher sein konnte, ob die gesicherte Verbindung, die er zur RAS TSCHUBAI bekam, auch tatsächlich sicher war, würde das nächste Gespräch mit Sichu Dorksteiger warten müssen.

Kapitel 29:
Unten am Fluss

»Ducken!« Parr warf sich zu Boden und hoffte, dass die anderen ihrem Beispiel folgten. Sekundenbruchteile, nachdem sie bäuchlings auf dem unnachgiebigen Wurzelgeflecht landete, rauschte der dornenbespickte Ast durch die Luft. Die kristallenen Spitzen streiften über den Rücken ihres Schutzanzugs. Sie hörte das Gewebe reißen, fühlte den Schmerz, als ihre Haut aufgeschürft wurde. Aber kein Blut. Zum Glück. Die Wunde war nicht tief.

Mit einem leisen Fluch kam sie wieder auf die Beine und sah sich um. Ein paar Schrammen, aber niemand war ernsthaft verletzt. Parr atmete auf.

»Sie wechseln die Taktik«, murrte Bellagy. »Diese Dinger werden gut instruiert.«

»Oder sie sind intelligenter, als wir dachten.« Parr wurde das Gefühl nicht los, dass die Pflanzenwesen zu gezielt vorgingen, um bloße Drohnen zu sein. »Wir sollten sie nicht unterschätzen.«

»Damit habe ich schon lange aufgehört. Achtung!«

Die nächste Angriffswelle kam. Diesmal waren es zwei der Kristallwesen, und sie kamen von oben. Sie waren so ineinander verflochten, dass sie wie ein einziges, vibrierendes Netz wirkten, das aus den gläsernen Ästen auf sie herabsprang.

Parr rollte zur Seite, sprang hoch und schoss. Ihre Thermostrahlen trafen das Gebilde an der Stelle, an der sie glaubte, die beiden Wesen auseinanderbringen zu können. Keine Wirkung. Sie schwenkte um, bündelte ihr Feuer mit dem von Bellagy. Etwas kreischte. Eines der Wesen wand sich, löste seine Äste aus dem Geflecht. Das andere ließ seinen sterbenden Artgenossen los, spreizte die kristallenen Gliedmaßen aus und krümmte sie zu tödlichen Haken.

Wie eine verästelte Spinne stürzte es sich auf sein auserwähltes Opfer. Der Mann ging unter dem Gewicht seines Angreifers zu Boden, brüllte vor Wut und Schmerz und schoss eine ganze Salve Thermostrahlen aus nächster Nähe in den Hauptstrang der Pflanze. Das Wesen bebte, doch es bohrte seine Dornen nur umso verbissener in den Soldaten. Rotes Blut vermischte sich mit blauem.

Verzweifelt wollte Parr ihrem Kollegen helfen, aber es war unmöglich, einen sauberen Schuss abzugeben. Die beiden rangen miteinander, Mensch und Pflanze eng umschlungen, keiner von beiden bereit, den anderen leben zu lassen.

»Leutnant, rechts von dir!«

Parr überlegte nicht. Sie sprang zur Seite, drehte sich um und schoss. Das Kristallwesen strauchelte kurz, stürmte dann jedoch ungehemmt weiter. Direkt auf sie zu. Sie schoss weiter. Jemand riss sie zurück, aus der Bahn des Angreifers. Bellagy zog sie beiseite, feuerte auf die feingliedrigen Äste, auf denen das Wesen heranpreschte. Kristall splitterte, Fasern verbrannten und rissen. Das Ding stürzte zischend zu Boden.

»Weg hier!«, rief er. »Dort hinten ist ein Fluss, vielleicht hält der sie auf.«

Und uns nicht? Ihre SERUNS waren so gut wie nutzlos. Kein Antigrav, keine Ortung ... Die Hyperstrahlung sabotierte die Positronik der Kampfanzüge. Parr bezweifelte, ob sich auch nur die Helme schließen ließen. Aber sie stellte Bellagys Befehl nicht infrage. Wenn Bellagy den Fluss als eine Option sah, dann war das vermutlich die beste Chance, die sie hatten.

Sie rannten los. Die Angreifer schienen ihre Zielstrebigkeit zu bemerken. Sie verstärkten ihre Attacken, sprangen von allen Seiten aus dem Gebüsch. Sie *waren* das Gebüsch. Parr konnte keinen Unterschied zwischen den bewegten und den unbewegten Pflanzen feststellen. Vielleicht gab es auch keinen. Alles an diesem verdammten Urwald war gefährlich. Jeder Kristall konnte zum Leben erwachen, jede Pflanze war tödlich.

Parr schoss und rannte, schoss und rannte. Die Energie ihres Strahlers neigte sich dem Ende zu. Sie hatte ein Ersatzmagazin in der Tasche ihres Anzugs, aber keine Gelegenheit, es zu ziehen. Nicht, wenn sie nicht stehenbleiben wollte. Und stehenzubleiben wäre fatal.

Durch das irisierende Licht des Kristallwaldes konnte sie bereits das dunkle Band des nächtlichen Flusses ausmachen. Er war breiter, als sie erwartet hatte. Und laut. Ein Fluss von dieser Breite sollte nicht laut sein, doch sie hörte das Tosen von Wasser trotz der Schüsse und dem Klirren der Kristallpflanzen deutlich.

Und dann sah sie ihn. Den Wasserfall, der zu ihrer Rechten aus gut fünfzig Metern Höhe herabstürzte. Sie fluchte. »Dort vorn haben wir doch vorhin gerastet.« Was bedeutete, dass sie im Kreis gelaufen waren.

»Unmöglich.« Bellagy erledigte einen weiteren Gegner und sprang in die Fluten. Nach dem dritten Schritt reichte ihm das Wasser bis zur Hüfte. »Komm!«

Parr zögerte. Sie beäugte den Waldrand, während der traurige Rest ihres Teams Bellagy in den Fluss folgte. Bisher hatten sie jeden Angriff zurückgeschlagen – aber sie hatten teuer dafür bezahlt. Sie waren nur noch zu fünft. Was, wenn die Pflanzen sie absichtlich auf den Fluss zutrieben?

Das Kreischen ihrer Verfolger gab schließlich den Ausschlag. Parr rutschte die Böschung hinab und sank ins Wasser. Ungehindert drang die Kälte durch die Polsterung ihres Anzugs, die Strömung riss sie beinahe von den Füßen. Sie wandte sich um, halb in der Erwartung, sogleich von kristallenen Dornenranken wieder ans Ufer gezerrt zu werden. Doch nichts. Der Wald lag still und schweigend da, nur das unheimliche innere Glühen der Kristallstämme verfolgte sie.

»Irgendetwas stimmt nicht«, murmelte Parr. »Das ist eine Falle.«

»Wie kommst du darauf?«

Sie zuckte mit den Schultern. »Ein Gefühl. Und ich sage euch, wir *haben* dort vorne gerastet. Es ist derselbe Wasserfall.«

»Nein. Wir haben an einer Lichtung gerastet. Dort ist keine.«

Er hatte recht. Die Kristallbäume drängten sich dicht an die schwarzen Felsen, zwischen denen das Wasser herabfloss. Und trotzdem waren das dieselben Felsen.

»Der Wald verändert sich.« Sie schluckte. »Der ganze verfluchte Wald ist lebendig. Wer weiß, wie lange wir schon im Kreis laufen?«

Erschrockene Blicke. War das denn niemandem sonst aufgefallen?

Als niemand etwas sagte, räusperte Bellagy sich. »Egal. Wir müssen weiter.«

»Und wohin?«, fragte einer der Soldaten.

Er nickte zur Flussmitte hin. »Wir können nicht ewig im Wasser bleiben, nicht mit defekten SERUNS. Wir schwimmen rüber.«

»Was, wenn es dort auch von diesen Dingern wimmelt?«

»Dann hoffen wir, dass sie uns noch nicht bemerkt haben.« Mit diesen Worten glitt Bellagy ins Wasser und kraulte los.

Parr atmete durch und beugte die Knie, bis die kalten Wellen über ihren Schultern zusammenschwappten. Eisiges Wasser drang durch die Risse im Rücken ihres Anzugs. Sie biss die Zähne zusammen, streckte den Arm aus und zog ihn durch.

Gleichmäßige, kräftige Bewegungen, einen Arm nach dem anderen. Sie spürte die Strömung, die sie immer weiter nach links trieb, und kämpfte verbissen dagegen an. Aber mit jeder Minute, die sie im Wasser schwamm, zog der Kampfanzug schwerer an ihr, lähmte die Kälte ihre Glieder. Parr zwang ihren Körper, in Bewegung zu bleiben, doch als sie aufsah, um sich zu orientieren, sah sie, dass sie immer weiter zurückfiel. Bellagy hatte die andere Seite fast erreicht, und die anderen waren dicht hinter ihm, während sie immer noch in der Mitte des Flusses herumpaddelte.

Panik und Trotz gaben ihr neue Kraft. Wenn sie nicht bald ans Ufer kam, würde sie zu weit abgetrieben werden und sich allein durch den Dschungel zu ihren Kameraden zurückkämpfen müssen. Außerdem war sie zwar keine Kampfspezialistin, aber fit war sie allemal. Sie sollte doch fähig sein, mit so ein paar Kerlen mitzuhalten!

Doch während die Männer bereits an Land gingen, kämpfte sie darum, sich überhaupt noch über Wasser zu halten. Strecke machte sie schon seit Minuten nicht mehr. Ihr Atem ging keuchend, eine Welle klatschte ihr ins Gesicht und spülte ihr brackiges Wasser in den Mund. Sie hustete, spuckte, versuchte, ihren Rhythmus wiederzufinden.

Einen Arm nach dem anderen. Komm schon, Mädchen!

Müde streckte sie den Arm vor und zog ihn nach hinten, doch schon auf halbem Weg verließ sie die Kraft. Dann der andere Arm. Jede Bewegung fiel ihr unglaublich schwer. Das Wasser schwappte über ihrem Kopf zusammen. Parr riss ihn hoch, schnappte nach Atem. Die nächste Welle traf sie, drückte sie nach unten. Parr ruderte mit den Armen, versuchte, nach oben zu stoßen, aber die Oberfläche kam nicht. Luftblasen quollen aus ihrer Nase, sprudelten um sie herum und raubten ihr die Orientierung. Wo war oben?

Jetzt bin also ich dran. Der Gedanke hätte sie erschrecken sollen, tat es aber nicht. Sie war zu müde. *Mellot, Henush und die anderen … Einer muss ja der Nächste sein.*

Etwas umschlang ihren Arm. Parr machte einen halbherzigen Versuch, sich loszureißen. Wenn sie schon sterben musste, dann allein. Sie wollte nicht von irgendwelchen Unterwasserpflanzen zerfetzt werden. Der Griff wurde fester, zog sie nach unten. Nach vorne. Nach oben.

Ihr Kopf durchbrach die Wasseroberfläche. Klare Luft empfing sie, schwül im Vergleich zur eisigen Umarmung des Flusses. Parr hustete, schlug um sich – und traf etwas Weiches.

»Au! Verflucht, beruhige dich!«

Bellagy! Parr blinzelte, bis sie wieder klar sehen konnte. Der Captain hatte den Arm um sie geschlungen und zog sie zum Ufer, wo der Rest der Truppe flussabwärts watete, um sie nicht zu verlieren. Gemeinsam kämpften sie sich aus den Fluten.

Endlich spürte sie sandigen Grund unter ihren Füßen. Parr löste sich von Bellagy, kroch ans Ufer und würgte einen Schwall Flusswasser hoch. Ihr ganzer Körper zitterte vor Anstrengung. Warum waren ihre Glieder immer noch so schwer?

»Dein Anzug ist undicht.« Bellagy legte eine Hand auf ihren Rücken und inspizierte die Risse im SERUN. »Die Polsterung hat sich mit Wasser vollgesogen. Du hattest Glück, dass du so weit gekommen bist, sonst hätte ich dich nicht rausziehen können.«

Parr nahm die Erklärung mit einem müden Nicken zur Kenntnis. Schnaufend kam sie auf die Beine. »Es geht schon wieder.« Sie mussten weiter, ehe sie den Vorsprung, den sie durch die Flussüberquerung gewonnen hatten, verloren.

Bellagy sah das anscheinend ähnlich. »Dann los, sehen wir zu, dass wir weiterkommen!«

»Hoffen wir, dass die Anlagen geschützt sind«, sagte einer

der Männer. »Ich glaube, langsam bräuchten wir alle mal eine Pause.« Sein Blick zuckte zu Parr, ehe er ihn abwandte.

Die Anlage. Glaubte er etwa immer noch daran, dass sie die Keroutenanlagen finden würden? Sie sah zu Bellagy, doch dessen ernste Miene gab keinen Hinweis darauf, ob er diesen Optimismus teilte.

Parr fragte sich, wann die Männer einsehen würden, dass ihre Expedition gescheitert war. Sie waren schon längst nicht mehr auf der Suche – sie kämpften ums nackte Überleben. Und selbst wenn die Forschungsanlage tatsächlich existieren sollte … Parr zweifelte daran, ob sie sie noch rechtzeitig erreichen würden.

Kapitel 30:
Die Forschungsstation

»Wie weit ist es noch?«, fragte Ogav.

Gefühlt stapften sie seit Stunden durch den Dschungel. Dieser Eindruck mochte täuschen, aber ohne eine funktionierende Positronik war es schwer, einzuschätzen, wie viel Zeit seit ihrem Absturz vergangen war. Nicht einmal der Himmel gab Aufschluss darüber. Bei einer Rotationsdauer von knapp vierzehn Stunden wären die veränderten Konstellationen selbst mit bloßem Auge zu erkennen gewesen, doch die Kristalle wuchsen mittlerweile so dicht, dass sie jeden Blick auf die Sterne über Aldrey verwehrten.

Ogav hätte viel für eine funktionierende Positronik gegeben. Oder einen Antigrav, damit sie die Route nicht marschieren mussten, sondern fliegen konnten. Oder Funkkontakt mit der ELANA. Sie wollte von diesem Planeten weg. Aber die Aldreyer, die Pflanzenwesen, die offenbar das dominante Volk auf der Dunkelwelt darstellten, verweigerten die Kooperation. Entweder verstanden sie nicht, dass sie ihre Besucher mit der Blockadestrahlung auf ihrem Planeten gefangen hielten – oder sie begriffen es sehr wohl und schirmten sie bewusst ab. So oder so fragte Ogav sich, weshalb die Pflanzen ihnen dann den Weg zu der Forschungsstation wiesen. War das eine Falle, in die sie blindlings hineinliefen?

Nein, korrigierte sie sich nach einem kurzen Blick zu Monkey. Eine Falle vielleicht, aber *blindlings* stolperte der Lordadmiral definitiv nicht hinein. Was auch immer sie bei der Anlage erwartete – er würde damit fertig werden.

Sofern die Aldreyer sie tatsächlich zu den Anlagen führten und nicht einfach nur im Kreis.

»Senna!«, rief Ogav. »Was ist, wie weit ist es noch?«

Als sie immer noch keine Antwort erhielt, beschleunigte sie ihre Schritte und holte zu dem Mädchen auf, das mit wankenden Bewegungen voranging. Dieses dämliche Akustikfeld. Kein Wunder, dass das Gör sie nicht hörte.

»Hey, Kleine!« Mit einem letzten Schritt umrundete Ogav das Mädchen und erschrak.

Senna war leichenblass, ihre Augen waren glasig und zuckten wild umher, ohne irgendetwas zu fokussieren. Schweißperlen liefen ihr über die Stirn, doch sie schien nichts davon mitzubekommen. Es grenzte an ein Wunder, dass sie sich überhaupt noch auf den Beinen hielt.

Als hätte dieser Gedanke Senna der letzten Energie beraubt, verdrehte sie die Augen und sackte zusammen. Ogav sprang vor und fing die bewusstlose Telepathin auf.

»So ein Mist!« Sie drehte sich zu Monkey um. »Helfen Sie mir!«

Der Oxtorner machte keine Anstalten, ihr das Mädchen abzunehmen, das wie ein Sack in ihren Armen hing. Er ging schnurstracks an ihr vorbei.

»Lordadmiral!« Verdammt, hatte er etwa vor, sie mitsamt dem Kind hier zurückzulassen? »Sir, wir brauchen das Mädchen noch, wenn wir die Forschungsanlagen finden wollen.«

Da blieb er doch stehen. Er musterte sie aus seinen dunklen SAC-Implantaten. »Denkst du?«

Ogav verbiss sich die Frage, ob er sie auf den Arm nehmen wollte, und schleifte Senna voran, so gut sie konnte. Dämliche Kommentare würden sie nicht weiterbringen. Immerhin war Monkey ihr Vorgesetzter, ein Unsterblicher, und … *Das gibt's doch nicht!* Der Kerl hatte *recht!*

Vor ihnen tat sich eine Lichtung auf; der Dschungel wich zurück und gab den Blick preis auf ein Loch von mindestens zwanzig Metern Durchmesser. Es war von riesigen Kristallgewächsen umwuchert, sodass es auf den ersten Blick nicht mehr zu sein schien als eine weitere Unebenheit im Wurzelgeflecht. Doch als Ogav genauer hinsah, bemerkte sie die Regelmäßigkeit, die scharfen Kanten, die so gar nicht zu der kristallinorganischen Struktur des Waldes passten. Diese Öffnung war künstlich geschaffen worden, und zwar vor langer Zeit.

Und wie es aussah, war sie seit fast ebenso langer Zeit verwahrlost.

»Also, wenn das die Station ist, nach der Rhodan sucht, wird er wohl keine Freude mit unserem Fund haben«, sagte Ogav. »Sieht nicht so aus, als wären hier noch irgendwelche Kerouten.«

Monkey stieß ein unartikuliertes Brummen aus und trat auf das Loch zu.

Augenblicklich reagierte der Wald. Mit einem gläsernen Schaben lösten sich mehrere Pflanzenwesen aus dem Wurzeldickicht vor ihnen und versperrten ihnen den Weg. Ihre dünnen Glieder peitschten durch die Luft, drohend und angriffslustig.

Ogav fluchte und drehte sich zur Seite, sodass sie das bewusstlose Mädchen in ihrem Arm hinter sich schob. Sie griff nach ihrer Waffe.

Monkey gebot ihr mit einer abrupten Geste Einhalt. »Lass den Strahler stecken, QuinTech.«

»Aber …«

»Wir haben das Kind bei uns«, sagte Monkey leise. »Irgendetwas verbindet Senna mit diesen Dingern. Bisher haben sie sich zurückgehalten. Wenn wir unsererseits angreifen, ändert sich das vermutlich.«

Es kostete Ogav einige Überwindung, aber sie senkte die Hand von der Waffe und fasste statt nach dem Thermostrahler unter Sennas Knie und hob das Mädchen hoch. Monkey hatte recht. Zwei Aldreyer wären kein Problem. Doch wer konnte schon wissen, wie viele von den Pflanzenwesen sich noch in der Nähe versteckten? Bisher sahen sie Senna vielleicht nicht als Verbündete, aber zumindest als harmlos an. Diesen Vertrauensbonus zu verlieren, konnte schnell ungemütlich werden.

Vorsichtig trat Monkey einen weiteren Schritt auf den Eingang zu. Die Aldreyer bewegten zitternd ihre Äste. Beim nächsten Schritt des Lordadmirals wichen sie zurück. Ungehindert näherten Monkey und Ogav sich dem Loch und warfen einen Blick in die Tiefe.

Auch die Wände waren zugewuchert, doch zwischen den Wurzeln der Kristallpflanzen und einer dicken Rostschicht schimmerten metallene Platten. Der Schacht führte gut dreißig Meter weit senkrecht nach unten, wo er in eine glatte Ebene mündete.

Ogav stieß einen anerkennenden Pfiff aus. Die gesamte ELANA hätte gut und gerne in diesen Schacht gepasst. »Und wie kommen wir da runter?«

»Wir klettern.« Monkey griff nach den Wurzeln, ging in die Hocke und machte Anstalten, seinen Worten Taten folgen zu lassen.

»Warten Sie! Ich … Was ist mit dem Mädchen?« Ogav hielt Senna immer noch auf den Armen, und allmählich spürte sie jedes Kilo der Kleinen. Sie konnte kaum laufen mit der bewusstlosen Telepathin im Schlepptau – den Schacht hinunterzuklettern konnte sie von vornherein vergessen. Oder hatte Monkey etwa vor, sie hier oben zurückzulassen? So kurz vor dem Ziel?

Der Lordadmiral warf ihr einen ungeduldigen Blick zu, griff nach dem Mädchen und warf es sich erneut ohne viel Aufhebens über die breite Schulter.

Irritiert sah Ogav ihm hinterher. Monkeys Methode mochte

nicht unbedingt galant sein, aber sie war zweifellos effektiv. Solche Schultern musste man aber auch erstmal haben.

Ogav glitt über den Rand des Schachts und begann ebenfalls mit dem Abstieg. Die Kristallwurzeln fühlten sich warm und glatt unter ihren Fingern an, und sie musste ein Schaudern unterdrücken, als es unter der glasartigen Oberfläche pulsierte. Sie kletterte, so schnell sie konnte. Die letzten Meter sprang sie, und als die Druckabsorber ihres Anzugs nicht wie üblich ansprangen und ihr bei der Landung der Schmerz in die Knöchel schoss, biss sie die Zähne zusammen.

Sie sah sich um. Auch hier unten gaben die Wurzeln ein leichtes, rosafarbenes Schimmern ab, das zwar nicht ausreichte, um den Schacht auszuleuchten, aber doch ein paar Umrisse erkennen ließ. Sie standen in einem kreisrunden Raum, der definitiv schon bessere Zeiten gesehen hatte. Geröll, Erde und Staub bedeckten den Boden.

»Seltsame Konstruktion für einen Eingang«, kommentierte Monkey.

»Nicht unbedingt.« Ogav deutete auf die kleinen Sensoren, die auf Kniehöhe in die Wände eingelassen waren. »Ich glaube, das ist ein alter Antigravitationsschacht.«

Sie ließ den Blick an der Reihe der Sensoren entlanglaufen und entdeckte ein erodiertes Schott, das sich hinter dem Wurzelgeflecht verbarg. Sie schob die Kristallstränge beiseite, bis sie das Bedienfeld fand. Sie wischte darüber, drückte, tippte darauf … Nichts. Die Schleuse war genauso nutzlos wie der Antigravschacht. Aber das würde sie nicht aufhalten. Technik war immerhin ihr Spezialgebiet, und wie es aussah, war jetzt endlich der Moment gekommen, dem Lordadmiral zu beweisen, dass sie nicht nur Ballast …

Es zischte, Staub wirbelte auf. Ogav sprang zurück und fluchte. Im Tor vor ihr prangte ein mannshohes Loch.

Monkey steckte den Desintegrator fort und trat hindurch, ohne zu sehen, ob sie ihm folgte.

So viel zu ihrer Sternstunde. Der Kerl konnte einem auch wirklich alles vermiesen. Wenn wenigstens Burruk hier gewesen wäre, hätte sie sich das dumme Herumstehen mit jemandem teilen können. Aber nein, der Posbi hatte ja eigene, wichtige Aufgaben zu erledigen. Wer hätte gedacht, dass sie die Blechdose so schnell vermissen würde?

Missmutig stieg Ogav durch das Loch im Schleusentor und das im nächsten Schott. Monkey hatte keine Zeit verloren.

Ogav sah sich um und seufzte. Was immer hier auf sie wartete, ein paar Sekunden würden ihnen keinen Vorteil mehr verschaffen. Den Boden bedeckte der Staub von Jahrtausenden. Irritierenderweise schien sie über Stein zu laufen, obwohl die Wände eindeutig aus Metall bestanden. Es sah aus, als hätte jemand ein Raumschiff im Boden versenkt und es anschließend wie ein Gebäude erweitert und umgebaut. Hier und da waren die Platten geborsten und gaben den Blick auf dicke Kabelstränge frei, die sich durch die Wände zogen. Und wiederum waren die Kristallwurzeln allgegenwärtig. Sie hatten sich durch Stahl und Stein gebohrt wie ein langgliedriges Krebsgeschwür, erhellten alles mit ihrem blassrosa Licht und ließen keinen Zweifel an dem Zustand der Anlage: Die Forschungsstation war verfallen, die Gänge, die von der Eingangshalle abzweigten, waren zum Teil eingestürzt. Sie standen in einer Ruine. Was auch immer Monkey hier suchte – er würde es nicht finden.

Das hielt ihn aber offensichtlich nicht davon ab, die Mission fortzusetzen. Ogav beeilte sich, zu ihm aufzuschließen. »Wonach suchen wir eigentlich?«, fragte sie.

»Woran erinnert dich das hier?«, entgegnete er.

»Ich weiß nicht … An ein Raumschiff?«

»Und deshalb suchen wir die Steuerzentrale.«

Ogav zweifelte daran, ob sie relevante Informationen in einem Schiff finden würden, das vor Ewigkeiten an diesem Ort verbuddelt worden war. Und das war auch das nächste Problem: Sie hatten keinen Anhaltspunkt, wo sie die Zentrale finden sollten, weil das verdammte Schiff unter der Erde lag. Für gewöhnlich lag sie im Zentrum, gut erreichbar und gut geschützt. Die Mitte des Raumschiffes zu erreichen, wäre allerdings erheblich leichter, wenn sie wüssten, welche Form es hatte. War es ein Kugelraumer? Eine Walze? Ein Quader? Die Gänge verliefen kreuz und quer und waren vermutlich so oft umgebaut worden, dass sie keinen Hinweis darauf lieferten, ob sie an einem Ringwulst entlang oder radial auf ein Zentrum zuliefen.

Also blieb ihnen nichts anderes übrig, als zu raten. Falls Monkey irgendwelchen Spuren folgte, die für Ogav nicht ersichtlich waren, so hielt er es nicht für nötig, sie an seinem Wissen teilhaben zu lassen. Ihrem Gefühl nach liefen sie einfach nur im Zickzack quer durch die Anlage, und bei ihrem Glück würden sie dabei genau an ihrem Ziel vorbeilaufen – aber diesen Gedanken behielt sie lieber für sich.

Monkey schien ohnehin keinen Wert auf ihre Meinung zu legen. Er bewegte sich zielstrebig, verharrte an jeder Kreuzung und Gabelung nur lange genug, um die Gänge mit seinen Implantaten zu scannen, und marschierte dann weiter. Soweit Ogav wusste, ermöglichten diese künstlichen Augen es ihm, auf Infrarotsicht oder in einen Teleskopmodus zu wechseln. Nichts, was ihnen ihrer Ansicht nach hier unten etwas nutzte, aber auch das würde sie ihm nicht unter die Nase reiben. Außerdem: Wer wusste schon, ob die Gerüchte stimmten? Vielleicht taten die Implantate noch ganz andere Dinge, die er bloß nicht an die Öffentlichkeit trug.

Ein kurzes, nachdenkliches »Hm« riss sie aus ihren Überlegungen.

»Was ist los?«

Mit einem Kopfnicken deutete Monkey in den Gang, der vor ihnen lag. »Die Anlage ist verlassen, aber immer noch funktionstüchtig.«

Ogav sah ihn verwundert an. Bisher hatte sie nicht den Eindruck gewonnen, dass in dieser Ruine irgendetwas noch zu gebrauchen war, geschweige denn funktionieren sollte. Also verrieten ihm seine Implantate wohl tatsächlich mehr, als er zugeben wollte. Doch dann folgte sie Monkeys Blick und sah es: eine kleine Leuchtdiode neben dem Bedienfeld des Sicherheitsschotts, auf das sie zusteuerten. Sie leuchtete grün.

Ogav hätte sich am liebsten auf die Stirn geschlagen.

»Aber wenn die Anlage immer noch unter Strom steht«, überlegte sie laut, »woher nimmt sie die Energie? Wenn der Konverter des Schiffs aktiv wäre, müssten wir das doch bemerken.«

»Nicht, wenn das Schiff groß genug ist«, widersprach Monkey.

Richtig. Sie durfte nicht von der ELANA ausgehen. Die kleine Space-Jet war das einzige Schiff, das sie in- und auswendig kannte, aber jemand wie der Lordadmiral war ganz andere Maßstäbe gewohnt. Riesige Schlachtraumer mit mehreren Kilometern Durchmesser … wie wohl auch dieses Schiff, in dem sie nun herumirrten. Es konnte Tage dauern, ehe sie die Zentrale fanden.

Das Schott glitt mit einem quälenden Quietschen auseinander, als Monkey die Hand an das Bedienfeld legte, und gab den Blick auf einen gewaltigen Kuppelraum frei.

Oder es dauert nur Sekunden.

Ogav bemühte sich, nicht so beeindruckt oder überrascht auszusehen, wie sie sich fühlte. Die Halle war riesig, soweit sie das in dem düsteren Zwielicht ausmachen konnte. Mindestens hundert Meter im Durchmesser. Über ihren Köpfen wölbte sich eine flache Kuppel, die hoch über ihnen in der Dunkelheit verschwand. Auch hier gab es vereinzelte Wurzelstränge der Kristallpflanzen. Das meiste Licht stammte jedoch aus insgesamt vierzehn mannshohen Behältern, in denen violette Energiefelder schimmerten. Es waren die einzigen Gegenstände im Raum. Keine Sitze, keine Arbeitsstationen. Nur diese Behälter. Wo war der Platz für die Besatzung?

»Das ist die seltsamste Zentrale, die ich je gesehen habe«, murmelte Ogav.

Da Monkey nichts erwiderte, sahen die Schiffe, auf denen der Lordadmiral verkehrte, wohl auch anders aus.

Neugierig trat Ogav an einen der Behälter und berührte das Energiefeld. Augenblicklich reagierte das Feld, wurde transluzent und gab den Blick auf das frei, was im Inneren schwebte.

»Eine Pflanze!« Konserviert in einem Stasisfeld. Sie glich den Kristallwesen an der Oberfläche von Aldrey … minimal. Falls dieses Grünzeug etwas mit den Aldreyern zu tun hatte, denen sie begegnet waren, lagen tausende Generationen und ein paar gewaltige Schritte in der Evolution zwischen diesem Exemplar und jenen, die ihre Gruppe angegriffen hatten.

Monkey trat neben Ogav und legte die bewusstlose Senna auf den Boden. Das Mädchen stöhnte leise. »Das muss das Saatgut sein, nach dem Rhodan sucht«, sagte er.

»Dann will ich lieber nicht wissen, was er damit vorhat.« Ogav ging die Reihe der Behälter ab, berührte einen nach dem anderen. Die Pflanzen, die darin enthalten waren, gehörten eindeutig unterschiedlichen Gattungen an. Einige davon trugen Früchte, wenn man das so nennen wollte. Winzige, leuchtende Hülsen, große, kürbisförmige Knollen … War das das Ausgangsmaterial, mit dem die Kerouten gearbeitet hatten, oder war es ihnen tatsächlich gelungen, Früchte zu züchten, die in der unwirtlichen Umwelt einer Dunkelwelt gedeihen würden? Der Urwald an der Oberfläche sprach dafür. Aber wo waren dann die Kerouten abgeblieben? Sie hatten doch Erfolg gehabt. Weshalb hatten sie die Station und die Dunkelwelt einfach aufgegeben?

Ogav sah sich um, suchte nach einem Hinweis. Solch ein riesiger Raum, nur für ein paar überteuerte Blumentöpfe? Das konnte nicht alles sein. Es musste mehr geben.

Sie schob ihren Frust beiseite, die Müdigkeit und die Erschöpfung, und konzentrierte sich auf das, was sie sah. Die kreisförmige Anordnung der Behälter. Die flache Kuppel. Und die Art, wie die Wurzeln nirgendwo bis ins Zentrum des Raums vordrangen.

Ogav ging in die Mitte der Halle. Es dauerte nicht lange, dann hatte sie gefunden, was sie suchte: ein kreisrundes Relief im Boden, in das eine silberne Platte eingesetzt war. Sie trat darauf. Nichts passierte. Ogav stieß ein missmutiges Schnauben aus, ging in die Hocke und drückte auf die Platte. Auch nichts.

»Was tust du da?«, wollte Monkey wissen.

Wenn ich das wüsste. Tastend fuhr sie über den Rand der Metallplatte, suchte nach einem Sensor, einem versteckten Schalter … Auch nichts. Frustriert wollte sie aufgeben, doch als ihre Finger die Runde beendet und den Kreis vollständig nachgezeichnet hatten, stand plötzlich jemand unmittelbar vor ihr, so nah, dass sie die Haare an seinen krallenbewehrten Füßen hätte zählen können.

Mit einem Aufschrei sprang Ogav in die Höhe. Das Wesen verschwand so schnell, wie es aufgetaucht war. »Was zum …?«

Monkey trat neben sie und deutete auf die Scheibe im Boden. »Wiederhol das.«

Ihr Herz hämmerte immer noch wild in ihrer Brust, und ihre Hände zitterten von dem heftigen Adrenalinschub, den ihr der Schreck verschafft hatte, aber Ogav tat wie geheißen. Noch einmal ließ sie die Finger über den Rand der Platte gleiten und aktivierte damit das Holo, das sie so überrascht hatte.

Wieder stand das Wesen unmittelbar vor ihr. Der große Kopf ruhte auf einem Hals, der zu lang und zu dünn für den stämmigen Körper dahinter wirkte. Die Vorderbeine waren etwas länger als die hinteren Läufe, die Krallen daran so geformt, dass sie auch als Hände dienen konnten. An der Brust, wo das Fell in der dunkelblauen Uniform verschwand, färbte es sich von einem warmen Braunton zu hellem Beige. Das war also einer der berühmt-berüchtigten Kerouten. Aufgerichtet wäre er etwa menschengroß, schätzte Ogav, sofern das Hologramm der tatsächlichen Größe entsprach.

Das Wesen begann zu sprechen. Seine Stimme war überraschend hell, gutturales Schnauben und Grunzen mischte sich unter die unverständlichen Silben. Es dauerte ein paar Sekunden, ehe Ogavs Translator die uralte Sprache erkannt hatte. Dann erklang eine weibliche Stimme.

»... gedeihen auch ohne Sonnenlicht, wobei sie gut auf die Nähe des Sterns Baachbet reagieren. Der Lichteinfluss beschleunigt die Entwicklung, die Früchte reifen innerhalb weniger Stunden. Das Saatgut ist somit auch ohne das Xoj in der Lage, auf Dunkelwelten ertragreiche Ernte zu liefern, doch wenn wir es überdies in Kontakt mit Licht bringen, und sei es auch noch so wenig, wäre die Versorgung der Kolonien gesichert. Unser Ziel scheint so nahe, die Firmamentmutter ist uns gnädig!«

Die Aufzeichnung flackerte und setzte an anderer Stelle fort. Der Triumph der Keroutin war einem besorgten Blick gewichen.

»Wir waren erfolgreich bei unserer Suche«, berichtete sie. »Aber zu welchem Preis! Der Planet ist unbewohnbar. Die Hyperkristalle, die unsere Saat mit der nötigen Energie versorgen sollten, geben eine weitaus höhere Strahlung ab, als aus unseren Kalkulationen ersichtlich war. Unsere Gruppe wird von Visionen geplagt, von Ausbrüchen paranormaler Phänomene. Der Wahnsinn greift um sich. Ich weiß nicht, wie lange wir die Station noch halten können.«

Monkey brummte. »Also haben sie Aldrey verlassen, weil sie ebenfalls unter der Strahlung litten.«

Ogav kratzte das wenige Wissen zusammen, das sie über die ehemaligen Erdenbewohner aufgeschnappt hatte. »Waren die Kerouten nicht auch parabegabt?«

»Latent«, stimmte Monkey zu. »Die tatsächliche Mutation war wohl ebenso selten wie bei Menschen. Aber es hat offensichtlich ausgereicht.«

Kein Wunder, dass die Besatzung der Forschungsstation durchgedreht war. Wenn die Strahlung auf Istark bereits solche Auswirkungen hatte, wie unerträglich musste erst das Leben auf Aldrey gewesen sein?

Ein weiteres Mal unterbrach der Bericht. Als er erneut einsetzte, wirkte der Ausdruck der Keroutin gehetzt. Ihr Fell war struppig, die Uniform schmutzig und zerschlissen.

»Wir hätten das Projekt aufgeben sollen, solange wir noch konnten. Wir suchten nach etwas, das unser Überleben sichern sollte. Stattdessen haben wir Leben erschaffen, das uns den Tod bringt. Ich habe die Überreste der anderen dem Fluss übergeben und bete, dass die Firmamenteltern sie gütig aufnehmen.« Sie schauderte. »Ich bin als Einzige noch übrig. Also liegt es an mir, die Station zu schließen und das Saatgut dem Rat zu bringen, auch wenn ich nicht weiß, ob es ohne die Strahlung dieser unsäglichen Kristalle gedeihen kann. Aber mit ihr … das ist es nicht wert. Das kann es nicht wert sein.«

Sie starrte ein paar Augenblicke vor sich hin, dann endete die Aufzeichnung.

Ogav stieß langsam den Atem aus, den sie unwillkürlich angehalten hatte. »Meine Fresse, das hatten die sich wohl auch anders vorgestellt.«

Die Stationsbesatzung war irre geworden. Vielleicht hatten sie sich gegenseitig umgebracht, vielleicht hatten sie sich auch selbst getötet, um den Auswirkungen der Hyperstrahlung zu entgehen. So oder so, sie gab der Keroutin recht: Kein Saatgut konnte solch ein Opfer wert sein, egal wie verzweifelt die Lage sein mochte, in der sie sich befunden hatten.

Ogav kam auf die Beine und sah sich noch einmal um. Die Kerouten waren verschwunden. Ihre Saat war geblieben und hatte sich zu einer intelligenten Lebensform weiterentwickelt. Vermutlich hatte sie Jahrtausende in einer Art Winterstarre verbracht, während die Dunkelwelt durch das All gewandert war. Und da Aldrey sich mittlerweile auf Arrak zubewegte, wurde sie immer aktiver. Wenn es stimmte, was die Keroutin sagte, benötigten die Pflanzen nur wenige Tage pro Generation. Was das für ihre Evolution bedeutete, konnte Ogav sich nicht einmal ausmalen.

»Lordadmiral?«

Erschrocken fuhr Ogav herum. Das war Burruk! Wie war das möglich?

Langsam, als hätte er mit nichts anderem gerechnet, hob Monkey den Arm und aktivierte die Funkverbindung seines Anzugs. »Ich höre dich, Burruk. Wie lautet dein Bericht?«

»Die Barriere ist aufgehoben. Ich weiß nicht, was ihr getan habt, aber es hat funktioniert. Ich sehe eure Position auf dem Schirm.«

Getan? Sie hatten gar nichts getan! Was bedeutete … Sie wandte sich um und sah, dass Senna das Bewusstsein zurückerlangt hatte. Das Mädchen lehnte an einer der Energiekapseln und atmete schwer. Aber anscheinend war es ihr gelungen, die

Aldreyer endlich davon zu überzeugen, dass sie keine Feinde waren. Wohl auch nur deshalb hatte der Translator überhaupt funktioniert. Umso besser. Es war höchste Zeit, von diesem Planeten zu verschwinden, ehe es ihnen so erging wie den Kerouten.

»Was ist mit den anderen?«, fragte Monkey. »Wo ist das Team von Captain Bellagy?«

Stille. Es dauerte einen Moment, ehe Ogav begriff, dass mit der Funkverbindung noch alles in bester Ordnung war – es war Burruk, der zögerte.

»Ich empfange nur noch drei weitere Signale«, gab der Posbi leise durch. »Korrektur. Jetzt sind es nur noch zwei.«

Kapitel 31: Das Ende der Jagd

Nein! Parrs Entsetzen blieb ungehört. Sie hatte keine Kraft mehr, um zu schreien. Stumm vor Schreck musste sie mitansehen, wie ihr Kollege im Unterholz verschwand, fortgezogen von dicken, dornenbewehrten Ranken. Er hinterließ eine blutige Spur, die feucht auf dem glatten Boden glänzte, ohne zu versickern.

»Du kannst ihm nicht mehr helfen!« Bellagy riss sie zurück und damit auch aus ihrer Starre. »Komm endlich!«

Parr sah zu dem Captain auf. Sie sah den Schmerz in seinen Augen, die wilde Verzweiflung in seinem Blick. Es war nicht Gleichgültigkeit, die ihn von der Leiche seines Kameraden wegtrieb, sondern die gleiche Todesangst, die auch sie verspürte. Kein Training und keine Standardeinsätze konnten auf das vorbereiten, was sie in den vergangenen Stunden durchgemacht hatten. All die Kollegen, denen sie nicht hatten helfen können. All die Toten, die sie hatten zurücklassen müssen. Fremde für sie – Kollegen für Bellagy. Seine Selbstsicherheit war mit jedem seiner Männer ein weiteres Stück gestorben, sodass Parr nicht sagen konnte, ob sie sich nun an ihm festklammerte oder er sich an ihr.

»Weiter!«, keuchte er.

Parrs Lunge brannte wie Feuer, ihr verletzter Rücken war steif und taub. Der Fluss, der sie beinahe das Leben gekostet hatte, hatte ihnen nur ein paar Minuten Vorsprung verschafft. Seitdem rannten sie, gehetzt wie Vieh. Gejagt wie Beute.

Jeder Tod hielt die Pflanzenmonster gerade lange genug auf,

damit Parr einen Funken Hoffnung schöpfen konnte, dass es nun endlich vorbei war. Aber diesmal nicht. Sie konnte nicht mehr, ihre Kraft war am Ende, und Bellagys Schnaufen verriet ihr, dass er ebenfalls erschöpft war, wenn auch noch nicht so sehr wie sie. Was bedeutete, dass es sie als Nächste erwischen würde. Es gab niemanden sonst mehr. Nur noch sie beide – und das Rascheln kam zurück.

Parr warf einen Blick zurück über die Schulter und wünschte im selben Moment, sie hätte es nicht getan. Sie kamen zu viert. In einem Höllentempo rasten sie durch den Kristallwald, schleuderten ihre unzähligen Ranken nach vorne, zogen sich daran voran und über diese Auswüchse hinweg, weitergerissen von den nächsten Kristallarmen, die sich bereits wieder in den Boden gegraben hatten. Eine fließende, amorphe Bewegung, die keine Rücksicht zu nehmen schien auf all die Hindernisse, die der Dschungel den Menschen entgegenstellte. Sie flossen über die starren Kristalläste und Wurzeln einfach hinweg, kamen unerbittlich näher.

Gib auf! Der Gedanke war so klar und nüchtern, dass Parr im ersten Moment nicht erkannte, dass er tatsächlich von ihr stammte. Sie wandte sich wieder nach vorne und lief weiter. Doch die leise Stimme in ihrem Kopf fuhr erbarmungslos fort. *Du kannst nicht gegen sie gewinnen. Wozu das Unvermeidliche noch länger hinauszögern? Stell dich. Bring es zu Ende.*

Nein! So gerne Parr ihrer Erschöpfung nachgegeben hätte, sie durfte nicht aufgeben. Nicht ihretwegen, für sich selbst hatte sie ohnehin keine Hoffnung mehr. Für Bellagy. Jede Sekunde, die sie durchhielt, verschaffte ihm ein paar Meter mehr, die er zurücklegen konnte, ehe die Pflanzen auch ihn einholten. Und vielleicht genügte es, damit er einen Unterschlupf fand. Also musste sie weiter. Sie musste kämpfen.

Schmerz schoss in ihre Seite, ließ sie straucheln. Parr sog

scharf Luft ein, was die Situation nur verschlimmerte. Mit jedem Schritt, mit jedem Atemzug drang das Stechen weiter vor, bis es ihren gesamten Unterleib auszufüllen schien. Sie bekam keine Luft mehr. Rote Flecken tanzten vor ihren Augen, raubten ihr die Sicht. Parr geriet ins Stolpern.

Das Rascheln schwoll zu einem klirrenden Rauschen an. Sie waren ganz nah. Parr presste die Augenlider zusammen, blinzelte gegen den Schmerz an, doch es half nichts. Ganz gleich, was sie sich vorgenommen hatte – sie *konnte* nicht mehr weiter. Jeden Moment würde sie die kalten Dornen ihrer Verfolger spüren, die sich durch ihren Anzug bohrten …

Aber sie würde nicht kampflos untergehen. Parr zog ihren Thermostrahler und drehte sich um. Bellagy hatte den Befehl zur Flucht gegeben, als die Waffen der anderen den Geist aufgegeben hatten. Auch ihr Strahler hatte kaum noch Energie, aber die würde sie ausnutzen bis zum Letzten.

Parr konzentrierte ihr Feuer auf den vordersten Gegner, versuchte, durch das Gewirr peitschender Äste das Zentrum der Kreatur zu treffen. Ihr Thermostrahl durchtrennte die dünnen Astarme, versengte die dickeren, doch das Pflanzenwesen wurde kein bisschen langsamer. Parr fluchte und schoss stattdessen auf einen der Kristallbäume vor sich, in der Hoffnung, ihre Verfolger darunter begraben zu können.

Da zuckte etwas an ihr vorbei und traf das Pflanzending vor ihr. Parr fuhr herum. Bellagy stand da, breitbeinig und schnaufend. Schweiß glänzte auf seiner Stirn, die Arme, die seinen Strahler hielten, zitterten vor Erschöpfung. Und die Anzeige an seinem Magazin leuchtete tiefrot.

Der Blödmann verballerte gerade seine letzten Schüsse.

»Was tust du da?«, schrie Parr. »Lauf!« Sie wandte sich wieder ihren Gegnern zu, die ihr wildes Vorpreschen unterbrochen hatten und nun lauernd vor ihnen Stellung bezogen.

»Vergiss es.« Bellagy vergeudete den nächsten Schuss.

»Verdammt nochmal, ich mach das hier nicht zum Spaß!«

»Ich auch nicht.« Er trat neben sie, die Waffe ebenso wie Parr auf ihre Gegner gerichtet. »Ob es dir gefällt oder nicht, du gehörst zu meinem Team. Ich bin für dich verantwortlich.«

Parr wagte nicht, den Blick von ihren Verfolgern zu nehmen. Also zischte sie bloß: »Du Idiot, willst du unbedingt sterben?«

»Nein. Aber wenn es schon sein muss, dann lieber auf diese Weise.«

Na großartig. Er hatte ebenso aufgegeben wie sie.

Parr atmete langsam durch. Sie hatte noch fünf Schuss, vielleicht auch zehn. Bellagy hatte deutlich weniger. Das würde ein kurzes letztes Gefecht werden. Sobald die Pflanzenwesen begriffen, dass ihr Widerstand nur eine Farce war, würde es sehr schnell gehen.

Minuten verstrichen. Menschen und Pflanzen standen einander in angespannter Erwartung gegenüber. Keiner von ihnen rührte sich.

»Wieso greifen die nicht an?«, murmelte Bellagy.

»Vielleicht wollen sie auch nicht sterben«, gab Parr zurück.

»Ich meine nicht die vor uns.«

Parr begriff. Bisher hatten die Dinger immer strategisch agiert. Sie hatten ihre Aufmerksamkeit in die eine Richtung gelenkt und aus einer anderen angegriffen, in immer neuen Mustern, sodass sich die Soldaten nicht auf eine Vorgehensweise einstellen konnten. Wenn die vier Verfolger so derart offen vor ihnen standen …

Langsam drehte Parr sich um. Als sie auf Aldrey gelandet waren, hatte sie den Dschungel als leer empfunden, doch die vergangenen Stunden hatten sie einiges über diese Dunkelwelt gelehrt. Unter anderem, die beweglichen Pflanzen von den unbeweglichen zu unterscheiden. Einmal mehr waren sie umzingelt.

Bellagy hatte recht. Die Pflanzenwesen hätten sie längst erledigen können. Worauf also warteten sie?

Etwas piepte. Bellagys Anzug. Er meldete eine eingehende Funkverbindung. Jemand versuchte, sie zu kontaktieren!

Parr fühlte, wie alle Energie aus ihr wich. Sie musste sich zusammenreißen, um nicht heulend auf den Boden zu sinken. So nah! Die Rettung wäre so nah gewesen. Der Funk funktionierte wieder, sie konnten Hilfe rufen … Aber sie würden nicht lange genug durchhalten, um auf deren Eintreffen zu warten.

»Bellagy hier.«

»Ich weiß«, tönte Monkeys Stimme aus dem Multifunktionsarmband. »Wir haben die Station gefunden. Ich übermittle Ihnen die Koordinaten.«

So nah …

Bellagy räusperte sich. »Wir haben ein kleines Problem. Wir sind eingekesselt.«

Eine kurze Pause am anderen Ende der Verbindung. Dann: »Greifen die Aldreyer noch an?«

Bellagy warf Parr einen verblüfften Blick zu. »Nein.«

»Gut«, sagte Monkey. »Dann hat wenigstens dieses Kind etwas richtig gemacht.«

Senna! Sie hatte die Pflanzenwesen – die Aldreyer – beruhigt. Sie war bei Bewusstsein! Parr schauderte, als sie begriff, was das für das Mädchen bedeuten musste. »Wie geht es ihr?«, fragte sie.

Monkey ging nicht darauf ein. »Ich erwarte Sie in der Anlage«, sagte er. »Vergeuden Sie nicht noch mehr Zeit.« Damit beendete er die Verbindung.

»Senna.« Die Arme musste ohne die Blocker Qualen leiden, und dennoch hatte sie es geschafft, ihnen das Leben zu retten.

Bellagy nickte. »Es ist nicht weit zu der Station. Du kannst ihr bald wieder helfen.«

»Ja.« Parr warf einen letzten Blick auf den Ring aus Pflanzenwesen. »Gehen wir.«

Sie steckte die Waffe weg und zuckte zusammen. Die Wunde auf ihrem Rücken pochte, und auch der Rest ihres Körpers hatte es ihr noch nicht verziehen, wie sehr sie in den vergangenen Stunden ihre Grenzen überschritten hatte.

»Los, komm!« Bellagy hob ihren Arm um seine Schulter und stützte sie an der Taille. »Nicht, dass du mir auf den letzten Metern schlappmachst.«

Parr wollte protestieren, dass sie sehr wohl alleine gehen konnte – aber als ihr schon beim ersten Schritt die Knie nachgaben, hielt sie lieber den Mund. Es kostete sie bereits genug Kraft, auf den Beinen zu bleiben, jetzt, da das Adrenalin langsam aus ihrem Kreislauf verschwand.

Umso mehr, als sie begriff, dass sie die rettende Nachricht wohl nicht mehr gehört hätte, wenn Bellagy sie zurückgelassen hätte, wie sie es verlangt hatte. Dann wäre es für sie ebenso zu spät gewesen wie für den Rest von Bellagys Team. Die Erkenntnis ließ sie zittern.

»Danke, dass du geblieben bist, Captain«, sagte sie.

Bellagy sah sie an. »Karus«, sagte er. »Mein Name ist Karus.«

Kapitel 32:
Krisensitzung

Tausende Menschen hatten sich zwischen den Anlegeplätzen des zivilen Raumhafens eingefunden. Manche von ihnen hatten Servoroboter mit Gepäck und ihrem halben Hausrat beladen, andere standen mit kaum mehr als den Dingen da, die sie am Leib trugen.

Auf den Aufnahmen der Sicherheitskameras sah Rhodan eine Frau, die einen bewusstlosen oder sedierten Jungen auf den Armen hielt, und eine Familie, die sich unter einem Prallschirm zusammenkauerte, während der Vater lautstark Zugang zu einem der Frachtraumer verlangte.

Mit diesem Wunsch war er nicht allein. Istark verfügte kaum über Passagierschiffe, und deren Kabinen waren gleich als Erste ausgebucht gewesen. Mittlerweile hätten die Leute in ihrer Verzweiflung wohl selbst mit dem kleinsten Container vorliebgenommen. Sie wollten weg von diesem Planeten, den – den Gerüchten zufolge – selbst die Regierung und die USO aufgegeben hatten. Nicht mehr lange, dann würde aus Furcht Panik werden. Noch hofften alle, mit genug Geld oder Mitleid einen Platz an Bord der auf dem Hafen stehenden Schiffe zu bekommen. Aber der Platz war begrenzt. Selbst der gierigste Kommandant musste irgendwann eine Grenze setzen. Bald würden auch die Frachter ablegen, und spätestens dann würde es hässlich werden.

»Das ist doch verrückt.« Rhodan wischte das Holo über Präsidentin Shos Besprechungstisch beiseite. »Die einen verteufeln mich, weil ich versuche, sie von der Notwendigkeit einer Evakuierung zu überzeugen, und die anderen können es gar nicht erst abwarten, dass sie von hier wegkommen.«

Die Leute drängten sogar zu den Transmittern, dabei waren Personentransporte selbst unter normalen Umständen nur über kürzeste Distanzen möglich. Ausreichend, um die Istarker auf eine bereitstehende Evakuierungsflotte zu befördern, aber keinesfalls aus dem Arraksystem hinaus. Bei der unberechenbaren Wirkung der Hyperstürme würde Rhodan das lieber auf die altmodische Weise erledigen, auch wenn es länger dauerte.

»Istark war immer für sich selbst verantwortlich«, wandte die Präsidentin ein. »Wir sind es gewohnt, unsere Angelegenheiten selbst zu regeln.«

»Und das ist Grund genug, in Panik zu geraten und sich zu verschulden?«, fragte er. »Die RAS TSCHUBAI ist bereits auf dem Weg hierher, und die Liga schickt weitere Schiffe für den Transport. Es gibt Platz genug für alle, und das ganz ohne Wucherpreise!«

»Die Leute haben Angst«, sagte Sho. »Und sie glauben dir nicht. Sie verlassen sich lieber auf die Schiffe, die sie sehen, als auf eines, das vielleicht überhaupt nicht kommt.«

Rhodan seufzte. »Ich verstehe das ja«, gab er zu. »Ich finde es nur frustrierend.«

Aber das war der Grund, weshalb sie hier waren. Präsidentin Sho hörte auf ihn. Und wenn sie Glück hatten, hörte Istark auf Olanda Sho.

»Was ist mit den umliegenden Systemen?«, fragte er. »Schicken sie Einheiten?«

Bis die Liga-Flotte eintraf, verging noch mindestens ein Tag. Hilfe aus den Nachbarsystemen würde wesentlich rascher eintreffen und so vielleicht die Lage beruhigen.

Sho schüttelte den Kopf. »Ich habe Kontakt zum Vellassystem aufgenommen. Das ist nur ein paar Lichtjahre entfernt.«

Sie verzog die Lippen. »Allerdings sind sie selbst gerade von Hyperstürmen gebeutelt. Das kann also dauern.«

Rhodan seufzte. »Dann müssen wir wohl mit dem arbeiten, was wir haben. Das wird keine Luxusreise, aber bis ins nächste Sonnensystem reicht es.« Rhodan griff in das Holo und rief eine Übersicht der Kleinraumer auf, die an Bord der RAS TSCHUBAI zur Verfügung standen. »Die Evakuierung muss über die Beibootflotte laufen. Das wären im Augenblick sechs Schlachtkreuzer der MARS-Klasse, alle sechsunddreißig schweren Kreuzer der MINERVA-Klasse, hundertzwanzig leichte Kreuzer der MERKUR- und DIANA-Klasse, dazu zweihundertvierzig Korvetten ...«

Rhodan brach ab, ehe er zu den kleineren Schiffen kam. An Beibooten mangelte es der RAS TSCHUBAI nicht. Der Engpass lag vielmehr auf Istark selbst. »Der zivile Raumhafen ist zu klein. Wenn wir die Schiffe nur dort landen lassen, benötigen wir eine ganze Woche, um alle Passagiere aufzunehmen. Wir werden die Bevölkerung aufteilen und auch Transmitter in den Frachthäfen und den Raumhafen der Regierung nutzen müssen.«

»Das wird ihnen nicht gefallen«, meinte Sho.

Rhodan war nicht ganz sicher, ob sie sich damit auf die Istarker oder die USO bezog. Es machte jedoch auch keinen Unterschied. »Sie werden sich damit abfinden müssen.« Er griff nach der Wasserflasche, die auf dem Tisch bereitstand, und goss sich ein Glas ein. Nachdenklich schwenkte er es ein paar Mal hin und her, ehe er es in einem Zug leerte. »Die Frage ist: Wohin dann? Ich glaube kaum, dass deine Leute an Bord der RAS TSCHUBAI oder ihrer Beiboote bleiben wollen.« Einmal davon abgesehen, dass selbst ein gigantisches Schiff wie die RAS überfordert war, wenn sie Istarks Bevölkerung nicht nur kurzfristig aufnehmen, sondern auch beherbergen sollte.

»Das Vellassystem besitzt drei habitable Planeten«, sagte Sho. »Dort würden wir Unterschlupf finden.« Sie verzog die Lippen. »Falls nötig, auch auf unbestimmte Zeit.«

»Gut. Wobei ich hoffe, dass all das nur eine kurzfristige Übergangssituation ist und ihr alle bald wieder nach Hause zurückkehren könnt.«

»Wenn wir eine Abstimmung durchführen, wer welchen dieser Planeten bevorzugt, könnten wir vielleicht die Einteilung der Raumhäfen gleich entsprechend vornehmen«, schlug sie vor.

Rhodan nickte. »Gute Idee.« Er war froh, dass Sho allmählich ihre Rolle als Präsidentin tatsächlich ausfüllte und nicht nur auf seinen Einfluss oder den der USO reagierte – auch wenn er trotzdem bezweifelte, dass sie eine zweite Amtsperiode erleben würde. Aber bis diese Krise überstanden war, würde Istark eine starke Führung benötigen. Jemanden, der tat, was notwendig war – und der nicht von außerhalb kam wie er oder Monkey.

»Es können bestimmt auch Vereinbarungen getroffen werden, falls jemand lieber an einen anderen Ort gebracht werden möchte. Die RAS TSCHUBAI verfügt über genügend Beiboote. Das hilft den Leuten vielleicht bei ihrer Entscheidung. Wichtig ist, dass wir sie erst einmal von Istark wegbekommen.«

Sho rieb sich die Nasenwurzel, wobei sie gekonnt die restlichen Finger abspreizte, um ihre Augen vor den pinken Nägeln zu schützen. »Mir gefällt das alles immer noch nicht«, bekannte sie. »Ich verstehe die Notwendigkeit, aber …«

»Ich weiß.« Sie hatten beide die Berichte gesehen. Was sie auch taten, um die Bevölkerung zu beschwichtigen, sie kamen nicht gegen die böswilligen Gerüchte an.

Die Istarker wollten keine Erklärung, weshalb die Evakuierung notwendig war, keine Entschuldigung für das Leid ihrer Kinder. Sie wollten eine Lösung. Und die konnten weder Rhodan noch Sho ihnen bieten, jedenfalls noch nicht. Sie konnten nur Versprechen machen, und auf die gaben die Leute ganz offensichtlich herzlich wenig. Also hatten sie die Öffentlichkeitsarbeit vorerst ad acta gelegt, um sich stattdessen auf das vorzubereiten, was kommen würde.

Sie beide waren im Augenblick Istarks gesamter Krisenstab, und solange Rhodan nicht wusste, wer für die durchgesickerten Informationen verantwortlich war, würden sie wohl oder übel auch zu zweit bleiben, was die Entscheidungen betraf.

»Wie sollen wir die Leute dazu zwingen, ihr Zuhause aufzugeben?«, fragte Sho.

Auch die unangenehmen. »Über wie viele Sicherheitskräfte verfügt Istark?«

Ehe die Präsidentin antworten konnte, meldete sein Multifunktionsarmband eine eingehende Funkverbindung. Velda Hainen.

Rhodan aktivierte die Verbindung und legte sie auf das Besprechungsholo. »Velda. Hast du herausgefunden, wer hinter den Gerüchten steckt?«

Die USO-Mitarbeiterin zog die Nase kraus. »Bislang nicht. Falls wirklich nur eine einzelne Person für dieses Chaos verantwortlich ist, verwischt sie ihre Spuren gut.«

Was bedeutete, dass auch dieses Gespräch abgehört werden konnte. Rhodan unterdrückte eine entsprechend verärgerte Bemerkung. Sho und er saßen aus gutem Grund in einem abgesicherten Besprechungsraum außerhalb der Polizeizentrale. Zwar bestritt die USO immer noch die Möglichkeit, dass die undichte Stelle bei ihr liegen konnte, aber Rhodans Bauchgefühl sagte etwas anderes. Solange sie nicht wussten, wie ihre Kommunikation nach außen drang, wollte er wichtige Gespräche eigentlich weder in der Obhut der United Stars Organisation abhalten noch per Funk.

»Das wirst du trotzdem hören wollen«, behauptete Hainen. »Wir haben wieder Kontakt nach Aldrey.«

Nach kurzem Überlegen nickte Rhodan. Falls er mit seiner Vermutung richtig lag und jemand die Kommunikation der USO-Zentrale anzapfte, war dem Verräter jede Information, die Hainen ihm geben konnte, ohnehin bereits bekannt. »Und?«

»Vorerst konnten wir nur mit dem Piloten des Einsatzteams sprechen, einem Posbi namens Burruk. Es gab wohl einige unerwartete Schwierigkeiten. Das Schiff wurde beim Anflug auf den Planeten beschädigt und ist noch nicht wieder flugfähig.«

»Was ist mit Monkey?«, fragte er.

»Er hat gefunden, was du gesucht hast.«

Hainens Antwort war unspezifisch, also traute sie der Verbindung wohl ebenso wenig wie er. Rhodan verstand auch so: Monkey war auf die Keroutenanlage gestoßen. Angesichts der Probleme, die sie derzeit auf Istark bekämpften, erschien Rhodan dieser Fund allerdings eher nebensächlich.

»Was ist mit der Hyperstrahlung?«, fragte er. »Haben sie die Ursache für die Schwankungen ausfindig gemacht?«

»Tut mir leid. Genaueres weiß ich noch nicht.« Sie zog die Unterlippe zwischen die Zähne, als würde sie abwägen, wie viel sie sagen sollte. »Unsere Messungen ergeben jedoch, dass die Strahlung langsam nachlässt, seit der Kontakt wiederhergestellt ist.«

Rhodan atmete durch, und auch Sho entspannte bei diesen Worten sichtlich.

»Also müssen wir nicht evakuieren?«, fragte sie.

»Das kann ich nicht sagen.« Hainen fuhr sich durch die Locken. »Wenn die Strahlung weiterhin in diesem Maß abnimmt, sinkt sie vielleicht auf das Maß zurück, in dem die Psi-Blocker noch als Gegenmaßnahme ausreichen.«

Was so lange gutgehen würde, bis der Wanderplanet sich

noch weiter an Istark annäherte. Das Problem wurde dadurch nur aufgeschoben, nicht aus der Welt geschafft. Aber es verschaffte ihnen Zeit, die sie bitter nötig hatten.

Rhodan erhob sich. »Dann werde ich dem Lordadmiral meine Unterstützung anbieten. Hier kann ich, wie es scheint, ohnehin nichts weiter ausrichten. Halten Sie mich bitte auf dem Laufenden.«

»Aber ...«

»Oder willst du noch ein Team nach Aldrey schicken?«, unterbrach er Hainen. »Ich denke, deine Leute werden hier dringender gebraucht. Nicht wahr, Präsidentin?«

Sho war so perplex, dass sie automatisch zustimmte.

»Gut.« Rhodan nickte ihnen zum Abschied zu und beendete die Verbindung, ehe irgendjemand erkannte, wie weit er seine Kompetenzen gerade überschritten hatte.

Sho erhob sich ebenfalls. »Sollen wir nun evakuieren oder nicht?«

»Wir sollten auf das Schlimmste gefasst sein. Noch wissen wir nicht, wie sich die Strahlung weiter entwickelt.«

»Und das heißt?«

»Versuch weiter, die Leute zu beruhigen«, schlug Rhodan vor. »Auf dich werden sie eher hören als auf irgendjemanden sonst. Ich bin zurück, ehe die RAS TSCHUBAI oder die Ligaflotte eintrifft. Bis dahin werden wir sehen, wie sich die Dinge entwickeln.« Er wandte sich zum Gehen. An der Tür hielt er noch einmal inne. »Es tut mir leid, dass ich dir keine besseren Neuigkeiten geben kann.«

Sho schüttelte den rasierten Kopf. »Da gibt es nichts, was du tun kannst.«

Sie hatte recht. Es war nur immer unschön, sich so etwas einzugestehen. Er wünschte, er könnte Istark helfen. Er wünschte, er könnte die Strahlung beenden, die Evakuierung vermeiden und der Bevölkerung Frieden geben. Stattdessen musste er sich eben mit dem begnügen, was momentan in seiner Macht lag. Er würde Monkey und sein Team einsammeln.

Und ganz nebenbei würde er einen Blick auf die Forschungsanlagen werfen, die ihn überhaupt erst nach Istark geführt hatten.

Kapitel 33: Entdeckungen

»Was soll das heißen, Rhodan ist unterwegs?«

Ogav tat, als würde sie Monkeys Gespräch keinerlei Beachtung schenken, während sie die Apparate in der Forschungsstation untersuchte.

»Nun ja ...« Die Verunsicherung in Hainens Stimme war trotz der Interferenzen deutlich zu hören. Burruk benutzte die ELANA, um ein Relais nach Istark herzustellen, aber die Verbindung war schlecht. »Wir haben Informationsaustausch mit Rhodan betrieben, wie Sie gesagt haben. Das hat er wohl als Anlass genommen, persönlich hierher nach Istark zu kommen.«

»Dann halt ihn dort.«

»Ich ... Ich fürchte, das ist nicht mehr möglich, Sir. Da Ihr Schiff nach Angaben eures Piloten flugunfähig ist, hat Rhodan darauf bestanden, Sie persönlich abzuholen. Seine Space-Jet ist bereits gestartet.«

Was hatte Burruk sich nur dabei gedacht, einen solchen Status ohne den Befehl des Lordadmirals zu melden? Die ELANA hätte in zentimetergroße Trümmer zerbröselt sein können, sie galt erst dann als flugunfähig und das Team als gestrandet, wenn der Boss das sagte. Burruk konnte froh sein, wenn Monkey ihn nicht zum Mülleimer degradierte!

»Welche Koordinaten hast du ihm gegeben?«, fragte Monkey.

»Die der Absturzstelle«, antwortete Hainen. »Hätte ich ...?«

»Nein. Belass es dabei.«

Er will nicht, dass Rhodan in die Anlage kommt, erkannte Ogav. Aber weshalb nicht? Bisher hatten sie nichts gefunden, was irgendeine Bedeutung für die USO gehabt hätte. Und auch nichts, was ihnen geholfen hätte, das Hyperstrahlungsproblem in den Griff zu bekommen.

Letzterem zumindest war Ogav auf der Spur. Die Keroutenanlage war noch mit Energie versorgt, nach Jahrtausenden des Verfalls. Die Vermutung lag also nahe, dass es irgendwo einen Generator auf Hyperkristallbasis gab, der immer noch aktiv und für die Strahlung auf der Dunkelwelt verantwortlich war. Vielleicht gab es ein Leck in der Abschirmung. Wenn sie herausfand, woher der Saft für die Forschungsstation kam, konnte sie ihn möglicherweise abdrehen.

Auf jeden Fall hatte sie nicht vor, sich hier den Hintern plattzusitzen und darauf zu warten, dass Perry Rhodan auftauchte, um sie zu retten. Aldrey gehörte offiziell nicht zum Arraksystem. Niemand konnte Rhodan daran hindern, hier mit einem ganzen Team von Wissenschaftlern aufzukreuzen und ihnen die gigantische Anlage vor der Nase wegzuschnappen, sobald er einmal auf der Dunkelwelt Fuß gefasst hatte. Ogav kannte Rhodan zwar nicht persönlich – wer tat das schon –, aber nach allem, was sie von ihm gehört hatte, traute sie ihm einen solchen Schachzug durchaus zu. Es war sicher nicht pure Nächstenliebe, die den LFT-Kommissar erst nach Istark und dann nach Aldrey führte. Jemand wie Rhodan hatte zweifellos Besseres zu tun, als Taxi zu spielen, selbst wenn der Passagier Monkey hieß.

Besonders dann.

»Was tust du da?«

Ogav zuckte zusammen und warf einen finsteren Blick über ihre Schulter. Ihr Unmut verflog, als sie sah, wie blass Senna war. Ihre Hände zitterten, und obwohl ihr das rote Haar am verschwitzten Kopf klebte, bebten ihre Schultern, als würde sie frieren. Das Mädchen kämpfte sichtlich darum, weder die Besinnung noch den Verstand zu verlieren. Vermutlich suchte sie bloß ein wenig Ablenkung.

Also schluckte Ogav ihre mürrische Antwort hinunter und sagte stattdessen: »Ich suche einen Zugang in die Positronik der Anlage. Ich will sehen, was sie tut, verstehst du? Aber ich finde nichts, was einen Anschluss öffnet.« Einem Impuls folgend fragte sie: »Du hast wohl nicht zufällig eine Ahnung, wo man das Ding hier einschaltet?«

Das Mädchen sah sie nur mit großen Augen an und schüttelte den Kopf.

»Dachte ich mir.«

Ogav beugte sich tiefer über die Konsole neben dem Pflanzentank und zog an einem kleinen Hebel unterhalb der altmodisch anmutenden Eingabeplatte mit den abgerundeten Tasten. Sie besah sich die Energiekartusche, die in der Öffnung zum Vorschein kam, und drückte sie zurück in die Vertiefung. Es klackte vernehmlich. Grüne Linien leuchteten auf. Sie krochen langsam voran und rahmten die glatte Metallplatte ein, bis sie sie vollkommen umschlossen. Es flackerte kurz, dann öffnete sich ein Holo über der Eingabeplatte.

»Ha! Na wer sagt's denn.«

»Und das hilft dir jetzt weiter?«

»Mal sehen.« Das Holo reagierte nicht auf ihre Gesten. Missmutig beäugte Ogav die metallenen Tasten. Das würde umständlich werden. Andererseits hatte sie schließlich nach einer Herausforderung gesucht. Jetzt konnte sie Monkey beweisen, was sie draufhatte. Vorausgesetzt, sie fand etwas, das über konservierte Pflanzenproben hinausging.

Sie verschränkte die Finger und drückte sie durch, bis die Knöchel knackten. »Dann mal los.«

Die ersten, oberflächlichen Dateneinträge waren uninteressant. Dokumentationen der Forschungen, die die Kerouten betrieben hatten. Ogav forschte tiefer.

»Es muss ein Verzeichnis über die Installationen der Anlage geben«, murmelte sie. »Einen Bauplan, ein Verteilernetzwerk … Ah, hier.« Sie rief eine Datei auf, die der Beschreibung nach den Grundriss der Forschungsstation enthalten sollte. Doch was sich auf dem Hologramm entfaltete, war gigantisch. Das konnte unmöglich stimmen! Selbst wenn die Kerouten einen riesigen Schlachtraumer auf Aldrey verbuddelt und als Ausgangsmaterial für ihre Anlage benutzt hätten, kam das nicht hin. Da hätten sie schon …

Ogav stutzte. Rechnete nach. »Ach du Sch…« Sie erinnerte sich an die Neunjährige an ihrer Seite. »Sch…öne Sache.«

Hastig vergrößerte sie die Ansicht, ließ den kugelförmigen Bauplan im Holo kreisen. Es gab keinen Zweifel. Die Forschungsstation war bei Weitem nicht das größte Geheimnis, das Aldrey beherbergte – und das ganz im wörtlichen Sinn. Ogav triumphierte innerlich. Sie hatte das Geheimnis der Dunkelwelt gelüftet! Da konnte Rhodan mit seinem Rettungstrupp kommen, so viel er wollte, *dieser* Ruhm gehörte allein ihr.

»Hast du etwas gefunden?«

Jin Ogav stieß ein erschrockenes Quietschen aus und hätte sich im selben Moment dafür ohrfeigen können. Sie war so in ihre Arbeit vertieft gewesen, dass sie gar nicht mitbekommen hatte, dass Monkey sein Gespräch beendet hatte. Oder hinter sie getreten war.

Sie räusperte sich und bemühte sich, einigermaßen gefasst auszusehen, als sie sich zu ihm umwandte. »Allerdings, Sir.«

»Hast du die Generatoren abgeschaltet?«

»Noch nicht.« Ogav tat ihr Bestes, Monkeys emotionslose Art zu imitieren, auch wenn es bei einer solchen Entdeckung schwer war, nicht zu grinsen wie ein besoffener Kilkspatz.

»Und warum bist du dann so fröhlich?«

So viel dazu. Egal, dann würde sie ihn eben nicht mit ihrer coolen Art beeindrucken – sondern mit dem, was sie herausgefunden hatte. »Weil es möglicherweise gar nicht nötig ist, den Generator herunterzufahren«, erklärte sie.

Monkey sah sie abwartend an.

Ogav deutete auf das Hologramm, das immer noch den dreidimensionalen Bauplan zeigte. »Sehen Sie? Ich dachte zuerst, die Forschungsanlage wäre in den Planeten hineingebaut worden, aber das stimmt nicht. Diese Konstruktion füllt den *ganzen* Planeten aus. Aldrey besteht nicht aus Gestein, es ist eine riesige Maschine, künstlich geschaffen mit ein wenig Ökosphäre drumherum.«

»Eine Maschine.« Monkeys Stimme blieb monoton, und dennoch schaffte er es, dass sie sich kritisiert fühlte.

Ogav ließ sich davon nicht einschüchtern. »Eine Art gigantisches Raumschiff«, fuhr sie fort. »Angetrieben durch einen gewaltigen Hyperkristallgenerator.« Sie deutete auf den Hohlraum im Zentrum der Kugel, der gut ein Drittel der Masse ausmachte. »Das bedeutet, dass der Planet nicht zufällig wandert. Er wurde auf diesen Kurs gesetzt.«

»Und du denkst, dass dieser Kurs wieder geändert werden kann.«

»Genau! Wir können den Streuner so umdirigieren, dass er sich wieder vom Arraksystem entfernt.«

»Ihr wollt Aldrey wieder wegschicken?«, fragte Senna erschrocken. »Ich glaube nicht, dass sie das möchten. Das Sonnenlicht gefällt ihnen.«

Kein Wunder, dachte Ogav. *Das verpasst ihnen den nächsten evolutionären Sprung.*

Sie schnaubte. »Es wird ihnen aber viel weniger gefallen, wenn wir ihnen die Heizung abdrehen. Denn genau das wird passieren, wenn wir den Generator desaktivieren. Der Planet fällt auf eine Temperatur, die seiner Entfernung zum nächsten Stern entspricht. Er wird zum Eisklotz, und ich bezweifle, dass diese Pflanzen winterfest sind.«

Senna machte ein unglückliches Gesicht. »Das werden sie nicht verstehen …«

»Dann erklär es ihnen«, befahl Monkey. »Du kannst doch mit ihnen kommunizieren. Also nimm Kontakt auf und mach ihnen klar, dass das kein Angriff unsererseits ist.«

»Okay.« Senna nickte unsicher. »Ich versuche es.«

»Versuchen reicht nicht.« Monkey sah auf das Mädchen hinab. »Wenn du ihnen helfen willst, dann überzeug sie. Das ist der einzige Kompromiss, den wir ihnen anbieten können. Andernfalls heißt es sie oder wir, Kleine. Und ich garantiere dir: Ich verliere nicht gern.«

Kapitel 34: Meisterstück

Alkens Intuition riet ihm, sich zurückzuziehen. Seine Fähigkeit wurde schwächer, lange würde er nicht mehr unentdeckt im Netzwerk der USO agieren können. Aber er konnte nicht aufgeben, nicht ausgerechnet in diesem Moment. Er durfte nicht zulassen, dass sie ihm all das nahmen, wofür er so hart gearbeitet hatte. Er musste einfach noch vorsichtiger sein, und ...

Seine Intuition meldete sich, und diesmal war es nicht das Gefühl von Gefahr, das sie ihm schon die ganze Zeit vermittelte. Diesmal war es Aufregung, das Wissen, dass er sehr genau hinsehen musste.

Alken rief die Funkprotokolle auf und fand sofort, was er suchte. Eine Verbindung zwischen der Zentrale und dem Schiff namens ELANA, das auf der Dunkelwelt festhing. Angespannt beugte er sich vor. Der letzte Kontakt dieser Art hatte dafür gesorgt, dass Perry Rhodan von Istark verschwunden war – und damit auch aus Alkens Kontrolle. Zu Rhodans Space-Jet hatte er keinen Zugang gefunden, das Ding war abgesichert wie der Notgroschen eines Springerpatriarchen. Was die ELANA auch zu sagen haben mochte – Alken musste es wissen.

Er würde nur das Audiosignal anzapfen, um weniger Argwohn zu erwecken. Noch einmal überprüfte er das Informationsnetz, streute ein paar Fehlermeldungen hier und dort ein, um seine Spur zu verschleiern. Dann griff er auf die vielversprechende Funkverbindung zu, hielt den Atem an und lauschte.

»... in Verhandlungen mit den Aldreyern«, ertönte eine tiefe, männliche Stimme. Die Verbindung war schwach, Alken sah, dass mehrere Filter und Multiplikatoren über das Signal gelegt wurden, um es klarer werden zu lassen. »Ich habe eine QuinTech vor Ort, die sich um die Ausführung kümmert. Ich bin zuversichtlich, dass wir das Problem unblutig lösen können, auch ohne deine Hilfe.«

»Zweifellos.« Das war Rhodans Stimme. Demnach war es eine Konferenzschaltung, die Alken gerade belauschte. »Trotzdem wäre es mir lieb, wenn ich bei diesen Verhandlungen dabei sein könnte. Nenn es berufliche Neugier.«

»Du glaubst, du kannst es besser.«

»Das würde ich niemals behaupten. Wenn du es allerdings sagst …«

Die tiefe Stimme brummte. »Meinetwegen. Aber damit das klar ist: Wenn etwas schiefgeht, machen wir es auf meine Weise.«

»Nichts anderes habe ich erwartet.«

»Gut. Ich lasse dir die Koordinaten zukommen. Hainen, halt Verstärkung bereit, falls sich die Aldreyer dennoch unkooperativ zeigen.«

»Verstanden, Lordadmiral.«

Die Frauenstimme kannte Alken bereits. Und der Anrede nach zu urteilen, musste es sich bei dem Dritten im Bunde um Monkey persönlich handeln. *Volltreffer!* Seine Intuition hatte ihn einmal mehr auf die richtige Fährte gebracht.

»Monkey!« Rhodan klang entrüstet. »Wenn es stimmt, was deine Telepathin sagt, sind die Aldreyer Intelligenzwesen. Wir können nicht einfach gegen ihren Willen ihren Heimatplaneten versetzen, wie es uns gefällt.«

»Doch, können wir. Das Ding ist eine Maschine, und Ogav lernt gerade, wie man sie steuert.«

»Ich rede nicht von der technischen Machbarkeit, sondern von der moralischen Verpflichtung, und das weißt du.«

»Auch da sehe ich kein Hindernis«, erwiderte Monkey gelassen. »In ihrer jetzigen Position gefährdet die Dunkelwelt einen bewohnten Planeten.«

»Und wenn du sie aus dem Sonnensystem bewegst, verlieren die Aldreyer mit großer Wahrscheinlichkeit ihre Lebensgrundlage.«

»Es gibt andere Sonnen, bei denen wir sie platzieren können.«

»Aber nicht ohne ihr Einverständnis!«, beharrte Rhodan. »Sie haben ebenso Rechte wie die Istarker.«

»Wir werden sehen.«

Rhodan seufzte. »Unternimm einfach nichts, ehe ich da bin.«

Eine Veränderung im Code zog Alkens Aufmerksamkeit auf sich. Verschlüsselte Daten, die übertragen wurden ... Die Koordinaten, von denen Monkey gesprochen hatte! Ohne darüber nachzudenken, kopierte er sie und zog sie in seinen eigenen Speicherkristall.

Ein Fehler, wie sich herausstellte.

Der Alarm war dezent und unauffällig. Es war pures Glück, dass Alken ihn bemerkte. Eine kleine Verschiebung der Überwachungssegmente, ein paar Codeschnipsel, die aktiviert wurden ... Und plötzlich musste Alken all sein Wissen und seine Fähigkeiten aufbringen, um zu verhindern, dass dem Sicherheitssystem eine Verbindung zu seiner Arbeitsstation gelang.

Er zog sich zurück, so schnell er konnte, aktivierte dabei die Codebomben, die er überall im Netzwerk der USO versteckt hatte. In der Zentrale des Geheimdienstes musste ein wahres Feuerwerk an Falsch- und Fehlermeldungen ausbrechen. Kameras, die ausfielen oder uralte Aufnahmen wiedergaben. Kommunikationsstränge, die zusammenbrachen, Datenfragmente, die sich willkürlich duplizierten und verteilten.

Und währenddessen floh Alken durch die virtuelle Schleuse, die ihn mit dem Netz der USO verband, schlug panisch nach den Datensträngen, die vor seinen Augen vorbeirasten. Löschte jede Spur, die sie zu ihnen führen konnte, und unzählige mehr. Wenn er eines wusste, dann, dass die Abwesenheit von etwas ebenso auffällig war wie etwas, das zurückgelassen wurde. Also verbreitete er Chaos, so weit er konnte, verteilte es über halb Istark, ehe er seinen eigenen Netzzugang unterbrach und sich keuchend zurücklehnte.

Er wartete. Zehn Sekunden. Dreißig. Schweiß tropfte von seiner Stirn und stach ihm in die Augen. Eine Minute. Zwei. Sein Puls fiel allmählich wieder auf eine normale Frequenz, sein Atem beruhigte sich. Als nach zehn Minuten immer noch niemand versuchte, seine Tür einzutreten, wagte er es, sich zu entspannen. Er atmete langsam durch, rieb sich das Gesicht und stand auf. Seine Beine waren wackelig, und daran war nicht nur der Adrenalinkick der virtuellen Flucht Schuld.

Die Dunkelwelt war eine Maschine! Es hatte einige Zeit gedauert, bis er die gesamte Tragweite dieser Information begriffen hatte, aber nun schwindelte ihn bei der Aussicht auf die Möglichkeiten, die das eröffnete. Ein Planet, der sich steuern ließ wie ein Raumschiff …

Auch wenn Rhodan für Vorsicht plädiert hatte, es war eindeutig, dass er die Dunkelwelt aus dem Arraksystem befördern wollte. Damit könnte er eine Evakuierung vermeiden und wäre sicherlich der Held des Tages. Alken grunzte. Er warf seine Kaffeemaschine an und sah zu, wie sich die dünne Plörre in den Becher ergoss.

Alken wollte zwar keine Evakuierung, aber noch weniger wollte er, dass er seine Fähigkeiten verlor. Und darauf würde es hinauslaufen, wenn sich Aldrey zu weit von Istark entfernte, oder nicht? Das durfte er auf keinen Fall zulassen. Nur weil ein paar Leute nicht mit den Gaben umgehen konnten, die ihnen die Dunkelwelt schenkte, würde er sich die seine nicht nehmen lassen. Lieber riskierte er, dass Rhodan die halbe Bevölkerung fortschaffte. Seine bisherige Arbeit hatte gezeigt, dass bei Weitem nicht alle bereit waren, Istark zu verlassen. Sollten die Feiglinge doch verschwinden! Alken würde bleiben.

Alles, was er dazu tun musste, war, die Maschine im Kern der Dunkelwelt in Gang zu kriegen, bevor Rhodan das tun konnte. Und Maschinen waren sein Spezialgebiet.

Er kippte den Inhalt seines Kaffeebechers hinunter und nahm erneut vor seiner Arbeitsstation Platz. Er hatte alles, was er benötigte – die Hardware, die er für seinen Ausflug ins Netz der USO arrangiert hatte, sollte ausreichen, um zu tun, was auch die USO selbst getan hatte: das havarierte Schiff auf Aldrey als Relais verwenden, um mit der Dunkelwelt zu kommunizieren. Und für alles Weitere …

Nach kurzem Zögern aktivierte Alken seine Station wieder. Keine Auffälligkeiten, keine Nachricht, die besagte: *Wir haben dich gefunden, ergib dich!* Er wählte die Kopie der Datei aus, die Monkey an Rhodan geschickt hatte, und überprüfte sie. Eine komplizierte Verschlüsselung, aber die hatte er schon in anderen Dateien der USO gesehen. Sonst konnte er nichts Ungewöhnliches daran feststellen. Keine versteckten Bösartigkeiten, wie er sie eingebaut hätte. Monkey hatte wohl nicht damit gerechnet, dass jemand die Datei klauen könnte.

Alken öffnete sie, entschlüsselte sie und speiste die Koordinaten in sein System ein. Drei Sekunden später stand die Verbindung. Er rieb sich die Hände. Es konnte losgehen.

Der erste Schritt war einfach. Um sich mit der ELANA zu verbinden, benötigte er seine Fähigkeiten nicht – das war eine Anfängerübung, mehr nicht. Von seinem Rechner zu der Sendestation *Istark Eins* – gute Reichweite, schlechte Sicherheitsvorkehrungen – und von deren Sendesatellit sprang er über das Relaisnetz der Regierungssatelliten nach Aldrey. Die Space-Jet der USO war erstaunlich gut gegen Eingriffe von außen gesichert. Allerdings hielt sie immer noch die Funkverbindung geöffnet, um einen schnellen Austausch von Monkeys Team und der Zentrale auf Istark zu gewährleisten. Das ermöglichte Alken Zugriff auf die Positronik der ELANA. Er benötigte das Schiff, damit er nicht um Reichweite kämpfen musste. Seine Begabung schwand, und er wollte seine Kräfte für den wichtigsten Teil aufsparen.

Also schummelte er sich zwischen Codes und Programmstrukturen hindurch, versteckte kleine Anker in der Positronik der Jet, bis er sicher war, dass er auch nach einem neuen Hochfahren der Sicherheitsvorrichtungen nicht hinausgeworfen werden konnte. Dann streckte er seine mentalen Fühler aus und tastete ins Unbekannte.

Er brauchte nicht lange zu suchen. Der Apparat war da, ein riesiges Konstrukt, gewaltig und zugleich primitiv. Als hätte jemand Hammer und Meißel benutzt, um komplexe Abläufe und Figuren in Metall zu schlagen. Nach allem, was Alken in den Daten der USO über die Dunkelwelt herausgefunden hatte, hätte er erwartet, dass ihm die Maschine von Aldrey fremdartig erscheinen musste, doch das Gegenteil war der Fall. Alken grinste. Mathematik blieb eben Mathematik, und aus nichts anderem bestand jeder Code im Universum.

Er drang tiefer in den künstlichen Planeten ein, erforschte Aggregate, Steuerverbindungen und zuletzt den gigantischen Generator, der im Innersten arbeitete. Der Rest der Station befand sich in einer Art Starre, gefangen im Standby-Modus. Der Generator jedoch lief unbeirrt weiter. Alken glaubte, eine kribbelnde Wärme zu fühlen, als würde er unmittelbar vor dem Herz dieser Maschine stehen und nicht Millionen Kilometer weit davon entfernt in seinem Keller hocken. Er sah die Hyperstrahlung, die wie ein flimmerndes Licht um den Kern pulsierte, und griff danach.

Schlagartig durchströmte ihn eine unbändige Energie. Hitze schoss ihm in die Fingerspitzen, in die Zehen und in die Stirn, füllte jede Partikel seines Körpers aus. Und die Kraft! Alken hatte das Gefühl, das ganze Sonnensystem begreifen, nein, *beherrschen* zu können. Alles, was er dazu tun müsste, wäre, die Hand auszustrecken. Er sah den Code hinter jedem Lebewesen, hinter jedem Atom. Alles reine Mathematik.

Die Vision verschwand so schnell, wie sie gekommen war. Zurück blieb nur das Wissen, was er mit dieser Art der Macht tun könnte, und einer unstillbaren Gier danach. Nie wieder wollte er sich klein, unnütz und verfolgt fühlen. Er könnte die Realität nach seinen Wünschen gestalten! Dazu musste er nur näher ran an diesen Energiequell.

Voller Euphorie stürzte er sich auf die Aggregate, fuhr die uralten Systeme hoch und machte sie startklar. Ein dumpfes Vibrieren ging durch den Planeten, unhörbar, aber für ihn deutlich zu spüren. Die Energie begann zu fließen, sie strömte durch die Verkabelung und in die Verbraucherzellen. Das Planetenraumschiff aktivierte die Triebwerke.

Alken lernte, während er arbeitete. Er hatte noch nie ein Raumschiff gesteuert, aber es konnte sich nicht allzu sehr von einem Gleiter unterscheiden. Er fand die axialen Antriebswerke, mit denen er die Dunkelwelt ausrichtete, und das Hauptantriebswerk, mit dem er sie beschleunigte.

Der Planet bewegte sich. Alken triumphierte. Die Dunkelwelt nahm Fahrt auf … und kroch im Schneckentempo auf Istark zu. Ungeduldig verstärkte er den Impuls, doch das Resultat blieb dasselbe. Er verlor die Kontrolle. Was stimmte nicht?

Alken durchsuchte die Fehlermeldungen der Positronik, die wie ein endloser Strom aus Zeichen und Symbolen vor seinen Augen vorbeirauschten. Die Sprache war ihm fremd, die Mathematik dahinter nicht: Der Planet war zu schwer, der Widerstand zu groß.

Aber nun, da er die Fehlercodes gefunden hatte, konnte Alken die vorhandenen Automatismen nutzen. Er aktivierte die Startfrequenzen des Planeten und registrierte, welche Prozesse dadurch in Gang gesetzt wurden. Der Antigrav reduzierte das Gewicht der Planetenmasse, die Andruckabsorber kompensierten den Druck auf die Oberfläche des Planeten.

Die Dunkelwelt beschleunigte.

Kapitel 35: Naturgewalten

Ein dumpfer Schlag erklang irgendwo tief unter ihnen. Ogav stutzte.

»Kommst du endlich voran?«

Verstimmt sah sie zu Monkey auf. »Ich arbeite daran. Aber das System ist widerspenstig. Nichts funktioniert so, wie man es erwarten würde.«

»Dann hör auf, Erwartungen zu stellen.«

Ogav beugte sich tiefer über die Eingabe und verdrehte die Augen. Wenn das Ganze so einfach wäre, hätte sie das blöde Ding längst zum Laufen gebracht. Es benötigte eben nicht nur Fingerspitzengefühl, sondern auch Zeit, um eine fremde Technik zu durchschauen. Und es wurde nicht besser, wenn man sie hetzte.

Wozu überhaupt die Eile? Rhodan hatte schließlich gesagt …

Eine kleine, grüne Anzeige leuchtete im Holo auf.

»Was ist das?«, wollte Monkey wissen.

»Ich weiß nicht.« Weitere Anzeigen blinkten auf, eine Reihe von Zahlen und Formeln rasselte über das Bild. »Es sieht aus, als würden die Systeme hochfahren.«

»Na endlich.«

»Aber …« Ogav war sich ziemlich sicher, dass *sie* nicht dafür verantwortlich war.

»Dann bereite alles vor, und sobald wir die Berechnungen von Hainen bekommen –«

Den Rest von Monkeys Befehl bekam Ogav nicht mehr mit.

Ein Ruck ging durch die Anlage, schleuderte sie von den Füßen und durch die gesamte Halle. Sie krachte mit einer solchen Wucht gegen die Wand, dass sie fürchtete, sich alle Knochen gebrochen zu haben. Ihr Schädel dröhnte, und der Druck in ihren Ohren brachte sie fast um den Verstand. Es kostete sie unmenschliche Kraft, die Hand zu heben. Ihr Arm schien Tonnen zu wiegen, und als es ihr endlich gelang, ihre Ohrmuschel zu betasten, fühlte sie Blut. Ogav wurde schwarz vor Augen. Wie viel Gravos lasteten auf ihnen? Drei? Zehn?

Langsam, unendlich langsam nahm der Druck wieder ab. Sie blinzelte, schnappte nach Luft und bemerkte erst jetzt, dass selbst das unmöglich gewesen war.

»Was war das denn?«, presste sie hervor.

Monkey ächzte und stemmte sich auf die Beine. Etwas, wovon sie selbst noch den einen oder anderen Ohnmachtsanfall entfernt war. »Hast du an irgendwelchen Schwerkraftfeldern herumgepfuscht?«, fragte der Oxtorner.

Von wegen! Sie war gar nicht erst dazu gekommen, an irgendetwas herumzupfuschen!

Ogav kämpfte sich mühselig auf die Knie, stürzte jedoch wieder zu Boden, als der gesamte Raum plötzlich anfing zu beben. Über ihren Köpfen knirschte es vernehmlich, Staub und Erde rieselten auf sie herab.

»Was …?« Weiter kam sie nicht. Eine Platte von mehreren Metern Durchmesser krachte von der Decke und zertrümmerte einen der Pflanzentanks. Das Stasisfeld darin zerplatzte wie eine Seifenblase, der Geruch von Fäulnis und Apfelsinen breitete sich aus.

Das Beben hörte nicht auf, es nahm immer weiter zu. Metall quietschte, irgendwo ertönte dumpf eine Explosion.

»Raus hier!«, befahl Monkey.

Das musste er Ogav nicht zweimal sagen. Die verfluchte

Anlage würde jeden Moment einstürzen, und auf keinen Fall wollte sie dann noch hier unten sein. Sie rappelte sich auf und stolperte in Richtung Ausgang.

»Hilfe!«

Ogav fluchte und blieb stehen. Das Mädchen hatte sie vollkommen vergessen. Suchend sah die QuinTech sich um. Sie fand Senna hinter einem der Pflanzentanks, wo sie sich zusammenkauerte, die Arme schützend über den Kopf gehoben. Eine Platzwunde prangte auf ihrer Stirn, ihr Gesicht war blutverschmiert.

»Komm endlich!«

Senna zog sich zitternd an dem Tank hoch, doch schon beim nächsten Erdstoß sank sie mit einem lauten Heulen wieder zurück auf den Boden.

Ogav fluchte erneut. Das hatte ihr gerade noch gefehlt.

»Geh!«, brüllte Monkey. »Ich erledige das.«

Bei diesen Worten heulte Senna noch lauter. Die Kleine sah aus, als würde sie am liebsten aufspringen und davonlaufen – und wie Ogav sie inzwischen kannte, würde sie genau in die falsche Richtung laufen.

»Nein, ich mache das.« Ogav wollte sich für ihre Worte selbst ohrfeigen. Was ging sie dieses Kind eigentlich an? Sie sollte dem Lordadmiral nicht widersprechen. Sie sollte sich selbst in Sicherheit bringen! Und was tat sie stattdessen? Sie kroch auf das jammernde Mädchen zu und zog es auf die Beine, während rund um sie die Forschungsstation dröhnte und ächzte.

»Los, komm!«

Sie musste Senna quasi hinter sich herzerren, aber immerhin bockte das Kind nicht wie bisher so oft – sie war einfach nur starr vor Angst. Ogav war keineswegs furchtloser, nur dass ihre Angst sie vorantrieb. Raus aus dieser Anlage, die sich gerade darauf zu besinnen schien, wie viele Jahrzehntausende sie schon vor sich hin rottete.

Ogav duckte sich unter wild peitschenden Wurzeln hindurch, wich einem Kabel aus, das aus einer zerborstenen Verschalung hing und gefährliche Funken schlug. Sie hörte Monkey rumoren, das Zischen eines Desintegrators. Erneut bebte die Erde. Senna stolperte, Ogav hielt sich mit Mühe auf den Beinen. Sie zog das Mädchen hoch. »Nicht stehenbleiben!«

Vor ihnen tauchte Licht auf. Der Ausgang war direkt vor ihnen. Ogav schubste das Mädchen durch die Öffnung in dem Schott, das zum Antigravschacht und damit an die Oberfläche führte. Hastig kletterte sie ebenfalls nach draußen – und zuckte zurück.

Eiskalter Regen peitschte ihr ins Gesicht, ihre Füße versanken bis zu den Knöcheln in Wasser. Ein orkanartiger Sturm tobte über ihren Köpfen, schleuderte abgebrochene Kristalläste durch die Luft und übertönte mit seinem anhaltenden Dröhnen beinahe Sennas Kreischen. Aber das war es nicht, was Ogav schockierte.

Der verdammte Schacht war zerstört!

Die Wand, an der sie herabgeklettert waren, war verschwunden. Erde, Gestein, abgerissene Wurzeln und zerborstene Metallplatten waren in einem gewaltigen Erdrutsch in den Schacht gestürzt und bildeten eine instabile Erhebung, an der der Regen in schmutzigen Sturzbächen herabschoss. Bizarr wurde das Bild dadurch, dass Monkey am Rand des Erdbergs hockte und mit beiden Händen den Dreck beiseiteschaufelte.

»Hilf mir!«, forderte er.

Unsicher trat Ogav zu ihm. »Und wobei genau?«

Monkey unterbrach seine Arbeit keine Sekunde. »Die Positronik in den Anzügen ist wieder ausgefallen. Kein Antigrav, keine Kommunikation. Aber du hast doch die Systeme der Station hochgefahren. Also müsste zumindest der Antigrav des Schachts wieder funktionieren.«

Richtig. Ohne den Antigrav der Anzüge schätzte Ogav ihre Chancen, den rutschigen Hang hinaufzuklettern, gegen null. Der Antigravitationsschacht war also ihre beste Option, sofern sie die Steuerung freilegen und aktivieren konnten.

Gemeinsam versuchten sie, das Geröll schneller beiseitezuräumen, als es von oben her nachrutschen konnte. Zweimal kam das Steuerfeld zum Vorschein, wurde jedoch sofort wieder unter Schlamm begraben. Beim dritten Mal war Ogav flink genug. Ihre Finger berührten den Sensor nur Sekundenbruchteile, ehe er wieder verschüttet wurde.

Augenblicklich spürte sie die Last der Schwerkraft schwinden. Der Regen hörte zu fallen auf und schwebte langsam aufwärts.

Monkey vergeudete keine Zeit. Er trat in den Bereich, dessen Schwerkraftfeld nach oben zog, und sprang.

Ogav schnappte nach Sennas Arm und stieß sich ebenfalls vom Boden ab, um den sanften Auftrieb auf dieser Seite des Antigravschachts zu beschleunigen. An der gegenüberliegenden Seite sah sie das Wasser in dicken, eiförmigen Tropfen zu Boden gleiten. Ein Blick nach oben zeigte, dass sich der Regen dort zu einer im Sturm wabernden Wassermasse sammelte, die oberhalb des Schachts hing wie ein amorpher Deckel. Ogav ruderte mit dem freien Arm, um näher an den Rand zu kommen. Das Letzte, was sie gebrauchen konnte, war, mit dem Kopf voran in die freischwebende Wasserblase zu geraten.

Kaum hatten sie das obere Ende des Schachts erreicht, traf sie der Sturm mit voller Wucht. Dabei waren Wind und Regen noch ihre geringsten Sorgen. Auf Aldrey herrschte das pure Chaos. Entwurzelte Kristallbäume lagen kreuz und quer, an vielen Stellen war die Erdkruste aufgeborsten. Tiefe Spalten klafften auf und wurden zum Teil durch aufragende Sedimentsplatten überlagert. Das Erdbeben hatte ganze Arbeit geleistet.

Was war passiert? Ogav wusste, dass *sie* die Maschine im Inneren des Planeten nicht aktiviert hatte. Aber irgendetwas hatte die Dunkelwelt gewaltig aus der Bahn geworfen.

Verflucht, das ist es! Ogav sah zum Himmel auf, der deutlich heller war als noch vor ein paar Stunden. Die Sterne, die sie zwischen den vorbeirasenden Wolkengebilden erkennen konnte, zogen mit deutlich erkennbarer Geschwindigkeit über den Horizont.

Aldrey bewegte sich!

Jemand *hatte* die Maschine in Betrieb genommen – aber sie war es nicht gewesen. Und so wie es aussah, steuerten sie weiter ins Zentrum des Sonnensystems, und damit genau in die falsche Richtung.

»Wir müssen zurück!«, brüllte sie gegen den Sturm an. »Wir müssen die Maschinen stoppen!«

»Zu spät.« Monkey zog seine Waffe. »Ich glaube nicht, dass du es unbehelligt zurück in die Anlage schaffst.«

»Was?« Ogav sah sich um und erschrak. In dem vorherrschenden Chaos hatte sie das rosafarbene Kristalldickicht nur für einen weiteren Ausläufer des Dschungels gehalten, der den tektonischen Verschiebungen zum Opfer gefallen war. Jetzt erkannte sie ihren Irrtum.

Dutzende, wenn nicht Hunderte Aldreyer hatten um sie herum Aufstellung genommen. Mit peitschenden Ästen stemmten sie sich gegen den Sturm. Drohend kamen sie näher, trieben Monkey und Ogav vom Antigravschacht weg und schnitten ihnen den Rückzug in die Forschungsstation ab.

»So ein Dreck. Senna, du musst …« Ein Blick auf das Mädchen und Ogav verstummte.

Die Telepathin war nicht in der Lage, ihnen auf irgendeine Weise zu helfen. Ihre Augen waren weit aufgerissen und so stark verdreht, dass sie weiß erschienen. Ihr ganzer Körper zitterte unter spastischen Zuckungen, dickflüssiger Speichel lief ihr aus dem Mund und über das Kinn hinab. Als ihre Knie nachgaben, konnte Ogav sie gerade noch auffangen, ehe sie mit dem Gesicht voran in den Matsch gefallen wäre.

Die Aldreyer rückten noch näher. Ihre dornigen Äste peitschten in Sennas Richtung.

Ogav ließ das bewusstlose Mädchen zu Boden sinken, stellte sich breitbeinig über sie und zog ihre Waffe.

»Ihr blödes Grünzeug!«, rief sie. »Sucht euch jemanden in eurer Liga!«

Bisher hatten die Aldreyer doch immer auf das Mädchen Rücksicht genommen, schließlich hatte sie mit ihnen in geistiger Verbindung gestanden. Weshalb nun diese Aggression?

»Du redest zu viel«, sagte Monkey. »Schieß lieber.«

»Sind Sie verrückt? Das sind viel zu viele!« Ogav scherte sich nicht darum, was der Lordadmiral von ihr halten mochte. Sie hatten keine Chance gegen diese Übermacht!

»Es werden nicht weniger, wenn du sie nur ängstlich anstarrst.« Damit jagte er eine Salve in die Reihe der angreifenden Aldreyer.

Ogav blieb keine Wahl. Sie schoss, versuchte, sich den Weg zurück in die Station freizuschießen. Doch für jeden Gegner, den sie niederstreckte, kamen weitere drei heran. Ein kristalliner Arm traf sie am Bein, schnitt durch ihren Anzug und in ihre Haut. Ogav unterdrückte mit Mühe einen Aufschrei. Sie stolperte rückwärts, stieß gegen etwas Weiches. *Senna.*

Verbissen kämpfte Ogav weiter. Sie wischte sich den Regen aus dem Gesicht und kniff die Augen gegen den Sturm zusammen. Immer weitere Pflanzen lösten sich aus dem Dschungel. Die Energieanzeige ihres Strahlers begann zu blinken. Damit blieben ihr noch hundert Schuss. Neunundneunzig. Achtundneunzig. Eines der Pflanzenwesen sprang sie an. Siebenundneunzig, sechsundneunzig. Der Angreifer stürzte zu Boden, blaues Blut verwusch sich im Regen. Ogav wich weiter zurück. Sie bückte sich, um Senna Richtung Antigravschacht zu schieben. Zwei Aldreyer nutzten die Gelegenheit und griffen von verschiedenen Seiten gleichzeitig an. Den ersten erledigte sie mit drei Schüssen. Der zweite rammte sie und warf sie zu Boden.

Schmerz durchzuckte ihre Schulter, kaltes Wasser drang in ihren Mund. Ogav hustete, wollte sich hochstemmen, doch das Pflanzenwesen krallte sich in ihren Rücken, zuckte und rüttelte. Dann fiel es von einem Augenblick auf den anderen einfach von ihr ab.

Ogav wälzte sich herum und kam auf die Knie. Ihr Angreifer lag reglos im Schlamm, sauber in zwei Hälften geschossen. Sie sah auf.

Am Waldrand standen zwei Gestalten in schwarzen Einsatzanzügen. Bellagys bullige Form war leicht zu erkennen, ebenso wie die schlanke Frau an seiner Seite. Außer Ogav gab es nur eine Frau auf Aldrey: Elindra Parr.

Ogav hätte nie gedacht, dass sie einmal froh sein würde, ausgerechnet die beiden zu sehen. »Die Verstärkung ist da!«

»Freu dich lieber nicht zu früh.« Neben ihr ertönte das leise Surren von Monkeys SAC-Implantaten. Der Lordadmiral hatte auf die Waffe in Bellagys Hand gezoomt. »Das gerade eben war sein letzter Schuss.«

Kapitel 36: Planet auf Abwegen

Fassungslos starrte Rhodan auf das Außenholo seiner Space-Jet. Bildete er sich das nur ein, oder hatte sich die Dunkelwelt gerade bewegt?

Nein, kein Zweifel: Der kleine Planet kam näher.

»Verdammt, Monkey!« Frustriert aktivierte Rhodan den Funk und rief die Verbindung zur ELANA auf. »Ich habe doch gesagt, du sollst auf mich warten …«

Angespannt beobachtete er den Planeten. Dem Kurs nach zu urteilen, den die Positronik aus der bisherigen Bewegung errechnet hatte, näherte Aldrey sich dem Zentrum des Systems. Er würde an der Sonne vorbeifliegen – dabei jedoch in nächster Nähe auch Istark passieren. Welcher Wahnsinnige hatte diese Route festgelegt?

Rhodan sah auf – und stutzte. Das Funkholo war schwarz. Es bestand immer noch keine Verbindung nach Aldrey. »Das darf doch wohl nicht wahr sein.« Egal. In ein paar Minuten würde er landen und sich selbst ein Bild machen.

Er korrigierte seinen eigenen Kurs, um die Dunkelwelt nicht zu verpassen. Verwundert stellte er fest, dass er auch die Koordinaten des vereinbarten Treffpunkts neu ansteuern musste, denn diese befanden sich plötzlich auf der Rückseite des Planeten. Irgendetwas stimmte da nicht.

Rhodan startete einen Scan des näher kommenden Raumschiffplaneten. Er verzeichnete mehrere aktive Triebwerke um den Äquator, dazu ein pulsierendes Haupttriebwerk, das den unteren Pol gesprengt hatte. Er konnte nur hoffen, dass sich

Monkey und sein Team an keiner dieser Stellen aufgehalten hatten.

Ein ungutes Gefühl beschlich ihn bei diesem Gedanken. War das der Grund, weshalb er die ELANA nicht erreichte? Er versuchte es erneut. Der Hyperfunk sendete … und fand keine Gegenstelle. Statt einer aktiven Funkverbindung leuchtete eine Fehlermeldung auf. Dann noch eine und noch eine. Die Positronik meldete Alarm. Die Anzeigen im Holo zuckten, verschwanden und tauchten wieder auf, flimmerten und verschwanden erneut. Der Warnton des Alarms ging von einem tiefen Tuten in anhaltendes Geheul über.

Rhodan fluchte und desaktivierte den Autopiloten. Hastig griff er nach der Steuerung und wendete die Jet, ehe Schlimmeres passieren konnte. Er hatte die Berichte von dem ersten Anflugversuch gesehen. Das Versagen der Bordpositronik konnte nur eines bedeuten: Die Barriere, die Aldrey umgeben hatte, war wieder aktiv. Rhodan hielt sich für einen guten Piloten, aber gerade deshalb wusste er, dass es sinnlos wäre, sich der Dunkelwelt weiter zu nähern. Alles, was er damit erreichen würde, wären zwei abgestürzte Space-Jets statt einer.

Doch so leicht machte Aldrey ihm den Rückzug nicht. Mehrere Minuten kämpfte Rhodan um die Kontrolle über sein Schiff. Immer wieder wurde die Positronik durcheinandergebracht, die Triebwerke bockten, der Schutzschirm zitterte. Als es Rhodan endlich gelang, genug Abstand zwischen sich und Aldrey zu bringen, um aus der Reichweite der Barriere zu geraten, ging sein Atem schwer. Der Zellaktivator unter seinem Schlüsselbein kribbelte, während er das Adrenalin verarbeitete.

Die Barrikade um Aldrey war aktiv, was vermutlich bedeutete, dass die Aldreyer erneut in die Defensive gegangen waren. Das letzte Mal, als sie sich angegriffen gefühlt hatten, hatte dies für die Parabegabten auf Istark schreckliche Auswirkungen gehabt. Rhodan zwang sich, den Gedanken an die betroffenen Kinder beiseitezuschieben. Ein Problem nach dem anderen. Erst mussten sie die Dunkelwelt unter Kontrolle bekommen.

Rhodan wartete, bis sein Puls sich beruhigt hatte und er nicht mehr das Bedürfnis verspürte, den Verantwortlichen für diese Misere einen Kopf kürzer zu machen. Dann funkte er die Zentrale der USO an.

Zwei Sekunden später sah er Hainen im Holo.

»Was ist da los?«, fragte er.

»Wir wissen es nicht.« Die junge Frau wirkte nervös. Rote Flecken zeichneten sich auf ihren Wangen ab, die kurzen Locken standen ihr wirr vom Kopf ab, als hätte sie ein paarmal zu oft darin gewühlt. »Wir haben die Berechnungen laufen lassen wie besprochen, aber bevor wir die Ergebnisse an QuinTech Ogav übermitteln konnten, ist die Funkverbindung abgebrochen.«

»Soll das heißen, das ist ein willkürlicher Kurs?«

»Wir wissen es nicht. Jedenfalls nicht mit Sicherheit.« Sie zögerte. »Allerdings kann ich mir nicht vorstellen, dass Jin Ogav derart unprofessionell vorgehen würde.«

»Und einen Befehl ignorieren?«

Hainen stieß ein knappes Lachen aus. »Oh doch, das schon. Aber sie weiß, wie man ein Raumschiff fliegt.«

Rhodan hob fragend die Augenbrauen.

»Die Bewegungen des Planeten wirken unkoordiniert, die Abläufe erscheinen völlig falsch.«

Das wurde ja immer besser. »Du glaubst, irgendjemand, der absolut keine Ahnung hat, was er da tut, steuert den Planeten.«

»So sieht es aus.«

Rhodan dachte nach. »Können wir die Befehle überschreiben?«

»Ich fürchte nicht. Aktuell bekommen wir ja nicht einmal Funkkontakt. Was die Frage aufwirft, wie Aldrey bewegt wird.«

»Es könnte jemand vor Ort sein«, mutmaßte Rhodan.

»Ausgeschlossen.« Hainen rümpfte die Nase, als hätte er sie mit seiner Vermutung persönlich gekränkt. »Wir haben den Planeten überwacht. Außer unserem Schiff ist niemand in die Nähe des Streuners gekommen. Und unser Team besteht ausschließlich aus ausgebildetem Personal. Nicht alle davon haben Erfahrung im Steuern eines Raumschiffs, aber sie kennen die erforderlichen Vorgänge zumindest in der Theorie.«

»Ihr habt ein neunjähriges Kind nach Aldrey geschickt«, erinnerte Rhodan sie.

»Das wohl kaum in der Lage wäre, die Maschinen in Betrieb zu nehmen und zu starten«, entgegnete Hainen brüsk. »Ganz abgesehen davon, dass der Lordadmiral das zu verhindern wüsste.«

In diesem Punkt gab Rhodan ihr recht. Monkey hätte niemals eine Neunjährige an die Steuerung eines Schiffs gelassen, und an eines von den Ausmaßen eines Planeten erst recht nicht. Und überwältigt haben konnte sie ihn ja wohl schlecht. Alles, was in der Lage wäre, den Oxtorner außer Gefecht zu setzen, hätte ein Kind erst recht beeinträchtigt.

»Gut, also niemand auf Aldrey«, fasste Rhodan zusammen. »Was dann? Jemand auf Istark?« Diese Theorie schien ihm ziemlich weit hergeholt, doch Hainen nickte bekräftigend. »Wie kommst du darauf?«, hakte er nach.

»Um ehrlich zu sein …« Sie verzog unglücklich das Gesicht. »Ich fürchte, du hattest recht, was deine Vermutung angeht.«

»Ich kann dir nicht ganz folgen. Welche Vermutung?« Er hatte so einige geäußert.

»Dass unser Sicherheitssystem nicht gut genug ist.« Hainen

atmete tief durch, als würde sie dieses Eingeständnis enorme Kraft kosten. »Wir wurden ausspioniert.«

Rhodan seufzte. Warum musste er immer mit den unangenehmen Dingen recht behalten? »Habt ihr den Schuldigen?«

»Noch nicht. Die Techniker sind immer noch dabei, das Signal zurückzuverfolgen, aber ... Nun, wer es auch war, er hat ganze Arbeit geleistet. Wir sind hier gerade ziemlich damit beschäftigt, die Schäden zu reparieren, die er angerichtet hat.«

Wieso erzählte sie ihm das ausgerechnet jetzt? »Das klingt nach Vandalismus.«

»Eher eine Vertuschungsaktion. Es war reiner Zufall, dass doch eines der Systeme Alarm geschlagen hat und wir darauf aufmerksam gemacht wurden, dass wir belauscht wurden.«

»Wann?«, fragte Rhodan.

Hainen presste die Lippen zusammen. »Während des letzten Gesprächs mit dir und dem Lordadmiral.«

Rhodan sank in seinem Sessel zurück. »Also weiß derjenige über die Beschaffenheit von Aldrey Bescheid.«

»Korrekt.«

»Und das ist der Grund, weshalb du denkst, dass ein Zusammenhang zwischen der Spionage und dem Angriff auf die Dunkelwelt besteht. Dass es sich dabei vielleicht sogar um ein und denselben Täter handelt.«

Hainen nickte.

»Schöner Mist.«

Sie versuchte sich an einem zaghaften Lächeln. »Nun ja, wenn wir es positiv betrachten: Sobald wir das Chaos beseitigt haben, das der Spion in unserem System hinterlassen hat, finden wir auf diese Weise auch denjenigen, der Aldrey manipuliert, und können ihn dazu bringen, den Planeten freizugeben.«

»Nur, dass ihr bisher keine Spur zu eurem Spion habt«, erinnerte Rhodan sie. »Und er euch seit wer weiß wie vielen

Stunden oder Tagen an der Nase herumgeführt hat, ohne dass ihr es auch nur bemerkt hättet.«

Widerwillig nickte Hainen. »Wenn du es so ausdrückst …«

Rhodan seufzte. »Schöner Mist.«

Kapitel 37: Improvisation

Verzweiflung lähmte ihre Glieder, ihre Gedanken. War sie etwa nur verschont geblieben, um jetzt von noch mehr dieser Pflanzenwesen zerfleischt zu werden?

Als Monkey Bellagy kontaktiert hatte, hatte sie geglaubt, das Schlimmste überstanden zu haben. Dann war eine Naturkatastrophe nach der anderen über sie hereingebrochen. Die Erde hatte nicht nur gebebt, sie hatte Wellen geschlagen. Der Fluss war übergelaufen, und der Sturm war durch den Kristallwald gepflügt und hatte sie mit splitterscharfen Bruchstücken bombardiert.

Mit letzter Kraft hatten sie sich zu dem vereinbarten Treffpunkt geschleppt in der Hoffnung, dort endlich in Sicherheit zu sein. Und jetzt das. Monkey und die QuinTech waren von hunderten Angreifern umgeben, und sie sahen Parr und Bellagy an, als könnten ausgerechnet sie ihnen helfen.

Bellagy warf seinen nutzlos gewordenen Strahler beiseite. Selten hatte sich eine Geste derart endgültig angefühlt.

»Und jetzt?«, fragte Parr.

»Bist du gut im Boxen?«

»Nicht wirklich.«

»Ich auch nicht.« Er zückte einen kleinen Desintegrator. »Aber im Improvisieren.« Mit diesen Worten zielte er auf die Gruppe von Aldreyern, die auf sie zustürmte.

Ehe Parr einwenden konnte, dass die Leistung des kleinen Geräts niemals ausreichen würde, um eines der Pflanzenwesen aufzuhalten, geschweige denn gleich mehrere und auf diese

Entfernung, feuerte er einen Strahl auf den Boden ab. Die Erdkruste, die ohnehin bereits an diversen Stellen aufgebrochen war, bröckelte und gab nach. Die Aldreyer verschwanden mit einem Erdrutsch in der Tiefe.

Parr holte ihr letztes Energiemagazin hervor. Ansonsten fand sie in ihren Taschen nur noch eine Packung Proteinriegel und die Dose mit den Psi-Blockern. Sie war darauf eingestellt gewesen, ein Kind zu betreuen, und nicht darauf, gegen pflanzliche Angreifer zu kämpfen.

»Ich hoffe, du kannst das wiederholen«, sagte sie und hob ihre Waffe. Schon wandten sich die nächsten Aldreyer von Monkey und Ogav ab und ihnen zu. Noch trennte der gerade neu entstandene Graben sie von den Angreifern, aber der würde nicht lange vorhalten. Wenn die vergangenen Stunden Parr eines gelehrt hatten, dann, dass die Aldreyer schlauer und vor allem anpassungsfähiger waren, als man ihnen rein äußerlich zutraute.

»Ich habe eine bessere Idee. Spar deine Waffenenergie.« Bellagy zog sie rückwärts, zurück in das Dickicht des Kristalldschungels.

»Sie will ohnehin gerade nicht«, murmelte Parr. Ein orangefarbenes Licht zeigte ihr an, dass der Thermostrahler sich überlastet fühlte, wohl noch vom letzten Einsatz her, und die Selbstreparatur lief. Na klasse.

Das Klirren der sturmgepeitschten Äste klang nicht gerade vertrauenerweckend, aber verglichen mit den drohend näher kommenden Pflanzen erschienen ihr die Bäume immer noch als die sicherere Option. Immerhin bewegten diese sich nicht von selbst und legten es auch nicht darauf an, sie platt zu machen. So erleichtert sie war, dass Bellagy sich nicht unbewaffnet in die Übermacht von Feinden stürzte, so schuldig fühlte sie sich dabei, einfach die Flucht zu ergreifen. Das war es nicht, was sie in ihrer Ausbildung gelernt hatte. Ein strategischer Rückzug war eine Sache – feige die Kameraden im Stich zu lassen, eine andere.

»Wieso laufen wir?«, rief sie.

»Damit sie uns nicht einholen«, warf Bellagy über die Schulter zurück. »Lauf schneller!«

Ein Blick nach hinten zeigte ihr, was er meinte. Eine ganze Gruppe der Pflanzenwesen hetzte hinter ihnen her durch den Wald, und sie holten rasch auf.

Parr verwarf ihre Bedenken. Sie sprang über umgestürzte Bäume und Risse im Boden, rannte mit einer Energie, von der sie nicht wusste, woher sie sie nahm. Jeder Schritt fühlte sich an, als wäre er der letzte, den sie zustande bringen würde. Doch dann kam noch einer. Und noch einer.

»Hier.«

Bellagy bog nach links ab. Parr folgte ihm. Sie brachen durch ein Gewirr aus Kristallästen, das aussah, als hätte ein riesiger Pflug es dorthin geschoben. Dahinter ein Graben. Bellagy rutschte hinunter und erklomm den Hang auf der anderen Seite. Er reichte ihr die Hand und zog sie hoch. Dann zückte er erneut seinen Desintegrator. »Mal sehen, wie gut diese Dinger klettern können.«

»Beeil dich!« Parr hörte bereits das Rascheln ihrer Verfolger, das sie hassen gelernt hatte. Sie kamen schnell näher, der Wall aus Ästen würde sie nicht lange aufhalten.

Aber der Desintegrator war für kleine Einsätze gedacht, er war ein Werkzeug, keine Waffe. Bellagy benötigte vier Anläufe, um den Boden des Grabens auch nur aufzulockern. Der erste Aldreyer erklomm den Kristallhaufen. Parr sah erneut auf ihre Waffe, aber sie wollte immer noch nicht.

»Wir müssen weg!«

Bellagy nickte und gab einen letzten Schuss ab, diesmal auf

das Kristallgeäst. Das Gewirr geriet ins Rutschen, der Aldreyer mit ihm. Parr sah gerade noch, wie sich die Kristallsplitter im aufgeweichten Schlamm des Grabens verkeilten und ihren Verfolger aufspießten, ehe sie sich umwandte und erneut losrannte. Hoffentlich fielen ein paar mehr von den Pflanzenwesen auf diesen Trick herein. Sie brauchten jeden Vorsprung, den sie kriegen konnten.

Weiter durch den Wald. Kam es ihr nur so vor, oder hatte der Regen an Biss verloren? Womöglich war auch nur bereits ihre Haut taub von den eiskalten Tropfen, die ihr über das Gesicht liefen. Parr stolperte voran. Immer weiter.

Bellagy geriet auf dem nassen Kristall ins Rutschen, sein Fuß knickte zur Seite, sein Gesicht verzerrte sich vor Schmerz. Parr zog ihn hoch.

»Es geht schon …«

»Das sehe ich.« Schon beim ersten Schritt gab sein Knöchel nach. Parr zog seinen Arm über ihre Schulter und stemmte sich stützend in seine Seite. »Komm.«

Kurz hatte sie den Eindruck, als wollte er ihre Hilfe ablehnen, aber das konnte er vergessen. Er war bei ihr geblieben, als sie nicht mehr alleine weitergekonnt hatte. Auf keinen Fall würde sie ihn hier verletzt zurücklassen.

Er nickte und deutete anschließend nach vorne. »Wir sind fast da.«

Wo? Parr sparte sich die Frage. Sie würde es gleich sehen, und bei Bellagys Gewicht, das schwer auf ihrer Schulter lastete, würde sie ihren Atem brauchen.

Kurz darauf erreichten sie das Ende des Waldes, und Parrs Mut sank. *Das kann doch nicht dein Ernst sein!*

Sie waren zurück auf der Lichtung. Trotz ihrer Bedenken, was die Flucht anging, hatte sie gehofft, dass Bellagy sie zum Fluss führen würde, oder zurück zur ELANA. Dass sie einen sicheren Ort finden würden. Stattdessen standen sie nun auf der anderen Seite der Lichtung, auf der sich immer noch Dutzende Aldreyer tummelten, auch wenn Monkey und Ogav der Übermacht bisher gut standhielten.

Da endlich begriff sie. Bellagy war nicht in den Wald gelaufen, um den Pflanzen zu entkommen – er hatte sie weggelockt. Sie hatten einen menschlichen Köder gemimt, der nichts anderem diente als dem Zweck, dem Lordadmiral und der QuinTech ein wenig Luft zu verschaffen.

Und Monkey hatte diesen Vorteil gut genutzt. Er hatte die Angreifer stark reduziert, der Schlamm auf der Lichtung war von leblosen Aldreyern übersät. Währenddessen zerrte die QuinTech etwas auf ein gewaltiges Loch im Boden zu.

Senna! War das Mädchen tot oder nur bewusstlos? Parr löste sich von Bellagy und eilte auf die Gruppe vor ihnen zu. Sie hörte Bellagy hinter sich herhumpeln und zwang sich, ihn zu ignorieren. Er konnte gut genug auf sich selbst aufpassen. Senna dagegen war hilflos. Was auch immer Ogav da mit ihrem Schützling vorhatte – Parr traute der QuinTech nicht. Ogav hatte sich von Anfang an gegen Sennas Anwesenheit ausgesprochen. Wer also konnte sagen, wozu sie in einer solchen Ausnahmesituation imstande war?

»Hier!« Monkey warf Bellagy seinen Thermostrahler zu. Dieser fing ihn im Reflex.

»Macht euch nützlich.« Mit diesen Worten spannte der Oxtorner die mächtigen Muskeln an und ging in den Nahkampf.

Parr sah auf und fluchte innerlich. Sie war nur einen Augenblick lang abgelenkt gewesen. In dieser Zeit waren Ogav und das Mädchen verschwunden.

Kapitel 38:
Heldentum

Etwas stimmte nicht auf Aldrey. Alken verlor den Kontakt zur ELANA und damit auch den Zugriff auf das planetengroße Raumschiff. Er geriet in Panik und zapfte mehr Energie aus der Satellitenanlage von *Istark Eins,* als vernünftig war, wenn er unbemerkt bleiben wollte.

Aber das musste ihm im Augenblick gleichgültig sein. Wichtig war, Aldrey wieder unter Kontrolle zu bringen. Er hatte den Planeten nur grob in die Richtung von Istark bewegt, in dem Glauben, er könne feinjustieren, sobald die Dunkelwelt näher heran war. Jetzt fürchtete er, dass sie an Istark vorbei und aus dem Sonnensystem fliegen könnte. Oder noch schlimmer: dass er die beiden Planeten auf Kollisionskurs gebracht hatte.

Pfeif auf Diskretion. Er verstärkte seinen Zugriff auf den Nachrichtensatelliten noch weiter. Die ELANA musste doch näher sein als zuvor, warum gelang es ihm dann nicht, sich mit ihr zu verbinden?

Natürlich erinnerte er sich an die Schwierigkeiten, die die USO mit der Funkverbindung nach Aldrey gehabt hatte, aber das war etwas anderes. Das waren technische Probleme, davon konnte doch *er* nicht betroffen sein. Er konnte unmöglich denselben Beschränkungen unterliegen wie die anderen. Er war etwas Besonderes!

Mit jedem Kilometer, den die Dunkelwelt näher kam, wuchs Alkens Fähigkeit. Doch was er auch versuchte, die Space-Jet der USO schwieg. In schierer Verzweiflung löste er sich aus dem sicheren Netz des Satellitensenders und suchte selbst, tastete in die dunkle Leere des Alls. Und da war sie. Nicht die ELANA. Die gewaltige, rohe Energie des Hyperkristallkerns, der im Inneren der Dunkelwelt pulsierte. Alken tauchte in sie ein, ließ sich von ihr durchdringen. Die Energie umfloss ihn, stärkte ihn. Prasselte wohltuend auf ihn ein wie eine heiße Dusche auf müde Muskeln.

Als er sich diesmal umsah, lag die Steuerung des Raumschiffplaneten in unmittelbarer Reichweite. Alles, was er tun musste, war zuzugreifen. Er korrigierte den Kurs des Streuners und bremste seine Bewegung ab. Er war nah genug. Würde Alken sich aus seinem Kellerzimmer bequemen, könnte er Aldrey vielleicht wie einen Mond am Himmel stehen sehen ... Nein, wohl eher nicht. Dennoch, die Vorstellung gefiel ihm.

Hallo Dunkelwelt. Ich schenke dir das Licht.

Und Istark schenkte er eine Generation voller Parabegabter. Sie mochten es noch nicht so sehen, aber das würde sich ändern. In ein paar Jahren spätestens würden sie es ihm danken. Er würde als Held in die Geschichte Istarks eingehen. *Alken Veltikat, der Retter von Istark.*

Es war sein Schicksal, das erkannte er deutlich. Er hatte lange Jahre damit vergeudet, kleine krumme Dinger zu drehen – niemals etwas Großes, er war schließlich kein Krimineller. Nur das, was er zum Leben benötigte. Gut, ab und zu hatte er sich etwas Luxus gegönnt, aber das waren Ausnahmen gewesen. Der Lohn für seinen sonstigen Verzicht.

All die Jahre hatte er in diesem Loch gehaust und auf seine große Chance gewartet. In diesem Moment war sie gekommen – und er würde sie sich von keinem Monkey und erst recht von keinem Perry Rhodan wieder nehmen lassen.

Kurz entschlossen griff er erneut in Aldreys Steuerung ein, doch diesmal nicht, um sie zu aktivieren. Er tastete sich an den positronischen Verbindungen entlang, befühlte ihre Beschaffenheit, erforschte ihren Zweck. Dann formte er seine virtuelle Hand zu einer Kralle und riss sie durch das empfindliche Datengeflecht der Positronik. Einmal, zweimal, dreimal. Bis kein Techniker der Welt sie noch einmal in Betrieb nehmen konnte.

Aldrey würde bleiben, wo er war. Ein künstlicher Zwilling Istarks.

Kapitel 39:
Zuflucht

Ogav warf den nutzlos gewordenen Thermostrahler beiseite und packte Senna unter den Achseln. Endlich gelang es ihr, das bewusstlose Mädchen in den Antigravschacht zu ziehen. Sie schlang den Arm um Sennas Taille und schob sich mit der freien Hand abwärts.

Auf halbem Weg nach unten kam Senna allmählich wieder zu sich. Ihre Lider zuckten, ihre Hände ballten sich zu Fäusten und gruben sich dabei in Ogavs SERUN. Unwillkürlich verkrampfte Ogav. Sie hatte wenig Lust, auf Kuschelkurs zu gehen. Aber zum Glück beruhte das auf Gegenseitigkeit, denn sobald Senna die Augen aufschlug, rückte sie von ihr ab.

Sanft setzten sie auf dem Boden des Schachts auf.

»Kannst du deine Freunde beruhigen?«, fragte Ogav.

Senna schüttelte den Kopf und verzog das Gesicht. Die Hände an die Schläfen gepresst, jammerte sie: »Es tut so weh!«

»Das kann ich mir vorstellen.« Die Aldreyer wehrten sich mit allem, was sie hatten. Telepathische Attacken hatten sie zuvor schon eingesetzt, und da waren sie nur von ein paar Eindringlingen aufgewühlt gewesen. Jetzt waren sie richtig sauer. »Wir kriegen das wieder hin, okay?«

Senna antwortete nicht, aber das hatte Ogav auch nicht erwartet. Hauptsache, das Mädchen kooperierte. Selbst Monkey konnte es nicht mit sämtlichen Bewohnern Aldreys aufnehmen. Sie mussten die Pflanzenwesen wieder beruhigen, und dazu brauchten sie Sennas telepathische Verbindung.

Aber zuerst mussten sie diesen Mist rückgängig machen. Irgendjemand hatte den Planeten in Bewegung versetzt, und sie war es nicht gewesen. Schlimmer noch: Ogav war sich sicher, dass sie sich ein gewaltiges Stück näher an der Sonne befanden. Und wenn das kleine bisschen Sonnenlicht, dass die Dunkelwelt am äußersten Rand des Sonnensystems abbekommen hatte, schon dazu ausgereicht hatte, die Evolution der Aldreyer anzukurbeln, wollte sie sich lieber nicht ausmalen, was eine solche Nähe zur solaren Energie auslöste.

»Warte hier auf mich.«

Ogav wartete Sennas Nicken ab, dann duckte sie sich durch das Loch im Eingangsschott in absolute Dunkelheit. Die Lumineszenz der Wurzeln, die ihnen vorhin den Weg gewiesen hatte, war erloschen. Ogav aktivierte den Scheinwerfer an ihrer Schulter und erkannte ihren Irrtum: Die Wurzeln hatten nicht einfach aufgehört zu leuchten – sie waren verschwunden. Wo sie zuvor aus den Mauern und Platten geragt hatten, waren Löcher in den Decken und Wänden zurückgeblieben. Die wenigen Ausläufer, die noch zu sehen waren, wirkten stumpf und tot. Sie zerbröckelten, als Ogav die Hand danach ausstreckte.

Die baulichen Teile des Tunnels sahen nicht besser aus. War die Anlage bereits bei ihrem ersten Besuch eine Ruine gewesen, glich sie mittlerweile einem Trümmerfeld. Das Erdbeben hatte weitere Gänge zum Einsturz gebracht, und auch der Rest sah alles andere als stabil aus. Schutt knirschte unter Ogavs Stiefeln. Der Tunnel, der zur Forschungshalle führte, war unter einem umgeknickten Pfeiler begraben. Es hatte keinen Sinn, sich daran vorbeiquetschen zu wollen. Am besten, sie suchte nach einem anderen Zugang zur Steuerung.

Ogav rief sich die Baupläne des Planeten in Erinnerung. Da der Hyperkristallgenerator wie ein Magmakern in der Mitte der Maschine saß, war die Zentrale relativ knapp unter der Außenschale angesiedelt gewesen. Aber wo genau, und wie gelangte sie dorthin?

Sie hatte sich gerade für den Gang zu ihrer Linken entschieden, als von draußen ein spitzer Schrei ertönte. Gleich darauf stürmte Senna herein. Das Mädchen hatte die Augen panisch aufgerissen und war über und über mit blauem Aldreyerblut befleckt.

»Was …?«

Senna reagierte nicht. Auch dann nicht, als Ogav nach ihr griff. Das Mädchen schlüpfte durch ihre Hände wie ein glitschiger Fisch und rannte weiter, tiefer in die baufällige Anlage hinein.

»Verdammt, bleib stehen!«

Aber das dämliche Gör dachte nicht daran. Wie von Sinnen hetzte es durch die einsturzgefährdeten Gänge, und Ogav blieb nichts anderes übrig, als ihm nachzueilen, wenn sie Senna nicht in diesem Labyrinth verlieren wollte.

Also rannte sie durch die verfallenen Tunnel. Der schmale Lichtkegel, den ihre Lampe in die Dunkelheit schnitt, schwankte mit jedem Schritt hin und her und warf bedrohliche Schatten an die Wände. Wie eine Geistererscheinung sah sie Senna vor sich, immer gerade so weit voraus, dass sie das Mädchen um die nächste Ecke biegen sah. Ogav beschleunigte ihre Schritte. Wie orientierte Senna sich in dieser Finsternis? Oder lief sie einfach blind durch die Gegend? Wenn sie nicht aufpasste, würde sie im nächsten Schutthaufen landen. Oder schlimmer, in einem aufgebrochenen Schacht.

Die nächste Abbiegung kam, und Ogav geriet ins Stocken. Eine Sackgasse. Nun ja, nicht ganz. Sechs Türen gingen von diesem Gang ab. An vier davon zeigte das grüne Licht neben den Sensoren, dass sie unverschlossen waren. Eine war von einer herabhängenden Metallstrebe durchbohrt. Die Tür am

Ende des Gangs stand offen, doch dahinter prangte ein gewaltiges Loch im Boden, aus dem das unstete Flackern eines abgerissenen Kabels drang.

Erneut gellte ein Schrei durch die Anlage. Er klang gedämpft. Ogav unterdrückte den Schwall an Schimpfworten, die ihr in den Sinn kamen, und schlug auf das Sensorfeld der ersten Tür. Lautlos fuhr das Schott beiseite. Ein kleiner Raum, ein paar Regale, nichts Aufregendes. Hinter der nächsten Tür ein Technikraum, Kabel und Sicherungen. Nächste Tür. Etwas rammte ihren Oberkörper. Ogav stöhnte auf.

Sie stieß das Etwas reflexartig zurück, ehe sie begriff, dass es nur Senna war, die sich an sie drängte.

»Lass los!«

Das Mädchen schüttelte den Kopf und schlang ihre Arme um Ogavs Körper. Sie schluchzte und schmierte dabei vermutlich ihren Rotz an Ogavs Einsatzanzug.

Genervt schob Ogav das schniefende Kind von sich. »Was ist los?«

»Da … Da drin.«

So weit war Ogav mit ihrer Kombinationsgabe auch bereits gekommen. Sie löste sich aus Sennas Umklammerung und aktivierte die Tür, die hinter dem Mädchen wieder zugeglitten war, erneut. Auf den ersten Blick konnte sie nichts Ungewöhnliches dahinter entdecken. Ein großer Raum, ein Tisch, ein Sessel … und eine Arbeitsstation. Genau das, was sie brauchte.

»Perfekt.« Ogav trat in den Raum und sah sich weiter um, doch sie fand keinen Hinweis darauf, was Senna einen solchen Schreck eingejagt hatte. Wahrscheinlich hatte sie sich erschrocken, als die Tür zugegangen war und sie in der Dunkelheit den Ausgang nicht mehr gefunden hatte.

Also ließ Ogav sich in den Sitz fallen und legte die Finger auf die inzwischen einigermaßen vertrauten Eingabetasten. Sie rief das Holo auf und startete die Befehlseingabe – oder versuchte es zumindest. Die Positronik reagierte nicht. »Komm schon …«

Ungeduldig hämmerte sie auf die Tasten ein. Das Ergebnis blieb dasselbe. Die Basisfunktionen waren kein Problem, die Station hielt bestehende Befehle aufrecht. Doch sobald sie auch nur etwas so Winziges wie die Beleuchtung steuern wollte, verliefen ihre Anweisungen ins Leere. »Das gibt's doch nicht, das hat doch vorhin auch geklappt!«

Die Forschungsstation zeigte sich von ihrer Argumentation unbeeindruckt. Ogav hieb die Faust auf die Eingabe. »So ein Dreck!«

Irgendetwas musste bei dem Erdbeben kaputt gegangen sein. Dabei war es völlig gleichgültig, ob nun ein Transformator ausgefallen war oder ob bloß ein Kabel locker saß – sie konnte keine Fehlermeldungen aufrufen, und um den gesamten Planeten manuell zu überprüfen, würde sie ein paar hundert Jahre brauchen.

Was bedeutete, dass es unmöglich war, Aldrey unter Kontrolle zu bekommen und wieder auf Abstand zur Sonne zu bringen. Und damit war auch ihre Aussicht beim Teufel, die Amok laufenden Pflanzenwesen irgendwie zu beschwichtigen. Das war nicht gerade die Art von Nachrichten, mit denen sie dem Lordadmiral unter die kalten Implantataugen treten wollte.

Erneut bebte die Erde. Staub rieselte von der Decke. Senna heulte auf und hob schützend die Arme über den Kopf. Als ob ihr das etwas nützen würde, wenn die Station zusammenkrachte.

Ogavs Instinkte rieten ihr, gefälligst ins Freie zu laufen. Aber dort erwartete sie nur eine ganze Horde mordlüsterner Pflanzen. Senna war ihre einzige Hoffnung, um die Aldreyer zu beruhigen, und an der Oberfläche war das Mädchen nicht zu gebrauchen. Ogav seufzte.

»Hat man dir nie beigebracht, was man bei einem Erdbeben zu tun hat?«, fragte sie.

Senna schüttelte den Kopf. Ihr Gesicht war kreidebleich.

»Hier.« Ogav sank auf die Knie. »Wir verstecken uns unter dem Tisch.«

Das Mädchen sah sie skeptisch an, kam aber zögernd näher und kroch zu ihr unter das massive Stahlteil. »Und jetzt?«, fragte es.

»Warten wir, bis es vorübergeht.« *Und hoffen, dass Monkey da oben so lange durchhält, bis Perry Rhodan und die angeforderte Verstärkung eintreffen.*

Senna nickte und umklammerte ihre Knie. »Glaubst du, sie hat sich auch vor einem Erdbeben versteckt?«, fragte sie.

»Wen meinst du?«

Senna deutete zur Tür. »Oder hatte sie Angst vor den Pflanzen?«

Ogav folgte ihrem Blick und schauderte, als sie das mumifizierte Keroutenskelett erkannte, das zusammengekauert in der Ecke hockte, zusammengehalten von Sehnen, die längst zu Pergament geworden waren. Egal, wovor die letzte Keroutin in diesem Raum Zuflucht gesucht hatte – sich hier zu verstecken, hatte ihr nicht geholfen.

Kapitel 40: Monstrum

Es war kein besonders erbauliches Gefühl, unverrichteter Dinge nach Istark zurückzukehren, aber Rhodan sah nichts, was er von seiner Jet aus hätte tun können. Auf der Dunkelwelt zu landen war unmöglich, und sich ihr heldenhaft in den Weg zu stellen, hätte den wandernden Planeten keine Sekunde lang aufgehalten. Also blieb ihm nur der Weg zurück.

Sobald er sich der Kolonie näherte, aktivierte er den Funk und suchte nach der Sendefrequenz von *Istark Eins*. Er wollte sehen, wie sich die Lage während seiner kurzen Abwesenheit entwickelt hatte. Ganz offensichtlich zum Schlechteren, denn mittlerweile hatte der Satellit des Senders den Dienst eingestellt. Lediglich ein automatisches Signal informierte darüber, dass er nach unerklärlichen Leistungsschwankungen vorübergehend in den Wartungsmodus gewechselt war.

Nicht gut. Gar nicht gut.

Nichts würde die Bevölkerung des Planeten mehr beunruhigen, als wenn mitten in einer derartigen Krise der einzige Nachrichtenkanal ausfiel. Rhodans einziger Trost war, dass der bei Weitem größte Teil von Istarks Bevölkerung in oder bei der Hauptstadt der Kolonie wohnte und somit die Nachrichten weiterhin einfach auf lichtschnellem Normalfunk empfing. Dennoch: Das war eine zusätzliche Komplikation, die kein Mensch brauchen konnte.

In der Stadt selbst hatten die Bewohner allerdings inzwischen völlig andere Probleme als schlechten Trivid-Empfang. Rhodan traute seinen Augen nicht, als seine Space-Jet durch die Wolkendecke brach: Unter ihm spielte sich eine Szene ab, die aus einem Horrorfilm hätte stammen können. Ein Monster stapfte durch die Stadt, eine dämonische Gestalt aus Feuer, an die zweihundert Meter hoch. Die Flammen bildeten einen humanoiden Körper, riesengroß, mit dreieckigem Schädel, Hörnern und einer langen Feuerlohe als Schwanz. Die Arme spalteten sich an den Ellenbogengelenken. Die Erscheinung konnte ihre vier Unterarme offensichtlich in jede Richtung bewegen und beliebig verlängern, wie es ihr beliebte. Die Flammenschweife schwangen wie Peitschen durch die Luft, trafen Gebäude, setzten ganze Stockwerke in der Mitte von Wolkenkratzern in Brand.

Einige Löschgleiter der Feuerwehr hielten respektvoll Abstand. Warum, verstand Rhodan, als er das Chaos am Boden nicht weit des linken Beins des Feuerwesens entdeckte. Zwei Einheiten der gleichen Bauart lagen bereits brennend zwischen den Gebäudetrümmern. Der Dämon, wie Rhodan das Wesen unwillkürlich nannte, hatte auf den Angriff der Gleiter kompromisslos reagiert.

»Was *ist* das?«, funkte er Hainen bei der USO an. »Wo kommt dieses Ding her?«

»Ich hole Doktor Laxten in die Leitung.« Die Frau klang mutlos und desillusioniert.

Rhodan wartete ungeduldig, bis die Dreierkonferenz stand.

»Hallo, Perry.« Der Arzt erschien nicht im Holo, lediglich seine Stimme erklang. Im Vergleich zu ihm wirkte die erschöpfte Hainen wie das reinste Energiebündel.

»Was ist das für ein Wesen?«, fragte Rhodan erneut. Entsetzt musste er mit ansehen, wie das obere Drittel eines Hochhauses oberhalb der Brandlinie zu wanken begann. Vom Boden her schallten Alarmsirenen zu ihm hinauf.

»Ein Albtraum«, sagte Laxten müde. »Ein Wirklichkeit gewordener Albtraum.«

»Weniger poetisch, bitte«, sagte Rhodan verärgert.

Der Arzt lachte leise. »Nein, ich meine das ganz wörtlich. Die Fähigkeiten der Kinder sind auf die nächste Stufe gesprungen. Sie vernetzen sich jetzt untereinander, sie bilden Parablöcke. Die Blocker wirken nicht mehr gegen die neue Intensität, und die sedierten Kinder schlafen zwar, aber dadurch werden ihre Kräfte nicht inaktiv. Wir haben also extrem starke Mutanten, die ihre Kräfte verbinden, mit denen sie ohnehin nicht umgehen können. Und sie sind panisch.«

Rhodan begann zu dämmern, worauf der Arzt hinauswollte. »Pyrokinese?«

»Ja«, sagte Laxten, »unter anderem. Im Zentrum haben wir vor allem die Kinder mit Paragaben der T-, K- und Q-Klasse untergebracht. Wir haben mindestens einen Pyrokineten, möglicherweise mehrere. Nimm ein paar Telekineten dazu, die das Feuer in eine bestimmte Form bringen können; betäubte Kinder, die sich von Albträumen gequält auf ihren Betten wälzen; ein paar Telepathen, die all das miteinander verbinden. Wahrscheinlich noch ein paar andere Paragaben dabei, die die Schläge dieser Flammenarme noch gefährlicher machen, als pures Feuer ohnehin schon wäre. Fertig ist das Monster.«

Der resignierte Zynismus des Mannes ärgerte Rhodan. »Dann bringen wir die Kinder weg von hier! Zumindest die aus dem Zentrum! Der kleine USO-Kugelraumer ist noch auf dem Landefeld, oder? Und Monkey muss auch irgendein Schiff geparkt haben, mit dem er im System angekommen ist. Wir bringen die Kinder an Bord und fliegen sie so weit wie möglich weg von Aldrey, bis ihre Fähigkeiten sich normalisiert haben …« Er bemerkte das gequälte Gesicht von Velda Hainen. »Was ist los?«

»Die Idee hatten wir bereits«, sagte Hainen. »Einer der Telepathen im Zentrum scheint sie aufgeschnappt zu haben.«

»Und?« Rhodan schwante Übles. Er wendete die Space-Jet in die Richtung der Anlage, in der die USO ihre Forschungen mit den Kindern betrieb, konnte aber nicht sehen, was Hainen meinte.

Genauer gesagt sah er gar nichts. Der gesamte Stadtteil lag unter einer Nebelglocke versteckt.

»Wir wissen nicht genau, was geschehen ist«, sagte Laxten. »Aber wir können nicht hinaus. Ein paar Meter vor der Tür ist es, als ob die Welt endet. Wir haben Sonden, Roboter und einige Freiwillige verloren, die den Nebel durchdringen wollten. Sie sind nicht zurückgekehrt und nie auf der anderen Seite angekommen.«

»Das gibt's doch nicht«, murmelte Rhodan. »Könnt ihr den Kindern ein stärkeres Schlafmittel geben? Etwas, das auch …«

»Sie lassen uns nicht mehr zu sich«, unterbrach Laxten. »Einer meiner Mitarbeiter ist an einer Gehirnblutung gestorben, als er genau das versucht hat. Zwei andere mussten wir wortwörtlich in Zwangsjacken stecken. Sie schreien und brüllen und wollen sich selbst die Augen auskratzen. Wir wissen weder, was die Psychose ausgelöst hat, noch, wie wir sie behandeln sollen. Medoroboter schaffen es auch nicht, wir verwandeln dabei nur teure Ausrüstung in Metallklumpen. Wir haben tatsächlich keine Möglichkeit, einzugreifen.«

Rhodan mahlte mit den Zähnen. So angestrengt er nachdachte, ihm fiel nichts ein, wie man die Kinder unter Kontrolle bringen konnte, wenn sowohl das Gebäude als auch die kleinen Patienten selbst unerreichbar waren.

Wenn man allerdings nicht den Propheten, sondern den Berg auf Reisen schickte … »Aldrey ist die Lösung«, verkündete er.

»Was?«, fragte Laxten.

»Wenn wir die Kinder nicht von der Dunkelwelt wegbekommen können«, erklärte Rhodan, »muss der Planet weg von den Kindern. Jemand hat ihn näher an Istark rangebracht, also muss man ihn auch wieder fortbewegen können.«

»Aber wie?«, fragte Hainen. »Wir wissen nicht, wie unser Mister X das angestellt hat.«

»Fragen wir ihn«, sagte Rhodan. »Funktioniert *Istark Eins* noch in der Stadt, oder ist der Sender dort auch ausgefallen?«

»Warte einen Augenblick.« Nach wenigen Sekunden bestätigte sie, dass der Nachrichtenkanal zwar nur verzerrt zu empfangen war, es zur Informationsübermittlung jedoch noch reichte.

»Gut«, sagte Rhodan. »Ich werde eine neue Ansprache halten. Diesmal nicht an die Bevölkerung, sondern nur an Mister X. Und dann sollten wir beten, dass er es mitbekommt und sich hilfsbereit zeigt. Ich werde ein bisschen auf die Tränendrüse drücken.«

»Und du glaubst, das wirkt?« Der Arzt machte keinen Hehl aus seinen Zweifeln.

»Ich weiß es nicht«, gestand Rhodan. »Aber ich glaube nicht, dass er dieses Chaos will. Wenn man das schiere Ausmaß seiner Fähigkeiten bedenkt: über mehrere Lichtstunden hinweg eine Maschine von der Größe eines Planeten beeinflussen. Das Sicherheitssystem der USO nicht nur infiltrieren, sondern komplett lahmlegen. Nachrichtenportale auf dem ganzen Planeten manipulieren. Und hat eigentlich irgendjemand Zweifel daran, dass Mister X etwas mit dem Ausfall des Nachrichtensatelliten zu tun hat?«

Hainens Gesicht verriet, dass sie diese Möglichkeit noch nicht in Betracht gezogen hatte.

»Worauf ich hinauswill«, erklärte Rhodan: »Wenn diese Person wirklich Schaden anrichten wollte, hätte sie jede Möglichkeit dazu. Es wäre ihr zum Beispiel ein Leichtes, die Kommunikationsnetze zu vernichten, Brandlöscheinheiten in die Irre zu führen, Raumschiffe am Start zu hindern oder abstürzen zu lassen. All das tut sie aber nicht. Deshalb glaube ich, dass sie überhaupt nicht will, was in der Stadt passiert. Die Frage ist nur: Ist es ihr egal, oder hat sie ein Gewissen? Möchte sie helfen, weitere Todesfälle zu verhindern? Oder lässt sie Istark in die Katastrophe schliddern, um zu erreichen, was immer sie auf Aldrey vorhat?« Er presste die Lippen zusammen und zog eine zweifelnde Miene. »Finden wir es raus.«

Hainen nickte. »Ich lasse einen Gleiter klarmachen, der dich zum Sender bringt.«

Rhodan schüttelte den Kopf. »Ich fliege direkt hin und lande auf dem Dach.« Erneut wendete er die Space-Jet. Zu seinem Entsetzen sah er, dass das schwankende Gebäude mittlerweile eingestürzt war. Eine Staub- und Feuersäule schob sich in den Himmel, wo sich eben noch der Wolkenkratzer befunden hatte. »Kündigt mich an und sorgt dafür, dass ich sofort auf Sendung gehen kann.«

»Ich weiß nicht, ob ich diesen Einfluss …«

»Red keinen Mist, Velda. In dieser Kolonie geschieht nichts, das die USO nicht abgenickt hat. Zeit, dass ihr das offen zugebt. Ihr könnt vielleicht nichts für die Dunkelwelt, aber für das Zentrum, von dem aus die Kinder die Stadt zerstören, seid ihr verantwortlich. Also bekennt endlich Farbe. Es ist mir egal, ob ihr mich direkt reinbringt oder ob ihr die Präsidentin vorschiebt. Aber wenn ich bei *Istark Eins* ankomme, will ich ohne Umweg ins Studio. Verstanden?«

Er beendete die Verbindung, bevor Hainen die Sache weiter verkomplizieren konnte. Sollte sie beweisen, wie effizient der galaktische Geheimdienst auf dieser Welt wirklich arbeitete.

Er beschleunigte die Jet, so weit er konnte, ohne einen Sturm auszulösen.

Mit knapper Not entkam er einem Schlag der Flammententakel. Entweder hatte er die Reichweite des Monsters unterschätzt, oder es war während des kurzen Gesprächs noch einmal massiv gewachsen.

Kapitel 41:
Istarks Zukunft

Alken Veltikat sonnte sich in der Aussicht seines bevorstehenden Ruhms. Retter von Istark. Befreier. Überwinder all derer, die seine Heimat kleinhalten und kontrollieren wollten. Das war doch schon mal etwas! Mit einer Generation Parabegabter würde niemand mehr Istarks Unabhängigkeit anzweifeln können.

Pfeif auf die Politik und die USO! Das ist tausendmal besser! Im Gegensatz zu Präsidentin Sho schwang er keine großen Reden, dafür *tat* er etwas. Er würde Istark groß machen. Die Zukunft begann in diesen Augenblicken.

Es würde sicher einige Wochen dauern, bis man erkannte, welche Großtat er vollbracht hatte. Im Augenblick herrschte noch zu viel Verwirrung in der Stadt, als dass man ihm irgendwo den roten Teppich ausrollen würde. Möglicherweise gab es sogar Stimmen, die zum alten Sein zurückkehren wollten und gar nicht guthießen, was er geleistet hatte. Zweifler gab es immer, und erst die Zeit würde beweisen, dass er von Anfang an recht gehabt hatte. Er *war* etwas Besonderes. Sie alle waren das. Er und die anderen Kinder, sie waren Istarks Zukunft.

Alken lehnte sich zurück und griff nach seinem Becher. Er warf einen Blick auf den fleckigen Instantkaffee darin und runzelte die Stirn. Nein, das war dem Augenblick nicht angemessen. Er sollte feiern. Irgendetwas von Bedeutung tun, an das er sich erinnern konnte, wenn er einmal daran zurückdachte, wie er diesen Moment verbracht hatte. Seine Heimat hatte heute einen großen Schritt Richtung Zukunft gemacht. Wenn das kein Anlass war …

Er wusste auch genau, wo er feiern wollte. Das *Ahella* hatte alles, was er sich wünschen konnte. Vielleicht war es an der Zeit, einmal den vielgepriesenen Wellnessbereich auszuprobieren? Verdient hatte er es sich jedenfalls.

Es wäre zwar ein wenig dreist, sich so schnell wieder dort einzuquartieren, aber im Grunde standen die Chancen gut. Wahrscheinlich waren die Verfehlungen des zechprellenden Jacq Darson noch nicht einmal aufgefallen. Aus reiner Vorsicht hatte Alken nach einer Nacht ausgecheckt, aber mit der neugewonnenen Stärke seiner Gabe bestand eigentlich kein Grund mehr zur Zurückhaltung. Er fühlte sich sicherer als jemals zuvor. Kein Überwachungssystem würde die Unregelmäßigkeiten bemerken, ohne dass er Wind davon bekam und die Daten sofort korrigieren konnte.

Er grinste. Nach den Tagen intensiver Arbeit und ebenso intensiver Verwahrlosung, in denen er sich gerade einmal weit genug von seinen Holos entfernt hatte, um Fertigprodukte in sich hineinzustopfen, würde ihm ein kleiner Aufenthalt in dem Luxushotel guttun.

Die Freude an der eigenen Dreistigkeit wich allerdings ungläubiger Fassungslosigkeit, als er die Buchung ins System schmuggeln wollte. Der Server des *Ahella* reagierte nicht, ließ sich mit keinem von Alkens Tricks ansprechen. Auch nicht mit dem, mit dem er seine erste Reservierung eingespeist hatte.

»Die können ihr System doch nicht in den paar Tagen …«, murmelte er verärgert.

Das gab es doch nicht! Ein Hotel, selbst wenn es gerade mächtig geprellt worden war, installierte keine besseren Abschirmungen als die USO!

Aus Ernüchterung wurde Entsetzen, als er weitere Informationen über das *Ahella* im öffentlichen Datennetz suchte. Nun wurde ihm klar, warum er keinen Zugriff auf den Server bekam – der war mit dem Rest des Hotels in die Luft geflogen. Alken wurde flau im Magen, als er die Medienberichte dazu sah und hörte. Die Vermutung war, dass ein Kind die Kontrolle über seine Mutantengaben verloren hatte, damit den Einsturz des Gebäudes und indirekt die Explosion des Energiespeichers veranlasst hatte. Wenn das nur ein paar Tage früher passiert wäre, als er sich gerade in der Luxussuite einquartiert hatte …

Es war pures Glück, dass er noch lebte. Wie hatte der Parabegabte nur derart die Kontrolle verlieren können? Ein ungutes Gefühl breitete sich in Alkens Eingeweiden aus. Was war sonst noch geschehen, das er während seines Feldzugs nicht mitbekommen hatte?

Er ließ die Meldungen an sich vorbeiziehen. Es hatte tatsächlich einige schwere Probleme gegeben, seit er Rhodan und die USO in ihre Schranken verwiesen und die Dunkelwelt näher an Istark herangebracht hatte. Nein, nicht einige. Eine ganze Menge sogar. Zerstörungen, Explosion, unter Nebel verschwundene Stadtviertel und … ein Feuermonster? Das war albern. Das war reiner Unfug, eine Falschmeldung, wie er selbst sie zu Hunderten in die Nachrichtenportale der Kolonie hineinkopiert hatte, um Rhodans Evakuierungsplan zu untergraben. So etwas gab es nicht!

Oder?

Es gab einen ganz einfachen Weg, das herauszufinden. Dennoch zögerte Alken. Dann gab er sich einen Ruck, stand auf und ging zur Tür. Er sah hinaus und starrte mit offenem Mund auf die gewaltige Flammengestalt, die nicht einmal einen Kilometer entfernt eine Schneise der Zerstörung durch die Stadt zog.

Alken schlug die Tür zu, so schnell er konnte, und lehnte

sich gegen das raue Metall. Nervös knetete er seine Hände. Wie hatte das geschehen können? Er hatte den Mutanten auf Istark mehr Macht geben wollen. Aber was taten sie damit? Und warum? Und war er wirklich dafür verantwortlich?

Nein! Was dort draußen geschah, war nicht seine Schuld. Konnte es nicht sein. Er hatte nichts Böses im Sinn gehabt. Die anderen mussten bloß erst lernen, ihre Gaben zu kontrollieren, das war es! Was waren das nur für Idioten, die ein solches Chaos anrichteten? Sie gefährdeten ganz Istark, wenn sie die Stadt zerstörten! Aber das war sicher nur eine kurze Phase. Sie würden lernen, ihre Gaben, diese unglaublichen Geschenke, zu kontrollieren. Alles, was geschah, war neu und ungewohnt. Es würde besser werden, bald. Sehr bald, wahrscheinlich. Und bis dahin …

Alkens Unwohlsein verstärkte sich. Er hatte niemandem schaden wollen. Nicht so! Ein paar Gaunereien, ein paar reiche Kerle ausnehmen, riskieren, dass ein paar engstirnige Leute Istark verließen … Ja. Aber *das?* Das hatte er nicht gewollt.

Eine weitere Nachricht zog in seinem Holo vorbei. Perry Rhodan war wieder auf Istark, und er war wieder im Trivid gewesen. Er hatte eine Ansprache gehalten, die *Istark Eins* live übertragen hatte. Millionen hatten sie gehört, aber sie richtete sich nur an eine Person: an ihn, Alken Veltikat.

Er wusste schon, was Rhodan ihm sagen wollte. Der Terraner würde ihm ein schlechtes Gewissen machen, ihn zur Kapitulation bringen. Ihm die Schuld geben an dem, was da draußen in der Stadt geschah, damit er sich auslieferte.

Vergiss es! Mit einer wütenden Handgeste schaltete Alken die Holos ab.

Anschließend saß er allein in seinem dunklen Versteck, abgeschnitten von der Außenwelt, in der das Chaos wütete, und ohne Zugang zu aktuellen Informationen. Es würde alles gut werden. Es brauchte nur ein wenig Zeit. Nur Zeit, das war alles.

Nach fünf Minuten gab er auf, aktivierte die Holos wieder und sah sich Rhodans Ansprache an.

Rhodan zog alle Register, das musste Alken ihm lassen. Der ungebetene Gast erzählte all das, womit er gerechnet hatte, aber auch noch einiges mehr. Überrascht nahm Alken zur Kenntnis, dass es keine Möglichkeit mehr gab, das Pädiatrische Beobachtungszentrum zu erreichen. Dorthin hatte man die stärksten Mutanten gebracht, um ihre Kräfte zu blockieren, und zahlreiche weitere, um ihnen Schlafmittel einzuflößen.

Alken hörte es mit Genugtuung. Das bedeutete, dass die Kinder dort sicher waren. Er konnte schließlich nicht ausschließen, dass die Bewohner von Istark etwas Dummes taten, wenn sie die Kinder zu Sündenböcken erklärten. Dass sie mit vereinten Kräften eine paranormale Barriere aufgebaut hatten, war ein erstes Zeichen dafür, dass die Dinge sich besserten.

Rhodan sah das naturgemäß anders. Seine Stimme, musste Alken zugeben, klang nach echter Anteilnahme: »Die Zustände im Zentrum geraten außer Kontrolle. Es gab bereits erste Opfer unter dem Pflegepersonal. Es kann sich niemand mehr um die Kinder kümmern. Außerdem kann das Zentrum nicht ausreichend versorgt werden. Es ist nicht für Hunderte Patienten ausgelegt. Es gibt keine Lebensmittelvorräte, und niemand weiß, was geschehen wird, wenn sich zur Angst der Kinder dort auch noch Hunger gesellt. Jeder dort ist gefährdet!«

Daran hatte Alken tatsächlich nicht gedacht. Wenn sie wirklich ohne Vorräte von der Außenwelt abgeschnitten waren …

Nachdenklich rieb Alken die Hände aneinander. Konnte er etwas für die Eingeschlossenen tun? Rhodan bat ihn, die Dunkelwelt wieder wegzuschicken, aber weder wollte er das, noch konnte er es, nachdem er die Maschinerie zerstört hatte. Es musste einen anderen Weg geben.

Nur fiel ihm keiner ein.

Die Leute von *Istark Eins* unterlegten derweil Rhodans Rede mit Bildern der im Zentrum eingeschlossenen Kinder. Zumindest jener, die vor Beginn der Krise aufgenommen worden waren. Ein billiger psychologischer Trick, der Alkens Zorn entfachte. So leicht ließ er sich nicht manipulieren!

Dann erschien Tomav Pirem. Alken starrte das Holo an. Mit Tomav hatte er im Waisenhaus auf einem Sechserzimmer gelegen. Der etwas ältere Junge hatte ihn in seinen ersten Tagen dort unter die Fittiche genommen und ihn vor einigem Ärger bewahrt. Alken hatte stets geahnt, dass Tomav eine Gabe hatte, weil er so gut darin war, mögliche Schwierigkeiten vorauszusehen und sich rechtzeitig zu verdrücken. Wie Alken eine Intuition für Technik hatte, konnte Tomav drohende Probleme spüren.

Zwei weitere unbekannte Gesichter, dann erschien Yasme Miranu. Auch sie hatte er im Heim kennengelernt und sich auf den ersten Blick in sie verknallt. Dass sie ins Zentrum gegangen war, hatte er sogar gewusst. Ihr Auszug war wesentlich dafür gewesen, dass er bald darauf selbst abgehauen war.

Andere unbekannte Gesichter, dann Senna Hickey, die er selbst beschützt hatte, so wie Tomav ihm geholfen hatte. Bis er sie durch seine Flucht schmählich im Stich gelassen hatte. Olyo Kubicze, der dicke Junge, der immer leicht weggetreten gewirkt und mit niemandem gesprochen hatte. Marisa Feydi, die Petze. Unglaublich. War das ganze verdammte Waisenhaus heimlich ins Zentrum übersiedelt worden?

War das eine Falle, speziell auf ihn ausgerichtet? Aber das würde bedeuten, dass sie wussten, wer er war. Obwohl er alle Spuren seiner Existenz gelöscht hatte. Wenn ihnen das gelungen war, würden sie auch bald sein Versteck finden, da machte er sich keine Illusionen. Aber würden sie dann Bilder senden, die ihn ohne Not misstrauisch machten?

Alken presste sich die Handballen an die Schläfen und schrie. Das hatte er alles so nicht gewollt! Das Zentrum war für seine Gaben genauso wenig zu erreichen wie das zerstörte *Ahella.* Er konnte die Patientenliste nicht stehlen; nicht prüfen, ob Rhodan die Wahrheit sagte. Er wollte sich auch nicht einreden, dass die Kinder dort unvermeidbare Opfer wären, die bei der Reise in eine große Zukunft auf der Strecke blieben. Sie hatten Gesichter, trugen Namen. Sie teilten eine Geschichte mit ihm. Er musste ihnen helfen. Er hatte nur keine Idee, wie.

Oder? Er konnte es zumindest versuchen. Es hieße, alles zu opfern, was ihm wichtig war. Oder zumindest aufzuschieben. Ja, das war es. Aufschieben. Er konnte Aldreys Position verändern, musste nur die Maschine wieder in Gang setzen. Wenn die Zerstörungen das noch zuließen.

Er kam nicht einmal so weit, Kontakt aufzubauen. Der verdammte Satellit, dessen Leistung er so rücksichtslos an sich gerissen hatte, war hinüber. Wenn er Aldreys Maschinerie kontrollieren wollte, musste er näher heran.

Er brauchte ein Raumschiff und einen Piloten.

Nervös trommelte er eine Weile lang mit den Fingern auf den Lehnen seines Drehstuhls herum. Dann gab er sich einen Ruck und wählte die Kontaktnummer, die am Ende von Rhodans Ansprache eingeblendet worden war.

»Hallo. Mein Name ist …« Er bog gerade noch rechtzeitig ab. »Mein Name tut nichts zur Sache, und es gibt auch keinen Sinn, dieses Gespräch zurückzuverfolgen. Ich bin derjenige, den ihr sucht. Ich will Perry Rhodan sprechen.«

»Kannst du das beweisen?«

»Was?«, fragte Alken mehr verärgert als erstaunt. »Wieso? Natürlich bin ich es. Wer sollte euch denn sonst kontaktieren und behaupten, er hätte eine Straftat begangen?« Er verzog das Gesicht. Hatte er das überhaupt, soweit es die USO betraf? Von seiner Zechprellerei wussten sie nichts, nichts von seinen Diebstählen bei Britsel … Na gut. Sie wussten, dass er illegal in ihr Datennetz eingebrochen war, erst spioniert und dann Sabotage betrieben hatte. Also hatte er nichts verraten, was ihm später zum Verhängnis werden konnte.

Aber wie es aussah, brauchte er sich in dieser Hinsicht überhaupt keine Sorgen zu machen. Die Frau, deren Stimme er hörte, glaubte ihm sowieso nicht. »Du wärst erstaunt. Seit Perry Rhodan auf Sendung war, haben hier über zweihundert Möchtegernverbrecher angerufen und absurde Forderungen gestellt. Was möchtest du, um die Dunkelwelt wieder zurückzuschicken? Eine Million Galax? Ein Fluchtraumschiff ohne versteckten Positionssender?«

»Ich …« Alken war völlig aus dem Konzept. »Klingt nicht schlecht, aber eigentlich will ich Perry Rhodan sprechen«, sagte er schließlich bemüht cool.

»Du musst erst mit einem unserer Spezialisten sprechen«, erwiderte die Frau unbeeindruckt. »Warte kurz.«

Alken war fassungslos. Sie hatte ihn einfach in eine Warteschleife gelegt! Was fiel dieser Verrückten nur ein? Wütend griff er auf das Kommunikationsnetz zu und hielt verblüfft inne. Tatsächlich meldeten sich Bewohner aus dem ganzen Empfangsgebiet bei der USO, und alle auf der angegebenen Kontaktnummer. Hatten die denn alle den Verstand verloren?

Vielleicht. War das denn wirklich so unwahrscheinlich in einer Stadt, in der die Bevölkerung seit Tagen in Panik war, die Hälfte der Bewohner fliehen wollte, die Kinder eingesammelt und unter Drogen gesetzt worden waren – und all das, bevor ganze Stadtteile im Nebel verschwanden und Feuerriesen durchs Gelände stapften wie in einem billigen Horror-Trivid? Und er hatte geglaubt, die USO hätte ihm eine Falle gestellt!

Allein der letzte Gedanke reichte, um ihn wieder nervös zu machen. Wie hieß es in den Spionage-Trivids immer so schön? *Nur weil du paranoid bist, heißt das nicht, dass sie nicht hinter dir her sind.* Während er noch in der Warteschleife hing, rief er das Informationsnetz auf und suchte neueste Gerüchte über die USO.

Schnell wurde er fündig und brach die Verbindung augenblicklich ab: Eine Meldung machte die Runde, wonach die USO alle Verdächtigen, die sich über Rhodans Nummer meldeten, sofort verhaftete und in ein geheimes Lager verschleppte. Die Quelle der Nachricht ließ sich nicht ausmachen, aber sie kursierte auf den gleichen Plattformen, auf denen Alken selbst seine Falschinformationen eingespeist hatte, mit denen er Rhodans Glaubwürdigkeit beschädigt hatte. War die Warnung verlässlich? Wahrscheinlich nicht. War es die USO? Genauso wenig.

In dem ganzen irrsinnigen Wirrwarr von Gerüchten, Panik und Verfolgungswahn gab es nur einen Menschen, der etwas bewegen konnte und zugleich einen Ruf als ehrlicher Mann genoss – oder genossen hatte, bis Alken sich der Sache angenommen hatte.

Es war Zeit, mit Perry Rhodan persönlich zu sprechen, ohne Umweg über die USO. Er schloss die Augen, fühlte sich in Istarks Datennetz ein und schickte seinen Geist auf die Reise.

Kapitel 42:
Live

Perry Rhodan machte sich gar nicht erst die Mühe, den Sender zu verlassen. Es lag auf der Hand, dass es noch einige Sondersendungen zur aktuellen Krise geben und dass er dabei gefragt sein würde. Zudem gab es wenig, das er sonst hätte tun können: Die Dunkelwelt war nach wie vor unerreichbar, genauso wie das Pädiatrische Zentrum, und die RAS TSCHUBAI immer noch knapp eine Tagesreise entfernt. Sein Job beschränkte sich darauf, die überforderten Sicherheitskräfte Istarks zu beraten und die Bevölkerung zu beruhigen.

Anlass dazu hätte es genug gegeben. Aus dem Nebel ums verschwundene Zentrum hatte sich die nächste Albtraumgestalt gelöst: eine gigantische Spinne, deren Leib eine hochaktive, blitzespeiende Gewitterwolke war und deren Beine aus acht Tornados bestanden. Langsam stakste sie durch die Stadt und zerstörte, was vom Feuer verschont geblieben war. Rhodan graute vor dem Moment, in dem sie auf den Feuerteufel traf. Wenn Flammen und Sturm zusammentrafen, würde sich das Vernichtungsausmaß der beiden Wesen potenzieren.

Da half es wenig, an die Vernunft der Istarker zu appellieren und sie aufzufordern, Ruhe zu bewahren. Aber bis er eine bessere Möglichkeit sah, musste er versuchen, eine Massenpanik zu verhindern. Eigentlich sollte die Präsidentin ihm dabei zur Seite stehen, aber von Olanda Sho war nichts zu sehen.

»Wo bleibt sie?«, fragte er Suur Peston.

Der Moderator sah ihn leidend an und hob die Arme. »Ich

weiß es nicht. Ist nicht mein erster Gast, der mich heute hängen lässt.«

Rhodan schluckte die Spitze über seine eigene Verspätung am Vormittag. »Wann sind wir dran?«

»Zwei Minuten.«

Noch einmal sprachen sie kurz den Ablauf durch: Rhodan sollte erläutern, dass die Stadt keinesfalls von Monstren angegriffen wurde, sondern dass es sich um natürliche Phänomene handelte, die von verängstigten Kindern manipuliert wurden. Deshalb sei es wichtig, besonnen zu handeln und Aufregung möglichst zu vermeiden. Eine Grundstimmung von Hysterie würden die Telepathen im Zentrum wahrscheinlich wahrnehmen, im Parablock weitergeben und damit die Aufgewühltheit unter den Mutanten nur noch steigern, was wiederum zu weiteren Erscheinungen führen würde. Es drohte eine sich selbst verstärkende Spirale, der man am besten durch Ruhe und Besonnenheit entgegenwirken konnte. Hilfe würde ohnehin bald eintreffen und so weiter und so fort.

Der Anfang des Interviews verlief sogar ganz wie geplant, doch dann erwischte Peston Rhodan auf dem falschen Fuß. Er fragte, wie die Suche nach dem Manipulator der Dunkelwelt verlief, an den Rhodan sich zuvor im Sender gewandt hatte. »Hat sich bereits jemand gemeldet?«

Rhodan zögerte einen winzigen Moment. Dann entschied er sich, dass Ehrlichkeit der beste Weg war. »Ja, nur leider nicht der Richtige. Die USO geht allen Hinweisen nach. Es gibt jedoch sehr viele Trittbrettfahrer, die sich mit falschen Schuldzuweisungen oder -bekenntnissen melden.« Er drehte sich direkt zur Kamera. »Bitte lasst das. Es sind Leben in Gefahr. Wir können unsere Zeit nicht mit …«

Sein Kommunikationsarmband piepste. Verblüfft sah Rhodan auf sein Handgelenk. Er war sich sicher, dass er das Gerät abgeschaltet hatte. Dringende Nachrichten sollten von der Sendercrew entgegengenommen werden, die dann das Interview so schnell wie möglich unterbrechen würde – dabei aber unbedingt den Eindruck vermitteln sollte, dass alles vollkommen nach Plan ablief. Kein Grund zur Besorgnis.

Peston missfiel die Störung genauso wie Rhodan, wenn auch wohl aus anderem Grund. »Wir sind live«, sagte der Moderator hörbar gereizt in die Kamera, »da kann so etwas natürlich mal passieren. Oder erhältst du gerade neue Informationen zur aktuellen Entwicklung?«

Rhodan wusste nicht, was er da erhielt. Der Funkruf kam nicht einfach mit einer unbekannten oder unterdrückten Kontaktidentität, sondern komplett ohne. Das war technisch eigentlich unmöglich. »Unterbrich die Übertragung«, sagte er und nahm den Ruf an.

Als Erstes hörte er eine jugendliche Stimme. »Nicht unterbrechen. Wenn *Istark Eins* nicht mehr sendet, breche ich sofort ab. Jeder soll hören, was wir besprechen.«

Rhodan sah zu Peston. Der zuckte hilflos mit den Schultern, lächelte jedoch dabei. Rhodan konnte es ihm nicht verdenken. Wahrscheinlich bekam er gerade die Sendung des Jahrhunderts geliefert, ohne dass er etwas dafür tun musste.

»Wer bist du?«, fragte Rhodan.

»Ich bin der, den du suchst. Ich habe die Dunkelwelt an Istark herangeholt.«

Rhodans Gedanken rasten. Die USO hatte buchstäblich Hunderte Verrückte abwimmeln müssen, die exakt dasselbe behauptet hatten. Aber keiner von denen hatte die Fähigkeit besessen, ein desaktiviertes Multifunktionsarmband der Hochsicherheitsstufe in Gang zu setzen und Rhodan direkt anzurufen. Es bestand also durchaus eine gewisse Chance, dass sein Gesprächspartner wirklich hinter den ganzen Vorgängen steckte, oder zumindest hinter der Spionage bei der USO und der Manipulation der Dunkelwelt.

Es passte Rhodan nicht, dass er nun vor den Augen der Öffentlichkeit mit dem Täter verhandeln sollte. Aber welche Möglichkeit blieb ihm? »Wir bleiben auf Sendung«, versicherte er.

»Gut«, sagte der Anrufer. Rhodan versuchte, sich ein Bild zu machen. Es war eine männliche Stimme, ziemlich jung, wahrscheinlich ein Teenager. Es passte also gut ins Profil.

Die Stille zog sich. »Was sind deine Forderungen?«, fragte Rhodan schließlich. Er musste im Gespräch bleiben, damit der Unbekannte es sich nicht anders überlegte und die Verbindung einfach abbrach.

»Forder…?«, fragte die Stimme verblüfft. »Ich habe keine Forderungen! Halt, doch, eine anständige Espressomaschine, das muss drin sein. Aber ich mache das hier nicht für mich, sondern für Istark!«

Rhodan nickte. »Ich verstehe.« Das war schamlos übertrieben, er hatte allenfalls eine vage Ahnung, was den Jungen umtreiben mochte. Aber zumindest wusste er dadurch, dass er es mit einem Überzeugungstäter zu tun hatte, nicht mit einem einfachen Kriminellen. Die Frage war, ob das ein Vorteil oder Nachteil war.

»Ich kann euch helfen, Aldrey wieder von Istark wegzubringen«, sagte die Stimme. »Zumindest, bis die aktuellen Probleme gelöst sind.«

»Woher weiß ich, dass du dazu wirklich in der Lage bist?«

»Dass ich Technik fernsteuern kann? Wie sonst komme ich auf dein abgeschaltetes Komarmband?«

Ein überzeugendes Argument. »Wenn du helfen willst, wieso bringst du die Dunkelwelt nicht einfach zurück, genauso, wie du sie hergeholt hast?«, fragte Rhodan.

»Lange Geschichte«, sagte der Junge am anderen Ende der Verbindung. »Ich war wohl etwas voreilig, und jetzt geht das nicht mehr so einfach. Ich brauche ein Raumschiff, das mich in die Nähe der Dunkelwelt bringt.«

»Das kriegen wir hin«, sagte Rhodan. *In die Nähe* war kein Problem, solange sie nicht die Barriere durchdringen und landen sollten. »Ich schicke dir ein Schiff.«

»Nein!«, rief der Junge. »Du kommst selbst! Und du versprichst vor der ganzen Welt, dass ich straffrei ausgehe! Du wirst mich nicht der USO ausliefern! Ich gehe weder ins Gefängnis noch in ein Heim zurück, und ich lasse auch nicht an mir herumexperimentieren!«

Mit einem Mal hatte Rhodan eine sehr genaue Ahnung, mit was für einem Menschen er da sprach. Der Junge hatte immense Macht, und es fehlte ihm jede Erfahrung, sinnvoll damit umzugehen. Er ließ sich von seinen Ängsten leiten, den rationalen wie den irrationalen. Mit anderen Worten: Der Meisterverbrecher, der hinter der Katastrophe auf Istark steckte, war nichts weiter als ein verängstigtes Kind – auch wenn er sich selbst wahrscheinlich ganz anders sah.

»Verstehe ich«, sagte Rhodan. »Ich verspreche dir, nein, ich bürge dafür, dass dir nichts passiert. Die ganze Welt ist mein Zeuge. Einverstanden?«

Wieder folgte ein langes Schweigen. Rhodan hielt den Atem an.

»Einverstanden«, sagte die Stimme schließlich.

Erleichtert atmete Rhodan aus. »Sehr gut. Wo treffen wir uns?«

»Warte kurz«, sagte der Junge. »Das muss nicht jeder wissen.«

»Wir können die Übertragung jederzeit unterbrechen«, sagte Rhodan, doch das hatte sein Gesprächspartner schon selbst in die Hand genommen. Im kompletten Studio von *Istark Eins* fiel die Energieversorgung aus.

Kapitel 43: Gedankenbrücke

Durch den Türspalt sah Alken, wie Rhodans Space-Jet sich seinem Versteck näherte. Verfolgt wurde sie nicht, da war er mittlerweile sicher: Er hatte während des Fluges dreimal die Zielkoordinaten im Autopiloten geändert und sich in die Ortung des Raumhafens eingeschaltet. Es gab keine Flugkörper, die Rhodans Manöver nachvollzogen.

Darüber, ob sein Versteck nach diesem Tag noch geheim bleiben würde, machte er sich keine Illusionen. Nach seinem Trip mit Rhodan würde sein Quartier mindestens verwanzt sein, wenn nicht gleich ein Polizeikommando auf ihn wartete. Mit Sicherheit würde er nicht mehr hierher zurückkehren. Die wichtigsten und teuersten Ausrüstungsteile hatte er deshalb in eine große Kiste geschmissen, um sich einen neuen Einbruch bei Britsel zu ersparen.

Wohin er danach gehen sollte, wusste er noch nicht. Aber eine neue Unterkunft zu finden, war wahrscheinlich sein allergeringstes Problem.

Er konzentrierte sich und klinkte sich in Rhodans Funkverkehr ein. Das war komplizierter als bei dem Kommunikationsarmband. Die Space-Jet war gut gesichert, und hätte Alken sich nicht zuvor schon einmal mit dem USO-Signal hineingemogelt, hätte er die passenden Schwachstellen möglicherweise gar nicht gefunden. Zumindest nicht so schnell.

Rhodan sprach gerade, wenig überraschend, mit der USO. »Wir können jederzeit zugreifen«, sagte die Frau, die Alken schon bei Rhodans Reise nach Aldrey gehört hatte.

Er versteifte sich. Hatte Rhodan ihn betrogen? Sollte er die Jet noch einmal umlenken, so tun, als sei dieser Zielpunkt genauso vorgetäuscht gewesen wie die drei davor?

»Darum habe ich nicht gebeten«, antwortete Rhodan mit echter Wut in der Stimme. »Haltet euch gefälligst zurück. Das hier machen wir auf meine Art, und ich pflege meine Versprechen zu halten. Verstanden?«

Rhodans Sätze beruhigten Alken, zumindest ein wenig. Natürlich konnte das Ganze auch eine reine Inszenierung sein, um ihn in Sicherheit zu wiegen. Aber schließlich konnten weder Rhodan noch die USO wissen, dass er in genau diesem Augenblick zugehört hatte.

Dennoch: Sich jetzt zu zeigen, blieb ein Risiko.

Er dachte an Tomav, an Yasme und all die anderen Freunde von früher, die ohne Nahrung im Zentrum hinter dem Nebelschleier festsaßen.

Es war ein Risiko. Aber eines, das er eingehen musste.

Mit dem großen Karton in den Händen stakste er auf die gelandete Jet zu. Er konnte seine Füße nicht sehen und hatte Schwierigkeiten, auf dem unebenen Boden das Gleichgewicht zu halten. Er trat in den Schatten des Kleinraumschiffs, dann verlor er den Kontakt zum Boden. Rhodan hatte den Antigrav aktiviert und holte ihn an Bord.

Der unsterbliche Terraner erwartete ihn in der Bodenschleuse und streckte ihm die Hand entgegen. Alken wusste zunächst nicht, wohin mit der Kiste, und hätte sie beim Abstellen beinahe ausgekippt. Rhodan fing sie ab, bevor all die teuren und empfindlichen Geräte sich selbstständig machen konnten.

Als die Ausrüstung sicher stand, wiederholte Rhodan die Geste mit amüsiertem Lächeln. »Hallo. Ich bin Perry. Willkommen an Bord.«

Alken zögerte. Er war es so gewöhnt, seine Identität zu

verbergen, dass es ihm nun sogar schwerfiel, seinen Namen zu nennen. Schließlich gab er sich einen Ruck. »Alken«, sagte er. »Mein Nachname tut nichts zur Sache.«

»Selbstverständlich nicht«, sagte Rhodan. »Alles Teil des Deals. Du hilfst uns, und danach kannst du wieder in der Versenkung verschwinden, wenn du das möchtest. Ich habe auch deine Espressomaschine dabei.«

Alken musste grinsen. »Vielen Dank. Wollen wir die Welt retten?«

»So steht's in meiner Jobbeschreibung«, sagte Rhodan.

Staunend sah Alken sich im Inneren der Jet um. Er saß zum ersten Mal in seinem Leben in der Zentrale eines Raumschiffs, selbst wenn es nur eine kleine Space-Jet war. Es fühlte sich völlig anders an als die netzbasierten Simulationen, in die er sich gelegentlich zur Unterhaltung eingeklinkt hatte. Die reale Welt hatte doch ganz eigene Reize, die er möglicherweise lange unterschätzt hatte.

»Muss ich mich anschnallen?« Er deutete auf die Gurte.

Rhodan schüttelte den Kopf. »Bevor's ruppig wird, sag ich Bescheid. Bis dahin müssten die Andruckabsorber alles abfangen.«

Unwillkürlich hielt Alken sich an seinen Stuhllehnen fest, als sie abhoben, obwohl Rhodan die Wahrheit gesagt hatte: An Bord war überhaupt nichts von ihrer Bewegung zu spüren. Aber seine Augen sahen die Bewegung, und sein Körper stellte sich auf Gravitationskräfte ein, die dann überhaupt nicht kamen. Allein das brauchte ein wenig Gewöhnung.

»Darf ich dich ein paar Sachen fragen?«, sagte Rhodan.

»Klar«, sagte Alken. »Ich will helfen.«

»Gut«, sagte Rhodan. »Dann mal: Warum das alles? Warum hast du unsere Versuche zu helfen sabotiert?«

»Ihr wolltet mir meine Kräfte wegnehmen!«, beschwerte sich Alken. »Mir und allen anderen! Ihr wolltet …« Er zögerte, dann sprach er leiser weiter. »Ihr wolltet mir alles nehmen, was ich habe.«

Rhodan nickte ernst. »Ich verstehe. Aber begreifst du, warum diese Kräfte gefährlich sein können?«

»Natürlich«, sagte Alken sauer. »Glaubst du, ich bin blöd?«

Rhodan grinste. »Du hast die USO infiltriert. Das schafft man nicht, wenn man blöd ist. Aber gerade *weil* du das nicht bist, ist mir nicht ganz klar, warum du so lange weitergemacht hast mit dem, was du tust. Warum hast du deine Meinung geändert?«

Sie verließen Istarks Atmosphäre und drangen ins All vor. Es war ein erhabener Moment. Fassungslos starrte Alken auf die sternbesäte Unendlichkeit in ihrer ganzen Schönheit.

»Hey, ich rede mit …« Rhodan sah zu ihm und lächelte fein. »Ach so. Ich verstehe. Nimm dir die Zeit.« Auch er blickte durch die Beobachtungskuppel und sah in die Ferne.

Eine Weile schwiegen sie, dann sagte Rhodan: »Es tut manchmal ganz gut, mit jemandem unterwegs zu sein, der das zum ersten Mal erlebt. Es ist ein Wunder. Dann und wann ist es gut, wenn mich jemand daran erinnert.«

»Die Kinder im Pädiatrischen Zentrum«, sagte Alken.

Rhodan sah ihn verwirrt an.

»Warum ich meine Meinung geändert habe«, fuhr Alken fort. »Die Bilder aus dem Pädiatrischen Zentrum. Ich kenne ein paar von den Kindern aus dem Waisenhaus. Tomav hat mir viel geholfen. Yasme war …« Er spürte, wie sich ein unerwartetes Lächeln auf seine Lippen stahl. »Senna ist jünger, aber wir haben uns gut verstanden. Sie war so was wie eine kleine Schwester für mich. Olyo ist seltsam, aber auch er hat nicht verdient, ohne Essen …«

»Du kennst Senna?«, unterbrach Rhodan überrascht. »Senna Hickey?«

»Ja«, sagte Alken. »Wieso?«

»Senna ist nicht im Zentrum«, sagte Rhodan. »Sie ist mit den USO-Leuten auf Aldrey.«

»Was?« Alken war fassungslos. »Die Telepathin, über die du mit Monkey gesprochen hast – das war Senna? Seid ihr denn völlig ... Wie alt ist sie heute? Acht? Neun?«

»Neun«, sagte Rhodan finster. »Und ich bin auch nicht sehr glücklich darüber. Eine der vielen Kleinigkeiten, die ich noch mit Monkey zu besprechen habe, wenn das hier alles vorbei ist.«

Alken atmete tief durch. »Aber auf Aldrey ist es im Moment eigentlich sicherer als auf Istark, oder? Ihr habt gesagt, dass ihr mit den Bewohnern dort verhandelt!«

»Der Kontakt ist abgerissen«, sagte Rhodan. Er sah Alken aus dem Augenwinkel an. »Als ein gewisser Mutant die Welt aus ihrer Bahn bewegt hat. Wir können nur hoffen, dass die Verständigung immer noch friedlich vorangeht.«

Wie in der Schaltstation in seinem ehemaligen Zuhause trommelte Alken nervös auf den Armlehnen herum. Was hatte er getan? Hatte er mit seiner Aktion wirklich Senna in Gefahr gebracht? »Wir müssen ihr helfen.«

»Deshalb sind wir unterwegs.« Rhodan ging zum Glück einfach über den reichlich überflüssigen Wortbeitrag hinweg. »Verrat mir doch mal, wie das genau ablaufen soll. Bisher weiß ich nicht mehr, als dass ich dich in die Nähe von Aldrey bringen soll.«

»Ich brauche wieder Kontakt zu der Maschine im Inneren«, erklärte Alken. »Ich habe sie sabotiert, damit niemand den Planeten ohne meine Hilfe von Istark wegbewegen kann. Ich muss schauen, ob und wie ich das repariert bekomme. Ich hatte über den Nachrichtensatelliten von *Istark Eins* Kontakt aufgenommen, aber der funktioniert nicht mehr.«

»Was ist mit dem Hyperfunksender der Space-Jet?«, schlug Rhodan vor.

Alken sah ihn verblüfft an. Warum war er nicht selbst darauf gekommen? Wie vernagelt konnte man sein? Sofort klinkte er sich in die Geräte ein und schickte seinen Geist auf den Weg.

Er versuchte es wieder und wieder, ohne jeden Erfolg. »Es geht nicht«, bekannte er.

»Wahrscheinlich wegen der Barriere«, sagte Rhodan. »Aldrey hat sich in ein Schutzfeld gehüllt, als du den Planeten bewegt hast. Seitdem ist der Kontakt abgerissen.«

»Wir müssen da durch«, forderte Alken.

»Geht nicht«, sagte Rhodan. »Wir würden abstürzen. Glaub mir, ich hab's schon versucht. Ich kann dich aber so nah wie möglich ranbringen. Hilft dir das weiter?«

Eine gute Frage. Die Nähe zum Kristallkern verstärkte erfahrungsgemäß Alkens Kräfte. Und so nah war er noch nie herangekommen. Er traute sich durchaus zu, jedes noch so starke Schutzfeld zu durchdringen – eigentlich. Nur speiste sich dieses aus derselben Quelle wie seine Kräfte. Die einzige Art, es herauszufinden, war, es zu probieren.

Es dauerte einige Minuten, bis sie ihr Ziel erreichten. Als die Steuerung der Jet unzuverlässig wurde, hielt Rhodan sie in Position.

»Wir müssen näher ran!«, forderte Alken.

Rhodan schüttelte den Kopf. »Wir würden abstürzen. Schau, was du von hier aus machen kannst.«

Noch immer drang kein Funksignal zu dem Planeten durch. Auf diesem Weg konnte Alken keinen Kontakt mit der Maschine aufnehmen. Er spürte ihre Kraft, sog ihre Energie in sich auf – aber sie sprach nicht mit ihm. Wieder und wieder versuchte er, das Feld zu durchdringen. Schließlich fand er einen Kontakt.

»Wer bist du?«, fragte er.

»Burruk«, hörte er etwas, das halb Stimme, halb Textnachricht war. »Was machst du in meinen Programmen? Bist du ein Virus?«

»Nein, ich …« Alken konzentrierte sich, holte einen Teil seines Bewusstseins in seinen Körper zurück.

»Burruk«, presste er hervor. »Wer? Was?«

»Ein Posbi«, sagte Rhodan schnell. »Der Pilot der USO-Jet. Was ist mit ihm?«

Aber Alken antwortete ihm nicht, sondern konzentrierte sich wieder auf die Verbindung. »Ich will die große Maschine reparieren«, sendete er dem Posbi. »Bist du bei ihr?«

»Nein«, sagte der Posbi unbeteiligt, als habe Alken ihm gerade die normalste Sache der Welt vorgeschlagen. »Aber ich kann dein Signal an Monkey weiterleiten. Er weiß am besten über die Lage Bescheid.«

Es dauerte nur einen Moment. Rhodan wollte wissen, was geschah, doch Alken verdrängte die Ablenkung. Über Burruk als Relais erhielt er Zugriff auf Monkeys Funkgerät.

»Wer bist du?«, erklang die tiefe Stimme, die Alken schon einmal zuvor belauscht hatte.

»Ich helfe euch«, sagte er knapp. »Ich *will* euch helfen«, korrigierte er. »Aktiviere bitte die Bildübertragung.«

»Die Übertragung ist aktiv«, sagte Monkey kalt. »Sie funktioniert bloß nicht, wie fast unsere ganze Ausrüstung.«

Alken wurde plötzlich kalt. Das war eine Katastrophe. Normalerweise reichte es, wenn er sich in eine Maschine einfühlte, um sie zu kontrollieren. Aber nach all dem, was er zuvor auf Aldrey angerichtet hatte, funktionierte dort nichts, wie es sollte. Er musste die Maschine tatsächlich sehen, um sie wieder in Gang zu setzen. Es konnte doch nicht sein, dass sie so knapp vor dem Ziel an einer solchen Kleinigkeit scheiterten!

Da kam ihm die rettende Idee, wie ein kleines Feuerwerk direkt über seinem Kopf. »Bist du in der Zentrale?«, fragte er. »Ist Senna bei dir?«

»Zweimal nein«, sagte Monkey. »Senna ist in der Anlage, mit QuinTech Ogav. Wir verteidigen den Eingang.«

»Kannst du mich weiterstellen?«, fragte Alken hoffnungsvoll.

Kapitel 44: Abbitte

Das Erdbeben hatte aufgehört. Sennas Wimmern hielt an. Ogav hatte den Arm um die zitternden Schultern des Mädchens gelegt und summte eine Melodie, die sie noch aus ihrer eigenen Kindheit kannte. Den Text hatte sie vergessen, aber sie bezweifelte ohnehin, dass er dieser Situation angemessen gewesen wäre. Soweit sie sich erinnern konnte, ging es darin um ein singendes Molukkenschwein.

Also summte sie. Und erschrak fast zu Tode, als ein helles Piepen das grabähnliche Schweigen der Keroutenanlage durchbrach.

Senna hörte auf zu jammern. Sie warf einen misstrauischen Blick auf Ogavs Handgelenk. »Willst du nicht rangehen?«

Da erst erkannte Ogav, dass das Piepen von ihrem Multifunktionsarmband stammte, das eine eingehende Verbindung meldete. Im selben Moment begriff sie, weshalb das unmöglich war: Zum einen, weil die Funkverbindung ebenso gestört sein sollte wie der Rest der positronischen Funktionen. Zum anderen, weil ihr Empfänger nicht piepte. Ein Gerät, das mitten im Einsatz solch nervtötende Geräusche von sich geben konnte, wäre selbstmörderisch.

Das änderte allerdings nichts daran, dass ihr Armband genau das tat.

Als Ogav sah, dass der eingehende Funkspruch von Monkey stammte, aktivierte Ogav zögerlich die Verbindung. Sie hoffte inständig, dass der Lordadmiral anrief, um ihr mitzuteilen, dass die erhoffte Verstärkung eingetroffen war, und nicht, um ihr zu sagen, dass sie gefälligst wieder nach oben kommen und kämpfen sollte. Er hatte sie zwar selbst in die Anlage zurückgeschickt – allerdings, um sie zu reaktivieren und nicht, um den Babysitter für Senna zu mimen.

Umso erstaunter war sie, als nicht Monkeys brummige Bassstimme aus dem Armband ertönte, sondern die junge Stimme eines Fremden.

»Hallo. Ist Senna Hickey bei dir?«

Kein Name, keine Identifikation. Also eindeutig kein Mitglied der USO. Was zum …?

»Alken?« Senna richtete sich auf. Sie griff nach Ogavs Handgelenk und zog es näher an ihren Mund. »Bist du das?«

»Hallo, Knirps.« Seine Stimme wurde wärmer und tiefer. Ogav erkannte deutliche Zuneigung darin. »Du solltest dich doch nicht in Schwierigkeiten bringen.«

»Habe ich nicht!« Senna schob beleidigt die Unterlippe vor.

»Dann ist ja gut.« Er seufzte. »Ich fürchte aber, *ich* habe uns beide in Schwierigkeiten gebracht, und viele andere noch dazu.«

Ogav wurde ungeduldig. »Eure Aussprache in allen Ehren, aber könntest du jetzt mal sagen, wer du bist, was du willst und wie du überhaupt auf diese Funkfrequenz kommst?« Ein Blick auf das Multifunktionsarmband genügte, um zu sehen, dass die Barriere nach wie vor aktiv war. Und der Kerl klang eindeutig zu jung, um dem erhofften Rettungsteam anzugehören.

»Tut mir leid, ich bin ein bisschen aufgeregt.« Die Stimme des Jungen wurde schwächer und kam dann zurück, so als hätte er sich zwischenzeitlich vom Funkgerät entfernt. »Ich habe einen Fehler gemacht«, fuhr er fort. »Ich hätte Aldrey nicht eigenmächtig verschieben dürfen, das ist mir jetzt klar. Ich wollte niemanden gefährden.« Seine Stimme wurde leiser. »Und Senna schon gar nicht.« Er wandte sich wieder direkt an das Mädchen.

»Ich weiß, ich habe versprochen, dass ich auf dich aufpasse. Stattdessen bin ich abgehauen. Und jetzt habe ich dich auch noch in Gefahr gebracht. Es tut mir leid.«

Ogav wünschte sich, er würde sich die Gefühlsduselei sparen und endlich zum Punkt kommen. Nicht nur, weil ihnen die Zeit für so einen Mist fehlte – sondern weil die kleinen Steine auf dem Boden und die Keroutenknochen in der Ecke anfingen, leicht zu vibrieren und zu klappern. Er wühlte Senna auf, und ein telekinetischer Ausbruch in der ohnehin instabilen Anlage war wirklich das Letzte, das sie gebrauchen konnten.

Dieser Gedanke war derart beunruhigend, dass sie einen Moment benötigte, um Alkens Worte Revue passieren zu lassen. »Warte mal. *Du* hast Aldrey umpositioniert? Wie?«

Als wäre die Behauptung an sich nicht schon verblüffend genug, dass dieser junge Kerl eigenmächtig getan hatte, wozu sie nicht in der Lage gewesen war – die Anlage reagierte doch gar nicht. Sie hatte es schließlich selbst probiert.

Andererseits funkte er sie auch gerade auf einem Planeten an, der sämtliche Kommunikation eigentlich lahmgelegt hatte, und das über die Kennung ihres Vorgesetzten. Also zum Henker mit der Erklärung. »Vergiss es. Verfrachte ihn einfach zurück. Hier geht es ganz schön drüber und drunter.«

»Ich weiß.« Alken atmete lautstark durch. »Aber genau deshalb melde ich mich. Ich kann es nicht rückgängig machen. Jedenfalls nicht allein. Ich brauche Sennas Hilfe.«

»Ich?«, fiepste das Mädchen.

»Tut mir leid, Knirps.« Alkens Stimme verlor erneut die Wärme, die sie jedes Mal annahm, sobald er direkt mit Senna sprach, und wurde ernst. »Ich habe den Zugang sabotiert, damit ihr Aldrey nicht mehr umplatzieren könnt. Was leider auch bedeutet, dass ich es nicht kann.«

Na großartig. »Und du rufst nur an, um uns das zu sagen?« Sie hatte wirklich auf bessere Neuigkeiten gehofft.

Alken ließ sich von ihrem Unmut jedoch nicht einschüchtern. »Nein. Wie gesagt, ich glaube durchaus, dass ich das Ganze wieder in Ordnung bringen kann. Aber von hier aus kann ich nicht auf die Systeme zugreifen. Ihr müsst sie vor Ort reparieren.«

»Aha.« So viel zu den guten Neuigkeiten. Ogav wünschte, sie hätte eine Holoverbindung. Dann hätte sie dem Burschen den Vogel zeigen können. »Und wie stellst du dir das vor? Ich kann auf nichts zugreifen hier.«

»Deshalb brauche ich Senna«, erklärte Alken in aller Seelenruhe. »Ich muss das System sehen können.«

Ogav verstand immer weniger. »Was meinst du damit, es sehen?«

Wieder hielt er es entweder nicht für nötig, direkt zu antworten, oder er war sich überhaupt nicht darüber im Klaren, dass seine Auskünfte mehr Fragen aufwarfen, als sie beantworteten. »Wir sind so nah an Aldrey herangekommen, wie es geht. Wenn Senna mich also kontaktieren … Ah.«

»Was?« Ogav schüttelte das Handgelenk, als könnte sie Alken dadurch erneut zum Reden bringen. Dann bemerkte sie Sennas abwesenden Blick und begriff. Die beiden brauchten sie nicht länger als Zwischenkontakt.

Es war ein seltsames Gefühl, zu wissen, dass das Mädchen es nicht nötig hatte, per Funk zu kommunizieren, mit jemandem, der sich nicht einmal auf demselben Planeten befand wie sie. Natürlich hatte Ogav geahnt, dass Senna über außergewöhnliche Kräfte verfügen musste, sonst wäre die Neunjährige nicht in diesen Einsatz geschickt worden. Und sie hatte immer wieder beobachtet, wie Senna mit den Aldreyern Kontakt aufgenommen hatte. Aber all diese Gedanken waren abstrakt. Eine Funkverbindung dagegen, die in einem Moment noch notwendig war und im nächsten nicht mehr, erschien realer.

Ungeduldig zählte Ogav die Sekunden. Nach zwei Minuten der angespannten Stille fragte sie: »Und, was sagt er?«

Senna hielt eine Hand hoch, um sie zum Schweigen zu bringen. Ogav klappte den Mund zu. Auch wenn es ihr nicht gefiel, so außen vor gelassen zu werden – Senna tat nur ihren Job. Also musste Ogav sich wohl oder übel gedulden.

Doch als nach einer weiteren Minute endlich wieder Leben in das Mädchen kam, machte Senna immer noch keine Anstalten, Ogav in ihr Vorhaben einzuweihen. Sie kroch unter dem Tisch hervor und setzte sich an die Arbeitsstation. Sie starrte erst die altmodische Tastatur, dann das Holo eine Weile lang wortlos an, ehe sie die Finger auf die Eingabe legte und umständlich darauf herumtippte. Als Ogav ihr über die Schulter blickte, sah sie auf dem Holo dieselben Fehlermeldungen, an denen auch sie schon gescheitert war.

Sie schnaubte. »Junge, wenn es so einfach wäre, hätte ich das schon selbst geschafft.«

»Ich wollte nur sichergehen«, kam es aus dem Funkarmband. »Man kann ja nie wissen.«

Es kostete Ogav einige Mühe, die bissige Bemerkung hinunterzuschlucken, die ihr auf der Zunge lag. »Und jetzt?«

»Tja.« Alken klang, als würde er überlegen. »Ich habe wohl gründlichere Arbeit geleistet, als ich gedacht habe.«

»Das heißt?« Lobte der Kerl sich etwa auch noch dafür, dass seinetwegen gleich zwei Planeten in der Krise steckten?

»Es ist ein Geräteproblem«, erklärte er. »Es hat ein paar Sicherungen und Kabel geschmort. Die meisten davon kann ich notdürftig umgehen, aber der Rest muss manuell erledigt werden. Also vor Ort.«

»Klar, wenn's sonst nichts ist … Dir ist schon bewusst, wie groß diese Anlage ist?«

»Ich habe eine Vorstellung davon. Auch wenn ich sie dank Senna zum ersten Mal sehe.«

Das Mädchen lächelte knapp, ehe sie wieder konzentriert vor sich hinstarrte. Ogav begriff: Sie tat, was sie auch mit den Aldreyern getan hatte. Sie übermittelte Bilder. Nur waren es diesmal nicht ihre Gedanken, die sie in optische Kompositionen übersetzte, sondern das, was sie vor ihren Augen sah.

»Ich sehe die Störungen im Energiefluss«, behauptete Alken. »Ich kann euch anweisen.«

»Klar.« Ogav sah unverwandt auf das Holo. Sie konnte nichts dergleichen erkennen.

»Mal sehen. Die nächste Schwachstelle ist … Oh. Nein, das ist zu weit.«

»Wie weit?«, hakte Ogav nach. Die Bevormundung durch diesen Kerl, der klang, als hätte er gerade erst den Stimmbruch hinter sich, ging ihr allmählich auf die Nerven. Sie wollte etwas tun, und er gab ihr absolut keine Möglichkeit dazu.

»Vier Kilometer.«

Gut, das war kein Spaziergang, aber so viel Zeit würde ihnen hoffentlich bleiben …

»In die Tiefe. Ich kann nicht auf die Baupläne zugreifen, aber ich schätze, wenn ihr euch an die Topografie der Gänge halten müsst, sind das dreißig bis vierzig Kilometer Wegstrecke.«

Großartig. »Und warum nochmal hast du die Anlage demoliert?«

Alken ging nicht auf ihre Frage ein. Nicht, dass sie tatsächlich eine Antwort erwartet hätte.

»Ich habe eine andere Idee«, sagte er stattdessen. »Wir überbrücken das Ganze. Es gibt einen Energiestrang ganz in der Nähe.«

»Einen was?«

»Vielleicht so etwas wie eine Schaltzentrale. Oder ein Verteiler. Ein Kabelschacht …?«

»Kabel! Ja.« Ogav erinnerte sich an den kleinen Raum ein paar Türen weiter.

»Gut. Den können wir nutzen. Senna wird dir zeigen, was zu tun ist.«

»Weißt du, ich habe eigentlich auch selbst ein klein wenig Ahnung …« Doch Senna griff schon nach ihrer Hand und zog sie voran, an dem Keroutenskelett vorbei auf den Gang.

»Nach rechts.« Ogav wies auf die betroffene Tür.

Senna nickte und wartete ab.

Seufzend legte Ogav die Hand an den Türsensor. Das Schott glitt zur Seite und gab den Blick frei auf eine Wand voller Verkabelungen, eingebetteter Kristalle und altmodischer Datenspulen. Technik, die zum Teil veraltet, zum Teil fremd war – und dennoch die Jahrtausende unbeschadet überstanden hatte. Jedenfalls, bis dieser Alken aufgetaucht war und was auch immer mit der Dunkelwelt angestellt hatte.

»Das da.« Senna deutete auf einen Kabelstrang. »Das Gelbe muss hier hin.«

»Im Ernst?« Sie konnte doch nicht einfach irgendwelche Kabel rausreißen! Unter ihren Füßen pulsierte immer noch der Hyperkristallgenerator. Wenn sie eine falsche Sicherung löste oder an der falschen Stelle einen Kurzschluss verursachte … Sollte sie sich wirklich auf das Wort eines Kindes verlassen?

Wenigstens war Senna zu sehr damit beschäftigt, ihre Verbindung zu Alken aufrecht zu halten, um Ogavs Gedanken zu hören. Sie nickte nur. »Ja. Das da.«

Seufzend machte Ogav sich an die Arbeit. Sie zog ihr Multifunktionswerkzeug aus der Tasche und entschied sich nach kurzer Überlegung für das Taschenmesser. Mit routiniertem

Griff überprüfte sie die Spannung, isolierte das Kabel und durchtrennte es. Nichts passierte. Sie steckte es an die Stelle, die Senna ihr gewiesen hatte. Auch nichts, kein Funkenregen, kein Grummeln im Getriebe, alles blieb ruhig. Sorgfältig verdrahtete sie das Kabel neu.

»Und dann?«

Er sagte es ihr.

Wieder schien ihr die Auswahl der Komponenten vollkommen willkürlich. Dennoch war es die beste Wahl, die sie hatten. Ogav schluckte ihren Stolz und ihre Zweifel hinunter und folgte Sennas Anweisungen, auch wenn sie absolut keinen Effekt bemerkte. Vertrauen zählte bestimmt nicht zu ihren Stärken, und Alkens geheimnisvolles Getue trug nicht dazu bei, das zu ändern.

Als Senna endlich schwieg, sah das Innere des Technikraums aus wie die Techno-Version von Frankensteins Monster, das sie vor langer Zeit in einem uralten Trivid-Film gesehen hatte. Ausgeschlachtet und neu zusammengesetzt, in der Hoffnung, dass es sich dadurch zum Leben erwecken ließ.

Alken meldete sich wieder zu Wort: »Gut, das sollte funktionieren. Jedenfalls genug, um kurzfristig das System zu starten.«

»Na, das hoffe ich doch«, murrte Ogav. »Sonst wäre das eine ziemliche Zeitverschwendung gewesen.«

»War es nicht, das versichere ich.« Er klang nachdenklich. »Eine Sache noch.«

»Und zwar?«

»Sie wird dir nicht gefallen.«

»Spuck's schon aus.« Als ob ihr irgendwas an dieser ganzen Aktion gefallen hätte.

»Dein Multifunktionsband«, sagte er im gleichen Moment, als Senna auf den größten der Speicherkristalle deutete. »Wir brauchen es als Überbrücker.«

»Spinnst du?« Damit wäre sie endgültig von allem abgeschnitten, die Positronik ihres Anzugs streikte immer noch. Und außerdem … »Was soll das bringen?«

»Willst du Aldrey nun steuern können oder nicht?«, entgegnete er. »Wie gesagt, ich kann die Energieflüsse so weit beeinflussen, dass sie ein paar der defekten Stellen umgehen. Aber wir brauchen etwas, das den Impuls setzt. Und dazu benötige ich eine funktionierende Positronik.« Er senkte die Stimme. »Die von der Dunkelwelt habe ich wohl ziemlich nachhaltig geschrottet.«

»Na, das verbessert die Aussicht darauf, mein einziges Kommunikationsmittel zu verlieren, gleich ungemein.«

»Soweit ich das sehe, hilft dir das Armband im Augenblick sowieso wenig«, gab Alken zurück. »Der Funk ist tot, also bin ich ohnehin der Einzige, mit dem du derzeit kommunizieren kannst.«

Schlimm genug. Und selbst das willst du mir nehmen.

Eine schmale Hand legte sich auf ihren Unterarm. Senna schenkte ihr ein müdes Lächeln. »Du hast noch mich.«

»Wenn du das sagst.« Ogav seufzte. Hatte sie denn eine Wahl?

Missmutig löste sie den Verschluss ihres Armbands und platzierte es inmitten des Kabelgewirrs. Ein leises Surren ertönte, als sie den Speicherkristall der Station mit dem ihres Armbands koppelte. »So. Zufrieden?« Die zusammengepfuschte Konstruktion sah aus, als würde sie beim ersten Impuls durchschmoren.

»Ja«, antwortete Senna. »Wir können es versuchen.«

Versuchen. Das klingt ja sehr zuversichtlich.

Ogav kehrte zu der Arbeitsstation zurück und starrte auf die Fehlermeldungen im Holo. »Na, das hat ja viel gebracht.«

»Du musst es neu starten.«

Ungläubig sah sie Senna an, die nun ihr menschliches und einziges Kommunikationsmittel war, doch das Mädchen nickte nur bekräftigend.

»Ach, was soll's.« Sie hatte bis hierhin mitgemacht, da hatte sie nichts mehr zu verlieren. Sie gab den entsprechenden Befehl ein und war überrascht, als das System mit der Ausführung begann. Was allerdings auch bedeutete, dass sie sich kurz darauf in absoluter Schwärze wiederfand, weil das Holo erlosch. »Super.«

Diesmal hatten Alken und Senna keinen klugen Spruch auf Lager. Schweigen füllte die Finsternis. Dann ertönte tief unter ihnen ein dumpfes Wummern, das langsam an Geschwindigkeit gewann. Wenige Schläge später flammte das Licht über ihren Köpfen auf.

Erleichtert atmete Ogav auf. Die Lampen waren verschmutzt und staubverhangen, aber dieses künstliche Licht war ihr im Augenblick tausendmal lieber als der schönste Sonnenschein, denn es bedeutete, dass funktionierte, was auch immer Alken mit ihrer Hilfe angestellt hatte. Aldrey war wieder betriebsbereit. Und sie hatte vollen Zugriff auf die Steuerung.

»In Ordnung, dann wollen wir mal.«

Sie rief das Eingabeprotokoll auf. Verwirrt stellte sie fest, dass sie darin nur ihre eigenen Suchen und Anweisungen fand. Nichts, was die Bewegung des Planeten verursachen könnte. Also ging sie tiefer und forschte nach den ausgeführten Befehlen. Und siehe da, sie wurde fündig. Doch als sie die Textzeilen überflog, riss sie ungläubig die Augen auf.

»Du kleiner Mistkerl«, murmelte sie. »Es ist ein Wunder, dass wir nicht alle draufgegangen sind.«

»Soll ich ihm das weitersagen?« Senna grinste.

»Ja, das kann er ruhig hören!«, gab Ogav gereizt zurück. »Der einzige Grund, weshalb wir nicht zu Mus zerquetscht worden sind, ist, dass die Sicherheitsprotokolle aktiviert waren. Standardschutzschirme bei Start der Triebwerke und eine Begrenzung der Antriebsgeschwindigkeit.« Sie schüttelte den Kopf. »Ehrlich, was hat er sich bei all dem gedacht?«

Vermutlich genauso wenig wie bei der Entscheidung, einen ganzen verfluchten Planeten willkürlich im Sonnensystem herumzuschieben. So ein Idiot!

Nun gut, das würde sie korrigieren. Sie machte die Maschinen startklar und initiierte die Startsequenz. Das laute Wummern, mit dem das Chaos begonnen hatte, kehrte zurück. Jetzt war ihr auch klar, woher es stammte. Blieb nur zu hoffen, dass sie Aldrey sanfter steuerte, als Alken es getan hatte.

Da auch dieses Holo nicht auf direkte Eingaben reagierte und die kleine Arbeitsstation über keine Steuerelemente verfügte, gab Ogav manuell die Koordinaten von Aldreys ursprünglicher Position als Ziel ein. Dann beschleunigte sie den Planeten langsam und gleichmäßig und lotste ihn vorsichtig aus dem System.

Sie glaubte, das Gewicht des gewaltigen Körpers unter ihren Händen zu spüren. »Burruk, mein Freund, du wirst rosten vor Neid, wenn ich dir das erzähle.«

Kapitel 45:
Das letzte Gefecht

Es war erstaunlich, mit welcher Leichtigkeit und Beharrlichkeit der Oxtorner unter den Gegnern wütete. Rund um Parr, Bellagy und den Lordadmiral türmten sich tote Pflanzen. Monkey riss die Aldreyer mit bloßen Händen auseinander und schien keine Pause zu benötigen, selbst wenn sie mit ihren Dornen nach ihm peitschten. Der SERUN hing ihm mittlerweile in Fetzen vom Leib. Ihr hatte ein einziger solcher Schlag genügt, ihr Rücken schmerzte immer noch von dem Hieb. Doch Monkey tat, als wären das nicht mehr als ein paar blaue Flecken.

Selbst der unerwartet eingegangene Funkspruch hatte ihn kaum aus dem Rhythmus gebracht. Die Zahl der Angreifer war auf etwa zwanzig Aldreyer gesunken, und die verbliebenen Pflanzenwesen zögerten sichtlich, sich in die Nähe des Lordadmirals zu wagen.

Monkey wischte sich Schweiß und Regen von der Stirn und blickte ihnen stoisch entgegen. Er würde sie bis zum letzten Stängel zerlegen, wenn es sein musste, und das hatten inzwischen wohl auch die Aldreyer erkannt. Sie harrten am Rand der Lichtung, ließen ihre vielgliedrigen Äste im abklingenden Sturm wedeln und zögerten.

Nicht wegen Parr und Bellagy, die beide mit Thermostrahlern ausgerüstet waren. Nein. Wegen des oxtornischen Berserkers an ihrer Seite. Parr kam sich nutzlos vor – auch wenn ihre Waffe mittlerweile wieder funktionsfähig war.

Und zugleich war sie froh über Monkeys Schutz. Hilfe war

unterwegs, und dank Monkey würden sie lange genug überleben, um von Perry Rhodan gerettet zu werden und Aldrey zu verlassen. Denn sie wollte nicht auf diesem unseligen Planeten sterben. Sie wollte zurück nach Istark, zurück in den Innendienst, in ihr kleines Apartment mit ihrer arkonidischen Trivid-Kristallsammlung und den drei Topfpflanzen …

Nein, korrigierte sie sich. *Die Topfpflanzen fliegen raus.* Am besten würde sie sich stattdessen eine Katze anschaffen.

Parr warf einen kurzen Seitenblick in Bellagys Richtung. Ob er Katzen mochte? Vielleicht sollte sie ihn fragen. Vielleicht sollte sie ihn auch erst einmal fragen, ob er Lust auf einen Drink …

Ein Kreischen ging durch die Reihe der Aldreyer. Augenblicklich galt ihre Aufmerksamkeit wieder den Gegnern, die erneut zum Angriff übergingen, noch verbissener als zuvor.

Und klüger.

Die erste Gruppe stürmte auf Monkey zu, umzingelte den Oxtorner und hielt ihn beschäftigt, während die anderen Parr und Bellagy umkreisten. Mit einer gewissen Fassungslosigkeit erkannte Parr, was da geschah: Ein Teil der Aldreyer opferte sich, um den Oxtorner abzulenken. Selbst der Lordadmiral konnte nur an einer Front kämpfen. Die Pflanzen hatten Monkey als größte Gefahr ihres Teams identifiziert, sie attackierten nun von allen Seiten gleichzeitig.

Parr schoss im Dauerfeuer, doch ihre Gegner rückten immer rascher und dichter auf. Sie setzten über die Gefallenen hinweg, drängten immer näher. Fünfzehn Meter trennten Parr und Bellagy noch von der Linie der Angreifer. Zehn. Fünf. Eine Ranke schlug nach ihren Füßen. Parr sprang zurück, stieß dabei mit dem Rücken gegen Bellagy.

»Vorsicht!«, rief der Captain. Er zog sie noch weiter zurück und schoss auf den Aldreyer, der sie fast erwischt hätte.

Parr erwiderte den Gefallen und feuerte auf die Pflanze, die gerade an Bellagy heranpreschte. »Schau lieber auf deine eigenen Gegner!«

Bellagy zwinkerte ihr zu, wandte sich wieder um und erledigte den nächsten Angreifer.

Auch Parr konzentrierte sich erneut darauf, die Aldreyer auf ihrer Seite in Schach zu halten. Verbissen kämpfte sie darum, sie wieder einigermaßen auf Abstand zu bringen. Wo kamen die nur alle her? So viele waren doch gar nicht mehr auf der Lichtung gewesen! Parr riskierte einen Blick zum Wald und erschrak, als sie das Gewimmel zwischen den Kristallstämmen erkannte. Es war unmöglich, die Zahl der Aldreyer abzuschätzen, die aus dem Dschungel strömten. Dutzende. Hunderte.

Parr hörte einen lauten Schlag und Monkeys Stöhnen. Erschrocken fuhr sie herum. Sie sah den Oxtorner unter einem Berg aus um sich schlagenden Pflanzenarmen verschwinden. Parr begriff ihren Fehler im selben Augenblick, als sie einen schmerzhaften Hieb in die Flanke erhielt und zur Seite taumelte. Sie hatte ihre Deckung aufgegeben! Gleich darauf traf sie ein weiterer Schlag, diesmal in die Kniekehlen. Sie verlor das Gefühl in den Beinen und ging zu Boden.

Schnell drückte sie die Ellbogen durch und rollte sich herum. Dabei glitt ihr die Waffe aus der Hand. Hastig tastete sie danach, aber schon stürzten die Aldreyer auf sie ein. Dornen schossen auf ihr Gesicht zu, jagten Angst und Verzweiflung durch ihren Körper. Parr riss den Thermostrahler hoch und wusste im selben Augenblick, dass sie zu langsam sein würde.

Umso überraschter war sie, als etwas durch die Reihe ihrer Angreifer pflügte und blaues Blut auf ihre Beine spritzte. Die Aldreyer wichen zurück.

Parr warf sich herum und sah Bellagy, der breitbeinig über ihr stand, Monkeys Waffe in der Hand. »Ich hab dir doch gesagt, du sollst dich um deine eigenen Gegner kümmern!«, schimpfte sie.

Er lächelte ihr zu.

Er lächelte immer noch, als sich ein kristallscharfer Ast von hinten durch seinen Körper bohrte. Blut quoll aus seinem Mund, verzerrte ihn zu einem albtraumhaften Grinsen.

»Nein!«

Parr riss ihre Waffe hoch. Sie feuerte eine ganze Salve in den Aldreyer hinter Bellagy, zersiebte ihn gleichsam. Sie schoss, bis die Energie des letzten Magazins versiegt war und es nur noch ein trockenes Ticken von sich gab. Sie schoss, bis nur noch Splitter und Fasern von dem Aldreyer übrig waren. Sie schoss, bis ihr die Tränen heiß über die Wangen liefen und ihre Sicht verschleierten. Dann sackte sie kraftlos zusammen, sank auf die Knie und wartete auf den Tod.

Sie hatte keine Munition mehr, um sich zu wehren, und auch keine Kraft. Es war vorbei.

»Das wurde auch Zeit.«

Müde hob Parr den Kopf und sah Monkey, der sich den Schlamm von den Armen wischte.

Sie verstand nicht, was er meinte. Wieso er noch am Leben war. Wieso *sie* noch am Leben war. Langsam, als würde sie aus einem schlimmen Traum erwachen, sah sie sich um.

Es war kein Traum. Rundherum lagen tote Pflanzenwesen. Der Regen hatte aufgehört, und blaues Blut bildete schmierige Pfützen im Matsch. Dahinter die anderen. Aldreyer, mehr, als sie zählen wollte. Sie zogen sich zurück, verschwanden wieder im Dickicht des Dschungels. Neben ihr ... Parr wandte den Blick ab. Sie wollte nicht sehen, was von Bellagy übriggeblieben war.

Stattdessen richtete sie ihre Aufmerksamkeit auf den Schacht in der Mitte der Lichtung – auf das Mädchen, das dort stand. Und Parr fühlte unbändige Wut auf dieses Kind, das sie einmal zu beschützen geschworen hatte.

Kapitel 46: Prioritäten

Rhodan strich imaginären Staub von der Platte des Besprechungstisches, um seinen Unmut zu kaschieren. Allein dass sie diese Unterhaltung wieder in der Polizeizentrale führten anstatt in Präsidentin Shos Büro, zeigte deutlich, was auf diesem Planeten falsch lief. Immerhin hatte Monkey den Anstand besessen, die Präsidentin zu der Besprechung einzuladen, denn es war nicht nur das Schicksal der Dunkelwelt, über das sie entscheiden mussten. Zu welchem Ergebnis ihre Diskussion auch führen würde, ihr Entschluss würde direkten Einfluss auf zwei völlig verschiedene Planeten haben.

Deshalb waren neben Monkey selbst noch drei weitere Mitglieder der USO anwesend: QuinTech Jin Ogav, Doktor Laxten und Velda Hainen, die zu ihrem eigenen Verdruss Bellagys Posten und damit auch seine Verantwortung übernommen hatte. Elindra Parr hatte sich entschuldigen lassen. Rhodan seinerseits hatte darauf bestanden, Sichu Dorksteiger an der Unterhaltung teilhaben zu lassen, was Monkey mit einem gleichgültigen Schulterzucken quittiert hatte.

Wie es aussah, fiel es jedoch wieder einmal ihm zu, die Stimme der Vernunft zu spielen. Oder vielmehr die der Menschlichkeit.

»Die Aldreyer sind Intelligenzwesen«, mahnte er. »Dass sie uns zutrauen, eine friedliche Lösung zu erarbeiten, heißt noch lange nicht, dass wir mit ihrer Heimat einfach nach Gutdünken verfahren können.«

Sho schüttelte den kahlen Kopf. »Ich verstehe nicht, wo das Problem ist. Wir verfrachten Aldrey in ein unbewohntes Sonnensystem, wo sie niemandem schaden können, und das Thema ist erledigt.«

»Entweder das, oder die Aldreyer sind erledigt«, wandte Sichu Dorksteiger ein. »Wir wissen zu wenig über ihre Entwicklung und ihre offensichtliche Abhängigkeit von uns simpel erscheinenden Dingen wie Sonnenlicht. Wenn wir bedenken, welche Auswirkungen allein die Annäherung von einer halben Lichtstunde bereits hatte ... Die Helligkeit, Strahlung oder sogar Lichtfarbe eines anderen Sterns könnten zu massiven Veränderungen in ihrer Physis führen, sie vielleicht auf ihre ursprüngliche, relativ stumpfe Daseinsform reduzieren.«

»Das mag ja sein.« Dem Gesichtsausdruck der Präsidentin nach zu urteilen, konnte ihr nichts gleichgültiger sein als eine mögliche Verdummung der Aldreyer. »Aber in meinem System können sie nicht bleiben.«

»Warum nicht?« Monkey musterte sie aus seinen dunklen Implantataugen.

Sho sah ihn entrüstet an. »Das fragst du noch? Nach all dem Chaos, das diese Dinger auf Istark ausgelöst haben?«

»Gerade deshalb«, sagte der Lordadmiral. »Bisher hat jede Veränderung der Hyperstrahlung den Zustand der Mutanten weiter verschlimmert. Wissen wir, welche Auswirkung ein plötzlicher Entzug der Strahlung hätte?«

»Du willst doch nur deine Psi-Begabten behalten«, empörte Sho sich. »Das ist es doch, worum es dir und deiner Organisation auf Istark geht!«

»Korrekt. Keine Psi-Begabten, keine Notwendigkeit, den Stützpunkt hier aufrechtzuerhalten. Oder weiter Gelder in die Unabhängigkeit einer uninteressanten Plophoserkolonie zu stecken.«

Shos braune Haut wurde aschfahl. Sie presste die Lippen aufeinander und schwieg.

Rhodan war fassungslos. »Ein ziemlich egoistisches Motiv, um Tausende Kinder einem solchen Schicksal auszusetzen, meint ihr nicht?«

»Dem Schicksal, ein Mutant zu sein?«, fragte Monkey. »Ich kenne Leute, die würden morden, um solche Fähigkeiten zu besitzen.« Er neigte den Kopf zur Seite. »Oder einen ganzen Planeten verschieben, um sie zu behalten.«

Touché. Dennoch waren Alken Veltikats Ambitionen wohl eher die Ausnahme als die Regel.

»Das Problem liegt nicht in den Fähigkeiten an sich«, warf Doktor Laxten ein. »Sondern in ihrer Instabilität.«

»Ich glaube, da würden dir einige der Eltern widersprechen.«

Laxten ignorierte Rhodans Einwand und fuhr fort: »Die zyklisch bedingten Schwankungen der Hyperstrahlungsintensität führen dazu, dass es den Kindern unmöglich ist, ihre Fähigkeiten zu kontrollieren. Eliminieren wir die Schwankungen, könnten wir die Betroffenen darin unterstützen, mit ihren Fähigkeiten umgehen zu lernen.«

»... die sie womöglich verlieren, sobald sie erwachsen werden! Immerhin sind sie keine geborenen Mutanten, sondern werden nur von der Strahlung beeinflusst.« Hilfesuchend sah Rhodan zu Dorksteiger, doch die hatte nur die Stirn in Falten gelegt und strich sich nachdenklich am Kinn entlang.

»Euch ist bewusst, dass diese Mutanten ihre Gabe nur besitzen, solange sie sich in relativer Nähe zu Aldrey aufhalten?« Sie sah von Laxten zu Monkey. »Die Kinder sind nutzlos, wenn es euch darum geht, eine Armee von Parabegabten aufzustellen.«

Monkey beugte sich vor. »Ist es das, was du glaubst, dass wir hier tun?«

Dorksteiger lüpfte eine Augenbraue. »Keine Ahnung. Ist es?«

»Nein.«

Rhodan begriff. »Es ist der Blocker.« Das Schweigen von Monkeys Leuten gab ihm recht. »Aber wieso sollte die USO die Entwicklung eines Medikaments beauftragen?« Es sei denn … »Die Blocker waren nur ein Nebenprodukt, nicht wahr?«

Die USO forschte an Möglichkeiten, die Fähigkeiten von Parabegabten zu unterbinden. Oder, viel wahrscheinlicher, nach einer Möglichkeit, sich vor ihnen zu schützen. Kein Wunder, dass Monkey den Einfluss der Dunkelwelt nicht aufgeben wollte. Er hatte hier eine eigene kleine Spielwiese für seine Forscher gefunden. Aber zu welchem Preis?

»Ihr verwendet eine ganze Generation von Zivilisten ohne ihr Wissen oder Einverständnis als Versuchskaninchen.«

»Wir haben nur mit dem gearbeitet, was wir hatten«, entgegnete Monkey. »Wir wussten nicht, wieso diese Kolonie eine so hohe Quote an außergewöhnlich starken Psi-Begabten hervorbringt. Nur, dass sie es tut.«

Rhodan nickte. »Aber da wir es wissen, sollten wir den Leuten die Wahl lassen.«

»In der Tat«, meldete sich Sho zu Wort. »Das ist eine Entscheidung, die das Volk von Istark treffen muss, nicht wir.« Der Blick, den sie Monkey zuwarf, schrie förmlich: *Und schon gar nicht du!*

Den Oxtorner beeindruckte sie damit nicht im Geringsten. »Lass sie abstimmen.«

Rhodan dagegen sah der Sache mit gemischten Gefühlen entgegen. »Ich sehe es auch so, dass die Istarker befragt werden sollten. Aber wir dürfen nicht den Eindruck hinterlassen, dass sie über Aldrey bestimmen könnten.« Sonst flog der Planet womöglich bald wieder als Streuner durchs All, und wer konnte sagen, was das bei seinen Bewohnern bewirken würde?

»Wieso denn nicht?«, fragte Sho. »Die Aldreyer selbst legen ja offensichtlich keinen Wert darauf, über ihren Standort zu entscheiden.«

»Ja, weil sie nicht verstehen, welche Konsequenzen das haben könnte!« De facto hatten die Aldreyer nur zwei Bedingungen gestellt. Sie wollten ihren Abstand zur Sonne wahren, denn was sie unter dem Einfluss des Sonnenlichts fühlten, gefiel ihnen nicht. Genug Licht, um zu leben, das war ihr erster Wunsch. Der zweite war, dass man sie und ihren Planeten in Ruhe lassen sollte. Ihrem Empfinden nach waren die Menschen wie eine Plage auf ihrer Heimat eingefallen, hatten sie bedroht und grundlos angegriffen.

Was das anging, schieden sich die Geister. Parr und Ogav hatten nach ihrer Rückkehr bei der anschließenden Befragung zu Protokoll gegeben, dass es die Aldreyer gewesen waren, die zuerst angegriffen hatten – aber sicher waren sie sich nicht. Keine der beiden hatte genau gesehen, was der Söldner getan hatte, der als Erster einer Attacke zum Opfer gefallen war. Und als Außenstehendem fiel es Rhodan schwer, ein Urteil zu fällen. Er begnügte sich damit, den Schaden zu begrenzen.

Jedenfalls versuchte er das.

Jin Ogav, die bisher ebenso schweigsam gewesen war wie Hainen, räusperte sich vernehmlich. Rhodan nickte ihr auffordernd zu. Er hatte sich schon gefragt, wann die QuinTech sich zu Wort melden würde. Im Gegensatz zu Hainen, die gegen ihren Willen einberufen worden war, hatte Ogav selbst darum gebeten, an der Sitzung teilzunehmen.

»Wenn die Hyperstrahlung gleichbleibend wäre«, fragte sie, »und die Aldreyer keine neuen Schwankungen hervorrufen würden, könnten die Kinder lernen, mit ihren Fähigkeiten umzugehen? Sie würden nicht mehr darunter leiden?«

Rhodan seufzte. »Ja. Wenn man sich darauf konzentrieren

würde, sie etwas zu lehren anstatt sie zu studieren …« Er warf Monkey einen mahnenden Blick zu. »Dann ja.«

Mutanten waren selten, und im Allgemeinen waren ihre Gaben deutlich schwächer ausgeprägt als die der Kinder von Istark. Aber üblicherweise kamen sie nach einiger Zeit gut mit ihren Fähigkeiten zurecht. Die Fähigkeiten manifestierten sich meist im jugendlichen Alter, deshalb hatte es ihn nicht überrascht, dass die Leidtragenden auf Istark allesamt Kinder waren. Aus diesem Grund war auf der Erde das TIPI gegründet worden, das Terranische Institut für Paranormale Individuen. Eine Mutantenschule, an der Personen mit Parafähigkeiten betreut und ihre Talente erforscht wurden.

»Aber wie wollt ihr das Ausmaß der Strahlung stabil halten?«, fragte er.

Die QuinTech kräuselte die Stirn. »Dieser Teil ist relativ einfach. Wir bringen Aldrey auf eine Umlaufbahn, die parallel zu der von Istark verläuft und die beiden Planeten so im gleichen Abstand hält.«

Rhodan staunte ob der Selbstverständlichkeit, mit der sie diesen Vorschlag vorbrachte. Damit hatte er wohl seine Erklärung gefunden, weshalb die QuinTech unbedingt an der Diskussion hatte teilnehmen wollen. Aber wieso war ihr das so wichtig?

»Diese künstliche Umlaufbahn müsste außerhalb des Systems verlaufen«, wandte Dorksteiger ein.

»Außerhalb der Umlaufbahn von Kaios, ja.«

»Das würde eine enorme Geschwindigkeit voraussetzen. Aldrey müsste ein Vielfaches der Strecke zurücklegen, die Istark kreist.«

Ogav zuckte mit den Schultern. »Aldreys Schirme halten das aus, das ist kein Problem.«

Natürlich musste man das alles noch genau berechnen, damit Aldrey nicht einfach abdriftete ... Aber da es sich bei dem Planeten letzten Endes um ein Raumschiff handelte, brauchte man es bloß auf einen entsprechenden Kurs und die richtige Geschwindigkeit zu programmieren. Den Rest erledigte die Positronik.

Genug Sonnenlicht für die Aldreyer und doch nicht zu viel davon. Eine Möglichkeit für die Istarker, ihre Fähigkeiten zugleich zu behalten und zu beherrschen. Eine stabile Symbiose zwischen den beiden Welten, vorausgesetzt ...

Er sah Sho an. »Vorausgesetzt, die Istarker wollen ihre Fähigkeiten nicht lieber loswerden.«

Die Präsidentin strich mit den Fingern nachdenklich an ihrer Unterlippe entlang. »Eine Generation von Mutanten ... Wenn sie ihre Fähigkeiten kontrollieren könnten, wäre das ein wirtschaftlicher Faktor, der nicht zu unterschätzen ist. Es könnte Istark helfen, unabhängig und autark zu bleiben.« Sie sah zu Monkey. »Auch ohne die USO.«

Ihr Sinneswandel überraschte Rhodan. »Ich dachte, du wolltest die Parabegabungen loswerden?« Sie jetzt als wirtschaftlichen Vorteil zu betrachten, war seiner Meinung nach kaum besser, als die Kinder wie Versuchsobjekte zu behandeln.

Sho verzog irritiert die Lippen. »Ich will die Probleme loswerden, nicht die Mutanten an sich. Aber du wirst einsehen, dass ich solche Zustände, wie sie in den vergangenen Wochen geherrscht haben, nicht als Dauerzustand haben möchte.«

Dafür hatte Rhodan volles Verständnis. Er fragte sich allerdings, ob die Istarker, die unter den psionisch begabten Kindern gelitten hatten, das auch so sehen würden. Diejenigen, die ihr Heim verloren hatten, ihre Kinder, ihre Familien. Leid verursachte Hass, und die Stimmung war bereits bei seiner Ankunft brenzlig gewesen. Was danach geschehen war, musste die Bevölkerung erst recht gegen die Parabegabten aufbringen, und die Kinder hatten es schon schwer genug mit den Vorwürfen, die sie sich zweifellos selbst machten. Eine Anti-Mutanten-Bewegung auf Istark wäre das Letzte, was sie brauchen konnten.

»Was ist mit den Betroffenen?«, fragte er. »Wenn jemand darüber entscheiden sollte, dann die Eltern, deren Kinder dadurch diesen Fähigkeiten ausgesetzt werden.«

Sho neigte den Kopf zur Seite. »Und du glaubst, sie würden sich gegen ihre eigenen Kinder stellen?«

»Natürlich nicht!« Irritiert schüttelte Rhodan den Kopf. »Ich vermute nur, dass nach den jüngsten Ereignissen einige ganz froh wären, ein normales Leben zu führen.«

QuinTech Ogav seufzte. »Manche wollen das bestimmt. Aber sie werden trotzdem dafür stimmen, Aldrey zu behalten.«

»Wieso glaubst du das?«

»Ganz einfach: weil sie sich ohne die Unterstützung der USO ihr abgeschiedenes Dasein nicht mehr leisten könnten. Sie müssten sich einem Machtblock anschließen, und *das* will hier wirklich keiner.«

Rhodan hob die Augenbrauen. »Und das wäre so schlimm?«

»Du kennst die Sturheit der Istarker nicht«, behauptete Ogav. »Sie werden tun, was nötig ist, um ihre Autarkie zu behalten.«

Rhodan konnte es nicht glauben. Unabhängigkeit hin oder her, gemeinsam war man immer stärker. Das war schließlich der Grund, weshalb er für den Wandel zur Liga Freier Galaktiker plädierte: um gemeinsam gegen Bedrohungen von außen reagieren zu können.

Aber Ogav hatte recht. Er kannte die Sturheit der Istarker nicht.

Kapitel 47: Wiedergutmachung

»Nervös?«

Alken sah auf. Er hatte eine patzige Bemerkung auf den Lippen, doch Rhodans ernster Blick ließ ihn verstummen. Der Terraner machte sich nicht über ihn lustig – er wirkte interessiert, vielleicht sogar ein bisschen besorgt. Aber keinesfalls amüsiert.

Alken drückte seine angespannten Schultern zurück. »Schon.« Wer wäre das nicht?

Dabei war es nicht so sehr die Anwesenheit von Rhodan und Monkey, die ihn einschüchterte, auch wenn die beiden Unsterblichen dazu beitrugen. Doch den größeren Respekt hatte er vor der Aufgabe, die vor ihnen lag. Und vor dem Ziel, auf das die kleine Space-Jet zusteuerte.

Nach allem, was er getan hatte, sollte er Aldrey zum ersten Mal tatsächlich betreten, und die Aussicht darauf machte ihm Angst. Hier gab es keine schützende Distanz, keinen Wall aus Daten und Technik, hinter dem er sich verschanzen konnte. Nur ihn und die Bewohner der Dunkelwelt.

Wie würden die Pflanzenwesen auf seine Anwesenheit reagieren? Würden sie in ihm denjenigen erkennen, der ihre Welt so rücksichtslos manipuliert hatte? Würden sie ihn hassen? Rhodan würde nicht zulassen, dass sie in irgendeiner Form Rache an ihm nahmen. Aber was, wenn es dazu führte, dass sie seine Hilfe verweigerten? Istark würde leiden … Und er wäre der Bösewicht, ohne die Chance auf Wiedergutmachung.

Eine schmale Hand schob sich in seine und drückte zu. »Ich werde es ihnen nicht verraten«, sagte Senna.

Alken erwiderte ihr aufmunterndes Lächeln zaghaft. »Danke, Knirps.«

Er atmete einmal tief durch und straffte sich. Wenn Senna es schaffte, nach Aldrey zurückzukehren, sollte er doch erst recht keine Probleme haben. Er war der Ältere. Und er hatte nichts von dem erlebt, was sie auf der Dunkelwelt hatte durchmachen müssen. Er hatte niemanden sterben sehen.

Sennas Lächeln zuckte und verschwand.

Idiot! Was musste er auch ausgerechnet *daran* denken! Hastig begann er, eine Melodie im Kopf zu summen. Eine Abschirmungsmethode, die Senna ihm im Waisenhaus beigebracht hatte. Er wählte ein fröhliches Lied mit Ohrwurmqualität, um sie beide auf andere Gedanken zu bringen. Senna lächelte und wippte im Takt.

Der Trick war simpel in der Theorie, aber gar nicht so einfach in der Ausführung. Laut genug zu summen, um die eigenen Gedanken damit zu übertönen, erforderte entweder große Konzentration oder einiges an Übung. Andernfalls verlor die Melodie schon nach wenigen Takten den hilfreichen Effekt. Im Waisenhaus hatte Alken diese Abschirmung mühelos über Stunden aufrechterhalten. Mittlerweile konnte er froh sein, wenn er genug Konzentration aufbrachte, um die paar Minuten durchzuhalten, bis er ein ungefährlicheres Thema gefunden hatte, mit dem er sich beschäftigen konnte.

»Du hast es immerhin versucht«, sagte Senna. »Und ich mag das Lied.«

So viel zu seiner Konzentrationsgabe.

Allerdings war es so nahe an Aldrey auch kein Wunder, dass sie ihn trotz der Psi-Blocker, die sie vor der Abreise genommen hatte, über seine Melodie hinweg hören konnte. Alken fühlte die Energie der Dunkelwelt wie flüssiges Metall, das durch seine Adern floss. Das Gefühl der Macht, eine Euphorie, die beinahe schmerzte. Für ihn war es ein Hochgefühl. Senna dagegen wäre ohne das Medikament der USO gar nicht in der Lage, neben ihm zu sitzen und als Übersetzerin zu fungieren. Selbst auf Istark wäre ihre Gabe eine Qual. Noch etwas, das Alken völlig falsch eingeschätzt hatte.

»Wir nähern uns der kritischen Zone«, informierte Quin-Tech Ogav. »Senna?«

Das Mädchen nickte. Es stand auf, trat zwischen den Posbi und die Technikerin und schloss die Augen.

Schweigen senkte sich über die Passagiere. Sie warteten. Minuten vergingen. Niemand sagte ein Wort. Die Diskussion, die über das Schicksal von zwei Planeten entscheiden würde, wurde lautlos geführt.

Alken starrte angespannt auf die Holos. Das Außenholo zeigte die Dunkelwelt, wie er sie sich vorgestellt hatte: ein magischer Mond, leuchtend und schön. Anders als ein Mond hatte Aldrey es jedoch nicht nötig, Sonnenlicht zu reflektieren. Der ganze Planet war in ein rosafarbenes Schimmern gehüllt. Zu sehen war keine Veränderung, aber schon nach ein paar Sekunden ließ das Kribbeln in seinen Nerven spürbar nach. Die Strahlungswerte auf den Steuerholos der ELANA sanken erst in gelbe, dann in grüne Bereiche. Ogav reckte den Daumen nach oben. Die Aldreyer gewährten ihnen Zugang.

Damit war allerdings auch schon das Ende der guten Nachrichten erreicht. Senna atmete hörbar aus. »Sie wollen nicht verhandeln«, sagte sie, ohne die Augen zu öffnen. »Jedenfalls nicht mit mir.«

Rhodan runzelte die Stirn. »Mit wem denn sonst?«

»Mit dem, der die Versprechen macht«, antwortete Senna. »Mit dir.«

Der Lordadmiral stieß ein Schnauben aus.

»Aber …« Rhodan musste nicht aussprechen, was er dachte.

Schließlich hatten sie Senna mit nach Aldrey gebracht, weil sie die Einzige war, die mit den dortigen Intelligenzwesen kommunizieren konnte.

»Sie möchten dich sehen. Sie wollen deine Gedanken sehen, auch wenn sie sie nicht verstehen.«

Die Aldreyer wollten sich einen Eindruck verschaffen. Senna vertrauten sie offenbar, doch sie war nur die Übersetzerin. Nur weil ihre Intention aufrichtig war, sagte das noch nichts über die Absichten desjenigen aus, dessen Vorschlag sie unterbreitete.

Rhodan nickte. »Einverstanden.« Er wandte sich an Burruk. »Wie nah kommen wir an den Eingang zur Station heran?«

»Ich kann euch direkt über dem Antigravschacht absetzen«, schnarrte der Posbi. »Die Lichtung ist zwar klein, aber die ELANA hat darauf allemal noch Platz.«

»Gut, dann tu das.«

Sie würden landen. Alken verschränkte seine schweißnassen Hände, um das Zittern zu unterdrücken, das ihn plötzlich befiel. Das war nicht der Plan gewesen. Zuerst die Verhandlung aus sicherer Entfernung, dann der Einsatz vor Ort. Was, wenn sie sich nicht nur von Rhodan, sondern von ihnen allen einen Eindruck verschaffen wollten? Wenn sie in Monkey und Ogav zwei der Leute erkannten, die so viele Aldreyer getötet hatten? Oder wenn sie doch herausfanden, was er getan hatte?

»Wir werden kein Risiko eingehen«, sagte Rhodan. »Wer draußen nicht gebraucht wird, bleibt für die Dauer der Verhandlungen an Bord. Verstanden?«

Was bedeutete, dass der Terraner und Senna die Einzigen sein würden, die das Schiff verließen. Rhodan würde das Mädchen erneut diesen unberechenbaren Monstern aussetzen. Alken ballte die Hände zu Fäusten, doch Senna warf ihm einen mahnenden Blick zu. Sie schüttelte den Kopf.

»Dir ist klar, dass sie einfach nur die Barriere aktivieren müssen, um uns gefangen zu setzen?«, fragte der Lordadmiral der USO.

»Das ist mir bewusst«, antwortete Rhodan. »Und in dem Fall wäre mir lieber, wir sitzen mit einem Raumschiff fest.«

»Wenn man mich fragt«, meldete sich Ogav zu Wort, »dann wäre mir lieber, wir säßen gar nicht auf Aldrey fest.« Der Tonfall der QuinTech klang lässig, aber ein leichtes Zucken um ihre Augen verriet, dass es keinesfalls so scherzhaft gemeint war, wie sie es klingen lassen wollte. Sie hatte Angst.

Und Rhodan ebenso. Immer wieder rieb er sich über die Nase. Alken glaubte, eine kleine Narbe auszumachen, an der Rhodan gedankenverloren entlangstrich.

Sie *alle* waren nervös – mit Ausnahme des Lordadmirals.

Allmählich bezweifelte Alken, dass den Oxtorner überhaupt irgendetwas zu einer Reaktion verleiten konnte. Monkey würde sich einem Kampf mit den Aldreyern, ohne zu zögern, ein zweites Mal stellen. Auch diese Aussicht war nicht gerade beruhigend.

Der Posbi ging in den Landeanflug. Alken beobachtete die Routine der beiden Besatzungsmitglieder. Er erinnerte sich an seinen ungelenken Versuch, die Dunkelwelt zu steuern, und wäre am liebsten im Boden versunken. Nun ja, wenn alles gut ging, würde er die Gelegenheit bekommen, es diesmal besser zu machen.

Sie gingen tiefer. Aus Flecken und verwaschenen Formen wurden Kontinente, dann Landschaften. Über der fremdartigen Schönheit des Kristallwalds lag ein Flimmern, das Alken nur zu gut kannte. Ein beständiger Datenstrom bewegte sich zwischen den Ästen umher. Überrascht stellte er fest, dass diese Daten nicht von der Maschine im Kern der Dunkelwelt stammten. Es war ein Netzwerk ganz anderer Art. Die Kristallpflanzen kommunizierten, sie standen in ständigem Austausch miteinander. Kein Wunder also, dass sie so koordiniert vorgingen.

Zwischen den leuchtenden Bäumen tauchte eine dunkle Fläche auf. Sie hatten die Lichtung erreicht. Von hier oben war der Antigravitationsschacht nicht zu übersehen. Er wirkte wie ein Schlund hinab zur Unterwelt. Und sie steuerten genau darauf zu.

Die ELANA setzte sanft auf Aldrey auf. Burruk desaktivierte die Triebwerke.

»Also gut.« Rhodan wandte sich Senna zu. »Du bleibst hier. Wenn sie mit ihrer Evaluierung fertig sind, gibst du Bescheid, damit QuinTech Ogav mich anfunken kann.« Burruk gegenüber fügte er hinzu: »Wenn du eine Veränderung der Strahlung spürst, starte sofort.«

Der dosenförmige Posbi fuhr einen kabelartigen Arm aus und salutierte. »Aye, Sir.«

Rhodan nickte und verließ die Zentrale. Wenig später tauchte er auf dem Außenholo auf. Er bezog mit offenen Armen zwischen Waldrand und Antigravschacht Aufstellung.

Alken hielt den Atem an. Was, wenn die Aldreyer ihm nicht glaubten? Was, wenn sie ihn einfach angriffen? Rhodan trug nur eine einfache Bordkombination. Hatte er überhaupt eine Waffe bei sich?

Eine Minute verstrich. Alken atmete weiter, wenn auch flach und gepresst. Er suchte den Waldrand ab, wartete auf die Aldreyer. Aber nichts. Nicht der kleinste Ast bewegte sich. Waren sie überhaupt da? Alken glaubte, dichtere Datenknoten im Wald auszumachen, aber sicher war er sich nicht.

»Sie sind da«, sagte Senna. »Sie beobachten. Und bewerten.«

»Und was sagen sie?«, fragte Ogav.

Senna schwieg und lauschte. Weitere endlos scheinende Minuten vergingen. Rhodan nahm die Arme herunter und sah zur ELANA hoch. Immer noch nichts.

Ogav räusperte sich. »Soll ich …«

»Nein«, unterbrach Monkey. »Wir warten.«

Die QuinTech ließ sich in ihrem Sitz zurücksinken und begann, ihren Daumennagel mit den Zähnen zu bearbeiten.

Endlich sah Senna auf. »Sie sind einverstanden.«

Augenblicklich ließ die Anspannung in der Space-Jet nach, ohne jedoch ganz zu verschwinden. Ogav beugte sich vor und öffnete eine Funkverbindung zu Rhodans Multifunktionsarmband. »Alles klar, du kannst zurückkommen.«

Als Rhodan wieder an Bord kam, zuckte er mit den Schultern. »Die Aldreyer sind wohl schüchtern.«

Ogav verzog kommentarlos das Gesicht. Senna dagegen erklärte mit ruhiger Stimme: »Sie waren da. Und sie hätten dich nicht wieder gehen lassen, wenn du ihnen nicht gefallen hättest.«

»Dann habe ich ja Glück, dass ich so ein umgänglicher Kerl bin«, scherzte Rhodan. »Sind sie mit der Umpositionierung einverstanden?«

Senna nickte. »Sie haben nur eine Bedingung.«

»Und zwar?«

»Sie wollen keine Besucher mehr. Nach unserer Abreise werden sie die Dunkelwelt abschotten.«

»Ich denke, damit können wir leben.« Rhodan sah zu Monkey. »Oder?«

»Solange sie die Barriere erst wieder aktivieren, sobald wir weg sind.«

Sollte das ein oxtornischer Scherz sein? Alken musterte die steinerne Miene des Lordadmirals und kam zu dem Schluss, dass Monkey zu keinerlei Humor fähig sein konnte. Er stellte einfach eine Tatsache fest.

»Gut.« Rhodan blickte Senna an. »Dann können wir also loslegen?«

Wieder nickte die Telepathin, und Alken fühlte, wie die Anspannung der Anwesenden endlich verschwand. Senna hatte es geschafft!

Ogav rieb sich die Hände. »Alles klar, Kleiner, du bist dran.«

Schlagartig fiel Alken wieder ein, was nun anstand. Wie hatte er das verdrängen können? Er schluckte, wischte sich die schwitzenden Hände an den Seiten seiner Hose ab. Es war nicht so, als käme dieser Teil unerwartet. Er hatte den Zugang zur Dunkelwelt zerstört, also musste Aldrey vor Ort aktiviert und auf Kurs gebracht werden. In der Sicherheit von Istark hatte das auch nach einer einfachen Aufgabe geklungen. Jetzt, wo er in den Schlund des Antigravschachts sah, fühlte es sich ganz und gar nicht mehr einfach an.

»Ich soll da allein raus?«, fragte er. Seine Stimme klang mindestens zwei Oktaven zu hoch.

»Natürlich nicht«, erklärte Rhodan. »Monkey begleitet dich.«

Alken sah zu dem Lordadmiral hoch. Diese Aussicht behagte ihm noch weniger.

Der Oxtorner verzog die Lippen zu der unheimlich wirkenden Imitation eines Grinsens. »Gehen wir.«

Schaudernd tat Alken, was man von ihm verlangte. Er hatte versprochen, Wiedergutmachung zu leisten. Senna hatte ihren Teil erfüllt. Jetzt war er an der Reihe.

Er folgte Monkey aus der Space-Jet und duckte sich unwillkürlich, als sie aus dem Schutz des Schiffes auf die offene Fläche der Lichtung traten. Burruk hatte sein Versprechen gehalten und in unmittelbarer Nähe zum Schacht geparkt. Dennoch pochte Alkens Herz, als hätte er nicht ein paar Meter, sondern mehrere Kilometer zurückgelegt, und die Dunkelheit der verfallenen Anlage half nicht. Alken hatte sich noch nie so sehr nach seinem kleinen, sicheren Kellerloch gesehnt.

»Was brauchst du?«, fragte Monkey.

Alken studierte die Energieflüsse in den Kabeln hinter den Wandverschalungen. Irregulär, blockiert, ein einziges Durcheinander. Er seufzte. Da hatte er schöne Arbeit geleistet.

Mit QuinTech Ogavs Hilfe hatte er die Maschine im Inneren von Aldrey notdürftig zusammengeflickt, aber ein Blick in die Datenströme genügte, um ihm zu zeigen, was davon übriggeblieben war: nichts. Er hatte das System gründlich lahmgelegt, und das kurze Flugmanöver hatte die behelfsmäßige Reparatur sofort zerschlissen. Ein paar Kabel und Sicherungen reichten eben nicht aus, um das Ergebnis seiner Zerstörungswut zu überbrücken. Jetzt musste er sehen, wie er das Chaos beseitigte, das er angerichtet hatte.

»Eine Arbeitsstation«, sagte er. Es half nichts, er brauchte einen direkten Zugang zur Positronik.

Monkey nickte nur und trat auf einen umgeknickten Pfeiler zu, der den ganzen Tunnel versperrte. Er zog einen Strahler hervor und feuerte auf den Pfeiler. Es war das erste Mal, dass Alken einen Desintegrator dieser Größe in Aktion sah. Er nahm sich vor, den Lordadmiral auf keinen Fall zu verärgern, solange der dieses Ding mit sich führte. Mit respektvollem Abstand folgte er ihm durch den neu geschaffenen Durchgang.

Die Halle, in die Monkey ihn führte, hatte einige schwere Schäden abbekommen, die zum Großteil sicher auf seinen ungeschickten Bewegungsversuch der Dunkelwelt zurückzuführen waren. Ein Teil der Decke war eingestürzt, mehrere niedrige Quader, die allem Anschein nach ebenfalls einmal Stasisfelder mit Pflanzen darin getragen hatten, standen verlassen zwischen ihren intakten Gegenstücken. Über allem lag ein leichter Gestank von Staub und Fäulnis.

»Dort hinten.« Monkey richtete seinen Lichtstrahl in eine Nische hinter einen der demolierten Stasisbehälter.

Folgsam näherte Alken sich der polierten Metallplatte. Tatsächlich fühlte er die Energie, die darunter schlummerte. Er sah genauer hin. Sofort tauchten die Datenströme vor seinen Augen auf – und die gewaltigen Lücken darin. Mit einem leisen Seufzen krempelte er seine Ärmel hoch. »Dann wollen wir mal.«

Er griff in die Datenströme, ließ sich voll und ganz von seiner Intuition leiten. Korrigierte hier einen Parameter, führte dort zwei lose Enden wieder zusammen. Nach kurzer Zeit flackerte das Holo auf, aber Alken ignorierte es. Er blickte tiefer, bewegte sich auf Ebenen, die das Holo ohnehin nicht abbilden konnte. Irgendwann wurden seine Beine müde und er setzte sich auf den Boden. Er arbeitete konzentriert und ohne Pause. Hier ein Datenstrang, dort ein Energiefeld. Und weiter. Das nächste Hindernis. Die nächste Blockade.

Nur am Rande bekam er mit, dass jemand mit ihm sprach. Er glaubte, zu antworten, aber sicher sein konnte er sich nicht. Seine Gedanken waren Zahlen, Codes, Variablen. Er verband, was er zerrissen hatte. Verknüpfte, was zusammengehörte. Und stand am Ende doch mit einer Handvoll Code da, der zu sehr zerstört war, als dass Alken überhaupt hätte erkennen können, wozu er einmal gedient hatte.

Langsam tauchte er aus dem Meer von Daten auf und rieb sich erst die schmerzenden Augen, dann die schmerzenden Schultern.

»Ich dachte schon, du wärst da drin steckengeblieben.«

Erschrocken fuhr Alken herum. Sein Herzschlag beruhigte sich nur minimal, als er den Lordadmiral erkannte. »Wie lange war ich weg?«, fragte er.

Monkey sah auf sein Multifunktionsarmband. »Etwas mehr als drei Stunden.«

Die Positronik der Dunkelwelt zu verschrotten hatte definitiv weniger lange gedauert, als sie wieder zusammenzuflicken.

Falls ihm das überhaupt gelungen war. »Ich versuche, das System zu starten.«

Monkey bewegte auffordernd die Hand.

Alken atmete tief durch, aktivierte die Startsequenz und – nichts.

Er versuchte es noch einmal, doch das Ergebnis war das gleiche.

»Fängst du mal an?«, fragte der Lordadmiral.

Alken biss die Zähne zusammen. »Ich versuche es ja.« Nichts. Nichts. Nichts. Frustriert schlug er gegen den Metallquader. Es half nichts. Er musste den verlorenen Code ersetzen. Aber womit?

Einmal mehr tauchte er in das Datenmeer ab. Die Löcher waren klein, aber deutlich zu sehen. Er hatte nichts, womit er sie hätte stopfen können.

All diese Macht, die er fühlte. Für nichts. Das konnte doch einfach nicht wahr sein!

Alken sah sich um, tastete um sich. Er fand die ELANA, ein kompaktes, relativ simples Datengebilde. Er fand Burruk, schwerer zu durchschauen dank seines biologischen Teils. Nichts, was er verwenden konnte.

Er tastete weiter. Wenn er bis nach Istark käme, zu seiner eigenen Arbeitsstation ... Keine Chance. Er griff ins Leere. Verdrossen zog er sich zurück. Zurück auf Aldrey, zurück in die Forschungsstation, zurück in die Halle mit den Pflanzenexemplaren ... Alken zögerte.

Es gab ein Netzwerk auf Aldrey, das groß genug war, um ihm die benötigten Daten zu liefern. Wenn er sich konzentrierte, konnte er es sehen. Elektrische Impulse, übertragen von Wurzel zu Wurzel, von Pflanze zu Pflanze. Lebendig, sich ständig wandelnd und erneuernd, und doch beständig. Alles, was er benötigte.

Zögernd zog Alken sich zurück und öffnete die Augen in der Forschungsstation.

Er sah Monkey an. »Ich brauche Sennas Hilfe.«

Falls sein Wunsch den Oxtorner überraschte, gab er das nicht zu erkennen. Er fragte nur: »Wofür?«

»Ich will das Kommunikationsnetzwerk der Aldreyer mit der Planetenpositronik verknüpfen.«

Er würde den benötigten Code aus den Daten generieren, die die Pflanzen unentwegt untereinander austauschten, ihre Gedanken nutzen, um damit die Positronik zu flicken. Es war schwierig, aber nicht unmöglich. Er würde eine positronisch-biologische Einheit erschaffen, deren biologischer Teil aus dem Gedankengeflecht von Millionen Pflanzen bestand.

Gewissermaßen einen planetengroßen Posbi.

Alken hätte nicht gedacht, dass die Aldreyer zustimmen würden. Doch als sie erst einmal begriffen hatten, was er vorhatte, hatten sie rasch den Vorteil dahinter erkannt und eingewilligt.

Sie waren eindeutig keine dummen Pflanzen, wenn sie begriffen, was es bedeutete, die Kraft zu sein, die die Dunkelwelt steuerte. Alkens Arbeit machte sie endgültig zu den Herren von Aldrey. Niemand außer ihnen würde in der Lage sein, den Planeten zu steuern.

Unter ihrer wachsamen Aufmerksamkeit speiste Alken die Kursdaten ein, die Ogav ihm genannt hatte und die Aldrey auf eine stabile Umlaufbahn bringen würden.

Er hatte die Dunkelwelt zu einem beständigen Zwilling Istarks machen wollen. Das war ihm gelungen, wenn auch auf ganz andere Weise, als er gedacht hatte. Alken atmete tief durch und löste sich aus der Positronik der Dunkelwelt.

»Geschafft.« Der Triumph, den er verspürte, war schwach, verglichen mit der Müdigkeit, die ihn einhüllte. Wenn es nach ihm ging, hätte er gut und gerne auf der Stelle einschlafen können.

Die schwere Hand, die sich auf seine Schulter legte, erinnerte ihn jedoch daran, dass er noch lange nicht sicher war.

»Gehen wir«, sagte Monkey.

Alken nickte zaghaft. Die Hand auf seiner Schulter verschwand nicht, im Gegenteil. Sie schloss sich eisern um sein Gelenk.

»Nur dass du es weißt«, sagte der Lordadmiral. »Ich habe nicht vergessen, was du im Netz der USO angerichtet hast. Oder deine anderen Taten.«

Alkens Puls beschleunigte sich. Die Gerüchte fielen ihm wieder ein. Nicht diejenigen, die er selbst verbreitet hatte, sondern die anderen. Diejenigen, die besagten, dass die USO alle Parabegabten aufspürte und verschwinden ließ.

Er hatte sich selbst geoutet. Nicht nur als Parabegabten, sondern auch als Kriminellen. Er konnte nur hoffen, dass man ihm seine Jugend anrechnen würde – und seinen guten Willen.

Vor allem seinen guten Willen.

Kapitel 48:
Eine neue Bestimmung

Rhodan staunte nicht schlecht, als er die Gestalt erkannte, die im Schatten seines Kreuzers stand. Er hatte ihn, da die Situation bereinigt war, mittlerweile ins System beordert. »Sag bloß, du willst mich verabschieden«, scherzte er.

Der Oxtorner nickte nur. Er ließ den Blick über den Raumhafen gleiten, der noch immer Spuren der Aufstände trug. Hier rußige Flecken auf der Erde, dort eine ramponierte Absperrung. Abgesehen von Rhodans Raumer standen nur drei Schiffe auf dem Landefeld, und eines davon sah aus, als hätte es eine gründliche Renovierung nötig, ehe es sich das nächste Mal ins All vorwagen konnte.

»Ach, komm«, sagte Rhodan. »Ich weiß, dass du nicht der sentimentale Typ bist. Spuck's aus, was führt dich her?«

Monkey nickte in Richtung der Jet. »Sprechen wir drinnen.«

Eines von diesen Gesprächen. Rhodan winkte einladend zur Bodenschleuse. »Nach dir.«

Monkeys massige Gestalt ließ das kleine Besprechungszimmer an Bord des Kreuzers enger wirken, als es ohnehin schon war. Rhodan nahm ihm gegenüber Platz und hob fragend die Brauen. »Also?«

»Ich werde ebenfalls abreisen«, informierte Monkey ihn. »Allerdings würde ich vorher gern deine Meinung hören.«

»Ach was?« Das kam ja nun wirklich nicht alle Tage vor. »Ich höre.«

»In Anbetracht der Tatsache, dass die Aldreyer Zutrittsverbot zu ihrem Planeten verhängt haben …« Monkey lehnte sich in seinem Stuhl zurück, was dem armen Möbelstück ein bedenkliches Knirschen entlockte. »Was denkst du, wie lange es dauert, bis irgendwelche Schatzjäger Aldrey zum Ziel erklären?«

Nicht *ob,* sondern *wie lange.* Einmal mehr bewies Monkey sein unerschütterliches Vertrauen in die menschliche Fehlbarkeit.

»Ich würde sagen, das hängt ganz davon ab, was sie dort zu finden hoffen.«

»Du kennst die Strahlungswerte so gut wie ich. Auf Aldrey schlummert ein gewaltiger Hyperkristallvorrat, und der wird sich nicht ewig geheimhalten lassen.«

Rhodan runzelte die Stirn. »Sichus Untersuchungen haben ergeben, dass die Kristalle ohne die Stimulation durch die Aldreyer rasch ausbrennen. Sie sind wertlos, sobald sie die Dunkelwelt verlassen.«

»Es gibt immer jemanden, der meint, er wüsste es besser«, gab Monkey zurück. »Irgendjemand wird behaupten, dass auf Aldrey ein Vermögen liegt. Was dazu führen wird, dass dumme Leute ihr Glück versuchen und sterben werden. Und das wiederum wird dazu führen, dass die Aldreyer ihren Planeten zusammenpacken und entweder verschwinden oder reichlich unangenehm werden.«

Und beides würde für Monkey bedeuten, dass Istark für die USO uninteressant wurde.

»Man sollte doch meinen, dass die United Stars Organisation genau die Richtige ist, wenn es um ein wenig Geheimhaltung geht, oder?«

Monkey wehrte die Spitze mit einem Schulterzucken ab. »Ich denke, wir haben eindrucksvoll genug demonstriert bekommen, dass auch die Geheimnisse der USO nicht völlig sicher sind.«

»Das allerdings.« Es hatte aber auch jemanden mit einer

außergewöhnlichen Begabung – und außergewöhnlicher Hartnäckigkeit – gebraucht, um die Sicherheitssysteme der USO zu überwinden. »Apropos. Was ist mit dem Jungen?«, fragte Rhodan.

»Wir haben ihn in unserem Ausbildungsprogramm aufgenommen. Seine Begabung ist auf jeden Fall etwas, das sich als sehr nützlich erweisen wird. Gute Intrusionsspezialisten sind mindestens ebenso nützlich wie gute Agenten. Und sie sind seltener.«

Rhodan stand auf und warf einen Blick auf die bordeigene Minibar. »Es freut mich zu hören, dass er die Seiten gewechselt hat. Vurguzz?«

»Nein.«

Rhodan zuckte mit den Schultern. Er hatte nichts anderes erwartet. »Wenn du einmal in mein Alter kommst, wirst du einen guten Tropfen ab und zu schätzen.«

»Das bezweifle ich.«

»Wie du meinst.« Rhodan griff nach einer Flasche Wasser und setzte sich wieder. »Ich schätze, Alken ist nicht der erste Kleinkriminelle, der es in die Reihen der USO geschafft hat?«

Monkey nickte. »Wozu Potenzial vergeuden?«

»Und was ist, wenn er seine Begabung tatsächlich verliert, sobald er älter ist?«, fragte Rhodan.

»Dann haben wir immer noch einen guten Datenanalysten. Vielleicht taugt er sogar irgendwann zum Spezialisten. Ambition genug hat er dafür.«

Für Alken war das zweifellos das Beste. Aber er war schließlich nicht der einzige Parabegabte auf Istark. »Ist das auch dein Plan für die anderen Kinder?«

»Der Plan hat sich nicht geändert«, antwortete Monkey. »Istark bietet uns eine einmalige Gelegenheit, derart viele und starke Psioniker geballt an einem Ort zu untersuchen.«

Demnach brauchte Olanda Sho keine Sorge zu haben, dass die USO ihren Stützpunkt auf Istark aufgeben würde. Rhodan war immer noch verblüfft über die Entscheidung der Istarker. Nach allem, was sie in den letzten Tagen durchgemacht hatten, hätte er eigentlich erwartet, dass sie froh wären, aus dem Einflussbereich der Dunkelwelt zu kommen.

Aber Sho hatte recht. Die Parabegabten waren eine große Chance für Istark, nicht nur wirtschaftlich gesehen. Solange ihre Fähigkeiten kontrollierbar waren, waren sie eine Bereicherung für die Kolonie – und ein weiteres Argument für ihre Unabhängigkeit.

Rhodan hatte sich sein Plädoyer für die im Entstehen begriffene Liga Freier Galaktiker gespart. Die Istarker liebten ihre Autarkie. Auch in Krisensituationen. Für sie war er ein geduldeter Gast, aber kein Grund, sich irgendeinem Verbund anzuschließen. Das Problem mit der Dunkelwelt hatte schließlich nicht er gelöst, sondern ein Istarker. Auf seine Weise hatte Alken es also sogar zum Helden geschafft. Und solange niemand erfuhr, dass er zwischenzeitlich die Lage verschlimmert hatte, würde er das auch bleiben. *Der Retter von Istark.*

Nur die wenigsten hatten sich gegen die Mutanten und ihre Begabungen ausgesprochen. Nach dem Ende der Abstimmung hatten mehrere Frachter Passagiere ins benachbarte Vellassystem übersiedelt. Und wenn Rhodan an die Proteste dachte, die er beobachtet hatte, war Istark ohne diese Leute vermutlich besser dran.

Generell waren seine Bestrebungen der letzten Monate, Dunkelwelten für die Liga zu erschließen, nur bedingt von Erfolg gekrönt gewesen. Statt neue Mitglieder zu finden, hatte er sich mit einer alten und durchaus gefährlichen Hinterlassenschaft der Kerouten herumschlagen müssen – dem Xoj beziehungsweise seinen Spätfolgen. Auch wenn er neue Freunde gefunden und alte wiedergetroffen hatte: Der Aufwand stand in keinem Verhältnis zum Ertrag.

Es war wohl an der Zeit, das Projekt Dunkelwelten ad acta zu legen und sich verstärkt seiner Aufgabe als Liga-Kommissar für das Projekt von San zuzuwenden. So langsam sollte Bewegung in die Verhandlungen mit den Laren in der Galaxis Larhatoon kommen, damit diese sich dem Projekt anschlossen. Oder zumindest ernsthaft darüber nachdachten.

Aber erst musste er die letzten losen Fäden auf Istark zusammenfügen.

»Was ist mit den Versuchen, die Fähigkeiten zu reproduzieren?«, fragte er.

Monkey sah ihn ausdruckslos an. »Ich weiß nicht, wovon du sprichst.«

»Natürlich nicht.« Sollte die USO ihre Geheimnisse bewahren, so gut sie konnte. Rhodan hatte keine Zweifel daran, dass Monkey auf eine Waffe hoffte – aber solange diese Kräfte nur in der Nähe von Aldrey existierten, würde er vergebens hoffen. Andererseits konnte die Forschung der USO durchaus Erkenntnisse zutage bringen, die allen Mutanten zugutekamen.

Rhodan leerte seine Wasserflasche. Er räusperte sich und stellte die Flasche beiseite. »Ich hätte da einen Vorschlag.«

Der Lordadmiral wartete.

»Das Pädiatrische Beobachtungszentrum. Lass es zu einer Schule für Parabegabte erweitern. Bildet die Kinder aus, statt sie nur zu untersuchen. So könnten die Kinder ihre Fähigkeiten schneller kontrollieren lernen, und ihr habt die Möglichkeit, ihren Entwicklungsprozess zu verfolgen.« Er setzte sein gewinnendstes Lächeln auf, auch wenn es an Monkey vergeudet war. »Ich könnte dafür sorgen, dass ihr Unterstützung von ein paar Experten aus dem TIPI bekommt.«

»Wieso?« Wie erwartet zeigte sich der Oxtorner wenig beeindruckt. »Was hättest du davon?«

Rhodan schnalzte mit der Zunge. »Dein Misstrauen kränkt mich, mein Freund.«

Monkey brummte.

»Aber da du schon danach fragst: Ein Erfahrungsaustausch zwischen dem Zentrum hier und dem Terranischen Institut für Paranormale Individuen wäre wünschenswert.«

Kalte SAC-Implantataugen sahen ihn an. »Du bietest mir die Erkenntnisse von Terra an?«

»Ich sehe es so: Wir beide wollen die Mutanten besser verstehen. Ich, um ihnen zu helfen, und du …« Er wedelte mit der Hand. »Wieso auch immer. Es ist mir egal, was du mit deinen Ergebnissen anfängst, ich kann es ohnehin nicht kontrollieren. Solange du sie auch nutzt, um den Kindern zu helfen. Hier und auf Terra.«

Monkey hüllte sich in Schweigen. Stumm sah er Rhodan an. Dann streckte er die Hand aus. »Einverstanden.«

Rhodan schlug ein.

Kapitel 49:
Neubeginn

Elindra Parr ging mit langsamen Schritten den Gang des Pädiatrischen Beobachtungszentrums entlang. Unter ihren Absätzen raschelte das Plastik der Abdeckplane, es roch nach frischer Farbe. Nur wenn sie sich darauf konzentrierte, konnte sie den schwachen Brandgeruch wahrnehmen, der in den Mauern saß.

Sie zog ihre Strickjacke enger um sich und trat durch den Energieschirm, der die Baustelle absicherte. Augenblicklich wurde sie in Staub und Lärm eingehüllt. Und dazwischen: Kinderlachen. Parr versuchte, sich in dem geordneten Chaos zu orientieren. Kleinere Servoeinheiten sausten zwischen den großen Baumaschinen umher, transportierten Material von A nach B und hielten den Schmutz in Schach.

Die Umbauarbeiten gingen zügig voran. Aus Büros und Gesprächsräumen wurden Lehrzimmer. Es entstanden große Hallen für das Training im Umgang mit den Psi-Kräften und kleinere Räume für die schulische Ausbildung. Dazwischen Spielzimmer, Therapiezimmer, Gesellschaftsräume ... Sobald die Erneuerung abgeschlossen war, würde kaum noch etwas an die nüchterne Atmosphäre der Forschungseinrichtung erinnern.

Parr folgte den menschlichen Stimmen und fand ihren Ursprung in einer der Werkstätten. Rajun Leeks, einer der Experten aus dem TIPI, arbeitete mit einer Gruppe von Mutanten. Unter seiner Anleitung formten die Kinder Wände, Türen und Einrichtungsgegenstände. Einiges davon sah aus, als wäre es zu nah an die Sonne geraten, und von rechten Winkeln schienen die Kinder ebenso wenig zu halten wie von dezenten Farben. Aber sie lachten. Sie nutzten ihre Gaben, arbeiteten gemeinsam an einem Projekt. Telekineten bewegten Werkzeuge und Baumaterial, Pyrokineten erhitzten und trockneten, ein Mädchen griff durch massive Platten, um sie von innen zu verschrauben. Die Kinder verwandelten ihre Gaben in etwas Produktives, und sie hatten Spaß dabei.

»Elindra!« Leeks hatte sie entdeckt und winkte sie heran. »Was meinst du: Soll die orangefarbene Wand an die West- oder an die Ostseite?«

Parr lächelte. »Das hängt davon ab, ob es einen Sonnenauf- oder -untergang darstellen soll.«

»Weder noch.« Ihr Patient trat mit einem schüchternen Lächeln auf sie zu. »Es ist die Nanoaufnahme einer Kayookifrucht, sieht man das nicht?« Delon Syers' Haut war vernarbt und leicht gerötet, und es würde noch einige Zeit dauern, bis die Haare und Augenbrauen des Pyrokineten wieder nachwuchsen. Seinem Lebensfrohsinn hatte der Unfall dagegen nichts anhaben können. Er deutete zum Fenster hinaus. »Irgendwo dort drüben wäre der Kern.«

»Ah, na dann«, sagte Parr. »Bist du bereit für unser Gespräch?«

Delon nickte und winkte Leeks zum Abschied, ehe er aus der Werkstatt schlüpfte. Parr wollte noch ein paar Worte mit dem TIPI-Experten wechseln, da bemerkte sie aus dem Augenwinkel langes, rotes Haar. *Senna.* Hastig wandte Parr sich ab und verließ den Arbeitsbereich der Mutanten. Sie atmete auf, als sie aus der Energiekuppel trat und die Geräusche der Baustelle verstummten.

Parr wusste, dass das Mädchen nichts für das konnte, was Bellagy und den anderen zugestoßen war. Es war nicht Sennas Schuld, was auf Aldrey vorgefallen war; sie war nur ein Kind, das in eine Situation gebracht worden war, der es nicht gewachsen war. In Anbetracht dessen, was man von ihr verlangt hatte, hatte sie ihre Aufgabe sogar hervorragend gemeistert.

Aber das war nur die Offizierin in Parr, die es so sehen konnte. Der Rest von ihr brachte es nicht über sich, dem Mädchen zu verzeihen. Jedes Mal, wenn sie Senna sah, ertappte sie sich bei dem Gedanken, dass Senna nur eine Minute früher mit den Aldreyern hätte kommunizieren müssen, um Bellagy zu retten. Nur eine halbe Minute, nur ein paar Sekunden …

Manchmal fragte sie sich sogar, ob Senna ihn ebenso hatte sterben lassen wie ihre eigenen Eltern. Sie hasste Senna dafür, dass sie Karus Bellagy nicht hatte retten können, und sich selbst dafür, dass sie so empfand. Aber an ihren Gefühlen änderte das nichts.

Dennoch wollte sie nicht, dass Senna diese Gedanken hörte. Auf keinen Fall durfte Senna durch sie erfahren, was mit ihren Eltern geschehen war. Trotz allem war sie immer noch ein sensibles Kind, und Parr wollte nicht diejenige sein, die sie mit der harten Realität konfrontierte. Sie durfte es nicht sein, weil sie nicht mehr in der Lage war, anschließend für Senna da zu sein.

Also hatte sie ihren Fall abgegeben. Es gab genügend andere Kinder im Zentrum, die Hilfe brauchten. Die Vorfälle hatten nicht nur auf Aldrey Opfer gefordert. Sechs Mitarbeiter hatte das Zentrum während der Einkesselung verloren. Ein Grund mehr, weshalb sie die Hilfe des TIPI dringend benötigt hatten. Rajun Leeks und seine Kollegen waren nicht nur besser auf den Kontakt mit Mutanten vorbereitet, sie waren vor allem unvoreingenommen. Sie hatten nichts von dem Grauen gesehen, das Parr und die anderen erlebt hatten. Sie konnten in den Patienten genau das sehen, was sie waren: Kinder, die Hilfe verdient hatten.

Parr gab, was sie konnte. Senna Hickey konnte sie nichts

geben, weil sie ihr nicht verzeihen konnte. Aber das Mädchen brauchte sie auch nicht länger, sie war nicht mehr allein. Mit Alken Veltikat hatte sie so etwas wie einen großen Bruder. Und nach allem, was Parr wusste, hatte QuinTech Jin Ogav einen Adoptionsantrag für das Mädchen gestellt.

Nein, Senna brauchte sie nicht länger. Doch es gab genug andere Kinder, denen sie noch helfen musste.

Parr ergriff die vernarbte Hand, die Delon ihr entgegenstreckte, und lächelte ihm zu.

Band 1 der DUNKELWELTEN-Trilogie

Michael Marcus Thurner
PERRY RHODAN:
SCHWARZE SAAT
Roman
416 Seiten
ISBN 978-3-404-20942-2

Sie zählen zu den großen Rätseln der Astronomie – Dunkelwelten. Seit Jahrmillionen stürzen sie durch die Unendlichkeit des Alls, lichtlose Planeten abseits jeglicher Sonne, verborgen vor den Blicken der Zivilisationen.

Eine dieser Dunkelwelten ist Jolyona. Dort existiert eine Kolonie der Onryonen, und seit einiger Zeit haben sich auf dem Planeten auch Menschen angesiedelt. Das Zusammenleben ist voller Konflikte, und so reist Perry Rhodan nach Jolyona, um zwischen Menschen und Onryonen zu vermitteln. Doch bald stößt er auf Geheimnisse in den Tiefen des Planeten – sie sind Zeichen einer Gefahr, die er selbst durch eine Zeitreise ausgelöst hat …

Bastei Lübbe